わが真葛物語

江戸の女流思索者探訪

門 玲子

藤原書店

わが真葛物語

目次

第四章　仙台での日々——真葛の作品をめぐって 2 …………… 177

わが真葛物語

江戸の女流思索者探訪

付記

一　本書中の只野真葛の諸作品の引用は、すべて鈴木よね子校訂『只野真葛集』（叢書江戸文庫30、国書刊行会、一九九四年）によった。

一　引用文中のルビは、同書にあるものは（　）を付さず、著者が新たに付したものは、現代仮名づかいを使用した上、（　）を付した。

一　難読の人名ルビは、明確にわかったもののみ付した。

一　本文執筆中に市町村合併が行われたが、文中では旧地名で記した。

はじめに——幾度かの出会い

■異色の人、真葛

私が江戸後期の女流文人只野真葛《ただのまくず》の名前を知ったのは、七〇年代のはじめ、私が四十歳をすぎた頃のことである。そのころ私は、真葛とほぼ同時代の女流漢詩人江馬細香《えまさいこう》（一七八七—一八六一）の生涯を辿り、彼女の漢詩作品やその資料を読むことに没頭していた。それらを読んでいくうちに、細香と同じく蘭学系の医師の娘で、細香より二十四歳年長の只野真葛の名前が自然に浮かび上がってきた。

それはまず佐伯彰一著『日本人の自伝』（講談社文庫）の中の「女流自伝の幻」という章にあった。著者はヨーロッパや日本の男性の自伝文学を取り上げて縦横に論じながら、読みたいと思う女流の自伝が見当たらないという嘆きを述べている。特に読みたい女流として、美濃大垣の漢詩人江馬細香と仙台の只野真葛の二人が取り上げられていた。著者は細香の漢詩の幾つかを評して、その精神の形を論じていた。

江馬細香は、はじめからかぐわしい若竹のような名前と清婉優美な詩作品、文学上の師である頼山陽との魅力的な関係、そして明晰な精神の輪郭を持つ女性として私の前に現われた。しかしもう一人の只野真葛は、ひどくわかりにくい女性という第一印象を受けた。雪深く遠いみちのくの地に住み、他人の理解を拒む一人の老女、しかしその老女は強いエネルギーを放射して、なにかをしきりに私に訴えかけてくるのであった。

佐伯氏によれば、只野真葛は仙台にあって「独考（ひとりかんがへ／どっこう）」という思索の書を著し、それを刊行しようと江戸の曲亭馬琴《きょくていばきん》に添削と批評を乞うたのである。その内容が風雅な、文学的なものではなく、女性には珍しく経世済民、言い換えれば社会問題や倫理を論じていたため、馬琴はおおいに関心をそそられ、はじめ親切に対応した。やがて態度を変えて、一年後に手厳しい反論「独考論」を書いて送りつけた。

著者佐伯氏の表現による「抜群の知的才能にめぐまれた孤独な老女」真葛と、「奇怪な大小説家」馬琴との一年余りの交渉は、それ自体珍しい事実だ。しかし頼山陽と江馬細香、および彼らをめぐる上方の文人たちの、のびのびした交流ほどには私を魅了しなかった。また細香の父蘭斎をめぐる、蘭学者たちの世界の面白さにも心を惹かれた。

蘭学者の世界は、漢学と蘭学の交錯する刺激に満ちた舞台であり、当時の日本をとりまく世界情勢がひしひしと伝わってくる。それが女流詩人江馬細香の育った環境であった。私は手探りで漢詩の世界、蘭学の世界を学び、細香の生涯を書きはじめた。そして昭和五十四年（一九七九）に『江馬細香――化政期の女流詩人』を出版して、多くの人に読んでもらうことができた。

その一年後の昭和五十五年に、関民子著『江戸後期の女性たち』（亜紀書房）が出版された。私はこの中で再び江馬細香と只野真葛に出会うことになる。この本には江戸後期に生きた多くの女性、知識人から庶民まで、さらに文学作品中に描かれた女性たちも取り上げられていた。

真葛の主著「独考」についても、その執筆動機・自然観・人間観・社会思想・女性思想にわたって詳しく論ぜられていた。私が最初に感じたように、また馬琴が関心を抱いたように、真葛は江戸女流文学者の誰にも似ない、異色の存在であることが納得された。いつか真葛その人のテクストを、この目でしっかりと読んでみたい思いに駆られた。

その二、三年後、柴桂子著『江戸時代の女たち』(評論新社)に出会って、その中の「よろず評論家只野真葛」の章を読んだ。この本は昭和四十四年(一九六九)の出版であるが、私が読んだのはずっと後だ。この本の副題は「封建社会に生きた女性の精神生活」である。

ここで私は真葛の生い立ち、その教養、開明的な仙台藩江戸詰めの医師であった父工藤球卿《きゅうけい》平助のこと、三十五歳で同藩江戸番頭《えどばんがしら》を勤める只野伊賀に嫁ぎ仙台へ下ったことなど多くを知ることができた。真葛の生い立ちは、晩年の晦渋さからは想像もつかない、明るい恵まれたものの

太田聴雨《真葛の佳人》1939 年
(所在不明、『聴雨作品鑑賞会図録』松坂屋より)

＊太田聴雨　1896–1958 年、仙台市生。日本画家。

ようであった。

江戸生まれの真葛が仙台藩士只野伊賀行義《つらよし》に嫁ぎ、仙台に下ったのは寛政九年（一七九七）、三十五歳の時である。その頃から夫の勧めもあって著作活動に入り、「みちのく日記」「塩竈まうで」「松島のみちの記」「いそづたひ」「むかしばなし」など多くを書き、やがて代表作「独考」を書くのである。

平成四年（一九九二）に本田和子著『江戸の娘がたり』（朝日新聞社）が出版された。この第一章に「父と娘の物語」として同じ蘭学者の娘二人、只野真葛と今泉みねが取り上げられていた。今泉みねは幕府の奥医師桂川甫周《ほしゅう》の一人娘であり、晩年に子や孫たちに往時を語った『名ごりの夢』（平凡社東洋文庫）は、早くから私の愛読書であった。

本田氏は、真葛とみねが、ともに輝くような存在だった父親を、心の支えとして生き続けたことを語っていた。そういえば江馬細香も、秋月の原采蘋《はらさいひん》や福岡の亀井少琹《かめいしょうきん》も、ともに医師や儒者であった父親の強い愛情の庇護を受けて育ち、生涯その絆から離れられなかったし、江戸中期、丸亀の井上通女《つうじょ》も父親の大きな期待を受けて育ったのである。女流文学者たちと父親との関係は、別に考察に値する問題だと思われた。

平成七年（一九九五）に永井路子著『葛の葉抄』（ＰＨＰ研究所）が出版された。ここでは当時の江戸の町の様子、大名や武家の生活の内実が語られ、その中で若々しい感受性と知的好奇心をもった真葛が、闊達に行動している。真葛の生きた十八世紀後半から十九世紀前半の江戸、同時代のパリにも比肩される文明都市がいきいきと感じられた。

『江馬細香』を出版して以来、江戸時代の女性の文学作品を次々と読みつづけていた私は、いよいよ只野真葛の「独考」はじめ多くの作品と真正面から向きあうときが来たと感ずるようになった。

■「独考」との出会いと違和感

前述したように、多くの著書の中で幾度も真葛と出会いながら、私は真葛その人の作品は、平凡社東洋文庫『むかしばなし』に収められた同名の作品と「磯づたい」以外を見ることが出来なかった。先行研究書の資料欄や註には多くの文献が列挙されている。私もこれらを自分の目で読みはじめようとした矢先、叢書江戸文庫の中に、鈴木よね子編『只野真葛集』（国書刊行会、一九九四年）が入っていると教えられた。私は真葛のテクストを読むために、かなりの労力を払わねばならぬと覚悟していたので、それらが一冊にまとめられ、さらに馬琴の「独考論」まで収められた本に出会って、まことに幸せであった。

私はまず分厚い『只野真葛集』（以下『真葛集』とする）の「独考」から読み始めた。そして感じたのは、大きな違和感であった。東洋文庫で読んだ「むかしばなし」の懐かしさ、「磯づたい」の面白さとは異質のものが、読む者の胸を逆なでしてくる。これは何だろうと思って、またはじめから読み直した。

「此書すべて、けんたいのこゝろなく過言《かごん》がちなり……」（この書物はすべて、へりくだる心はなく、言い過ぎるほどに書くのだ……）と真葛は冒頭で書いている。この本は、他を憚らずへりくだらず、思う存分に書くのだ、と強い決意を述べているのだ。すでに異様である。続けて、筆の走りが滞りがちなところはさとび言（俗言）をまじえるとも言っている。

そしてまず長い間疑問としてきた事柄から書きはじめている。月の大きさが見る人によって盃のようにも、盆のようにも違って見えるのはなぜか、恋仲の男女は男から女へ言いよるのが普通なのに、芝居では女形から男役へ言いよるのはなぜか、妾が家を騒がすのはなぜか等々、ごく日常の卑近な事からはじまる。やがて世の男女の関わり、藩主と家臣との利害関係、金銭を介しての武家と町人との地位の逆転、日本に比べロシアの結婚制度は羨ましい事など、およそそれまでの女流文学のテーマにはない内容へと発展する。そして男女の身体構造の違い、女性の身体感覚にまで筆が及ぶ。

江戸女流文学の手本は平安女流文学にあるので、おおかたを美的に表現するのが慣わしである。身体感覚さえも、心地さわやぐ、心地あし、なやみたまふ、病あつしなどなど、抽象的、美的である。しかし真葛はあくまでも具体的である。男女の身体的性差について『古事記』の神代二之巻の冒頭の部分を『古事記伝』で学んで「成り成りて、成り余れるところ」のある男神と「成り成りて、成り合わぬところ」のある女神のことを引用して説明している。さらに関連して、「女の前に蛇の入りたると聞きては、身の毛たちていやなること、……」と不快感も具体的に表現している。しかしその身体的性差を、男女の地位の違いの原因とまでするつもりはないらしく、筆鋒するどく、武家社会の絶対的規範である儒教の形式主義に踏み込んで、遠慮なく批判している。そして「仏も聖《ひじり》も勝《すぐれ》て世に心たることの抜出し人なりけりとおもふばかりを心のしるべとして」（仏陀も孔子も、世の人々の中心にいるすぐれた人なのだ、という考えだけを心の道しるべとして）この書を書いたと言い切っている。

釈迦も孔子も絶対的な存在ではない。一個のすぐれた人間に過ぎない、と相対化して捉えているのである。この平衡感覚はまさに真葛の実感に根ざしている。

江戸時代はある意味では大いなる概念の時代である。孔子の言葉、孟子の言葉、釈迦の言葉……。そしてさらに訓詁《くんこ》（解釈）の時代である。自分は孔子の言葉をこう読む。こう解釈する。釈迦の言葉をこう解釈する。そうして自分の学問を確立し、門人に伝え、学問の流派が成立していく。真葛はそれらとほぼ無縁の所から、生活の実感に基づいて発言しているように思われた。「独考」を読みはじめて、私が抱いた違和感はこれであった。

『真葛集』に収められている別の作品、例えば「松島のみちの記」は的確な写生文で書かれ、万葉調の見事な長歌、短歌で締めくくられている。また曲亭馬琴に見せたという「奥州ばなし」には、真葛が仙台で聞いた二十七の奇事異聞が収められている。都から遠く離れた地方に伝えられた口碑とも言うべき説話で、簡潔な文体で的確に、ある時はユーモラスに綴られている。後世の柳田國男著『遠野物語』を彷彿とさせるものがある。ちなみに言えば、仙台から遠野までは、およそ二百キロメートルぐらいの距離だという。

分厚い『真葛集』一冊には、真葛の多様な世界と多彩な表現がぎっしりと詰まっているのであった。それまでの日本の女流文学者の誰にも似ない大きな存在であることは、私にもわかった。

ヨーロッパのスタール夫人、ジョルジュ・サンド、ボーヴォワール。誰に擬《なぞら》えられるのか。この複雑で、気難しそうに見える真葛さまに、どのようにしてお近づきになったものか。私はたびたび途方にくれた。

江戸女流文学の諸作品を論じた『江戸女流文学の発見』（藤原書店、一九九八）を出版することになって、その中の一章でなんとか真葛の生涯と作品世界を概観してみたものの、これ以上私の手に負えるお方ではないのかも知れない。『真葛集』を読み込むたびに、私は怯んだ。

■受賞祝賀パーティーでの出会い

このような幾度かの出会いの後に、さらに大きな、決定的な出会いがあろうとは、予想もしないことだった。平成十年（一九九八）十一月二十日夜、私は東京・飯田橋のホテル・エドモントのパーティー会場にいた。その夜、第五十二回毎日出版文化賞の贈呈式があり、私は受賞者としてそこにいるのである。まったく現実感のない時間と場所であった。

私のかわりにそこにいるべき人々は、江戸時代の女性たちでなければならない。江馬細香、正親町町子《おおぎまちまちこ》、只野真葛、荒木田麗女《あらきだれいじょ》その他、すぐれた文学作品を書いた綺羅星のごとき彼女たちこそこの場にふさわしい。「彼女たちがあまりにご高齢なので、やむなく昭和ヒトケタの私が代わりに参りました」と挨拶の中で私は語った。それが私の実感であった。

その年の春、藤原書店から出版した『江戸女流文学の発見』が受賞作に選ばれたのである。私自身の力による受賞とはまったく思われなかった。「江戸時代の女流文学者たちはすばらしい。彼女たちを、平安女流文学を最高とする批評基準ではからないでください」とも語った。

前にも述べたように、江戸女流文学の規範は紛れもなく平安女流文学であるが、江戸時代となり社会が変わり、地方まで文化が広がって、さまざまな身分の女性たちが筆を執り始めている。貴族の女性たちだけが筆を執っていた平安時代と、全く違った文学が生まれて当然なのである。

パーティー会場では、次々にお祝いを述べて下さる方へのお礼に追われていた。人ごみに揉まれ、咽喉が渇いて水ばかり飲んだ。久しぶりに和服を着てかたい帯をしめているので、体は帯に護られてしゃんと緊張を保っていた。友人の一人がシャーベットを運んできてくれて、やっと冷たいひと匙を口に含むことができた。

「仙台からきた者です」

上の方から声がした。見あげると眼鏡をかけた柔和な青年の笑顔があった。

「さっき只野真葛の名が出ましたが、僕の親戚は真葛の御子孫只野家の隣です。仙台へ来られるならいつでもご案内します」

周りにいた友人たちから、わあっと声があがった。

澁谷和邦氏との出会いである。真葛の嫁ぎ先、只野家の拝領地であった宮城県加美郡中新田町《なかにいだ》（現加美郡加美町、以下旧地名で表記する）と、澁谷氏との関係は後でわかる。私はその時点で、次の週に仙台にあるはずの真葛の墓を訪ねることに決めていたので、そのことを告げると、「僕は幼稚園を経営しているので時間が自由になります」といって名刺を下さった。音符の形をした可愛い園児の模様のある名刺の裏に、自宅の電話番号も書き添えてある。

私は呆然とした。あまりにもタイミングがよすぎる。昔の女性のことを調べていると、よくこういう偶然の、すばらしい出会いがあるものだけれど、それにしても、と私は思った。私はあまり神秘的なことを信じないのだが……。

『江戸女流文学の発見』を書いている時に、その中の主な文学者のお墓を訪ね、ゆかりの土地、ゆかりの方々をできるだけお訪ねしていた。中新田町の只野家にも手紙でお願いをして、新聞記事のコピーなどを送っていただいてあった。しかし仙台にあるお墓にお参りすることは、まだだったので、贈呈式の次の週に行こうと決めていたのだ。

くりかえし述べるが、只野真葛は江戸時代の女流文学者の中でも、ひときわ大きく異色の存在であり、私はその素顔をちらっとかいま見たにすぎなかった。受賞の祝賀パーティーの席上でゆかりの方に出会うとは……。

「真葛の使者」澁谷和邦氏との出会い

澁谷氏は、同時に受賞された『見る脳・描く脳』(東京大学出版会)の著者岩田誠氏の招待客として出席されていたのだが、私はためらうことなく彼を「真葛の使者」と命名した。

第一章　真葛小伝

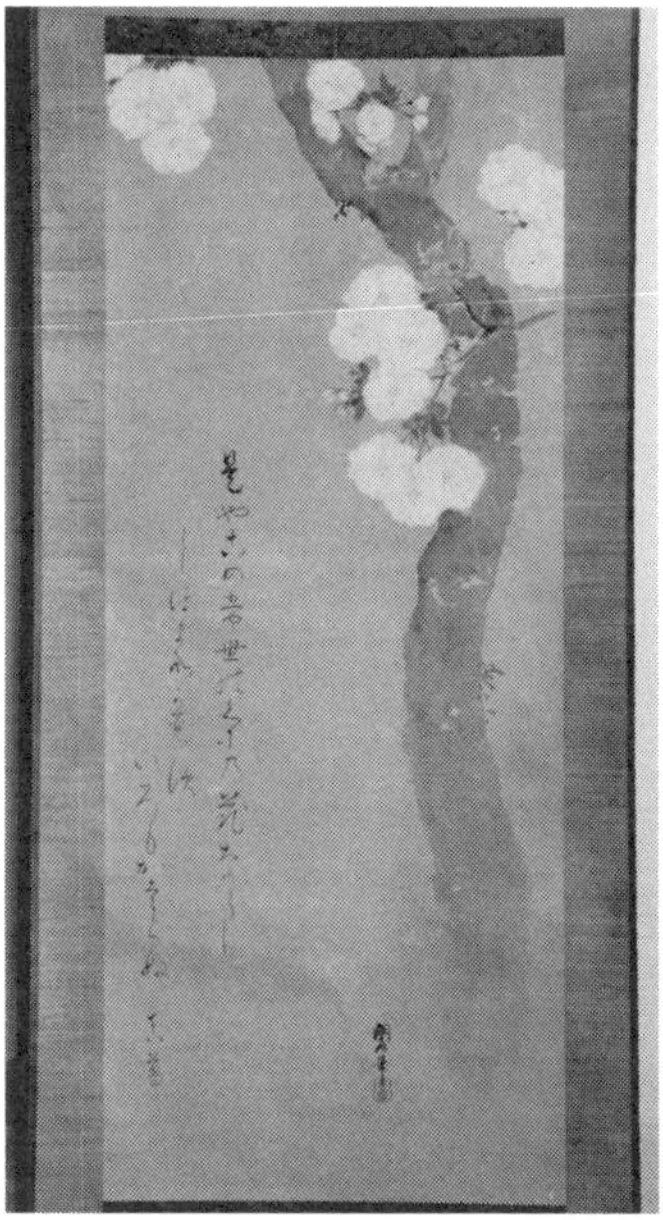

真葛の讃歌（画は別人）

■父と娘

只野真葛は江戸女流文学者の中では、ひときわ大きな異色の存在であるが、その生涯や作品が一般に広く知られているとは言いがたい。他の女流文学者たちも同様である。今、真葛の作品を論ずる前に、その生涯を一通り辿ってみたいと思う。

真葛の生涯を考えるときに、その父工藤平助の存在を抜きにすることはできない。父平助の活躍期と真葛の成長期は、綯《な》いあわされた一本の綱のように絡《から》まっており、また真葛の後半生も強く父に規定されている。

只野真葛は宝暦十三年（一七六三）、江戸日本橋数寄屋町で生まれた。名をあや（文・綾）という。あや子と自署している場合もある。父は仙台藩江戸詰の医師であった工藤球卿《きゅうけい》、俗称周庵・平助（一七三四―一八〇〇）、母は同藩の医師桑原隆朝如章の娘遊《ゆう》（?―一七九三）である。明治初期までは、女性は実家の氏姓に属することが多いので、人名辞書などに工藤あや子と表記されている場合もある。しかし今では只野真葛の名で通っているので、それに従う。

真葛は父平助の三十歳の時に生まれた。弟二人妹四人があり、真葛は長女である。長女としての責任感が生涯彼女につきまとった。父は真葛に工藤家を支える裏方としての役割を期待し、彼女もそれに懸命に応えようとした。

真葛の幼い頃は、父平助の全盛時代であった。数寄屋町の工藤家や、次に新築した築地の豪邸にはいつもたくさんの来客があった。その中には患家の大名、その家中の者、著名な蘭学者、文人ばかりではなく当時人気の歌舞伎役者、侠客まであった。

それらの人々に接する父を見て育った真葛は、後年「むかしばなし」の中でいきいきとその思い出を語っている。しかし「むかしばなし」は年代を追って書かれた自伝ではないので、年月が前後し、さまざまなエピソードが錯綜して入りまじり、わかりにくい部分が多い。後年、曲亭馬琴に書いて送った「昔ばなし」「とはずがたり」や「七種《ななくさ》のたとへ」にも先祖や父母、弟妹のことなど多くの思い出が語られている。これらと「むかしばなし」や曲亭馬琴の書いた「真葛のおうな」などをつき合わせて丹念に読みこんでゆくと、真葛の生涯が徐々に姿を現わしてくる。

■祖父・工藤丈庵《じょうあん》

真葛の祖父工藤丈庵（父平助の養父）は五代藩主伊達吉村（獅山《しざん》）が隠居するにあたって、侍医として三百石で召抱えられた。吉村は寛保三年（一七四三）に隠居し、江戸品川袖ケ崎にあった別邸に移った。これに従って丈庵も袖ケ崎の役宅に住んだ。真葛の父平助は延享三年（一七四六）頃、丈庵の養子となっている。平助は紀州藩の藩医長井大庵の三男である。工藤丈庵と実父長井大庵は医師同士の親しい間柄であった。長井家についてはのちに述べる。

工藤家の養子になった時、平助は十三歳になっていた。丈庵は伊達吉村に忠勤を尽くし、宝暦元年（一七五一）に吉村が逝去した後、願い出て、藩邸の外に住むことを許された。「……御家中に外宅といふはぢゞ様がはじめなり」（藩の人の中で、藩邸外に住むというのは、おじい様がはじめてである）と真葛が「むかしばなし」（一）に書いている。それを確かめるすべはないが、江戸詰の藩士は藩邸内の長屋に住むのが普通である時代に、稀な例といえる。真葛によれば、それは召抱えられる時の約束であったようだ。

その後、伝馬町に借地して家を新築した時に、「医師は大名より進物をとりいるゝもの故、玄関せまくては大台をとりまわすに見ぐるしゝ」（医師というものは、患家の大名から贈り物をもらうのが例であるから、玄関が狭くては贈り物を載せた大台を取り扱うのに見苦しい）と言って、二間間口の立派な玄関とした。丈庵の言葉通りに、工藤家には諸大名その他多くの人が患者として出入りした。

真葛は祖父丈庵について「ぢゞ様はそうぞくむき巧者にてありし」（おじい様は相続財産を蓄えるのがなかなか巧であった）と述べている。工藤丈庵という人はすぐれた医師であったばかりでなく、武芸百般その他に通じ、その上経済観念も並々でなかったとみえる。のちに真葛の父平助が築地に豪邸を建て、諸大名ほか、多くの客を迎えるようになるが、それはとても仙台藩の三百石取りの医師の財力で出来ることではない。平助の医師としての実力に加えて、養父丈庵から受けついだ豊かな財力があったものと思われる。「むかしばなし」でくり広げられるはなやかな暮らしは、丈庵の築いたものの上に成りたっている。丈庵は築地で亡くなっているので、養子平助の活躍を満足して見たであろうか。

ところで、真葛が生れたのは、伝馬町でも築地でもなく、数寄屋町である。丈庵は仙台藩に召抱えられる時、すでに抱え屋敷を三軒持っていたので、その中の一つかもしれない。彼が藩医となるにあたって、その中の一軒の屋敷と患者を、門人の一人に譲ったことも「むかしばなし」に書かれている。丈庵は仙台藩に召し出される前から、すでに高名な医師であったことがわかる。「むかしばなし」の中に数寄屋町でのことはあまり書かれていなくて、真葛の記憶に鮮明な、築地時代の思い出が多いので、もの心ついた頃に築地の屋敷が成ったのであろう。

真葛の母遊《ゆう》がいつ嫁いできたかはわからないが、真葛の上に生後まもなく亡くなった子があるので、真葛の生れる二、三年前のことであろうか。父平助の二十代半ばと思われる。母はまだ若く、奥づとめの経験もしていなかった。

母方の祖父は同じ仙台藩の医師桑原隆朝如章である。この人は六代藩主宗村《むねむら》（忠山）の時に、四百石で召抱えられた。住まいは藩邸内の長屋であったようだ。「むかしばなし」（一）に、母が子どもの頃、長時間の手習いの稽古に飽きると、弟と二人で自宅と隣の長屋の屋根との間に、多くの蜘蛛が巣をかけて獲物を捕らえるのを見て楽しんだ、とあることから察せられる。工藤家と桑原家は、まず同格の家柄といえよう。

真葛は祖父丈庵について「工藤丈庵と申《もうす》ゞ様は、誠に諸芸に達せられし人なりし。いつの間に稽古有しや、ふしぎのことなり」（工藤丈庵というおじい様は、本当に諸芸に上達されたお方であった。いつの間にお稽古なさったのか、不思議なことであった）と書いているが、医術はもちろん、学問、武芸、歌道、書道など全般に通じていた。そのため養子として迎えた平助の教育も厳しいものであった。

朝、丈庵が出仕前に『大学』一冊を序より終りまで三遍教えて、翌日までに平助に復習させる。彼が夜も休まず覚えて明朝養父の前で読むと、「よし、さあらば論語とて、又三べんにて御出勤」（よし、それならば次は論語だ、と言って、また三遍教えて御出勤なさる）。毎日このようにして十日で四書（大学・中庸・論語・孟子）を上げ、五経（易経・書経・詩経・礼記・春秋）も同じような教え方で、平助は二、三箇月の内に身の回りにあるほどの書物はたいてい読めるようになった。それまで平助はほとんど書を読まなかったという。真葛は「ぢゝ様の多芸なるも、みなこのような人はづれなる御まねびやう」（おじい様の多芸なのも、みなこのような人並みはずれた御学びよう）だったろうと推察している。

この学び方は真葛にも受けつがれているようにみえる。真葛も正式に一人の師についたということはない。当時、おおかたの武家の女子は、母や祖母から手習いや和歌の手ほどきを受けるが、真葛も当然そのような家庭教育を受けたであろう。母遊は古典の教養のある人であったし、特に母方の祖母は、『宇津保物語』の年立《としだ》て（年表）を考えるほどの高い教養があった。さらに真葛は少女時代の一時期、荷田蒼生子《かだのたみこ》に『古今和歌集』を習ったことを明記している。江戸派の国学者村田春海《むらたはるみ》は父平助の親しい友人であったが、真葛は正式に入門せず、稀に文章を見てもらっただけらしい。

馬琴の「真葛のおうな」によると、真葛がまだ奥づとめに上がる前に、『伊勢物語』を学んで書いた一片の文章を、父平助が春海に見せると、たいへん褒めて「その師なくてかくまで綴れるは、才女なり」（きまった師にもつかないで、ここまで文を綴ることができるのは、才女である）と言ったという。あまり大げさな褒め言葉なので恥ずかしくて、その後は両親にも見せなかったが、真葛はなおよい文章を書こうと心に決めた。自学自習が工藤家の伝統だろうか。

村田春海が、まだ若い真葛の文章をほめたということは、かなり大きな意味を持っている。春海は江戸派の国学者の中でも仮名遣いの研究にすぐれ、また和文作者として、当時から高く評価されていた。本居宣長さえも、その点で春海に一目置いていたといわれる（揖斐高著「和文体の模索」、『江戸詩歌論』所収、汲古書院、一九九八年）。工藤平助にしても、いかに親しい友人とはいえ、いい加減な気持ちで娘の文章を見せたりしないだろう。このことについては、また後に述べよう。

祖父丈庵は四書五経の他は、医学さえも平助に教えず、もっぱら調剤の手伝いをさせたという。平助は実父長井大庵や当時の著名な医師、中川淳庵《なかがわじゅんあん》、野呂元丈《のろげんじょう》らについて学び、漢学は青木昆陽《あおきこんよう》、服部栗斎《はっとりりっさい》らに学び、自分の工夫も加えて自らの医術を確立していった。その間に多くの蘭学者たちと友人関係を作り、彼らから医学ばかりでなく、当時の海外の知識を得た。

■父・工藤平助

工藤平助は漢方医であるが、「蘭学者ではなかったが、その思考方法は蘭学系の開明的知識人」という位置付けがなされている（岩波書店『日本思想大系』64『洋学 上』解説による）。

古くから医師は方外の人という一面があった。世の掟の外の人の意である。たとえ藩医であっても、他藩の大名や藩士、一般の人を診療して咎められることはない。工藤家に出入りする人々は「周防様、山城様、細川様」などと真葛が記す大名一族と彼らの用人や留守居役たち、さらに「出羽様・秋本様・大井様はわけて数知らずいらせられし」（出羽様・秋本様・大井様はとりわけ数えきれぬほどお出でになった）と「むかしばなし」（三）に書いている。彼らをもてなすために、二階に椹《さわら》の厚板で湯殿を造ったり、豆腐やへの支払いが年に二十両にもなったという。

他には平助の親しい蘭学者たち、幕府の奥医師桂川甫周《かつらがわほしゅう》、中津藩医前野良沢《まえのりょうたく》、そして仙台藩の大槻玄《おおつきげん》沢《たく》、さらに林子平《しへい》や高山彦九郎《ひこくろう》など奇人と呼ばれていた人、当代きっての知識人であった長崎の通辞吉雄《よしお》幸作《こうさく》、村田春海のような江戸派の国学者で通人と呼ばれる人々、歌舞伎役者、はては無頼の徒までこだわりなく工藤家を訪れた。

大名たちは医師としての平助に会うだけではなく、視野の広い平助の話を聞き、彼のもてなしの趣向を楽しむために遊びにくるのである。平助は器用な人で、料理さえ工夫して、それは平助料理といわれた。

「父様御名の広まりしは二十四五よりのことなり。三十にならせらるる頃ははや長崎・松前など遠国より高名を慕ひて御弟子にと志して入り来たりし」(「むかしばなし」(一))

(父様のお名の広まったのは、二十四、五からのことである。三十におなりのころは、はや長崎・松前などの遠国からも、高名を慕って御弟子にと志して入門してきたものだ。)

前述したように真葛の生まれ育った頃は、まさに父平助のもっとも華やかに活躍していた時である。松前から弟子入りを願って紹介状も持たずに頼ってきた者がいた。そのあと長崎の通辞吉雄幸作の弟子が相ついで三人、平助に入門している。

松前からは公事《くじ》(裁判)沙汰のため、平助の知恵を借りようとたびたび頼ってくる者がいた。平助は彼らから松前の事情、蝦夷交易の事情、ロシアの南下の様子をつぶさに知った。親しい蘭学者や通辞吉雄幸作からはオランダの事情を詳しく知ることが出来た。

平助は江戸にいながらにして、それらの知識を得ることが出来たのである。ことに吉雄幸作とは単なる情報交換のみならず、吉雄から送られてきたオランダの物品を、平助が売りさばくことさえあった。

■オランダの文物

はじめて吉雄から贈られた品は、ドイツの博物学者ドドネウス著『植物標本集』である。吉雄の門人樋口司馬が、平助に入門する時長崎から携えてきた。ところが彼が乗った船が、博多沖で嵐にあい難破してしまった。

本人は辛うじて助かったが、持参していた外科道具一式と、この書物ほか、その船に積んであった公儀《こうぎ》の物もすべてが海に沈んでしまった。やがて波が静まって、公儀の手で海の底を探り沈んだ荷を引き揚げた時に、たまたまその書物も網にかかって揚ってきた。その表紙裏に工藤周庵様吉雄幸作という手紙の上書きの字が、左字に染付いていた。吉雄から平助宛の手紙が挿んであったからである。それが証拠となって貴重な書物は樋口司馬の手に戻った。その書物一冊を届けねばと、彼は乞食同然の姿で築地の工藤家まで辿りついたのである。

この話をまだ十歳にもならぬ真葛は、深く印象に刻み込んで、のちにいきいきと書いている。

潮水に漬かった書物は役に立たぬと言われていたのを、平助はある紙問屋に教えてもらって見事に再生させた。固くしまった書物を真水の中で解きほぐし、一枚ずつ糸にかけて乾かす。これを三回繰りかえして、三回目に柿渋を少し加えた水で洗って干した。築地の家の、庭のあちこちに紐をかけわたし、ひらひらと異国の草木を描いた紙片がひらめいていた。平助の親しい蘭学者たちが見にきて、桂川甫周がオランダ文字のページ数を読み解いて、一冊の書物に仕立て直した。その時平助は、当時の日本にはないような分厚い本をどうして綴じるかと考え工夫して、金物屋に特別の金物を拵えさせて綴じた。こうして日本には稀な、珍しい『植物標本集』は再生した。

のちに来たオランダ人に聞くと、オランダでもやはり同じような形の金物で綴じると答えたという。これが吉雄から来たオランダ物のはじめであった。

このあとは、つぎつぎにオランダの珍しい物が来た。第一にきたのは毛織の国王の官服といって、大きな箱に入った上着と袴（ズボン）、髪挿し、靴など一揃いである。真葛はその色、織の種類、紋様、形状、飾りなど昨日見たように細かく覚えていて再現している。

次にはケルトルというオランダの酒宴道具一式がきた。これにはぶどう酒の入った角フラスコ二十本が精巧な二重の木箱の、下の段にきっちりと入り、その上段には盃、肴入れの器が入っている。濃いぶどう酒には金粉が入っていて、フラスコを振ると火の粉が飛ぶように見事であった。次いでびいどろの板で四方を張り、びいどろ鏡で反射するようにした掛行灯《あんどん》がきた。これは蝋燭をともすと、日本の行灯の十二倍にも明るく辺りを照らし出した。父平助はこれに千畳敷掛行灯と名を付けた。真葛はケルトルや行灯の燭台のこまかい図まで描いて語っている。

幼い真葛は眼を輝かせて見入ったことであろう。真葛の記憶力の抜群なことがわかる。これらのオランダの品々はやがてどこかの大名に買い上げられたようだ。当時オランダ物は大流行であった。

真葛にはその頃、弟妹が次々と生まれ、嬉しいことが続いている。

「父様は三十代が栄えの極めなるべし。日に夜に賑ひそひ、人の用ひもましたりし。御名のたかきことは医業のみならず……御才人なりといふ名の広まりしは、日本中にこへて外国迄も聞へし故、国の果てなる長崎松前よりも人のしたひ来りしなり……諸国にてもてあましたる公事沙汰《くじざた》（裁判）の終をたのみにくることにて有し。」（「むかしばなし」（一））

（父さまは三十代が一番お栄えになった時であったろう。昼も夜も人がきて賑わいが増し、人の役に立つことも多くなった。御名の高いことは医業ばかりでなく……ご才人だという名も広まり、日本中ばかりか外国までも聞えたため、国の果ての長崎松前からも人が慕ってきたのです。……諸国でもてあました裁判沙汰の決着をどうつけたらよいかまで頼みにきたことです。）

真葛が描く平助の姿は名医というばかりでなく、時勢をよく見る警世家、良識の持ち主というイメージが濃い。冷静によく父の姿を捉えている。のちに馬琴に書き送った「昔ばなし」にも、

「……（父は）医業をつとむるかた、心には天地にとほりてうごかぬことを考あつめて、論《あげ》つらふことをこのみ侍りき。……されば、子共が世人には似じと、おのおのはげみ侍りし」

（父は医業に精出すかたわら、心の中では天地を貫いて動かぬ、絶対の真理を考え集めて、論ずることを好んでおりました。……ですからわれわれ子どもたちも、世の人々には似ないようにと、おのおの励んだのでした）

とも書いている。平助が永遠に変わらぬ、絶対の真理とは何かを考え論ずることを好んだというのは、のちに「独考」を書くにいたる真葛の姿を見るようである。平助の人物像は多彩すぎて、なかなか一つに結ばぬところがある。

■父の著書『赤蝦夷風説考《あかえぞふうせつこう》』

父工藤平助の身に一つの好機が訪れたのは、真葛が二十歳頃のことである。そのころ彼女は仙台藩邸の奥に勤めていた。彼は『赤蝦夷風説考』という二巻の書物を著して、時の老中田沼意次《たぬまおきつぐ》に献上した。この著書で平助は、当時しばしばわが国の北辺を騒がせたロシアについて、彼らの南下の意図は領土的野心ではなくて交易にあることを述べ、さらに蝦夷地、カムチャッカ、千島、ロシアの地理について説明している。そして外国と交易してその宝を手に入れるべきこと、蝦夷地を開拓してその産物を獲得すること、とくに金山を掘って国力を増すべきことを説いている。

しかしこの著述は平助が自ら進んで田沼に献上したものではない。工藤家に出入りする人の中に田沼の用人がいて、ある時、

「我が主君は富にも禄にも官位にも不足なし。この上の願いには田沼老中の時仕《し》おきたることとて、長き世に人のためになることをしおきたき願いなり、何わざをしたらよからんか」（「むかしばなし」（五））

（我が主君田沼意次は、富でも禄高でも官位でももう不足はない。この上願うことは、田沼老中の時代に仕置いたこととして、のちの世の人のためになることをしておきたいものである。どんな仕事をしたらよいだろうか）

と平助の智恵を借りにきたので、蝦夷開拓を勧めたのだという。この用人とは誰であろうか。三浦庄二であろうと推測されている。

そして書き上げた平助の著書『赤蝦夷風説考』を田沼意次や松平信明らが見て、その結果、天明五年（一七八五）に幕府は大掛かりな蝦夷地調査隊を派遣した。隊員は御普請役山口鉄五郎以下十名であり、その外に雇い人として最上徳内《もがみとくない》らも入っていた。二回目の調査隊は翌天明六年の田沼失脚によって中止となった。しかしこの調査隊の果たした役割は、その後の影響をみれば無視できない大きなものがある。

『赤蝦夷風説考』が田沼に献上されたその後、平助は草稿を深く蔵して他人に見せなかったという。同じ年に大槻玄沢の『蘭学階梯《らんがくかいてい》』が完成し、林子平著『三国通覧《つうらん》図説《ずせつ》』が刊行されている。平助と玄沢や林子平との深い関係については後に述べる。翌六年に林子平著『海国兵談《かいこくへいだん》』が完成。平助は同藩で四歳年下の彼の著書に、請われて序を書いた。新井白石著『西洋紀聞』は正徳五年（一七一五）の成立であるが、幕府に献上されたのはずっと後の寛政六年（一七九四）である。本多利明著『西域物語』が完成するのはさらにその四年後のことである。

こう見てくると平助の『赤蝦夷風説考』が日露交渉史の上で重要な意味を持つ、先駆的なものであったことがわかる。平助ばかりでなく彼の周囲にいた安永・天明期（一七七二―八八）の蘭学者たちの海外認識は、ほぼ同じ程度に進んでいた。

田沼意次が執政であったこの時代は、幕府の紀綱が緩み奢侈《しゃし》に流れることが多かったが、一方人々の海外の新知識への要求が高まった時代であった。その後の松平定信の時代や、文化文政期よりも外国人との交流の取り締まりは、はるかに緩やかだった。江戸文化があらゆる面で最盛期を迎え、それぞれの分野に個性豊かなすぐれた人材が登場し、近代のさきがけとなった。

一例を上げれば平賀源内《ひらがげんない》、大田南畝《おおたなんぽ》、青木昆陽、杉田玄白、賀茂真淵《かものまぶち》、本居宣長、上田秋成、与謝蕪村《よさぶそん》、鶴屋南北《つるやなんぼく》、池大雅《いけのたいが》等々、枚挙に暇がない。平助もこの時代の主要な一人である。さらに蔦屋重三郎《つたやじゅうざぶろう》が現われて、出版文化も隆盛期を迎える。

さて『赤蝦夷風説考』であるが、このような時代と平助の持つ広い情報網がこの著述をなすに役立った。この著書の序の冒頭ははなはだ興味深い。

「「カムサスカ」とは赤蝦夷の本名也。つら〳〵その事を尋《たず》ぬるに阿蘭陀《おらんだ》のひがし隣にあたり国有《くにあり》。「ヲロシア」といふ。此国の都を「ムスカウヒヤ」といふ。我国にては「ムスコベヤ」と唱《となう》るは此国の事也。（中略）松前の物語と阿蘭陀書物にしるす処と能合《よくあい》たる事共ある故、珍しき物語と思ひ、且及ばぬ所存を加へて一冊となし、外にその考の証拠を上げて一冊とし、合而《あわせて》二冊とはなりぬ（後略）」

（「カムサスカ」というのは赤蝦夷の本名である。よくよくそのことを追究すると、オランダの東の隣に一つの国がある。「ヲロシヤ」という。この国の都を「ムスカウヒヤ」という。我国で「ムスコベヤ」というのはこの国のことである。……（この国について）松前人の物語る所と、オランダの書物に書いてある所とがよく一致するので、珍しい話と思い、さらに拙い考えを加えて一冊の書物とし、他にその考えの証拠を上げて一冊とし、合わせて二冊となった。）

とある。

蝦夷地から松前人を経て伝わったロシアの話と、オランダを発し大西洋を経てアフリカの南端を巡りはるばる長崎へ舶載し、さらに江戸までもたらされた書物の内容とがよく一致するのである。平助はこの時、丸い地球を両手で抱くように実感しただろう。

平助は医師としても仙台の物産や薬草を吟味して藩に提出したり、新しい診療や処方の工夫をして評判をとっているが、それ以上に処世の能力、人情や世態の洞察、政治的見識その他さまざまの工夫にすぐれ、世間から経世家、大智者として頼りにされていた。当時、医師は頭を丸め、僧侶のような法体《ほったい》をしていたが、藩主重村は平助の多彩な才能に目をつけたのか、髪を蓄え普通人のみなりをするよう命じた。そのため平助は俗医師と言われた。

「（父様は）からくりのごとき生立ちありし故なり」と真葛は書いている。

からくりとは糸の操りで動く仕掛けや玩具をいう。しかし真葛が父を譬えるときは、十三歳で工藤家の養子になった時、ほとんど書物が読めなかったのに、半年もたたぬうちたいていの書物が読めるようになったことを指している。もともと才能があり、そして普通人の思いもかけぬ発想がつぎつぎと湧いてきて、さまざまな工夫でそれをやり遂げてしまう父の姿は、娘の眼にはからくりのように映ったのであろう。

実際、医師としての平助と、彼のあまりにも多方面の活躍を見ると、どれが本当の平助の姿なのか、私の頭の中でもなかなか実像が一つに結ばなかった。

■父の著書『救瘟袖暦《きゅうおんそでごよみ》』

のちに宮城県立図書館の郷土資料室で、工藤平助の医学上の著書『救瘟袖暦』をマイクロフィルムで見たことがある。そのときに、ようやく平助の実像に巡りあったように思って、私は感動した。『赤蝦夷風説考』ほど有名ではない『救瘟袖暦』を見て、彼が決して医師の本道を逸脱した人でないことを知ったからだ。『袖暦』というやわらかな題名からして、家庭の医学書、子どもの急病の応急処置や養生訓を説いた通俗書を連想していたのだが、私は間違っていた。

それは傑出した蘭学者であった大槻玄沢《おおつきげんたく》の序を付したもので、『傷寒論《しょうかんろん》』を踏まえた堂々とした医学書生向けの入門書であった。稿本は寛政九年（一七九七）、六十四歳の春に成立している。平助は晩功堂と名づけた家塾で、門人たちに医業を授けるために使おうと考えたようだ。

ある日、平助は同藩の蘭医玄沢にその事をはかり、玄沢は大いに喜んでそれを勧めた。しかし平助の生前には刊行されなかったらしい。平助の自筆稿本は、門人の誰かが筆写している。そして彼の没後十九年

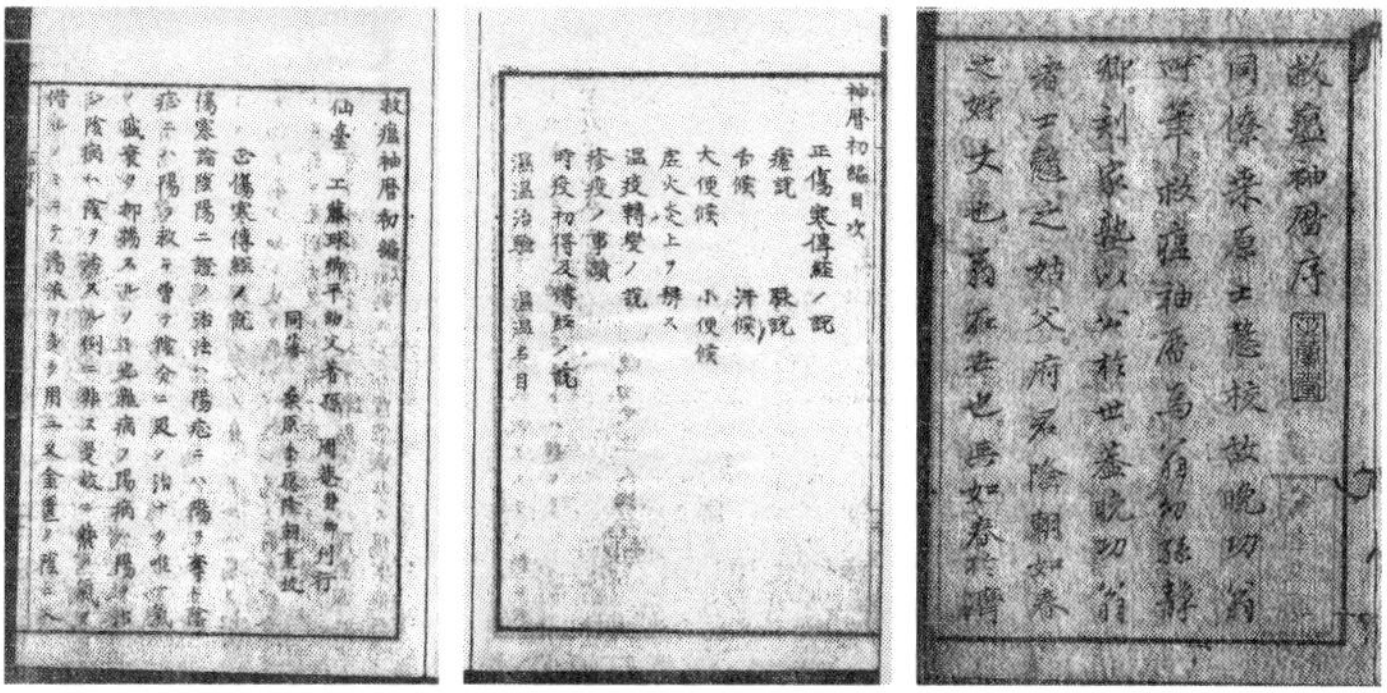

工藤平助著『救瘟袖暦』（1797年。宮城県立図書館蔵）

目の文化十三年（一八一六）三月にようやく刊行された。

刊本は縦二十五センチ、横十九センチ、江戸浅草南伝馬《てんま》町の書林桑村半蔵の奥付があり、大槻玄沢の序と、平助の自序がある。真葛にとって母方の従兄弟にあたる桑原士愨《しかく》（三代隆朝）と、その次男工藤周庵（静卿）が上梓した。二人は工藤平助の医学上の業績を世に出そうとしたのである。周庵は真葛の弟源四郎が亡くなった後、跡継ぎのなかった工藤家を継いだ。これについては後に述べる。

大槻玄沢は、士愨が示した稿本を見て「……此ノ編《ヘン》即チ是也　巻ヲ披《ヒラ》キテ之ヲ読メバ　恍《コウ》トシテ知己《チキ》ニ遇《ア》ウ如シ　泫然《ゲンゼン》トシテ泪《ナミダ》下《クダ》ル……〔原漢文〕」（この一編が即ち（かつて平助翁が私に示した）是である。巻を披いてこれを読むと、ぼんやりと亡き親友に遇う思いがして、涙がはらはらと流れる）と序に書いている。このような文章は、故人を追悼する時の常套句《じょうとうく》ともいえるが、玄沢の場合はそうは言えない実感がこもっている。玄沢は若き日に、仙台藩医工藤平助から大きな恩を受けていたのである。

■工藤平助と大槻玄沢

大槻玄沢（一七五七―一八二七）は名を茂質《しげかた》、号を磐水《ばんすい》という。はじめ仙台藩の支藩一関《いちのせき》藩医の建部清庵《たてべせいあん》の門人であった。後、江戸に出て杉田玄白、前野良沢の門に入り、和蘭語の初歩を学んだ。その時の遊学期限は三年であった。学業がまだ成就しないうちに帰国の期限が迫ったのを歎いていた時、前野良沢と親しい工藤平助が訪ねて来た。玄沢の抜群の力量を良沢から聞いて、平助が一関藩主田村侯に願い出て、玄沢は二年の猶予期間を許された。彼はその間に『蘭学階梯《らんがくかいてい》』という和蘭語の入門書を著した。そののち長崎にも遊学して語学の力をつけ、幾冊かの編著書を著した。そしてのちに平助の推挙によって、本藩仙台藩の医員になったのである。

のちに藩命によって二人はともに、仙台領内の物産を調査し、薬物の精粗を吟味して歩いたこともある。玄沢はこのことに深く恩義を感じて、藩に願い出て工藤家と親戚の誼《よしみ》を結んだ。これは玄沢の孫、大槻如電著『磐水事略』や、伊達家の編纂にかかる『東藩史稿』列伝その他にくわしい。

これらの事情を踏まえて、桑原士愨は『救瘟袖暦』の序を大槻玄沢に頼んだのである。玄沢は序の中で「士愨ノ挙《キヨ》、其ノ志、篤《トク》ト謂《イ》ウベキ也」（士愨の企てとその志は、まことに誠実と言うべきである）と記している。

次に平助の自序を読んだ時、私には平助の人柄がよくわかった。そこには平助がなぜこの著書をなすに到ったかが述べられていた。

前述したが、これは後漢の張機著『傷寒論《しょうかんろん》』を踏まえ、さらに平助自身の経験と工夫を加えた、医学書生向けの入門書である。瘧《ぎゃく》説、脉《みゃく》説、舌候《ぜっこう》、汗候《かんこう》、大便候、小便候など十三項目にわたって詳説している。文体は仮名まじりの読み下し文や、句読点と送り仮名を施した漢文と、初心者でもわかるように工夫してある。

『傷寒論』は急性熱病の治療法を記したもので、古来漢方医の聖典とされてきた。平助は自序の中で、『傷寒論』はまず読んでよく理解し、治療の根基を定むべきであるが、熱病というものは年々、或いは時候の変化によってさまざまな症状を示すものであるから、いつも『傷寒論』の治療法を固守しているだけではいけない。個々の病人を診て治療法を考えるべきだ。ここに自分が経験した治療法の得失をありのままに記して参考に供する、という意味のことを述べている。つづけて「若《モ》シ此ノ時行変転《ジコウヘンテン》シテ、又新ニ治方ヲ立《タツ》ル時ハ故《コ》ヲステ、新《シン》ニ就《ツ》クベキニヨリテ袖《ソデ》コヨミトハ題セリ」（もし、この病の流行が変転して、また新しく治療法を考える時には、躊躇せず古い法を棄てて、新しい法を取り入れるべきである。これによって袖暦と題するのである）と、「袖暦」という題名をつけた意図をみずから明らかにしている。時候は年々微妙に異なり、病気の症状もそれにつれ異なる場合がある。その時は、この著書に固執せず新たな治法をとりいれるように、この著書を絶対視しないようにと説いている。私が与《くみ》しやすしと感じた『救瘟袖暦』という題には、そのような平助の覚悟がこめられているのであった。

ここにはたしかに真葛の父平助の、柔軟な開かれた精神があると思った。この著書を核にして、私の中の、工藤平助の人物像は定まった。彼は単に教養豊かな警世家であるだけでなく、りっぱな武士であり、本格的な医師であることがわかった。真葛が父の名ばかりは世に残したいと、熱烈に願った理由を理解した。

『救瘟袖暦』が出版されたのは、一重に真葛の従兄弟桑原士愨とその次男工藤周庵の努力による。出版の費用もかなりの高額だったと思われる。大槻玄沢も序の中で、出版の企てを高く評価しているのである。しかし不思議なことに、真葛はこのことについて一切沈黙しているようだ。私が読んだかぎりでは何の言及もない。真葛の、母の実家桑原家に対する感情は、なかなか複雑だったようである。

■真葛の少女時代

からくりの如き生い立ちの、工藤平助の日常は、まことにはなやかなものであり、真葛の周囲には、賑わしい日々が続いた。真葛はそれをじっと見つめて楽しんでいるが、しかしそれに浮かれて、嬉々として過ごすだけの少女ではなかったらしい。のちに触れるが、「独考」の冒頭部分に、九歳の頃、人の益となることをしたい、自分こそ世の中の、女の本となりたいと考えた、とある。また十三、四の頃、母方の祖母が、寺の方丈の導きで悟りを得たというのを聞いて、自分もなんとか悟りを開きたいものと願った。しかしこれは娘子どもの学ぶことではないと、父母に一笑に付されてしまった。しかしこの願いはながく真葛の胸から消えなかったようだ。人の出入りの多い賑やかな家にいて、それに流されず、しんと自分の内面を見つめる、一人の怜悧な少女の姿が浮かびあがる。

この少女はかなり繊細で、何気なく詠んだ和歌を母に見せると、「すは哥《うた》をよむならん」(さては和歌を詠むのであろうか)といって、母に毎日和歌を作らされて閉口してしまい、いらぬことを言ったと後悔する内気な面もある。荷田春満《かだのあづままろ》の姪、荷田蒼生子に『古今和歌集』を習いに行かされたのも、その頃であったかも知れない。

十四、五歳になるころから、そろそろ縁談がくるようになったが、真葛の両親は、彼女の結婚にあまり乗り気ではなかった。父平助は「外へやると来年からぢゞ様といはれるから、めったに娘かたづけぬ」（嫁にやると、来年からおじい様と言われるから、めったに娘は嫁にやれぬ）と言い、母は縁談があると「可愛そうにそんなにはやく片付《かたづき》、子持に成《なる》と何もならぬから」（可哀想に、そんなにはやく片づいて、子が出来ると何にも好きなことができぬから）と、もっと好きなことをさせたいと言っていた。

奥づとめは真葛よりもむしろ母の希望であった。母方の祖母は奥づとめをしたことがあり、古典の教養の深い人であった。母は若くして工藤家に嫁いだので、勤めることができなかった。それを後悔して、自分の娘に望んだのである。大名の奥御殿に勤めることは、当時の女性にとって広く世間を見て、自分の教養、才能を活かし活躍できる最上の場であった。

真葛は十六歳の九月に仙台藩の御殿に上がり、伊達重村夫人近衛年子《このえのぶこ》に仕えている。のちに述べるが重村夫人は夫の没後、仙台藩の危機を支えた賢婦人として知られた女性である。

真葛は奥づとめの間のことをほとんど書いていない。江戸中期の丸亀藩の奥御殿に勤めた井上通女には、一年ほど書き綴られた「江戸日記」があって、興味ふかい日々が描かれている。真葛は自藩のことでもあり遠慮したのであろうか。ただ後年になって、朋輩はないものと思って懸命に勤めたこと、ある時町家から勤めに上がった者たちの話で、町人がいかに武家を憎んでいるかを知って、驚いたことを書いている。真葛にとって、またとない生きた社会勉強の場になったことであろう。

天明三年（一七八三）、選ばれて姫君詮子《あきこ》の輿入れに従い、彦根藩井伊家の上屋敷に移っている。真葛二十一歳のときであった。

父平助の著書『赤蝦夷風説考』が成り、田沼に献上され、蝦夷地調査隊が派遣される前後に、平助には蝦夷奉行に抜擢されるかも知れぬ希望が湧いたのである。蝦夷奉行になるということは、幕府直属の家臣になることを意味する。

真葛が二十歳前後のことである。平助は真葛に、いま少し辛抱して奥づとめを続けよと言った。「むかしばなし」(五)で真葛は父の言葉を次のように書いている。

「……其方《そのほう》も縁付《えんづく》べき年には成《なり》たれども、我身分いかゞなるや知れ難し。今縁付れば余り高きかたへは遣《つか》はしがたし。我身一きわぬけ出《いで》なば妹共をば宜《よろ》しき方へもらはれんに、姉のをとりてあらんはあしかるべし。……」

(お前ももう嫁ぐべき年頃にはなったが、我が身分がどのようになるやも知れがたい。今嫁げば、あまり高い身分の家に遣わすことは出来ない。我が身分が一段と高くなれば、妹達は高い身分の家に嫁ぐであろうが、姉の嫁ぎ先が劣っていては、具合が悪いであろう……。)

おそらく平助は、真葛にこの通りに語ったのであろう。父が幕府の蝦夷奉行ともなれば、娘たちをいっそう身分の高い武士に嫁がせられると思ったのである。「我身一きわぬけ出なば……」との一言に、平助の秘めたる抱負がうかがわれる。しかしこの望みはその後の田沼失脚によって、もろくも潰えた。親心からであるが、真葛の婚期は幾重にも遅れた。

■平助の衰運

天明六年は工藤家にとって不幸が重なった年である。国元は前年からの不作続きで、藩の財政は苦しくなっていた。八月には田沼意次が失脚し、十月、幕府は二回目の蝦夷地調査を中止した。これで平助の蝦夷奉行になる望みはまったく消えた。そして多くの客を迎え賑わった築地の家は火災で類焼する。

真葛は奥づとめ中なので、あとで知ったことだが、出入りの者たちの家から先に焼けたので、手伝いに駆けつける者がなく、平助も出仕中で、道具類をほとんど焼いてしまった。衣類はなんとか持ち出したが簞笥《たんす》類は焼けた。平助の工夫による貴重な薬箱百味簞笥も、折角作った工藤家の定紋入りの幕二張りも蔵に入れたまま焼いた。幕があれば、罹災の夜も、それを張り巡らせて一時の休息所に出来るのだ。ことに百味簞笥は特別に工夫して作らせた重宝なもので、そののち「御一生不自由被遊《あそばされ》し」(一生ご不自由なさったことだ)と真葛は書いている。

多くの家族と使用人たちは、袋小路のあばら家にようやく移った。この頃はまだ田沼時代の鷹揚な気分が残っていて、付き合いのあった大名方やその用人たちから気前よく多額の火事見舞いをもらった。この家で、将来を期待されていた嫡男長庵元保に死なれ、平助はたいそう力を落としている。長庵はまだ二十二歳の若さであった。

さらに築地川向に借地して家を新築しはじめたが、世話する人に金を預けておいて使い込まれてしまい、家の普請は途中でどうにもならず、捨て値同然で売り借宅に入る。そうこうする内に松平定信の時代となり、天明七年に倹約令が出る。のちに言う寛政の改革が始まったのである。景気は冷えて「金廻りあしくなり」平助は動きがとれなくなった。真葛は、火災のあと新築せず、売り家でも買っておかれれば、のちのちこんな難儀はなかったろうにと、さすがに父の放漫なやり方を批判している。「からくりのごとき生立ちありし……」と、かつて真葛が称えた父も五十歳をとうに越えていた。ようやく浜町に家を借りて移ったが、ここで平助の養母、真葛を可愛がってくれた祖母が亡くなっている。同じころ、平助の長兄、長井四郎左衛門が大病で亡くなり、この兄を心のより所と頼っていた平助は、大きな打撃を受けた。

■平助の生家、長井家のこと

ここで平助の生家長井家について少し述べよう。

平助の実父長井大庵の遠祖は、播州加古川辺りの領主であった。天正六年（一五七八）、秀吉が播州三木城を攻めた時、周辺の野口城を固めていた長井四郎左衛門は真っ先に攻略され、城を明渡して降伏した。その後、一族は加古川辺りの郷士として豊かに暮していた。江戸時代前期に、幕府はたびたび検地を行った。その際、長井家の当主は気位が高く、検地の役人に少しもへりくだった態度をとらなかったため、憎まれて、田地を取り上げられ、浪々の身となって大坂へ出た。それが真葛の曽祖父の時であるという。

やがて祖父大庵の時に江戸に出て医術を学び、紀州藩医として召抱えられる。しかし大庵は藩主に「たつきの為長袖となり候だに、先祖の恥と歎かしくおもひ候……」（暮らしのためとはいえ、長袖を着た医師となったことさえ、先祖の恥と嘆かわしく思っております）と言って、三人の男子を武士にしたいと願いでた。柔術の名手であった長男四郎左衛門は紀州藩の武士に取り立てられ、次男善助は弓術の腕前によって清水家に召抱えられた。三男平助のみ、縁あって仙台藩医工藤丈庵の養子となって医業を継いだ。平助は二人の兄を深く敬愛し、父大庵の志を忘れず、医術のみならず、広く世界に眼を向けて多くの書を読み、多数の師友からあらゆることを学び極めた。

後年、真葛が父工藤平助とその遠祖の名を顕したいと願う時、真葛の念頭にあるのはこの長井家の祖先なのである。真葛はその祖先を誇りとし、その血脈に連なる自分を強く意識していた。それに反して、母遊の実家桑原家に対する感情はかなり複雑で憎しみさえ含んでいる。

父の実家に対する敬慕の念と、まったく相反する真葛の気持ちは、多くの真葛研究者をとまどわせる点である。

■母の実家、桑原家との軋轢《あつれき》

平助の養父工藤丈庵と母方の祖父桑原隆朝は、ともに仙台藩の医師で、親しい仲であった。その縁で母遊は平助に嫁いだ。真葛も桑原の祖父母に対しては敬愛の念を持っている。ことに御殿づとめの経験があり、古典の教養も深い祖母に対して、尊敬の気持ちを持っている。ところが母の弟隆朝（二代目）の乳母であった、〆《しめ》という女性が難物だった。「むかしばなし」その他に、この乳母がたびたび幼い母に意地悪をしたことが書かれている。

祖父母たちが女の子、つまり真葛の母や早世したその妹ばかり可愛がるのを妬んだからというのである。それもご飯のおかずに姉の皿にだけ唐辛子粉を混ぜたり、姉弟が育てていたほうせん花の鉢植えが、姉のばかり咲くのを妬んで仕返しをしたというたぐいの意地悪である。母が工藤家に嫁いでからも、弟隆朝はたびたび金銭面で迷惑をかけたり、工藤家の栄えるのを妬んで悪口を言ったりしたので、さすがの平助も立腹し、離縁騒ぎにまでなったことがある。間をとりなしたのは平助の次兄善助であった。

このようなことが重なり、工藤家が火災の後、次第に家運が傾いたのを、叔父の乳母〆の悪念のためだと、真葛は大真面目で二、三ヶ所述べている。これほど聡明な真葛にして……と、誰しも不思議に思うところである。

しかしとりわけ家族愛、肉親愛の強い真葛である。大事な母様が幼いとき意地悪されたというだけで、どうしても〆と、それに連なる叔父隆朝を許せなかったのだろう。あるいは江戸時代頃はまだ、春日の局や「伽羅先代萩《めいぼくせんだいはぎ》」の政岡の例に見るように、乳母という存在がかなり大きな力を発揮していたため、真葛はそれを恐れたのかも知れない。「むかしばなし」は他人に見せる意図はなく、妹たちにだけ父母の事を語ったものなので、つい繕わぬ本音が出たのであろう。

真葛の不可解な部分はそれとして、私たちはそのまま受容する外はない。

■真葛、実家に帰る

天明八年（一七八八）七月に真葛の主人、詮子の夫である井伊直富が病で急死した。最後に薬を調剤して差し上げたのが平助であったため、評判が悪くなり、真葛も詮子の傍に仕えることが心苦しくなった。詮子は十八歳で髪をおろし、守真院と名のるようになっている。その姿を見るのも忍びなかった。「身をひくべき時来たりぬと覚悟して……」（奥づとめを辞めねばならぬ時がきたと覚悟して）病気を理由に勤めを辞した。

十六歳で仙台藩の奥に勤めに上がってから十年目で、真葛は二十六歳になっていた。真葛はこうして浜町の借宅に帰ったのである。

帰ってみれば、実家は栄えていた昔に変わる有様であったが、真葛の母遊にとっては、一生のうちここにいる時が一番楽しい時代であったようだ。嫡男長庵こそ失ったが、子どもがみな周りにいて賑わしく、そこへ長女真葛も帰ってきた。両国の見世物の太鼓が聞えてくる。二丁も歩けば大川端に出られる。花見にも舟遊びにも便がよい。誰に遠慮することもなく、亀井戸、妙見、向島などふと思い立って遊びに行くこともある。そんなのびのびした母を見るのは楽しかった。

次の年、二十七歳の真葛は世話する人があって、酒井家の家臣に嫁いでいる。しかし相手はかなりの老人であって、これが自分の一生を託す夫かと思うと真葛は泣いてばかりいたために戻されたという。その時の父平助の言葉に、さすが父様思いの真葛も恨み言を述べている。平助は「磯田藤助が従弟、酒井様の家中に有所へ世話するといふからゆけ。先は老年と聞が、其方も年も取しこと」（磯田藤助の従兄弟で、酒井様の家中のあるところへ世話すると言っているから行け。先方は老年と聞いたが、お前も年を取ったことだから）と言ったのである。「私が好で取た年でもないものをと、涙の落たりし」（私が好んで年取ったわけでもないものを、と涙が落ちた。）

真葛が酒井家中の所から戻った頃より、次第に母が病気がちとなり、真葛は母に代わって弟妹の面倒をみるようになった。

寛政二年（一七九〇）には長らく七代藩主の座にあった伊達重村《しげむら》が引退し、十七歳の斉村《なりむら》が藩主となった。父平助も老いたとはいえ、仙台藩領内の薬品の吟味をしたり、またたび行われた仙台藩鋳銭の相談に与ったりしている。真葛はますます一家の主婦代わりとしての責任が重くなった。真葛のすぐ下の妹しず子が雨宮家に嫁ぎ一子を生んだが、体が弱く工藤家に帰って亡くなった。次の妹つね子が太田家に嫁いだ。これらすべてを真葛は病弱の母に代わって面倒をみた。

真葛の母は寛政五年（一七九三）に亡くなった。真葛の次の弟源四郎元輔《もとすけ》は工藤家の家督を継ぐべく修業中であったが、父平助はまだ若い源四郎の後楯とするために、五人の娘のうち一人を本藩の有力な藩士に嫁がせたいと、かねてから願っていた。娘たちは恐ろしいみちのくへ嫁ぐことを嫌って、うち二人は他家へ嫁して亡くなってしまった。まだ縁付かない娘といえば末の二人の妹、栲子《たえこ》と照子、それに酒井家中から戻された真葛である。栲子は越前松平家の奥に勤めており、末の照子はまだ十二歳である。

寛政九年（一七九七）、仲立ちする人があって、仙台藩江戸番頭《ばんがしら》を勤める只野伊賀行義《ただのいがつらよし》との縁が定まり、真葛は伊賀の後妻として仙台に下ることになった。伊賀の妻はその前年に三人の男子を残して亡くなっている。

真葛は仙台へ下ると決心した時の気持ちを「三十五才を一期ぞといさぎよく思切、この地へくだるは、死出の道、めいどの旅ぞとかくごせしからに……」（三十五歳までが私の一生であったと、いさぎよく思い切り、仙台へ下るのは死出の道、冥土への旅だと覚悟したからには……）と、後年「独考」の冒頭に書いている。当時、江戸生れの女性が仙台へ嫁ぐには、それほどの覚悟が要ったのである。

この時心配して真葛を留める人があったようだ。それに対して真葛は答えた。後年、馬琴が書いた「真葛のおうな」によれば、

「遠く仙台へよめらせんとほりするは、これ父のこゝろなり。又遠くゆくことをうれはしく思ふは、子の心なり。なでふ子の心を心として、親の情願に背くべき……」

（とおく仙台へ嫁入りさせようと欲するのは、これは父の心である。また遠くへ行くことを悲しみ歎くのは、子の心である。どうして子の心を主として、親の心の願いに背くことができようか……。）

あまりにも強い自己犠牲の言葉にたじたじとさせられる。真葛は仙台へ嫁ぐ運命を自ら選びとった。

■夫・只野伊賀

只野伊賀は仙台藩江戸番頭《ばんがしら》の重職にあり、ほぼ一年毎に江戸と仙台を往復している。ただし住居は城の近くに、仙台屋敷を与えられて、家族はそこに住んでいた。そのため真葛は嫁いでからは、仙台に留守居する日々が長くなった。当時は参覲交代の藩主に従って江戸と国元を往復する武士が多く、妻たちは長い留守を一人で過ごすことを余儀なくされたのである。

只野家は政宗以来の古い家柄で、代々着座二番座、加美郡中新田《なかにいだ》に千二百石の拝領地を有しており、番方の頭を勤める家柄であった。三百石の藩医工藤家とは格段の相違のある有力な地位である。この点で父平助の願いには叶っていた。のちに述べるが、夫になる伊賀行義は学問を好み、漢詩文、謡曲もよくする教養人であった。

『中新田町史』（昭和三九年、中新田町長発行）の旧家年譜によると、伊賀は若い頃、仙台藩の御連歌の間近《きん》習《じゅ》や脇番頭を勤めている。八代藩主斉村の信頼厚く、寛政八年（一七九六）三月に生れた世子政千代のもり役（守り育てる役）に任ぜられた。ところが同年七月に斉村が二十二歳の若さで没したため、もり役を解かれ、その後仙台藩の番頭を勤めていた。彼は工藤平助の多方面の活躍を高く評価し、また奥づとめの経験が長く、歌人としても知られた真葛の心情をよく理解した。

真葛が仙台へ出発したのは寛政九年（一七九七）の九月十日である。弟の源四郎が仙台まで付き添った。仙台の只野家では伊賀の老母と三人の男子、また他家へ養子にいった伊賀の弟たちが、そろって江戸から来た真葛を迎えた。伊賀もともに下る予定であったのが、公務のため叶わず、真葛が先に出発した。

この事情を真葛は「みちのく日記」の冒頭に、『伊勢物語』のような文体で書いている。翌年の春、夫が帰国して、伊賀と真葛はようやく夫婦らしい生活をはじめるが、それも一年余りで、夫は嫡男義由《よしなお》を伴って江戸へ出府する。このようにしてほぼ一年毎に江戸と仙台を往復する生活が、伊賀が江戸で急死する文化九年（一八一二）まで、およそ十五年間続いた。

夫が留守の長い一人の時間に、真葛は和歌を詠み、松島、塩竈《しおがま》などを巡り、「みちのく日記」「塩竈まうで」「松島みちの記」「いそづたひ」その他多くのすぐれた作品を書き綴ることになる。また歌人としての名も知られていて、門人数人ができたようだ。ことに夫伊賀は工藤家の当時としては珍しい暮らしぶり、真葛のすぐれた文章力をよく認めて、「むかしがたり書きとめよ書きとめよ」（昔の思い出話を書き止めておけ、書き止めておけ）と勧めたので、この章でさまざまに引用した大作「むかしばなし」をつれづれに書き始める。

この著述は、幼くして母に別れた妹たちのために、母の思い出を語ろうと書きはじめた。それが次第に筆は工藤家の盛んな有様、父平助の動静、出入りした著名な医師や大名や文人たちの様子、その他に及び、時代の雰囲気をいきいきと語る貴重な史料として評価されるものとなった。文化九年（一八一二）に夫伊賀が急死した後も、「書きとめよ」と勧めてくれた夫への供養にと思って書き続けられたが、成立年ははっきりわかっていない。

「みちのく日記」は前にも述べたが、江戸を発し、仙台へ着いた時から約一年間のことを綴ったもので、はじめてのみちのくの印象、三人の子どもたちや夫伊賀との心の通い合い、江戸への郷愁などが多くの和歌とともに綴られている。

「塩竈まうで」は、みちのくの一宮として尊崇されている、塩竈神社に詣でた紀行文である。この神社参詣には深い事情があったようだ。それについてはのちの章で触れる。

「松島のみちの記」はもっとも充実した紀行文であり、文体もすぐれている。夫伊賀や弟源四郎に勧められて出かけたものであろうか。数人の友だちと連れだって、楽しげな様子が浮かぶ。最後は見事な万葉調の長歌反歌で締めくくられている。

「いそづたひ」は、伊賀の没後に書かれたものである。松島の南に位置する名勝の地七ケ浜《しちがはま》を訪ねて、各地の口碑、伝承を聞き書きした異色の作品である。自分の足で歩き、古老から直接聞きとり、自分の眼で確かめている。

その他、深い謎を秘めた「キリシタン考」、数人の友との楽しい行楽を綴った「ながぬまの道記《みちのき》」など魅力ある文章が多い。他にも多くの和歌、長歌を作っている。これら作品群については、次の章で詳述したい。

■父と弟の相次ぐ死

工藤平助が没したのは寛政十二年（一八〇〇）師走である。真葛三十八歳の暮であった。病床の父のために、真葛は夫伊賀にすすめられて、みちのくの景物にちなんだ細工物を作り、和歌を添えて見舞いとして送っていた。かなり衰えていることは聞かされていたので、その死を心静かに受け止めた。父とともに華やかな一時代が終わった。

家督を継いだ弟の源四郎元輔が父の名を辱めぬように懸命に勤め、また人柄もよく周囲から嘱望されていると聞いて、真葛は安堵した。自分がその後楯になるべく、只野家に嫁いだことに改めて思いを致した。末の妹二人の中、上の栲子は田安家の姫君定子（松平定信の妹）に仕え、今はその嫁ぎ先の越前松平家の上屋敷にいる。末の照子もしばらくは奥づとめをしたようだ。真葛が書いた「七種《ななくさ》のたとへ」の中に、「あからさまにみやけのおまへに参りし時……」（かりそめに、三宅の御前様に仕えたとき……）とあるので、ほんの一時、勤めたことと察せられる。照子はのちに仙台に下って、医師中目家に嫁ぎ、男の子を一人産んで、まもなく亡くなっている。

文化三年(一八〇六)三月、江戸芝の大火が二日間にわたって燃え広がり、弟源四郎がようやく建てた家が類焼した。出府中の夫伊賀が住んでいた、愛宕下の仙台藩邸も焼失した。のちに丙寅の大火と言われる火事で、多くの人が罹災している。源四郎はようやく家財道具や父の蔵書類を救い出したらしい。真葛は「まがつ火をなげくうた」という長歌、反歌を作って弟の罹災を悲しんでいる。

次の年、江戸に風邪が大流行した。伊達家にとっては大事な親戚である堅田侯堀田正敦夫人がこの風邪にかかり、源四郎は傍を去らずに看病を命ぜられたが、その甲斐もなく亡くなった。その他にも公私ともに患者を抱えていた源四郎は、自身も風邪心地のところを休まず患家をまわり、汗に濡れた下着を替えるまもなく治療した。そして耐えられずに休んだところ、もう起き上がることが出来なかった。文化四年師走の六日に彼は没した。三十四歳であった。

真葛は、自分が源四郎を盛りたてようと、死ぬ思いで江戸から仙台まで下ったことが空しくなったと深く悲しんだ。残された姉妹三人はそれぞれに源四郎を悼む和歌を贈り交わしている。

そののち、真葛は弟源四郎没後、工藤家を継いだ周庵(真葛の従兄弟桑原隆朝の次男)が、亡父平助の貴重な蔵書を売り払った事を知って心を痛める。真葛が末の妹照子を仙台に呼び寄せ、中目家へ嫁がせたのは、文化七年のことである。

■夫・伊賀の死

次の年の晩秋に夫の伊賀が急遽江戸に向かったが、文化九年（一八一二）四月二十一日に急死する。照子が生んだ男の子藤平の初の誕生日祝いの最中であった。その辺りの「むかしばなし」の叙述はいたいたしい。伊賀の訃報は七日目に真葛の許に届いたのである。藤平の誕生祝いで喜びに満ちていた真葛の心は、一挙にくずおれる。「むかしばなし」もここでいったん中止となる。しかし数日思い巡らして、書きとめよ、書きとめよと薦めてくれたのが他ならぬ夫伊賀であったことを思い出し、供養のためにと書き続けるのである。翌十年、末の妹照子が亡くなった。真葛は自分たち七人の兄弟姉妹のことを「七種《ななくさ》のたとへ」に書いている。これはのちに馬琴を深く感動させた。

真葛は悲しみの底にありながらも、和歌や「あやしの筆の跡」などを書き、以前から書きためていた多くの和歌、長歌、和文を「真葛がはら」天地二巻にまとめている。これには真葛の自序があり、この章で引用した多くの文章が収められている。地の巻最後に収録されている「あやしの筆の跡」の後書きに、文化十三年（一八一六）に記したことが明記されているので、おそらくこの頃、自分の作品が散りぢりになることを恐れて編纂したものと思われる。

前にも述べたが、同年に父工藤平助の医学上の著書『救瘟袖暦《きゅうおんそでごよみ》』が従兄弟の桑原隆朝と、工藤家を継いだ周庵によって出版されている。しかしそれについては、真葛はどこにも書いていない。くりかえすが、真葛は母の実家桑原家によい感情を持っていなかったので、桑原家の者が工藤の跡目を継いだことを喜んでいなかったのだ。

真葛はその頃自分の生きる目標を見失って、呆然としていたのかも知れない。弟源四郎の後楯となって彼を盛りたて、弟が父の名を再び世に顕し、自分たちの遠祖の名を輝かすことを助けよう。これが真葛の生きる目標だった。そのために彼女は仙台まで嫁いできたのだ。世間に出て活躍する機会の少ない江戸時代の女性が、自分の目標に到達する手段はこのように間接的な、まわり遠いものであった。そして真葛の心情をよく理解してくれた夫伊賀もはかなくなった。真葛はもう五十歳を越え精神的にも、不安定な年頃である。

文化十二年（一八一五）、五十三歳の秋の夜明け、夢うつつの内に、

秋の夜のながきためしに引く葛の絶えぬかづらは世々に栄えん

という和歌を得た。また翌年の夏の宵、明滅する蛍を見ながら、

光有身《ひかりあるみ》こそくるしき思ひなれ世にあらはれん時を待間《まつま》は

の和歌を得た。この時のやや神秘的な精神状況は後の章に述べるが、二首ともに、秘められた真葛のエネルギーの大きさが感じられる和歌である。

この二首を真葛は信ずる観世音菩薩のお告げとして、この和歌を力に立ち直る。そして、今は自分こそ

父平助のすぐれた人柄とその事績を伝え、その遠祖の名を顕す者であるとの自覚をもって、「独考」という比類ない著作を書きはじめるのである。自分の長年の願いを、弟に託すのではなく、自分自身で実現しなければと決意したのだ。

前述したように「独考」は真葛のそれまでの思い出の記録や、名所巡りの紀行文などとは異なる思索の書である。彼女が長い間考えてきた人生論、政治・経済批判、なかでも武家社会の規範であった儒教に対する痛烈な批判をこめた書である。ただ、聞き書きや随想のような部分も混じるが、主な部分は彼女の思索の書である。

江戸時代の只中に暮していながら、どうしてこのような批判が真葛にできたのか。真葛のこれまでの多くの作品の中に、あるいはこれまでの生き方の中にその芽生えがあったのではないだろうか。その視点から、もう一度彼女の諸作品を、彼女の生涯を検討しなおすことが必要なのではないか。

「独考」を読み直して、胸を逆なでされるように感ずるたびに私は考えた。

■書かれた世界と現実の世界

思いがけず、「真葛の使者」澁谷氏の導きにより、真葛の墓参ばかりでなく、ご子孫のお家のある中新田までご案内いただけることになった。一挙に核心に近づくという、予想もしなかった成り行きに私はぼんやりとし、しかしたくさんの事を考えながら一週間をすごした。

こうしてまた真葛さまと、のっぴきならぬ関わりができるのかも知れない。江馬細香に出会った時もそうだった。訪ねたずねて大垣の江馬家を探し当てると、そこに研究グループがあって、蘭学研究の諸先生が集まっておられた。その中に大学時代の恩師もいらして、あっという間に私は江馬蘭学の世界にとりこまれてしまった。そして忙しく江戸時代と現代とを往復することになったのだ。

真葛さまの世界はどうだろう。研究論文や作品の活字の上だけで真葛を感じているのと、実際にその世界に入りこむこととの間には微妙な間隙があって、それは小さくても深淵に等しい。畏れとためらいを感ぜずにはいられない。それを乗り越えるために、新幹線で名古屋から仙台まで行くのは、ちょうどよい距離と時間なのかも知れなかった。

「独考」は自序によれば文化十四年（一八一七）十二月に一応書き終えた。真葛は翌年文政元年（一八一八）十一月に江戸の曲亭馬琴に筆削を乞うために、江戸にいる妹栲子《たえこ》に三巻の草稿を送っている。翌年二月下旬、栲子の訪問をうけた馬琴は、はじめそれを受け取ることを拒んだようだ。だが栲子は強く頼み込んで馬琴に手渡してきた。この時の状況については後の章で述べる。

真葛はそれまでに書いた「むかしばなし」や紀行文を妹たちや、亡き夫の友人にも見せている。しかし「独考」を他の人に見せたかどうかはわからない。仙台にいる知人の中に、この著作を理解してくれる人はいなかったのだろうか。真葛が、この草稿を書き終えてから一年近く手元にあるうちに推敲、清書したであろうことは察せられる。

「独考」を受け取った馬琴は、はじめ「馬琴様　みちのく　真葛」とあるだけで自分の身分も明かさず、尊大な書きぶりなので大いに立腹するが、内容が一般の婦人の著作とあまりにかけ離れたものなので興味を抱き、しばらく妹栲子を通じて文通があった。その年の暮れに馬琴は、「独考」を論じた「独考論」を二十日あまりかけて書いて送った。

それは儒教擁護の立場に立った、徹底した激しい批判であったので、真葛は落胆したのか一言も反論せず、ただ丁寧に礼をしたのみで、そののち沈黙してしまった。文政二年冬のことである。

真葛は文政八年（一八二五）六月二十六日に没しているので、その間の五年余りをどのように過ごしただろうか。馬琴の『著作堂雑記』によると、馬琴は松島へ行く知人に真葛の消息を尋ねさせて、はじめて真葛の死を知った。知人からの報せを受け「……件《くだん》の老女は癇症《かんしょう》いよ〳〵甚しく、終に黄泉《よみ》に赴きしといふ……」（……例の老女はいよいよ神経過敏で激しやすくなり、とうとう亡くなったそうだ……）と文政九年四月七日の項に記している。真葛は馬琴の理解を得られず、心を閉ざし次第に気難しくなっていったのだろうか。

馬琴は「独考」三巻を真葛に返す前に、誰かに筆写させたのではないかと思われる。その三巻は木村氏という人の所蔵になっていた。『真葛集』の中の、「独考」の最後を見ると、嘉永元年（一八四八）冬にこれを木村氏より借覧し抄録した人があったことがわかる。名前はわからない。その人は真葛の素性を記し、さらに「……婦女の筆にしては、丈夫を慙愧《ざんき》せしむる事書あらはせり。尋常の女にはあらずと歎美す」（……婦女の文章にしては、男子を恥じ入らせることが書き著されている。普通の女性ではないと感じ入った）と書き加えている。真葛の没年より二十年ほどあとのことである。

もし「独考」が真葛の生前に上梓されていれば、ほかにもこのような理解者はきっと現れたことだろうと惜しまれた。

第二章　取材の旅——仙台へ、真葛に会いに

「工藤真葛前妻ノ子ヲ教育スル圖」
（『小學脩身圖鑑』下、明治26年、松柏心房、斎藤報恩会提供）

■真葛の墓に詣でる

受賞祝賀パーティーのちょうど一週間後の十一月二十七日に、私は澁谷氏に案内されて、仙台市新寺小路の松音寺《しょうおんじ》にある真葛の墓に香華を供え、受賞の報告をすることができた。曹洞宗松音寺は華やかさのまったくない簡素なたたずまいであるが、晩秋の見事な紅葉が寺を美しく荘厳《しょうごん》していた。藩祖伊達政宗が隠居後に住んだ、若林城の城門を移築して山門としているので、歴史と格式を感じさせる。寺域は広く、都市計画によってその真ん中を道路が分断している。私たちは車の往来をぬって向こう側の墓地へと急がねばならなかった。澁谷氏が前もって探しておいた真葛の墓は、前列正面にすぐ見つかった。

門前の花屋で買った満開の黄菊白菊に小菊を添えて供えると、楕円形の古びた墓石が一瞬華やいで見えた。蝋燭の火がゆれ線香の煙が横に流れる。江戸女流文学の研究を志してから、真葛の墓に辿りつくまでの長い時間を思った。

大垣市にある父蘭斎の墓と並んだ漢詩人江馬細香の墓、九州秋月の山蔭にひっそりと父母の墓と並んでいた小さな原采蘋《はらさいひん》の墓。伊勢山田の墓地の多くの墓石の中から、ようやく探し当てた荒木田麗女の墓。生涯を文学に生きた女性は、必ずしも世間並みに幸せとはいえない。けれども私にとってはかけがえのない大切な先輩たちの、人生の証《あかし》なのである。

真葛の墓碑銘は「文政八乙酉年／挑光院聯室發燈大姉／六月二十六日／工藤球卿女」となっている。右隣に、墓よりも背の高い記念碑があり、墓の由来を記してある。

真葛名をあやといひ、工藤球卿の女《むすめ》
只野伊賀の妻にして　歌文の才たくひまれなり
しこと世のあまねく知る所なり
その墓舊松音寺の境内にありて漸《ようや》く草むらの
なかに埋《うずも》れはてむとするをうれふる人人
相謀《あいはか》りて　その跡を永く後の世に傳へむとて
これをこの所に移し　碑をたてその由を記す
昭和八年八月十六日

裏面にこの墓を移すために尽力した六人の発起人の名前が刻まれている。「阿刀田令造／小倉博／金山活牛／只野淳／常盤雄五郎／中山栄子」。

阿刀田第二高等学校長をはじめ、昭和八年（一九三三）当時の仙台の知識人層を代表する人たちである。なかでも中山栄子氏は、現代の真葛研究のさきがけをなした人である。その代表作『只野真葛』によれば、真葛の生涯が起伏の多いものであったと同様に、その墓もまた変転を経ねばならなかった。その著作「独考」の稿本もさらに非運をこうむったのである。

墓碑に刻まれた挑光院發燈大姉という戒名は、たんに故人を美化したものではなく、真葛の生涯の思いをよく現わしていると私は感じた。「光ある身こそくるしき思ひなれ」と代表作「独考」執筆の前に詠んで、自らを励ました真葛である。当時の知識人たちは生前に自分で戒名を撰ぶ例もあるので、真葛自身が撰んだかも知れない。真葛の心中をよく知る、只野図書《ずしょ》たち遺族の思いでもあったろう。真葛の墓から発見された遺品にも遺族の思いやりが感じられる。

中山栄子著『只野真葛』によれば、真葛の墓は現在とはまったく違った場所にあったという。現在の松音寺は、以前別の寺のあった跡で、松音寺は連坊小路にあり一時廃寺となった。

その墓地がまだそのままかもしれぬと聞いて、中山氏が旧宮城県立第二高女校庭傍の、草に埋もれ、崩れかけた土塀を支えているような墓を探し当てられたのである。早くから真葛を研究していた郷土史家の小倉博氏に相談し、前記の発起人たちが中心になって募金活動を展開し、現在の松音寺に改葬した。旧松音寺の墓地には、夫只野伊賀を真ん中に、右に平章澄の長女であった前夫人、左に真葛の墓があった。

掘り起こしてみると、遺骨の他に遺品として鼈甲縁《べっこうぶち》の眼鏡、ギヤマンの方形の懐中鏡、銀象嵌《ぞうがん》の煙管《きせる》、薄茶茶碗、鼈甲の笄《こうがい》などがあったという。いずれも真葛その人を身近に感じさせる品物ばかりである。眼鏡は晩年の真葛が愛用していたもので、ギヤマンの懐中鏡は蘭学系の医師であった父工藤球卿平助からもらったものであろうと、中山氏は推測している。もしこれが、真葛が仙台へ下る寛政九年（一七九七）に持ってきた物ならば、十八世紀のベネチア製で、たいへん貴重なものであるという。これらを棺に入れて葬った遺族たちの思いやりは、時空を隔てて私にも伝わった。

昭和八年（一九三三年）、真葛の墓の改葬法要は盛大に営まれ、東京日日新聞や河北新報に記事が載った。法要のあと小倉博氏の挨拶と元陸軍士官学校教官高成田忠風氏の講演があった。参列者の中に国文学界の重鎮、東北帝大教授山《やま》田《だ》孝《よし》雄《お》博士の姿があったことを新聞は報じている。

　ところが新聞記事によると、私たちがお参りした真葛の墓の場所は、その時と同じではないとわかった。真葛の墓は松音寺山門に向かって左側で、右に墓碑、左に記念碑が建てられたとある。現在の松音寺の山門前には何もなく左側を道路が横切っていて、墓地はその向こうにある。おそらく戦後に都市計画が行われ、山門前の墓をさらに移したのであろう。その際、無縁として廃棄されたらしい墓もあるなかで、真葛のそれは最もわかりやすい前面中央に、墓碑を左、記念碑を右にして建っている。

　真葛がけっして忘れられた存在ではないことを私は感じた。埋もれようとすると、誰かが掘りおこす。忘れられようとすると誰かがその生涯をたどる。また誰かが真葛の著作を祖述する。「独考」を英語に翻訳したアメリカ在住の女性学者たちもいる。（*MONUMENTA NIPPONICA* VOLUME 56, NUMBER 1, SPRING 2001 "Solitary Thoughts : A Translation of Tadano Makuzu's Hitori Kangae Janet R. Goodwin, Bettina Gramlich—Oka, Elizabeth A. Leicester, Yuki Terazawa, and Anne Walthall）

真葛の墓（仙台市、松音寺）

　「すぐれた個性はどんなにかくれていても必ず現われる」という言葉を思い出した。

　調べて見ると、江戸後期の仙台藩内における真葛の評価は決して悪いものではなかった。幕府は諸藩に命じて、孝子や節婦の表彰をしきりに勧めている。仙台藩でも孝子、貞女、節婦、烈女を表彰し、また「東藩史稿」にその抄伝を載せて顕彰している。真葛は「工藤氏文子」の名前で烈女の項の、四十九人の中に記載されている。また明治二十六年（一八九三）に発行された『小學脩身圖鑑』下（松柏心房）には「工藤真葛前妻ノ子ヲ教育スル圖」が載せられている。三好清篤の筆で、文机を中に伊賀の末子由作《ゆうさく》に書を教える真葛のうしろ姿が描かれている。

江戸から仙台に嫁ぎ、夫の留守をよく守ったこと、前妻の子たちを可愛がって教育したことが評価されていたのがわかる。しかしそれは江戸からはずっと遅れた仙台で、古めかしい慣習にもよく従い、他人の誇《そし》りを受けないようにと真葛が自己抑制をしていた結果でもあるのだ。

さらに文人としては、藩の上級武家の女性たちの、幾人かを和歌の門人としたこと、随筆、道の記などが書き写されてよく読まれたことなど、彼女の生前での評価はかなり高いのである。しかし真葛はそれだけに安住することが出来なかったのであろう。

江戸で自分の著作を上梓することによって名をあげ、忘れられかけている父工藤平助に再び光を当て、その遠祖たちの名を輝かさねばならない。その著作の中で、幼い時からの「人の益とならばや」「女の本とならばや」という願いを実現しなければならない。しかし真葛の願いは馬琴によって断ち切られた。絶望は深いものであったろう。そして残りの日々は、気難しく苛だたしいものになったことが察せられる。

しかし真葛の理解者は没後に現れる。仙台藩の医師佐々木朴庵《ささきぼくあん》は安政二年（一八五五）には「むかしばなし」全巻を筆写し終えている。明治以後には出版しようとする動きがあった。芥川龍之介、南方熊楠《みなかたくまぐす》、真《ま》山青果《やませいか》らも注目し、昭和に入って中山栄子氏が精力的に真葛の事跡を発掘した。蘭学研究者の多くが、一度は真葛の「むかしばなし」を精読する。アメリカ在住の女性史研究家たちも「独考」の英訳を完成した。そして私たちは今、容易に活字で真葛の多くの作品を読むことのできる本をもっている。没後に理解者を得ることも、文学者の大きな栄光といえよう。

墓参を終えて仙台川内《かわうち》にあったという只野家の屋敷あとを訪れた。現在の仙台第二高校校庭の一角がそこらしい。昔の武家屋敷のあとは偲ぶべくもない。

■只野ハマさんを訪ねる

その後、加美郡中新田町へ向かったのだが、只野家の仙台屋敷跡を訪ねたため予定外の時間がかかった。私は宮城県という土地の広さをまったく知らないのだった。

中新田まではかなり遠い。車窓から見る七ツ森《ななつもり》の山々や森は黝《あおぐろ》く茂り、晩秋の散りがけの紅葉が濃く彩っている。まもなく雪が降る。きびしい冬がちかい。真葛はこの道を歩いただろうか。

中新田の町にようやく入り、只野家の一軒おいた隣の澁谷傳《つとう》先生のお宅で一休みさせて頂く。傳先生は澁谷氏とは従兄弟同士と聞いた。土地の小学校校長を勤められた後、今は障害児の学園大崎ほなみ園の園長さんである。ご夫妻とも溢れるような好意でおもてなし下さる。傳先生のご案内で只野家へ伺った。

私が新聞記事のコピーなどを送っていただいたご当主の隆氏は三月に亡くなられ、奥様のハマさんが足をいためたので、と椅子にかけたまま待っていて下さった。

まず亡き隆氏の霊前にお参りしてからお話を聞いた。

「真葛さんはこの拝領地に来られたでしょうか」

私はもっとも気にかかっていたことをお聞きした。

「真葛さんはずっと仙台のお屋敷のみで、ここへ来られたことはございません」

ハマさんは即座におっしゃった。仙台へ嫁いでからの長い年月に、何回かきているのではと予想していたので、思いがけないことだった。でもそれは住んだことはないという意味だったかもしれない。

「和歌や手紙などの資料は隣にあります」と母屋の右手にある古い茅葺屋根の建物のほうを指差された。

「あの建物が一番保存に適しているのです」とも言われた。湿度や温度、風通りがよいからだそうだ。

傳先生が藩政時代の旧只野家在郷屋敷《ざいごうやしき》の想定図を持ってきて説明してくださった。それによると旧只野邸は敷地三千坪、建物を囲んで多くの樹木が茂り、畑もあり、普段は使用人が暮らしている。その前後を守るように南北に家中《かちゅう》の侍屋敷や足軽屋敷が並ぶ。西側は鳴瀬川が流れて天然の守りをなしている。屋敷跡はいま木立が茂っていて、建物はない。現在の只野家は、もと家中の侍屋敷の一軒に住んでおられるのである。

■伊達家の所拝領《ところはいりょう》

ここで仙台藩伊達家の所拝領という、特殊な地方《じかた》知行制をすこし辿ってみよう。

仙台藩では組士以上の士分は、原則として知行を土地で与えられていた。家臣のうち、領主の門閥にあたる一門、一家など上層家臣は万石以上の大名級の知行地を持ち、宿老《しゅくろう》、着座《ちゃくざ》などその下の武士たちは、要害の地に知行地を拝領した。在郷屋敷を構え、その周囲に整然と侍屋敷、足軽屋敷を配置し、小さな城下町を形成していた。実質百万石といわれる仙台藩のなかに、小さな藩のような拝領地がたくさんあったのである。

中新田は古くから繁栄した土地柄で、もとからの街道筋に町場があり、宿駅をなしていた。在郷屋敷を中心とする武家屋敷街と町場との関係は、なかなか微妙であったらしい。それは後にわかる。

そして武士たちの多くは在郷屋敷には住まず、仙台城の近く、川内、片平丁などに仙台屋敷を貸与され、家族とともにそこに住んだ。家中の侍や足軽たちは主に拝領地で暮らし、必要に応じて仙台へ出て主人に仕え、また江戸まで供をしたという。

只野家の離れ（もと侍屋敷）

千二百石、着座二番座の只野家は、宝暦七年（一七五七）に中新田に入部してから幕末まで百年以上、所替えはなかった。近世は各藩の武士たちが俸禄知行を与えられ、次第にサラリーマン化していった中で、仙台藩は幕末まで所拝領の制度を守り続けた。

只野家千二百石の田方の年貢は、宝暦十年ごろ年貢率四十八％で五百石弱であった。只野家の財政がこれだけで賄われたわけではない。拝領地を流れる鳴瀬川の、加美郡内の漁業権を只野家が独占していたので、これらが只野家および家中の者たちの生活を潤していたことはまちがいない。水量豊かな鳴瀬川では鮎が獲れ、鮭が遡る。川ガニ、あかはら（ウグイ）、カジカ（ごり）、鮒《ふな》、鯰《なまず》、ハヤが獲れる。鳴瀬川へ流入する大小の流れでは鰻《うなぎ》が獲れる。ことに鰻は珍味として藩主へ献上されることもある。簗《やな》、投網《とあみ》、ゴリョウシ（ごり押し）などの漁法が行われたと傳先生が話して下さった。

ところが鳴瀬川の舟運は只野家の支配下にはなかった。中新田の四日市船場に藩の米蔵があり、藩に収める米はこの地から船で運びだされた。この舟運の監督は、郡奉行配下の代官、および手付きの役人たちの仕事である。一般の商品はこの舟運によることは稀で、陸路を馬や人の背で運ばれた。

鳴瀬川は奥羽山脈に源を発し、加美郡・志田郡を貫流し松島の北東、鳴瀬町で石巻湾に流入する大河である。おそらく軍事上の理由で、領内を貫流する鳴瀬川の舟運は、藩の直接支配下にあったのであろう。

中新田は古くから交通の要衝である。日本海側の酒田港で陸揚げされた物資は、尾花沢を経て中新田を通り仙台まで運ばれる。傳先生によれば、酒田に着いた京都の古着などは、仙台に運ばれるまでに中新田でいい物から売れてしまったという。また藩領北部から登米《とよま（とめ）》、高清水、岩出山、そして中新田を経て仙台に到る重要な道もある。

中世、奥州探題であった大崎氏は長くこの辺りを支配していたが、そのころから中新田は四日市場を中心として町場を形成し栄えていた。天正十八年（一五九〇）の秀吉による奥羽仕置によって大崎氏は所領を没収された。しかし古くからその土地に住んでいた家臣や地主たちの権利はそのまま残された。

中新田の町場の中心となっていたのは、この大崎氏の旧臣たちである。前述の古着を買う話一つをみても、彼らの財力の大きさと美意識の一端が察せられる。仙台からずっと奥まった僻遠《へきえん》の地中新田は、思いがけず当時の経済の大動脈日本海側に向けて開いているのであった。

天正十九年（一五九一）、米沢から転封されて新たに領主となった伊達氏は、地方《じかた》統治に細心の注意を払った。郷村《ごうそん》支配の行政、警察、司法権を持つ郡奉行が各地に代官を置き、その下に町場の有力者の中から肝《きも》煎《いり》を任命した。只野氏のように新しく入部してくる藩士と、町場との融和を図り、あらゆる民政を円滑に行えるように配慮した。

中新田の絵図（『中新田の歴史』中新田町、平成７年）

『中新田の歴史』（中新田町、一九九五年）によると、寛政年間と文化年間の大肝煎の中に澁谷和右衛門の名があり、文政年間の大肝煎に澁谷源助という名がある。「真葛の使者」澁谷和邦氏と、只野家のお隣、澁谷傳先生との共通のご先祖である。

■只野家と資料の建物

只野ハマさんは、先祖の住んだ在郷屋敷跡が今は人手に渡っていることを、しきりに残念に思っておられる様子だった。

戊辰戦争の折に仙台藩は奥羽越列藩同盟の中心となった。当然番頭《ばんがしら》の只野家は出陣しなければならず、戦費として八百両を町場から借りた。その抵当に家重代の宝物を売り払い、家屋敷も手放し、家中の者の家に住むことになった。それが現在多くの資料が保存されている茅葺の建物である。

ハマさんは地図を指しながら、「こちらから西軍が攻めてきましてねぇ」と、まるでつい先日、戊辰戦争が終わったばかりのように話される。「そうでしたね。東北諸藩は官軍と戦いましたからね」と、私は相槌をうった。

「こちらでは官軍賊軍とは言いません。東軍西軍でござりす」ハマさんは、きっぱりと言われた。そうだった。どんな戦争でも官軍も賊軍もないのだ。私は深く恥じた。

今は手伝いがありませんので、この次暖かくなったときに必ず真葛の資料をお見せしましょう、とハマさんが約束してくださった。帰りがけに笑いながら「短刀ではござりませんが……」と引き出物をくださった。帰宅して開けてみると素晴らしくよく切れる、小ぶりの包丁だった。中新田の特産とあった。

こうもり傘を杖にしたハマさんに見送られて外へ出ると、もうかなり暗い。鳴瀬川の土手の上で傳先生が説明してくださる。

「鳴瀬川は、昔はもっと水が豊かで広かったんですよ、今は河川敷《かせんしき》が広がっているけんど……」指差す方向に、七ツ森の山々が黒々と見える。「地形をよく見ておいて……」

澁谷氏の車で仙台へ向かった時には、もうすっかり暮れていた。私は仙台への長い車中で気にかかっていたことを聞いた。

「さっきハマさんと傳先生がコハタ、コハタって言っていらしたわねぇ」

「コハタにはなにかあるんでねえか」「手紙か何か……」「一度聞いてみっぺか」傳先生とハマさんの会話である。コハタとは誰だろう。私は知らない名前なので気に留めなかったが、にわかに思いあたった。「コハタって木幡じゃないかしら、木幡四郎右衛門……」「あの奥州ばなしに出てくる」「私は木幡をキバタって読んでいたのよ、名古屋には小幡《おばた》という地名もあるし……。それがコハタだとすると……」

木幡四郎右衛門は真葛の夫只野伊賀の長弟で、木幡家へ養子に行った人である。三弟の沢口覚左衛門とともに、真葛にみちのくに伝わる多くの奇事異聞を話して聞かせた。真葛はそれを元に「奥州ばなし」その他を書いて馬琴に見せたのである。

そのことに気づいた時、これまで活字の上でのみ真葛の世界を撫でていたのが、いきなり扉が開いて、一歩内側へ踏み込んだように感じた。

第三章　みちのく紀行

——真葛の作品をめぐって1

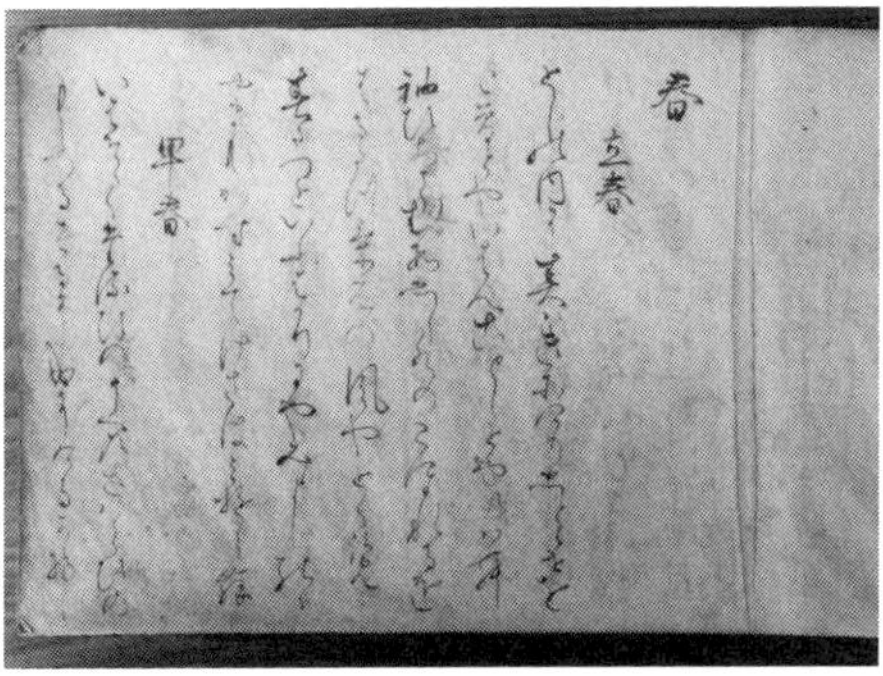

継子由作に教えた古歌集（真葛自筆）

一、「みちのく日記」

「みちのく日記」は、真葛が三十五歳の年、寛政九年（一七九七）九月十日ごろに江戸を発って仙台に下り、その後二年目の夏ごろまでのことを、九十余首の和歌を交えて書いた日記である。和歌の中には真葛の作の他に、父、夫、妹、義理の息子の作があり、村田春海の長歌、反歌もまじる。日次《ひなみ》の形ではないが、真葛がみちのくの土地で様々なことを発見し、江戸との違いを比較しながら次第にみちのくの土地柄になじんでゆく過程をよく見ることができる。

これは作品集「真葛がはら」天地二巻のうち、地の巻のはじめに収められている。書きはじめは次のようである。

「それの年九月十日ばかり、住馴れし国を離れて、山や河やと渡り越えつゝ、もゝ里にすがふ駅路《うまやぢ》を経て、おなじ月廿余日に、事なく来着きぬれば、やう〳〵心もおちゐたり……」

（その年の九月十日ごろ、住みなれた江戸を離れて、山河を幾つも越えながら、多くの人里を縫うように辿る宿場路を経て、同月二十日余に無事到着したので、やっと心が落ち着いた）

寛政九年九月十日ころ、真葛は生まれて以来三十五歳まで、一度も離れたことのなかった江戸をはなれた。話にのみ聞いていた山や河を幾つも越え、点々とある人里に縋りつくように、延々と続く奥州街道をたどって、無事に仙台の屋敷に入ったのは同月二十日すぎである。とにかく無事到着したので、ようやく真葛の心は落ち着いた。

「日記」は次のように続く。

「……されど、われのみ先づ下りて、男はやがてといひしを、えさらぬ事ありて下らず。いとつれ〴〵に日をふるも、たよりなし……」

(けれども自分のみまず仙台に下って、夫なる人は我もすぐに帰郷すると言っていたのだが、公務のためにおくれてまだ来ない。することもなく退屈な日々を送るのも心細い気がする……。)

ここで夫なる人を「男」と表記しているのが注意をひく。嫁いでまだ日の浅い人を「わが背」と書くほどに親しみが生れていないのか。「男」と距離を置いて書くほうが、筆が進みやすかったのであろう。まだ若いころ『伊勢物語』を愛読して文章を綴り、村田春海に褒められたというエピソードが思い出される。「みちのく日記」を書きはじめるにあたって、読みなれた古物語の言葉を借りてきた感じで、まだ親しみの薄い夫のことを書くのに、それが真葛の気持ちにふさわしかったのだろう。

真葛はこの年、仙台藩の江戸番頭《ばんがしら》を勤める只野伊賀行義《いがつらよし》の後妻となって、仙台へ下ったのだ。伊賀の妻はその前年八月に急逝していた。

前述したように、只野伊賀は江戸勤番であるが、家族は仙台屋敷にいる。老いた母と十四歳を頭に三人の男子、それに多数の使用人、只野家に仕える家中の侍の家族たちがいる。そしてこれらを束ねる主婦の座が空白になっていた。亡くなった伊賀の妻は、同藩の藩士平章澄の長女であった。

一方、真葛の父工藤平助はすでに六十四歳、大きな期待を寄せていた長男には早く死なれ、家督を次男源四郎元輔《もとすけ》に譲って、隠居同然の身である。大智者と世間から仰がれ、多くの人々から頼りにされていた機略縦横の平助も、引き立ててくれた田沼時代の有力者たちの没落、火災に遭ってからの不運が重なり、気力体力ともに衰えていた。彼の大きな気がかりは、後継ぎとなった次男の源四郎元輔であったろう。

自分の子として恥ずかしくない医師となるだけの能力はある。加うるに「志清くすくよかにして、唐国の聖の教を固く守り……」（志は清く、まっすぐで、中国の聖人の教えをかたく守り……「七種《ななくさ》のたとへ」）という人柄である。

言いかえれば世間ずれしていない真面目で素直な努力家で、人間としての柔軟さに欠ける。それはいわば若さのせいで、年齢とともに人間の幅としたたかさが出てくるであろう。しかしそれまで自分が生きて見届けてやれるか。平助の不安はそこにある。

「長女のあや子（真葛）が男子であれば……」とそれのみ残念に思う。

「あれこそ己の後を継ぐにふさわしい、ひとかどの人物になるものを具えておる。しかしなにぶん女子だ。せめて娘の内の誰か一人、本藩の有力者に嫁いでくれたら、そしてまだ若く、ひ弱い源四郎の後楯となってくれたら」

これが平助のかねてからの切実な願いであった。しかし五人の娘たちは、遠い仙台へ下ることを嫌って、二人はさっさと他家へ嫁いで、亡くなってしまった。残るは酒井家中から戻った真葛と、越前松平家に仕える栲子《たえこ》と、まだ十二歳の照子のみだ。真葛は父の望みを叶えるのは自分しかいないと覚悟した。

■伊賀との縁組

仲にたつ人があって、俄かに只野伊賀と真葛の縁組が成立した。前述したが只野家は加美郡中新田に千二百石の拝領地を有する着座《ちゃくざ》二番座の家柄である。もともと南部和賀氏の一族であった。秀吉の奥羽仕置によって和賀氏は潰える。浪人となった伊賀吉宏は一時多田氏を称した。その娘は伊達政宗の側室の一人となって、伊達兵部《ひょうぶ》を生んだ。その縁で嫡男伊賀勝吉は政宗の御側小姓となり、百貫文（約一二五〇石）を与えられ、家臣の列に加えられた。この頃から只野氏を称している。代々御国番、江戸番など藩の番頭を勤めることが多かった。

只野家八代の伊賀行義《つらよし》は幼名を可之助、孫右衛門と称した。のち伊賀と称するようになる。若くして七代藩主伊達重村の近習となり、御連歌の間に詰めた。ついで御祭祀奉行仮役、御連歌の間三番の脇番頭並びに御近習兼役を歴任。重村が隠居して斉村《なりむら》の代になると、江戸定詰を仰せつけられた。

寛政六年（一七九四）四月のことである。伊賀は若い藩主斉村の篤い信頼を受けていた。翌年、斉村夫人が懐妊し、もし男子誕生ならば伊賀をもり役にせよと、斉村の内意が伝えられた。

寛政八年春三月、嫡子政千代が誕生したが、喜びもつかの間、四月十六日に斉村夫人が没した。そして同月二十一日、隠居して徹山《てつざん》公といわれていた前藩主伊達重村が五十五歳で没した。悪いことが重なって、七月、帰国の途についた八代藩主斉村が暑さに当たって病み、仙台に着くとまもなく二十二歳の若さで没してしまった。

嫡子政千代は生後五ヵ月、あまりに幼少のため、親戚の堅田侯堀田正敦《ほったまさあつ》が藩政を補佐することに決まった。そして伊賀は政千代のもり役についてわずか五ヵ月足らずで役を解かれた。江戸番頭に任ぜられたのは、その後であろうか。ちなみに堀田正敦は六代藩主宗村と正室温子（将軍吉宗の養女）との間に生まれた第八子である。亡き斉村には大叔父にあたる。藩に対しての発言力も大きかった。

番頭《ばんがしら》とは勘定奉行、町奉行などの役方《やくかた》（行政職）に対し、藩主の身辺警護、城警護などにあたる番方《ばんかた》（武官）の長である。江戸初期には番方が重視されたが、泰平が続く中期以後は行政職である役方の方が重視されるようになった。その点で若い時から御連歌の間近習などを長く勤めてきた伊賀には、不本意な地位であったかも知れない。あるいは代々番頭を勤める家柄の者として当然のことであったか。いずれにしろ仙台藩の重い役であることに変わりはなかった。

■父への敬仰

一方工藤の家は祖父丈庵のときに、獅山公といわれた五代藩主伊達吉村に御番医師御近習として三百石で召し出された。隠居した獅山にしたがって、江戸品川辺りにあった袖ケ崎の下屋敷に出仕した。丈庵の養嗣子である真葛の父平助は伊達宗村、重村、斉村三代に仕えたが、只野家に比べれば新参の奥医師である。源四郎元輔の代になっては、さらに格が下がったであろう。

しかし工藤球卿平助は広く世間に知られた医師であり、藩に対してもさまざまの功績がある。真葛その人も奥づとめの経歴が長く、姫君の嫁ぎ先井伊家にもつき従って、その勤めぶりは賢夫人として名高い徹山公（重村）夫人観心院の信任を得ていた。歌人としての名も広く聞こえている。この縁組には藩内からの異論はなかったと思われる。

しかし真葛の周囲からは反対が出た。なにも「みちのく」まであなたが行くことはない。江戸で歌人として弟子を教えるのがよいではないか。人の師となりたい、というのがあなたの長年の夢ではなかったか。真葛はその人たちに、父の情願に応えるのが子としての道だと答えた。どうして自分の心を主として親の願いに背かれようか。私は死んだと思って仙台へ下るのです。この言葉に見合うほどに、真葛の父平助への敬仰の念は強く深かったのだ。たしかにかつて人の師となりたいものよ、と真葛は願ったことがあった。幼い子供たちとひとつ心になって、何ものにも煩わされず、くりかえし同じことを教えていたらどんなに長閑《のどか》で楽しいか。


「さるによりて、人の師と成《なる》はいとやすきわざなりけり。（略）便りよくば小女《こむすめ》をつどへて、物教《ものおしゆ》ることを生涯のたのしみとせばや……」

（このようなわけで、人の師となるのはとてもたやすいことです。（略）縁があれば、少女たちを集めて、物を教えることを楽しみとしたいものです……。）

これは後年、曲亭馬琴に書きおくった小文「とはずがたり」に記されている。それは両親の膝下に守られて、なにも苦労のなかった若い時代の、真葛の甘い夢である。今、父が老いて、年若い弟の肩に工藤家を背負っていく重荷がかかっている。姉として何か手助けしてやらずにはいられない。

真葛は自分が女であることが悔しかっただろう。あのやさしい姉思いの源四郎に代わって父の後を継げるものならば、必ずや工藤の家を見事に守って栄えさせてみせるものを。工藤平助とその遠祖たちの名を世に知らしめずにはおかぬものを……。

真葛の熾烈《しれつ》な願いに比べれば、子女を集めて幼いものと同じ心になって楽しむのは、自分の楽しみに溺れているようなものだ。自分にはもっと大きな使命があるのではないか。「むかしばなし」「みちのく日記」など真葛の書いたものからは、強烈な使命感が滲みでる。

真葛が父とその祖先を語るとき、それは父の養家工藤家ではなくて、父の実家長井家のことが念頭にあるようだ。紀州藩に仕える父の長兄長井四郎左衛門、あるいは弓の上手で清水家に抱えられた次兄の善助を語るとき、真葛はことに親愛の気持ちを示す。いずれもすぐれた技を持ちながら、けっしてそれを人に誇らぬ思慮深い人々である。古くは播州加古川辺りの、野口の城主であって、秀吉の天下統一のときに潰えたと伝えられる。真葛はその長井一族に深い敬意を持ち、同じ血脈につながる自分に誇りを抱いている。

仙台川内にある只野家仙台屋敷に到着後、真葛は江戸の夫にあてて手紙を書いている。それによれば、到着は二十二日初夜過ぎ（夜八時前後）とある。出発は十日であるから道中十二日を要したことになる。

『仙台市史』（仙台市役所、昭和二十六年発行）の巻末に付された年表によれば、歴代藩主の参観交代の日数は、ほぼ十日前後である。身軽な男性の一人旅ならばもっと短いだろうが、数人の供を連れた真葛の初旅にはこれくらいの日数を要しただろう。

江戸から仙台へ向かうには、海岸沿いの浜街道と奥州街道があるが、「もゝ里にすがふ駅路」と日記に書いている通り、人里の多い奥州街道を通ったはずだ。仙台までは、伊賀がつけてくれた数名の供人のほかに、真葛の弟源四郎元輔が付き添った。仙台藩では藩士が代替わりをすると、たとえ江戸詰の者でも必ず国元へ挨拶に行く慣例になっている。源四郎の旅はその意味もあった。

■江戸との別れ

真葛は夫への手紙の中で、「……道中いさゝかの不自由も無、珍らしき所々見物致……」と感謝をこめて書いているが、この日数ではゆっくり見物したとは思えない。宇都宮城下、白河関そのほか、歌枕になっている名高い所を少しは見ただろうが、物見遊山ではないと、任地に赴く人のように緊張していたにちがいない。それでも江戸を少しずつ離れてゆくとき真葛は身を引き裂かれるような思いを味わったことが、「みちのく日記」の中の和歌から推察できる。

往《い》にし年あや瀬の河のかはかみを見しぞ別のはじめなりける

綾瀬川は千住大橋の下手から墨田川に流入する支流である。真葛はまだ元気だった父母や弟妹たちといく度も墨田川で舟遊びを楽しんだことがある。しかし名前は知っていたが、綾瀬川まで遡ったことはなかった。

　隅田川に遊びし事を思ひ出でて
しながどり浮べる舟に棹さして行きかへりにし夏も有りしを

また、妹栲子からの和歌の返しとして

墨田河すむらん月のおもかげを思ひ出でつゝ袖ぬらしけり
　此の河上は、みちのくに下る道なりき

千住で河を越えたとき、こらえきれずに真葛は駕籠《かご》を止めて、弟と共に墨田川のほとりに下りたった。供の者が、

「江戸ともこれでお別れでございますなぁ、奥方様、お名残惜しゅうございましょう」

と、いたわってくれた。真葛はさすがに胸を突かれたように感じて、しばし言葉もなく流れの彼方を見やっただろう。

川がゆるやかに蛇行していくはるかその先に、梅若塚で名高い木母寺《もくぼじ》や幼いときから大川端と呼んで親しんだ墨堤がある。江戸生まれ、江戸育ちの者ならば、墨田川と聞いて平静ではいられない。胸中にぱあっと広がる懐かしさがある。

両親、弟妹たち、それに出入りの者たちとの墨堤での華やかな花見の宴。向島で遊んだ日々。夕風に頬をなぶらせて絃歌の音にうっとり聞き入った舟遊び。ゆれる提灯の光、遠く近く行き交う舟の櫓のきしむ音。妹たちの笑いさざめく声、まだお若かった母さまのたしなめるお声。

「お袖が濡れますよ、あまり乗り出さないで」

「これこれ、一方に片寄るではない」

川の水に浸した手ぬぐいで酔った顔を拭きながら、父さまの上機嫌のお声。あの時は善助おじさまもご一緒だった。芸者衆を侍らせて駘蕩と杯を重ねていらっしゃった。

漫漫とひろがる大川の、ゆったりとしたたゆたい。水の匂いまでありありと蘇って、真葛はしばしうっとりする。

しかし、おなじ墨田川でも千住まで遡ると茫茫と果てしない眺めになる。大橋より川上はもう入間川《いるまがわ》である。墨堤での数々の楽しい思い出は美しい江戸の夢として、留める術もなく流れ去っていったのを実感した。その時はじめて真葛は、取り返しのつかぬ旅に出てしまったことを痛感したにちがいない。千住で川を越えた折の痛切な思いは、のちのちまで真葛の胸に残ったようだ。

九月と言えば、秋の終わりの月である。寛政九年は七月が閏月であったから、出発した九月十日は現在の十月廿九日になる。仙台に着いたのが十一月、みちのくの冬の風は一段と冷たかったことだろう。
城下に入る手前で身なり、髪を整えた。藩の人たちが大城と呼び親しんでいる仙台城に近い、川内の屋敷に入ったのは戌《いぬ》の刻も半ば頃（八時すぎ）である。新しい女あるじを迎える門前は明るく提灯が掲げられ、きれいに掃き清められていた。式台で迎えられ、短い廊下を導かれ、さらに長い廊下を案内されて老母はじめ親族の待つ広間に招じ入れられた。

■家族、親戚の堅めの盃

只野家では当主の後妻となった真葛を迎えるために、家族全員それに伊賀の叔母たち、他家の養子となっている弟たち、そろって待ち受けていたことが、夫あての手紙にくわしい。

「……道中無滞《とどこおりなく》、廿二日初夜過に着致《ちゃくいたし》まいらせ候、御母様御はしめ、於□□《二字不明》御おは様、御兄弟様かた御のこり無、御待受遊ハし、御賑々敷《おんにぎにぎしく》御對面申し上まいらせ候御事、御嬉しく有難《ありがたが》りまいらせ候、……」

（……道中無事、二十二日八時すぎに到着いたしました。御母様を御はじめ、於□□御おば様、御兄弟様がた、御のこりなく、御待ちうけあそばして、御にぎやかに御対面もうしあげましたことは、嬉しく有難いことと存じました）

伊賀の母、三人の幼い男子たち、そして他家の養子となっている伊賀の弟木幡四郎右衛門、橋本八弥、沢口覚左衛門、武藤左仲、すでに他家の人である伊賀の叔母たち、皆これから只野家の要となる真葛に敬意を表し、そして江戸からきた歌人として名高い真葛にいささかの好奇心も潜めて、和やかに家族、親戚のかための盃をかわしたことが江戸の夫には手にとるようにわかったことだろう。

手紙はいったん「めで度かしく　ま地《ち》より」として宛名を書いたあと、「なを〳〵」と追伸が長く続く。

「なを〳〵是よりはいくひさしく御奉公申し上げ候御事と、いわゐ〳〵有難《ありがたが》りまいらせ候。私立後《たちあと》すきや町へも御見舞あそはし被下《くだされ》候よし有難《ありがたが》り、とゝ事も様々快方の様子ともくわしく仰被下《おおせくだされ》候御事、改て有難、大きに〳〵あんと致まいらせ候。たち前もよふぞ〳〵いらせ入被下《くだされ》有かたく、様々あつく御手あてともなし被下候ゆへ道中いさゝか不自由も無……さりながらとゝことも病中、いもとなともいか斗《ばかり》さひしさの事と何かと〳〵あんしまいらせ候所、御便也。……とゝ事も老年の事に御座候間、思しめしそへ入被下候様、ひとへに〳〵ねがい上まいらせ候。思召斗《おぼしめしばかり》を力にて遠路へおもむきまいらせ候御事、よろしくねかい上まいらせ候……」

（なおなおこれからはいついつまでも只野家へ御奉公申し上げようと、祝いつつ有難くおもっています。私出発後、数寄屋町の工藤家をお見舞い下さったとのこと、有難く、父もいろいろ快方の様子などくわしくおっしゃって下さり、改めて有難く、大へん安心しました。私の出発前もようこそお出で下さって有難く、いろいろあつく御手あてもして下さったゆえ、道中何の不自由もなく……けれども父も病中、妹たちもどんなに淋しいことかといろいろ心配しているところへ貴方からのお便りでした。大いに〳〵安心いたしました。猶また、父事も老年のことゆえ、貴方のお心を添えて下さいますように、ひとえに〳〵お願い申し上げます。貴方の思し召しばかりを力として、遠い仙台へ参りましたこと、よろしくお願い申し上げます……）

このころの手紙は追伸の長いほど懇ろで、本心を明かしているといわれるが、この場合もその通りである。夫伊賀が真葛を仙台へ送るにあたって、心をこめて手厚く配慮したことに感謝し、いくひさしく御奉公申し上げると、只野家の内を守ることを約束している。その代わりに江戸に在る老年の父、まだ若い弟妹に一層の庇護を求めているのだ。

これは責任の重い成年男女の、対等の契約と見ることができよう。二人の間には信頼関係ができていたと思われる。手紙によれば、出立したのは数寄屋町の家からであったらしい。

真葛は叔父に滝川流の書を学んだといわれるが、この手紙は、のびのびした強い筆遣いで墨の濃淡、字配りともに美しく、意を尽くした淀みのない文章は、喚起力に富んで見事である。江戸に在る夫伊賀には、家郷の様子がありありと浮かんだことだろう。

■その夜の奇事

真葛が只野家に入ったその夜、一奇事があったらしい。仏間に案内されてこの家の者となったことを報告するために仏壇に灯を点じた。ふと振り返ると幼い三人の男子が真葛に従っておとなしく手を合わせている。そのとき真葛の胸にいとしさがこみあげてきた。そしてこの子たちを残して逝った人の悲しみが思いやられた。ゆれる灯明のかげに、なき先妻の面影があらわれ、真葛をじっと見つめているように感じ、真葛は思わず声に出した。

「たしかにお子達は私がお引き受けいたしまする。りっぱにお育ていたしまする。どうぞご安心くださいまし。そして蓮の台の上からこのお子達を見守っていらしてくださいまし。」

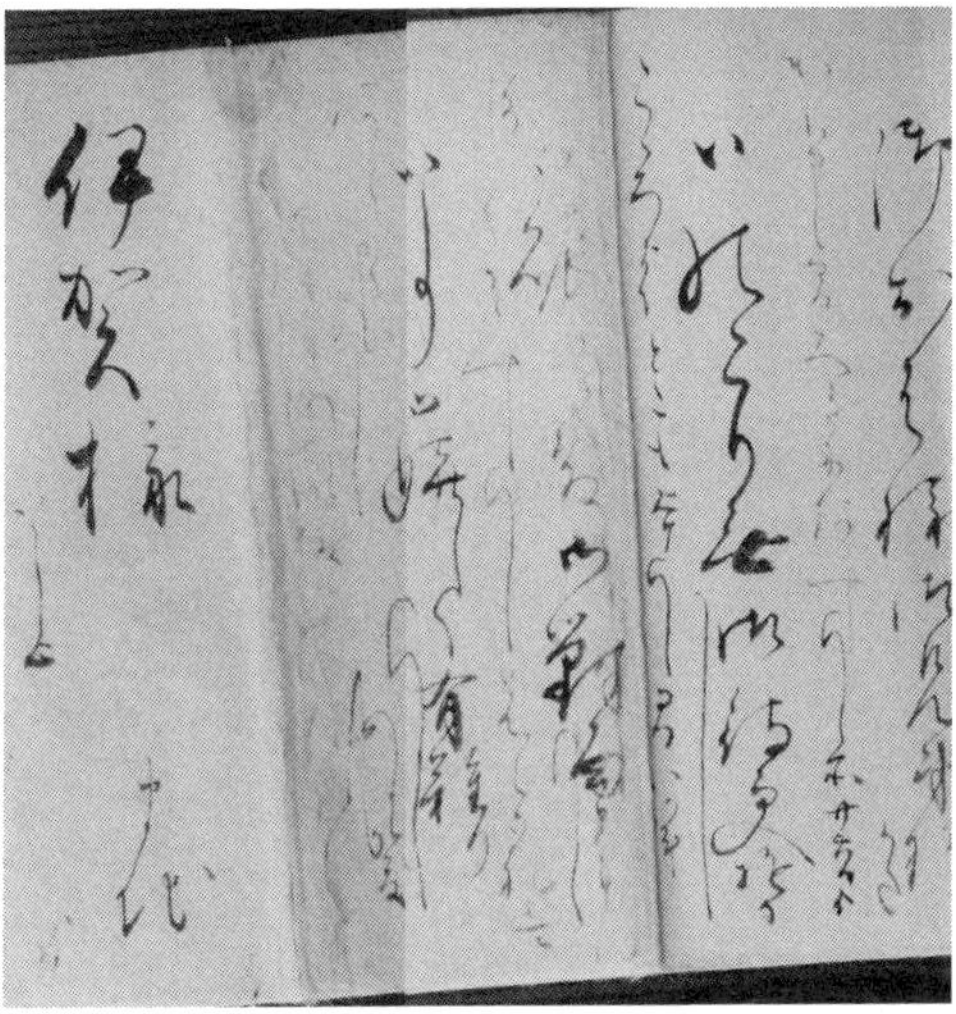

真葛の只野伊賀宛書簡

それを聞いて先妻の面影はすっと消えた。真葛は思わずあっと小さくつぶやいた。誰も聞いていないであろうと思われたが、仏間の火影の届かぬ小暗い次の間には伊賀の弟たちが控えていた。

このエピソードは仙台藩の人の口から口へと伝わった。好意を伴って伝えられた。河田瀬織《せおり》という藩儒が「真葛記事」という一文の中にこれを書き残していることが、中山栄子氏の著作『古今五千載の一人』（昭和三十六年、少林舎発行）に載っている。残念ながら私はまだこの「真葛記事」を見ることができない。

ここで「真葛の使者」澁谷氏の活躍がはじまった。

彼は森銑三が高く評価しているという『仙台人名大辞書』（菊田定郷著、仙台郷土史研究会発行、一九三三年）で河田瀬織を調べていった。しかし瀬織の名では見つけられなかったそうだ。他の人名辞典でもまったく見つけられず、結局もとの『仙台人名大辞典』の河田の項をシラミつぶしに読んでいった。そしてようやく河田舒嘯《じょしょう》という歌人が、通称を瀬織といったことを突きとめたのである。舒嘯は歌人としての雅号であろう。

河田舒嘯
歌人。諱《いみな》は安尚、通称縫殿介《ぬいのすけ》、後ち瀬織と改む、了我の子。老いて舒嘯と号し、和歌を善くす。明治四十年七月十五日没す。享年九十四、仙台北八番丁全玖院に葬る。

歴史上の人名を調べるのにはさまざまな苦労がある。名前もその苦労の一つだ。幼名、諱《いみな》（本名）、字、通称、雅号、その他あり、年齢や気分によって通称を変えることがある。雅号も幾つも持っていて、場合によって使い分ける人がある。その度に名前から受けていた人物の印象が変わる。あるいは印象がより鮮明になることもある。こんなことは歴史を学ぶ人には常識なのだろうが、馴れない者はいつもまごまごする。現に真葛も只野家に嫁した頃、一時期まちと改名していたことが、前掲した伊賀宛の手紙ではじめてわかった。当時、女性の結婚改名はよくあったことだそうだ。
河田瀬織は明治四十年（一九〇七）に九十四歳で没している。逆算して享和四年（一八〇四）頃に生まれたことになる。真葛は文政八年（一八二五）に没しているから、その頃河田瀬織は二十歳すぎである。歌人同士で交流があったか、あるいはこの話を伝え聞いていたか。

瀬織の父河田了我も仙台藩の勘定奉行、郡奉行を勤めた人で、歌人であり、京都の歌人香川景樹、江戸派の国学者加藤千蔭らとも親しかった。その母もまた歌人であったという。そんな環境から真葛のことが河田家の日常的な話題になっていたのだろう。いずれにせよ工藤平助の娘、花のお江戸からきた歌人真葛の挙動は多くの注目を集めたにちがいない。

■只野家の仙台屋敷

只野家の仙台屋敷には、家族使用人合わせて、常時十数人近い人が暮らしている。屋敷内の長屋には、江戸の伊賀に従っている家中の侍たちの家族が住んでいる。主が帰国すれば合わせて四十人を超える。仙台屋敷といえどもかなりの広さであることが残された絵図でわかる。

伊賀が留守中なので真葛が直接手を下す仕事があるわけではなかった。真葛は気を紛らわすために、身辺の用を足してくれる古参の女中からつむぎ糸ということを習った。繭から煮て取り出したか細い繊維を、数条撚り合わせて細い糸にする。切れやすいので重ねると節になる。所在無いままに、糸を撚り合わせつつ糸車の枠に巻いていくと、いつしか糸車は重くなった。それを下女たちが織機にかけて布に織る。撚り合わせた節のある糸は独特の風合いを感じさせる布地になる。それらは家族の普段の着物となった。

気の遠くなるような仕事と思ったが、所在無いままに手を動かしていると、物を考えるには都合がよかった。

これらの生糸はどこから来るのか。その時真葛は思い及ばなかったが、あとで伊賀が帰国して知った。それは拝領地中新田の特産なのである。

只野ハマさんのお話では拝領屋敷の傍らを流れる鳴瀬川の河原は一面桑畑であった。背負い籠に桑を摘む女性の姿が見られ、以前は只野家の女性たちも自分で飼った蚕の糸で機を織り、嫁入り支度にしたという。明治になって中新田農業蚕業学校ができたそうだ。

いつしか時がたった。

思ひかね今日取りそむる片糸のよりあふ程を何時とか待たむ

切れそうなか細い糸を撚り合わせつつ糸車を回していると、せっかく縁が結ばれながら、共に帰れなかった夫伊賀や、ふるさと人の上が偲ばれた。真葛が仙台へ下ったあとを追いかけるように父からの手紙が届き、庭の紅葉の色づくのが今年は遅い、とあって、

見はやしし人しなければわが宿の紅葉の色もかこちがほなり

故郷をひとりはなれてある人を老のねざめに思ひこそやれ

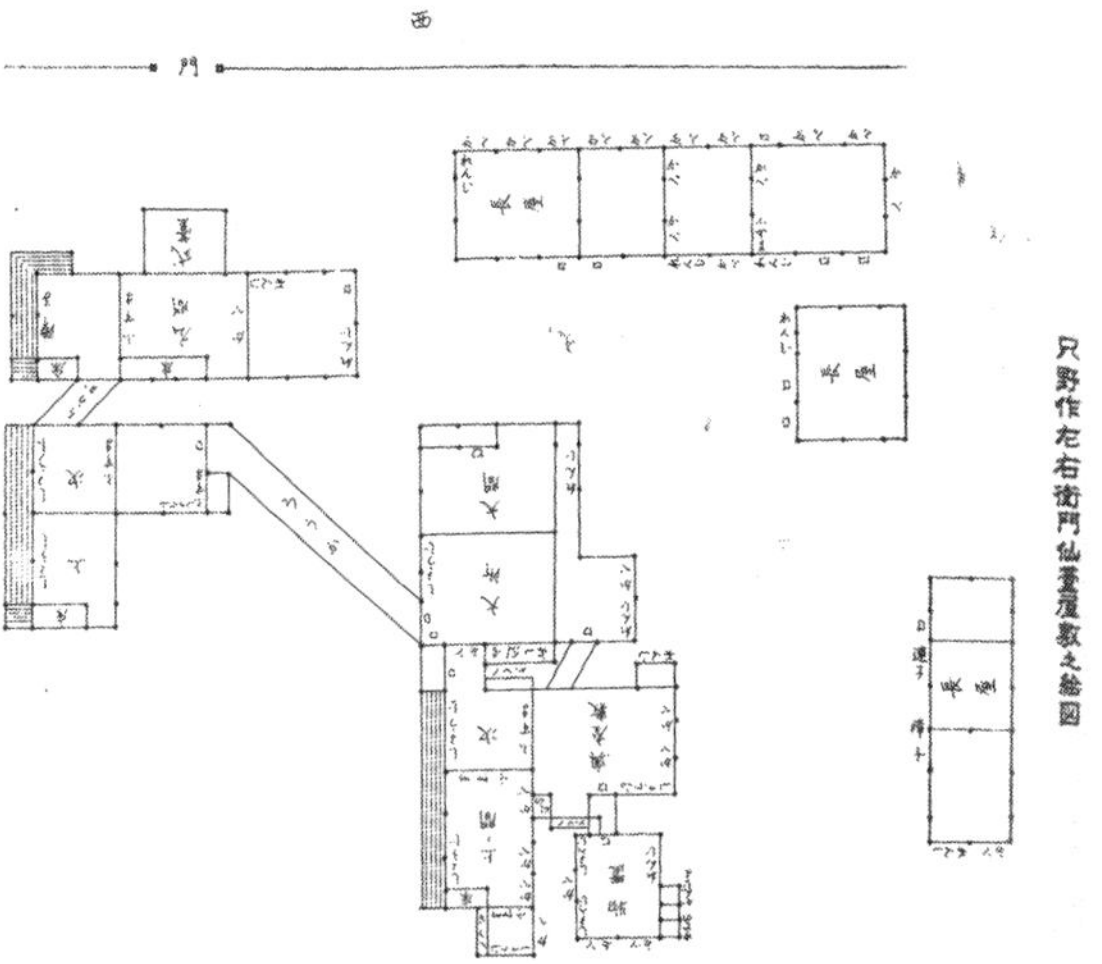

「只野作左衛門 仙台屋敷之絵図」(『中新田町史』、昭和 39 年)
(作左衛門は伊賀の父)

と、二首の和歌が添えられていた。

父も真葛がいなくて淋しいのだ。「いと堪へがたうて、よゝと泣かれたりき」(とても我慢できなくて、声をあげて泣いた。)

真葛と父平助の和歌の贈答も何度かある。

■真葛と子どもたち

伊賀の三人の男子たちが、暇さえあれば真葛の周りに座ってその手元を眺めている。真葛のきれいな指がしなやかに動くのが、亡き母を思い出させるのか。末の子の由作《ゆうさく》はしっかりと真葛の袂の端をつかんで放さない。母親の着物の感触は、幼い者にはことにつよい思い出となって残っているのだろう。ときおり真葛は由作の肩をぎゅっと抱き寄せてやる。そして江戸での幼い日の思い出を話して聞かせることを日課とした。

「……それから江戸の築地の屋敷にはね。長崎から明るい明るい行灯《あんどん》が届いたんだよ。ギヤマンの鏡を張り巡らしてね。その明るいことといったら、まるで越後屋の店先を見るようであった。ああ、越後屋というても、そなたたちにはわかるまい。そうだ。あの大町通りに呉服屋があるでしょ。あの二倍も三倍も大きな店じゃ。この家の大所と大間の倍もあるような、その店の隅々まで明るくなる、ギヤマンの行灯だった」

呉服屋と聞いてもあまりぴんとこない男の子たちは、この家の大所と大間の倍もある広さと聞いて目を丸くする。この屋敷で一番広い場所で、雨の日、由豫《よしやす》と由作がくんずほぐれつ相撲をとって叱られたばかりである。

上の義由は黙って真葛の話に聞き入っていた。目が知的好奇心に輝いている。オランダのビイドロのフラスコに入っていた、濃いとろりとした葡萄の酒、金の刺繍を施した羅紗製の国王の官服。撫でてみた時の少しごわごわした手触りが真葛に蘇った。

父さまが外出のとき召される物は、つややかな堅織の絹物、母さまのお召しものは、それはそれは柔らかな絹物が多かった。父さまのお好みで、裾模様を長くゆったりとひいて、まといつくように召しておいでだった。母さまは幼い頃から古風な総模様の振袖ばかり着せられていたのが、お嫌いだった。嫁いでからは、流行の裾模様がお気に入っていた。お二人仲良く、書は何流がよい、滝川流が一番ですわ。いやあれはどうも……と言い争っていらしたこともあったっけ。そして真葛は何の心配もなく、次々に届く異国の品々に目をみはっていた。あれはこの子たちと同じ年頃であった。

「長崎からオランダの書物が届いたときは、そりゃあ大変だったのよ。」

「オランダから書物が？」長男の義由が膝をのり出してくる。

「そうなの、長崎の吉雄幸作先生が私の父に届けようとなさった大事な書物でね。父に入門したいという人が預かって来たのに、その人が乗った船が大波で沈んでしまってね。届いたときは潮水に漬かった書物がかたく固まってしまっていたの。それを父さまのお友だちの、蘭学の先生方がよってたかってきれいに仕立て直された。紙を一枚一枚水ではがして、最後に柿の渋を入れた水で洗ってね。お庭にながぁい紐を幾本も張りめぐらして、ひらひら乾かしてあったっけ。」

「そんなことって出来るだか」幼い弟たちも聞き入っている。真葛は子供たちに笑ってうなずいた。

「ドニネウス・コロイトフウクというてね。日本では他に一冊あるかないかという大切な草木のご本だった。父さまは長い針を工夫して細工師に作らせて綴じ合わされた。あとで聞いた話じゃが、オランダでも同じような針を道具にして分厚い書物を綴じるのだということだった。」

ドイツの博物学者ドドネウスの『植物標本集』が、工藤家にもたらされた時の劇的な事情を話しながら、真葛は子供たちに少し自分の父を自慢する。

仙台藩は政宗が支倉常長《はせくらつねなが》をローマに派遣した時代から海外の事情に敏感な藩である。そのせいか子供たちはオランダの話に目を輝かせて聞き入る。そうして十四歳になる上の義由には時々古今和歌集を教え、下の子供たち由豫と由作には手習いをさせる。義由は学ぶことが好きで、武芸の稽古にも謙信流の兵学にも熱心であったが、素直で新鮮な和歌を作って、真葛を喜ばせた。

真葛に付き添って仙台へ下った源四郎は、藩のそれぞれの役所に代替わりの挨拶をすませると、仙台の内外の名所を巡り始めた。短い滞在の間に藩主代々の廟所をはじめ大崎神社、さらに塩竈神社や松島、そして平泉までも若さにまかせて歩き回り、その様子を姉に語ってきかせた。そして雪の降る前に江戸へ帰っていった。

父平助が言った通り、こうして弟も藩医として江戸と仙台をいつも往復するようになるであろう。真葛は希望をもった。

■仙台の冬寒

冬が急ぎ足にやってきた。寒さは聞いていた以上で、江戸とは格段の厳しさだった。

しんしんとすべての音が吸いとられるような静かな夜は雪である。下女が「今夜は雪だがら」と衾を重ねるように用意してくれて、枕もとの手あぶりにも、赤々とした炭火をたっぷりと埋《い》けていった。炭火の量は江戸の比ではない。しかしあまりの寒さに夜半に目が醒めてしまった。身を起こして手あぶりの埋火を掻き立てる気にもならない。それほど夜気が冷たい。寝間も一人には広すぎる。江戸にいたときは、これほど広くはない部屋で、夜半に目覚めると隣に末の妹の照子がすやすやと安らかな寝息をたてていた。廊下を隔てた部屋からは、父平助の咳が聞こえる。それだけで暖かい気持ちになったものだ。北国の寒さと広い部屋に一人という冷たさが身に沁みる。

かきおこす人しなければつれなくも下にこがるる閨の埋火《うずみび》

江戸にいる父や兄弟姉妹、そして縁あって夫となった只野伊賀、すべてが遠く恋しかった。真葛の和歌は彼女の実感にささえられていて、現代の我々につよく訴えかけてくる。しかし仙台は江戸ほどには火事の心配のないことが、真葛にはありがたかった。「まったく、江戸の火事ときたら、かんな屑に火がついたようなんだから……」

雪は毎日いやというほど降りつづき、いつ土や草木の色が見えることかと心細くなる。江戸では見かけなかった珍しい鳥たちが庭に来ていたのに、それさえ来なくなった。

友とせし鳥の音さえ絶えにけり宮城の里に雪つもる頃

それでも晴れた朝には素晴らしい眺めが見られる。

「雪深き処なれば、いつも積もりてのみあるに、日のさしかゝれば聊《いささ》か解くれど、夕づけばいと長う垂氷《たるひ》となりて、尺にも余りたるが、いやへにさがりて、朝目などには、水晶を懸けわたしたらんさましたり。照子に見せばや。如何にめづらんと、あたらし」

（雪の深い所なので、いつも降っては積もってばかりだが、日がさしかかると少し解ける。けれども夕方になるととても長いつららになって一尺以上にもなったのが、いく重にも下がって、朝見ると、水晶を懸けわたしたような様子をしている。照子に見せたいものだ。どんなに美しいとほめるかと、惜しい。）

朝日に輝く雪のまぶしさも類いないが、尺の余もあろうかと思われる軒のつららが日ざしに映えるさまは、まるで水晶のすだれのようで、これだけは江戸で見られない見事さと思う。照子に見せたい。どんなに驚いて喜ぶか。

「姉上さまは鬼が住むようなみちのくへなぜ行かれる。お照はどういたしましょう」

と泣いた顔が思い出される。七つの歳に母に死に別れ、十二になるまで真葛が手塩にかけて育てた、わが子のような妹だった。何とか照子を近くへ引き取ることは出来まいか、ふと真葛は考えた。

年が明けて寛政十年（一七九八）となり、まもなく江戸から夫が帰ってくるとの知らせが届いた。二年前、藩主斉村が没して以来、嫡子政千代が幼少のため、藩主の帰国はずっと絶えている。その年は、隠居重村、藩主斉村が相ついで没した年であるが、仙台領内も三月からかってない大一揆が起こった大変な年であった。

藩では郡奉行を一斉に更迭し、郡村役人を削減するなど、大改革を行いこれを治めた。真葛が嫁いできた翌寛政九年（一七九七）にはその騒ぎもようやく静まり、堅田侯や観心院夫人の努力によって領内は穏やかであった。幕府から派遣された二人の目付も十年には江戸に帰った。

■江戸時代の藩主夫人たち

ここで観心院夫人について少し述べる。観心院は七代藩主伊達重村夫人近衛年子《のぶこ》である。聡明な女性で、豪邁な気象の重村をよく補佐したといわれる。夫重村亡き後、嫡子斉村も相ついで逝去し、生後まもなく襲封した政千代（周宗）をよく後見した。しかし周宗《ちかむね》も十七歳で没する。その時観心院年子は重臣一関侯や刈谷侯（六代藩主宗村の庶子）と諮《はか》り、堅田侯とも協力して藩政に関わり、仙台藩を安泰ならしめたのである。歴代の藩主夫人の中で最も傑出した女性といわれる。真葛はこの観心院に仕え、信頼されて姫君詮《あき》子《こ》の輿入れにしたがって井伊家に移った。江戸時代に観心院のように藩政を担った女性は幾人かある。

女性史研究家柴桂子氏の調査によれば、対馬藩十九代藩主宗義智夫人威徳院は嫡子義成を補佐して善政を布き、対馬の尼将軍と呼ばれていた。また薩摩藩の支藩種子島藩主島津久道夫人松寿院は、夫亡き後、異母弟久珍や孫久尚を補佐し、自ら事実上の藩主として善政を行った。大浦川の堤防工事をして水天宮を建て、民生の安全をはかった。現在もその遺徳を慕われているという（『江戸期おんな考』十九号）。

江戸時代にこのような例はまだあるだろう。いずれも聡明な女性たちであった。「めん鳥が時を告げると国が滅ぶ」と、『書経』では政治に女性がかかわる事を誡めるが、そのような譬えにはほど遠い。

■夫伊賀の帰国

二月に入って夫伊賀が帰る日がほぼわかった。真葛は夫の家でのくつろぎの着物、好みの食物などまわりの者たちに聞いて用意しようとした。古参の女中はいろいろ教えてくれたあとにつけ加えた。

「そのうち中新田から、殿さんのお好きなうなぎや寒鮒や畑のものがどっさりくるでっしょう」

自分たちの領地があるということに、真葛は始めて思い当たった。江戸ではすべての物を、出入りの商人にあつらえねばならない。そして盆暮れに現金で支払いをする。工藤家は支払いに困ったことなどなかったが、それでも自分の領地から収穫物が届くことの豊かさを新鮮に感じた。

「そういえば江戸では支払いに困って、物まえ（節季まえ）に永代橋から身投げをする話をよく聞いたものだった。あれは誠実な義理堅い人々だったのだろう」

何事もなかったような日常に少し小波が立ち、心が浮き立つように思われる。

「きさらぎ廿日《はつか》あまりのころ、男下り着かんと聞きて、俄かにまうけの物ども取り集むるはうれしかりき」（如月二十日すぎに、あの人が帰り着くだろうと聞いて、急いで準備の品々をとり集めるのは嬉しかった）と真葛は日記に記した。

読み返してみて少しはしたないのでは、と思ったのだろうか。家の内はなんとなく賑わしく、ざわめいてきている。でも自分までなぜ嬉しいのか、説明がつかない。自分に恥ずかしいように思う。そこで細字で書き加えた。

「此の男とても、故郷にて馴れたる人にもあらねば、まほにうれしき事もなけれど、何事も〳〵見知らぬ國にひとりあれば、かくあいなく人をも待たるるなりき」

（この人といっても、故郷江戸で馴れ親しんだ人でもないので、本当に嬉しいことはないのだが、何事も〳〵見知らぬ国に一人でいるので、このようにむやみに人が待ち遠しいのだ。）

真葛の嬉しさと、とまどいが率直に著わされている。ここでも真葛は夫伊賀を指すのに、「男」と少し距離をおいて記している。

ちょうど二月の二十日に伊賀は帰国した。現在なら四月五日、江戸ではもう花の盛りで浮き立つころであろう。まだ仙台は梅の蕾がすこしふくらみかけただけで、相変わらずの冷たさである。

「寒さは堪えはせなんだか」

仙台屋敷の式台で、出迎えた真葛に伊賀はまずねぎらいの声をかけて、笑顔を見せた。江戸風に少し早口の仙台言葉を聞くと、江戸の仙台上屋敷が思い出された。ゆったりまわりくどい国元の人たちに、気の短い真葛は少しいらいらさせられている。真葛も話したいこと、聞きたいことが湧いてきたがすぐには言葉に出さず抑えた。

「江戸の方々はみな息災でおられる」

真葛の気持ちを察したように伊賀が小声で言って、腰の物を手渡すと奥へ向かった。

その夜は家族、伊賀の弟たち皆打ちそろって、祝宴となった。真葛は兄弟たちの酒量に驚いた。真葛を迎えた夜の、どこか控えめな祝宴とは比べものにならぬ飲みぶりである。当主の帰国を喜ぶ気持ちが爆発したのだろうか。

これが御国風か、と半ばあきれて真葛は見ていた。繕わぬ男たちのやり取りも珍しかった。夫伊賀も文字通り裃《かみしも》脱いで寛いでいる。江戸ではじめて会った時の謹厳ぶりとは大違いである。

「ああ、これが故郷というものか」

江戸以外には故郷を持たぬ真葛には羨ましい眺めでもあった。

夫婦二人で静かに語り合う時間が来たのは三、四日後である。

「子供らにいろいろ話してやってくれたそうな」

伊賀は少し改まって真葛に言った。なにより気がかりだったことなのだろう。

真葛が千二百石の家内をとりしきる実力と識見を具えていることは、十分わかっていた。しかし幼い者たちにこのように慕われる人柄とまでは、思い及ばなかったらしい。伊賀はほっと寛いで、江戸の工藤家の様子、父平助の病状など何より真葛が知りたかったことをとつとつと話してきかせた。

「そなたのおやじさまもお歳で弱られたが、まだまだ長生きして、世の成り行きを見ていて頂かねばならん。おやじさまの『赤蝦夷風説考』以来、ようやくお上も蝦夷問題の容易ならぬことに気づかれたのじゃからのう。そして老中田沼様が御普請役を蝦夷調査に遣わされたのが、それ、乙巳の年（天明五年）だ。あの時は我らも胸が騒いだものだ。まだ若かった」

仙台藩は北方警備の任務も担っている。しかし真葛はその話を聞くと胸が痛む。

あの二、三年は、父平助が蝦夷奉行に成るかもしれぬという期待がたかまり、天明六年の田沼失脚で一挙に崩れた頃である。父平助も希望に満ちて、林子平の『海国兵談』の序を書いていた。平助は同藩の後輩で、志を同じくする林子平のために心をこめて序を書いた。子平の著書が自分の『赤蝦夷説風説考』同様に幕府要人の目に触れて、取り上げられることを期待していたのである。

書き上げたのが天明六年の夏五月末ごろ。その秋八月、老中田沼は印旛沼工事の責任を問われて罷免となった。田沼時代に華やかに活躍した人々は、一斉に退場するのである。平助もその中にいた。しかし彼は「これ天命なり、世の変わるべき時来りしなり」（これは天命である。世の変るべき時が来たのである）と、泰然とその天命を受容した。

「まさかあの田沼さまがご罷免になろうとは、さすがの父さまも予見なさらなかった。もし事態が無事進んでいたら、自分は今ここに、この只野家にいたかどうか……」平助はもし自分が蝦夷奉行になったら、長女の真葛を幕府の要職にある武家に嫁がせる気であったのだ。真葛は誰にも言わず、そのことは堅く胸に納めていた。

伊賀はそれを何も知らず、言葉を続けた。

「しかしおやじさまの見通しは間違うてはおらなんだ。あれ以来オロシヤが蝦夷を侵して騒ぎをおこすのは一度や二度ではない。お上でも種々手を尽くしておられるが、何分相手が相手。思うようにはならん。つい先ごろわが日本からもエトロフを探索に渡った男がいると聞いた。我らが江戸を出立する間際に小耳にはさんだ」

近藤重蔵がエトロフ島に渡り、大日本恵登呂府と墨書した標柱を建てたのは、その年の七月のことだ。

「おやじさまのように、蝦夷、オロシヤから長崎、オランダまでの事情に通じた方に、是非目を見開いて、ことの成り行きを見届けてもらわねばならぬ。なんと言うても、そなたの育った工藤家のような家は、めったにないのじゃから、子供らにもっともっと話して聞かせてやってはくれまいか。あれらも早晩、わが藩を担って行かねばならん者たちじゃ。わしの留守に世間のことを、異国のことをそなた聞かせてやってくれ」

それから書棚にあった書物、『論語』、『大学』などの中から一冊を手にすると、日差しのあたる縁側に出た。伊賀はひらひらと二、三丁めくって眺め、真葛をかえりみて言った。

「このような書物も若君のもり役を勤むるため、藩のためと思うてこそ読んだが、お屋形さま亡き後は張りも失せた」

と笑った。深く信頼されていた若き主君斉村を喪って、夫伊賀の心中はうつろになっている。真葛は日記に次のように書いた。

「……故君の御えらびによりて、台のうへの御はつ子に生れさせ給ひし若君の御めのとに、おほせごとかうむりて有りしを、其の年の秋、君隠れさせ給へりしかば、漂ふはしに、御あたり近からぬ職に遷されしかば、痛く嘆きてぞ有りし。唐ぶみのまめ〳〵しきは、一ひら二ひら打ちかへして、昔は君の御ため、国の為にもと思ひて、斯かる物をも見しが、今は何にかはせんとて、打置きつ……」

（……亡き主君のご指名によって、奥方様のはじめてのお子である若君のもり役にと仰せごとを頂いていたのに、その年の秋、主君が亡くなられたので、お役を解かれ無役となっているうちに、若君からは遠い職に任ぜられたので、とても悲しんでいた。堅苦しい漢文の書は一枚二枚ひるがえして、昔は君の御ため、藩のためと思ってこのような書も読んだが、今となっては何になろうといって、そのままにしておいた……）

夫婦となってまだ日も浅い真葛に本心を打ち明けて、弱みを見せることを恥じない伊賀の柔らかな人柄に、真葛は暖かい同情を示している。そして伊賀はその後、「唐うたのみ作りき。やまとのはよまざりしを、此処に持てわたりし書どもを取り見て、其ののちはよみたりき。」（漢詩ばかり作っていた。日本の和歌は作らなかったが、私がこちらへ持ってきた書物などを見て、それからは和歌も作るようになった）

伊賀は出仕しない日には、しきりに好きな漢詩を作っていたが、やがて真葛が江戸からもってきた『古今和歌集』や『伊勢物語』などを見るようになり、真葛とともに和歌を作りはじめるのである。

この頃伊賀は何歳くらいであったろう。『中新田町史』にのせられた只野家系譜を辿っても、伊賀の生年は分からない。没年は文化九年とあるが享年何歳か記されていない。子供の年齢から推してみて伊賀は三十歳半ばを過ぎていただろう。四十歳に手の届く頃かもしれない。ほぼ真葛と同年代であったと思われる。真葛が江戸の仙台上屋敷に勤めていたこともあり、共通の知人、共通の話題にはことかかなかった。

伊賀は真葛のために、江戸の絵師に描かせた扇子を幾本も土産に持ってきた。「武蔵より絵書かせて、背の持てきたりし扇どもを、懸《か》けて見んとて……」（江戸から絵を書かせて、私の夫が持ってきた扇を、懸けて眺めようと思って……）

夏になってそれらの扇を懸けて眺めることを思いついたのだ。ここではじめて真葛は、それまで「男」と書いてきた夫伊賀のことを「背」と親しみをこめて書いている。

真葛は扇を懸けるために小川万笑翁から扇懸けを借りようと使いをやった。

小川万笑翁は仙台藩の江戸詰藩士だった。父平助と親しく、数寄屋町や築地の工藤家によくきて、真葛たちを可愛がった。早くに致仕《ちし》して故郷に引退していたが、まだ矍鑠《かくしゃく》としていて、真葛が只野家に嫁いだことを喜び、訪ねてきたり和歌をやりとりしたりしていた。

使いの者が扇懸けを借りてきたが、断り書きがついている。「このほど先立ちて、人に貸してんと言ひおきつれば、あからさまに奉るなり」（これは先だって、ある人に貸してやると言っておいたので、ほんのしばらくお貸しするのだ）とあった。

そこで真葛は一首詠んで、また使いに持たせた。

時の間と思ふものからあふぎてふ名をばかけても恃《たの》まざりけり

すると万笑翁はこの和歌が気に入ったのか、真葛の機知を喜んだのか長く扇懸けを取り返しにはこなかった。仙台は知人も言葉がたきもなく寂しいと真葛は言っているが、父平助を知る人は多く、また夫伊賀の縁によって付き合いも広がっていった。

夏のある日、伊賀は瑞鳳寺の南山上人を訪ねたが、しばらくすると上人の方から只野家を訪ねて来た。真葛ははじめて対面して、仙台にもこのようなお方がおられると、頼もしく思った。

■江戸とみちのくの言葉

ことに真葛の興味をひいたのは言葉である。夏には蝉がなく。江戸よりもひときわ大きく鳴く。江戸ではただ「みん〳〵」と言う。みん〳〵がないてるよ、そう言って網をもって走っていた弟たちの声が蘇る。その「みん〳〵」をこちらでは「大蝉」「ちからぜみ」などと言う。「なるほど、いかにも力いっぱい命の限り鳴いてるね。」真葛は「此処の言こそ増りたれ……」（こちらの言葉こそすぐれている……）と日記に書いた。下女たちはほととぎすをおとたか鳥という。するどく強い声で鳴く。これも実感がある、と思う。

真葛は折々に江戸の言葉とみちのくの言葉の違いを比較し、季節の花の咲く時期の違いを観察して記している。二つの土地柄を比較する視点が持ち込まれて、日記に重層的な面白みが加わる。真葛のみちのくに対する暖かい眼差しも感じられる。

初秋が近づいた。七月七日の星祭の準備に女中たちはそれぞれ忙しい。

「星祭の夜には仕立てたばかりの着物をお星様に祭るのです。そうすると女は幸せがくると言います」と古参の女中が教えてくれた。

「まあ、それはなんと美しいこと……」

真葛は感嘆の声をあげた。短冊をつけた笹竹と、衣桁にかけた女たちの着物が初秋の夕風にゆれる有様が想像された。そして下女たちが夜なよな懸命に針を運んでいる訳がわかった。新しい布地を縫う者も、古い着物を洗い張りして仕立て直す者も、皆だまりこくって精出している。七日の夜に間に合わさねばならないのだった。

江戸から持ってきてまだ袖を通していない着物を祭ろうか、と真葛は思った。そして前年持ってきたままになっている長持ちの中をあれこれ探すうちに、細い桐箱に入っていた賀茂真淵大人《うし》の「乞巧奠《きっこうでん》」の草稿を見つけ出した。「そうそう、父さまがこれを、と言って出発の支度をしている所へ持ってきてくださったのだ」

はじめて開いてみた。「父さまが誰かにもらわれたのか、それとも春海おじが持ってきてくれたのだったか」真葛はよく見慣れた真淵大人の柔らかな筆の跡に見入った。

「乞巧奠」と題して、すこし空けて四つの机を置き、手前二つの机にわたして十三絃の箏《そう》の琴を置いた図がある。他の二つの机の上に梨、桃、瓜、茄子、大豆、ささげなどを飾る。もちろん酒坏も置く。それぞれの机の四隅に燭台を据える。手前の左右に香炉、その奥に蓮花を飾る。

すべて細筆で丁寧に描き、細い琴の絃には格別苦労した様子で、「十三絃也　此絃の図はわろし、改め書くへし」（十三絃である。この絃の図はよくない。改めて書こう）と注してある。草稿の末尾には「宝暦甲戌七月一日　人のもとめによりて　賀茂真淵記」とある。真葛が生まれる十年も前のことだ。まだお若かった父さまが直に御頼みになったものか。あるいは他から譲ってもらわれたものか。

同じ桐箱の中に、古びた茶杓も入れてある。茶杓には、「永代庵　崇常」と銘がある。これが誰だか真葛は聞き漏らした。ただ幼い頃、このように七夕飾りをして客を招いたような記憶があった。

只野家は政宗に仕える以前から、北上地方に勢力を張っていた和賀氏の流れである。誇りも高く古いしきたりが多い。真葛は無意味だと思われることでも、言われる通りに勤めてきた。けれども七夕くらいはこの真淵大人の教えに従ってやってみようかと思った。

このころ「武蔵なるおぢ君のもとより「ことばもゝくさ」といふ書給はせたりき」（江戸のおじ君のところから「ことばももくさ」という書物をおくって下さった）と日記にある。これは賀茂真淵の著書だという。送ってくれたおじ君とは以前にも「古言の書」を何冊も贈ってくれた人である。この人は誰であろうか。

真葛の伯（叔）父なる人は三人いる。前にも述べたが、真葛は父方の二人の伯父を敬愛していたが、故あって母の弟桑原隆朝（二代目）である。前にも述べたが、真葛は父方の二人の伯父を敬愛していたが、故あって母方の叔父を嫌っていた。しかしみちのくに嫁いだ真葛に心配りしてくれたのは、この叔父かもしれない。あるいは父と親交があって、幼い頃より真葛が親しんだ誰かかも知れない。真葛はそういう人たちを「をぢ」と表現することがよくある。小川万笑翁を「このをぢ」と言ったり、村田春海のことを「村田のをぢ」と書いたりしている。

秋風がたって、宮城野の萩が只野家の庭にも見事に咲いた。その冬は前年より雪が少なく、嬉しかった。真葛がみちのくに慣れたのか。語り合う人が傍らに居たからか。

「……夜のほどは音もなくて、朝戸出《あさとで》に見れば、木毎に花の咲きたるさましたり。
音もせで降りつむ雪をおもほえず開く朝戸に見るがうれしさ
宵の間によそほひ変へて言ひ知らず朝目おどろく庭のあわ雪
此処の雪の三寸ばかり積りたる美しさは、故郷に見しことなし。細布にて漉《こ》したらんごと細かなる雪の、枝をまとひて積れるは、え言はれず……」
（ここの雪が三寸ほど積もった美しさは故郷江戸でも見たことがない。目の細かい布でふるったような細かい雪が、木の枝にまといついて積もったのは、えも言われぬ美しさだ）

前年と変わり、雪を楽しむゆとりが真葛に見られる。

■伊賀と義由の出発

年が改まって、伊賀が江戸に出発する日がほぼ決まった。それは主君に仕える者として仕方のないことである。だが明けて十六歳になる義由を修業のため江戸へ連れて行くという。その歳になれば只野家の嫡子に対して、親としての当然の配慮である。義由はもっとも真葛のよき話し相手であったのだが、彼の将来のためにと真葛は納得した。

その上、次男の由豫《よしやす》まで同藩の真山杢左衛門《もくざえもん》の養子になる話が、にわかに決まってしまった。あれよ、という間もないような早さであった。考えてみれば、伊賀の四人の弟たちも皆それぞれ他家の養子に入っている。男子がいなければ、家が存続できない武家では珍しくもない話であって、真葛がいちいち心を痛めるようなことではないのかも知れない。由豫はのちに跡継ぎの男子が生まれなかった義由の養子となって、只野家を継ぐことになる。

一月末に由豫が真山家に移り、二月六日に慌しく伊賀と義由が出発した。その準備に心奪われて、出発後も、何か手落ちはなかったか、持たせてやるものは全部持たせたか、真葛は落ち着かなかった。二、三日たって、伊賀が普段着ていた着物が、脱ぎ捨てたままにうち重なっているのを見つけた。これを解きほぐして洗おうと思うが、なぜか気が進まない。

むら鳥の立ちにし跡にぬぎすてし君がなれぎぬ解くさへぞ憂き

嵐が過ぎたあとのように、しばらく真葛は呆然と過ごした。

兄義由が父とともに出府し、けんか相手の次兄由豫も居なくなって一人ぼっちの由作も、思いは同じらしい。大間で所在なげにぼんやりとしていたり、急に履物もなしで走り出したりする。

真葛は手習いの時間を長くして由作を落ち着かせようとした。またいずれはと思っていた古今和歌集を読ませようかと、彼に与える手本を作り始めた。

春

立春

としの内に春はきにけりひとゝせを
こそとやいはんことしとやいはむ

筆を持つと、真葛の気持ちも不思議に落ち着いてくる。「あゝ、そうだ、由作にこの和歌を読みながら、暦のことを教えてやろう。正月も来ないうちに立春がきてしまった訳を……」いい思い付きに少し楽しくなる。「暦のこと、月の満ち欠けのこと、星ぼしのこと。教えてやりたいことは一杯あるわ。それにしても月の大きさが、低い所と真上にあるときとでは、どうしてあんなに違うのだろう。同じ月でも猪口のようだと言う人やら、お盆のようだと言う人やらいるのはどうしてだろう。私にも分からないことはいっぱい……」

卯月になって去年よく咲いた宮城野の萩を、池の向かい側の小高い所に分け植えておいたのが、すくすくと伸びて若葉を茂らせた。その上を渡ってくる風が清々しく心地よい。

花のみをいふそあやしきわか萩は葉も異草に増りたりけり

古来、宮城野の萩の花を詠んだ和歌は無数にあるが、萩の若葉のさわやかさを詠んだものがないのはどうしてだろう。なぜ歌詠《よ》みはそのことに気づかないのだろう。不思議だ。真葛の懐疑する心がむらむらと動きはじめる。真葛はどうしても自分の実感のほうが大事だと思う。

■ほととぎす

「お母様、お母様」

由作が呼ぶ声がする。障子を開けてみると、由作が萩の茂みの向こうから息を弾ませて走ってくる。何か大事そうに両手で捧げている。例によって裸足で飛び出したらしい。顔を赤く上気させて縁側にいる真葛に両掌をそっと開いて見せたものは、一羽の雛鳥であった。

「まぁ、どうして取ったの」

真葛は思わず引き込まれて聞いた。「……藪の中に鶯の巣の有りしを、寄りて見つれば、雛二つ、母鳥につきてかしこう飛び去りしに、此の鳥の、巣もりになりて有りしほどに、とりつ。我飼ひてん」（……藪の中に鶯の巣があったので、近寄って見ると、二羽の雛はうまく母鳥について飛んでいったのに、この鳥だけ巣守りをして残っていたので取ってきた。私が飼おう）

真葛の問いに答えた由作の返事を、真葛はこのように日記に記している。つづけて「これぞこの、鶯のかひこの中なる時鳥《ほととぎす》なる。必ず稀には有るものとぞ人もいひし……」（これこそあの、鶯の卵に中に一人生れるという時鳥だろう。たしかにたまに有るものと人がいっている……。）

「珍しいものを見つけたわね。ほんとに可愛い」

得意になって雛を籠に入れ軒にかけた由作にどういって聞かせようか。言葉を捜す。

「でもね、野の鳥はなかなか人になつかないものなのよ。餌も何をやったらいいのか分からないでしょう。鳥のお母様がいないのだから。死んだら可哀想だから放してやりなさい」

「いやだ……」

由作は泣きそうになる。真葛は袖で由作の肩を抱いてやりながら、鳥籠を見あげた。止まり木のうえで、ひひと鳴く姿が愛らしくて、「放してやりなさい」と言いながら自分も惜しくなってくる。しかしどう考えてもうまく育てられないと思う。

なんとか言い聞かせて、由作は夕方しぶしぶもとの藪に返しに行った。あの鳥はどうなったろう、真葛は何日も気にかかった。

翌年、江戸から帰った義由はこの話を聞いて、子供の頃、鶯の巣の中に大きな卵が混じっているのを見たことがあると語った。真葛は万葉集巻九の中の、「鶯のかいごのなかにほととぎす、ひとり生れて……」という長歌のことを話し、しばらく家族の間の楽しい話題となった。

五月雨が降り続いて、池の水かさが増した。

江戸の妹から父平助の加減が思わしくないと便りが届いて、真葛は心が沈んだ。前後して江戸藩邸にいる義由からも手紙が届いた。彼は江戸での勉学の進み具合、父伊賀の忙しい日常をこまやかに伝え、和歌二首をそえている。

時鳥なくにつけても故郷の浅茅《あさじ》が原の園ぞ恋しき
ふるさとに残りし君は我よりも猶《なお》淋しさはまさるべきかも

時宜にかなったやさしい便りに真葛は涙を流し、すぐに歌を添えて返事を送った。

ほとゝぎすなく声聞きて故郷を君も偲ふや我も恋しも
五月雨は降る日降らぬ日ありといへどわが衣てのぬれぬ日ぞなき

江戸の弟源四郎からも、妹栲子からも折々に慰めの手紙が届いた。

しかし真葛は自分の感傷に浸ってばかりはいられなかった。夫伊賀から託された大事な用件がある。伊賀は自分の気懸かりなことを真葛に頼んで出発したのだった。

二、「塩竈《しおがま》まうで」

■藤塚式部《ふじづかしきぶ》邸を訪ねる

「真葛がはら」（地）に収録された二つ目の作品は「塩竈まうで」である。真葛の他の著作と同様に、それは唐突に書き始められている。「神無月《かんなづき》ついたち、年月の本意《ほい》かなひて、此の国の一の宮にまうでけり」（神無月の一日に、長い間の願いが叶って、この国の一の宮である塩竈神社に参詣した。）


これが何年の十月なのかは、後になってわかってくる。

真葛は前もって参詣する日を先方へ案内しておいたので、心の準備はできていた。しかしあいにく前夜より雨となり、一晩中庭石を打つ雨だれの音にはらはらさせられる。それもようやく払暁《ふつぎょう》には晴れた。松明《たいまつ》を持たせて出発すると途中から嵐である。

「いとすさまじく吹き出でたり。むら〱立てる岡辺の尾花は、吹来る風の強ければ、唯あやどる様におきふしなどす……」（たいへん凄まじい風が吹き出した。あちこち群がって生えている尾花——すすきの花穂——は強い風にあおられて、弧を描くように起き伏ししている。）

すすきの白い穂が激しく起き伏しするさまは、生き物のように見える。まだ明けきらぬ初冬の宮城野の妖しい眺めだ。しかしやがて風はおさまった。

明るんできた松並木の道を行くと、遠くに朱の鳥居のようなものが見える。「何の御社《おやしろ》ならんと心留《とめ》て行くに、近うなりて、蔦の松に懸りたるが、もみじしたるなり」（何という神社かと気をつけながら近づくと、松に這いかかった蔦が紅葉したのであった。）

例年より寒さがきびしくないので、あたりの紅葉は所々むらむらと色付いたのみで、まだ見栄えがしないのに、松に這いかかった蔦だけが濃く紅葉していたので、遠くからは朱色の鳥居のように見えたのである。

「あれに見えるのが多賀城《たがじょう》のいしぶみでござります。坪のいしぶみと申します。壺という字を書くこともあるようでござります。」

供の一人が行く手の左方を指差して教えてくれた。

有名な古代の鎮守府《ちんじゅふ》多賀城《たがじょう》の跡から掘り起こされた坪碑《つぼのいしぶみ》の、覆堂の屋根が松並木の間から見えた。あの碑こそぜひ見たかったのに、と真葛は思う。しかし先を急がねばならぬので、その暇はなかった。

日永の春になったら出直そう、なんとしてでも……。夫伊賀が帰国中に拓本を示して、いつも話していたあの碑だ。

「古き人々の面影にまみえるような、見事ないしぶみだ」

表装させた拓本を床の間にかけて、飽かず眺めていた夫の姿が思い起こされた。

供人が壺碑ともいうといったが、都の歌人たちがみちのくの歌枕として憧れてやまない、あの壺碑とは違うようだ、と真葛には思われた。

「塩竈まうで」の道すがらの坪碑、覆堂で覆われている

多賀城

京ヲ去ルコト一千五百里
蝦夷《えぞ》國界ヲ去ルコト一百廿里
常陸《ひたち》國界ヲ去ルコト四百十二里
下野《しもつけ》國界ヲ去ルコト二百七十四里
靺鞨《まっかつ》國界ヲ去ルコト三千里

西

……

茫茫たる宮城野に響く、力強い古代人の詩のようだ。

「藤塚式部殿が申されるには、これは旅人を迷わせないためにと多賀城の門に刻まれたいしぶみということだ」と夫が話してくれた。碑を建てた目的はもちろんその通りであろう。

しかし真葛には「京都から一千五百里、常陸から四百十二

多賀城の碑
（『ふるきいしぶみ』東北歴史博物館、2001年）

里、蝦夷から百二十里、靺鞨國から三千里……、此の地にこそ我はいる」と、朗々と古代の武人が自分の存在を主張してうたう声が、あたりに響くように思われる。

「神亀《じんき》元年、鎮守将軍従四位上《じゅしいのじょう》大野《おおの》朝臣《あそん》東人《あずまひと》が此の城をこの所に置き、天平寶字《てんぴょうほうじ》六年、鎮守将軍従四位上藤原恵美《えみの》朝臣朝獦《あさかり》がこれを修造した」

真葛の時代よりおよそ千年前、都からはるばる陸奥の鎮守府に派遣された古代の将軍たちは、都を恋い慕ってめそめそ泣いたりはしない。大海原で星の方角を測って己の位置を確認するように、京から、蝦夷からの距離を測り、此処にこそ我はいると主張している。その時靺鞨国（八―十世紀頃、中国東北部に靺鞨族の渤海《ぼっかい》国があった）さえはるかに睨んでいる。

壮大で雄雄しい。真葛は勇気づけられる。あの小さな堂宇の中に古代人の雄叫びは鎮まっているのか。春の日永になったら必ず見にこよう。そう思いつつ道を急いだ。

「辰の半ばばかり、神司《しんし》のもとに着きぬ」（午前八時過ぎ、神職の家に着いた。）

午前八時すぎには塩竈神社の知り合いの禰宜《ねぎ》の家に着いた。すこし休んでいると、もう前々から参詣することを伝えておいたので、御供《ごく》を奉る用意ができたと知らされて社殿に参る。

「名だゝる御社のさま、聞きにしよりも勝りて、実に神さび物ふりて、いとたふとくぞ拝まれ奉りし」（名高い御社の有様は、聞いていたよりも勝っていて、実に神々しくもの寂びて、たいそう尊く拝し奉った。）

境内の清らかさ、社殿の華麗なさま、この国の一の宮として古くからあがめられ、遠くまで聞えたそのたたずまいは、真葛が想像していたよりはるかに勝り、神さびた古風な荘厳さである。

祭神は塩土翁《しおつちのおじ》だという。このような古代の神が宿る場所として、いかにもふさわしい霊気が感じられ、知らず知らずに感動して真葛は涙ぐんだ。神社のある高台からは眼下に千賀《ちが》の浦（塩竈湾）が見え、眼を移すと左方に遠く松島の海が広がる。海上を守る神のいます場所として、これ以上の所はない。

禰宜たちの中に、まだ年若く初々しい人がいて、ものなれぬ仕種で御神酒を授けてくれたり、御供奉るにも何くれとねんごろに案内してくれる。あとでこの人こそ真葛が訪ねようとした当の相手と知れた。

「事果てゝ、また神司のもとに帰りぬ。藤塚式部といふ人の家なりき」（参拝の儀が終わって、また神職の家に帰った。藤塚式部という人の家だった。）

ここまで読み進んでようやく真葛のその日の目的がわかる。真葛は前々からの念願であった塩竈神社に詣でるとともに、そこの禰宜である藤塚式部の家を見舞ったのである。しかし式部本人は不在である。

「……この式部といふ人は、ざえ（才）すぐれて、古き物をめでつゝ、世に珍かなるかぎり求め出でて、人にも見せなどせしを、今はよこざまの罪にあたりて、流されにけり」

（……この式部という人は、すぐれた才があり、世の中の珍しい物を愛して、できるかぎり求めて、訪れる人にも見せたりしていたが、今は不当な罪に問われて、流罪となり留守である。）

「よこざまの罪」とは穏やかではない。これは何を意味するのか。そもそも式部とは真葛にとってどういう人なのだろうか。

式部のまだ年若い息子が、父のしていた通りにいろいろの珍しい物を取り出して見せて、真葛を懸命にもてなしてくれる。

「此れはあの名高いなにがしの瓦で造った硯《すずり》でございます。これは蝦夷の用いる弓矢でございます。これも蝦夷たちの神に奉る幣《ぬさ》でございます。それはその昔、藤原の秀衡というお人が物を食べた器でございます」

一つずつくるんだ反故紙をほどいて丁寧に説明し、真葛が見終わって何か問うのに短く答えてからまた包みなおす。ほとんどが欠けた硯や漆の剥げた器や、錆びた鏃《やじり》のような代物ばかりである。蝦夷たちの幣とは、アイヌの人々が祭りのときに木の枝を削って作るイナウであろうか。ほかにも和蘭陀わたりの煙管《きせる》や蝦夷錦で作ったアイヌの衣服の袖口もあって、幾つかは真葛の興味をひいた。

しかし「……一つとして女のめでぬべき物ならねば、をかしとは見ねど……」（それらは一つとして女が喜び見るような物ではないので、興味深いとは思わないが……）つまり一般に婦人たちが喜びそうな見事な細工物や髪飾りや、短冊や歌物語、そんな類の物ではないのだ。しかしこの若者はそこまでは気がまわらない様子である。ただただ、日ごろ父式部がしていた事を少しも間違えないようにと、懸命に勤めているのだろう。

真葛にはその心根がわかるので哀れになる。式部その人が夫伊賀たちをもてなしてくれた様子さえ思われて、真葛は思いがせまって胸が苦しくなった。「いと哀に胸つぶ〳〵となるこゝちす」（たいへん哀れで、胸が迫って涙がでそうになる。）

真葛にこんな切実な思いをさせたのはなんであったのか。

その日、真葛は日が傾く頃まで藤塚家に長居してようやく家路に就《つ》いた。帰りは釣瓶《つるべ》落としに暮れる道を急ぎに急いで、亥《い》の時（午後十時ころ）に帰宅している。

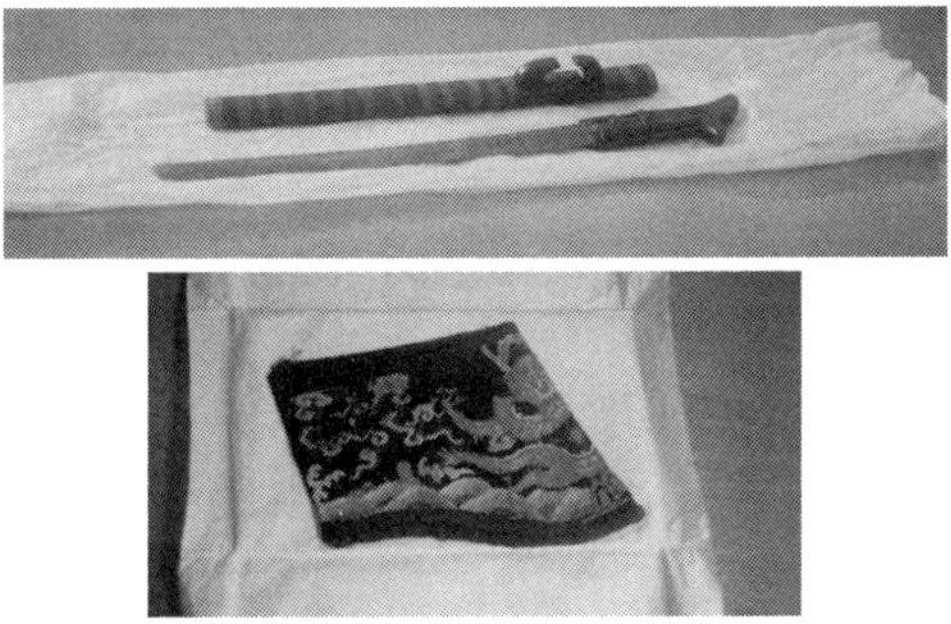

（上）和蘭煙管　（下）蝦夷錦の袖口
（いずれも林子平の収集。仙台市博物館蔵）

朝八時過ぎに着いて塩竈神社に詣でてから数時間、真葛は藤塚家を立ち去りかねていた。主が「よこざまの罪にあたりて流され」た家の人たちをどう慰めようか、真葛は腐心していた。

■仏舎利《ぶっしゃり》事件と藤塚式部

その数年前からこの地方を騒がせていた仏舎利事件という訴訟があって、塩竈神社の境内にある法蓮寺の僧侶たちの行いに藤塚式部が激しく異議を唱え、藩当局から咎めを受けたのである。人一倍学識が深く思慮分別もあり人望の厚い式部が、何故藩の咎めを受けるようなことになったのであろうか。

古代からの日本には民俗信仰や祖霊《それい》崇拝のような素朴な信仰しか

なかったが、次第に道教の要素が加わり、仏教の枠を借りたりしながら神道の形を整えてきた。そして何時の頃からか真言宗の金剛経《こんごうきょう》・胎蔵経《たいぞうきょう》二つの教理をもって解釈される神仏習合の両部神道《りょうぶしんとう》に変わってきている。

塩竈神社の境内にも神宮寺が建ち法蓮寺が建ち、社僧たちが権力を手にして神職たちを支配するようになった。神社のご神体の上に梵字《ぼんじ》を書き、朝夕神前で読経をし、両部神道の方法で祭祀《さいし》を執行することが日常となった。

鎌倉時代にすでに神宮寺が建ち、南北朝時代に神前で読経をしていた記録があるという。そのころ奥州を支配していた留守《るす》氏は仏教を厚く信仰していたので、これを後楯に社僧たちは境内に法蓮寺も建て、次第に神社に対する支配力を強くしていったようである。

大崎氏、伊達氏と支配者が変わってもその事情は変わらなかった。これに対する神職たちの反発は激しく、式部の養父知直の先代になる藤塚宮内は、抑えきれずに藩庁に訴えて蟄居五十日の処分を受けている。これが享保九年（一七二四）のことだ。その後も純粋に塩竈神社の祭神のみを守ろうとする神職たちと、法蓮寺の社僧たちとの対立は解消しなかった。

塩竈神社が一宮として成立するのは十二世紀ころであるが、おそらくそれ以前からあったであろう。陸奥の国府の役人たちから北方の守護神として尊崇され、その後奥州探題《たんだい》となった大崎氏とも深い関わりをもってきた。伊達氏が封ぜられてからも海上交通の守護神、塩焼き、昆布刈り、漁《いさ》り、鮑《あわび》とりなど海の生業の守り神として手厚く庇護されてきた。

藤塚式部は名を知明《ともあき》という。塩竈神社の社家の一つ、塩蒔供役を勤める禰宜の家柄である。禰宜としては決して高い位ではない。しかし藤塚家は式部（知明）の養父藤塚知直が京都に出て神学を学び、吉田神道の宗家である吉田家から神職の許しを受け、次いで尾州の吉見幸和《よしみゆきかず》について学んだ。そののち塩竈神社が勅許の正一位を贈られるために働き、功績があった。また塩竈神社の祭神に関する著作もある。

そのあとを継いだ式部は養父知直から深く学び、京都に出て神職の資格を得ると、さらに養父の師であった吉見幸和について学んだ。父子ともに京都で学んだ後、さらに尾州の吉見幸和についているのは、折衷《せっちゅう》的な吉田神道にあきたらず、かつ山崎闇斎《あんさい》の唱える儒学的な垂加《すいか》神道にも従わず、日本の古典を重んずる吉見幸和の歴史的神学に心を寄せたものと思われる。

吉見幸和（一六七三―一七六一）は尾張藩主徳川義直に仕える東照宮の祠官である。若い頃京都に出て正親町公通に垂加神道を深く学んだが、朱子学的理論によって解釈する垂加神道に矛盾があると感じた。これを克服するために、国史以外に神典はない、と考えるようになった。

両部神道、垂加神道に矛盾があるのは、神道を仏典や儒学の理論で解釈するところに無理があるからだ。日本の神道にはそれ独自の神学が必要ではないかと考え、『神代紀《じんだいき》』（日本書紀の神代の巻）、『令義解《りょうのぎげ》』（官撰の養老令注釈書）、『古記』（大宝令の注釈書の一つ）その他を広く学び、新しい日本の神学を確立しようとした。彼は『神代紀』を深く読んで、「神は人也」という見地に立ったのである。八十八歳で没するまで、日本の神学の体系確立のために努めたが、七十四歳の時、式部の養父藤塚知直に招かれて、日光東照宮参拝の帰途、塩竈に赴き、百日余り滞在して古典の講義をしたこともある。知直は師幸和のため一室を新たに設けて、心をこめてもてなしたといわれる。

藤塚式部が学んだのは、幸和の最晩年である。式部はその後、もっぱら独学で和漢古今の書を読んで、深く広い学殖を積んだ。式部はまた奇物を蒐集することに熱心で、塩亭と称する彼の住まいはさまざまな珍しい蒐集品であふれ、なかでもおびただしい書物の蒐集で知られていた。

彼の書庫は名山蔵と名づけられ、千六百部、およそ三千冊以上の蔵書があり、内容は和書、漢書、神道書、仏典、和漢蘭方医書などであり、仙台藩の知識人たち、あるいは名勝千賀の浦や松島を訪れる全国の文人たちが数多く立ち寄っている。そして塩竈に名山蔵ありと広く知られるようになった。松平定信も式部の学識に敬意を払い、塩竈神社に家臣を代参させたときに式部を訪ねさせている。

■式部と伊賀

『中新田町史』（昭和三九年、中新田町長発行）に載せられた只野家の系譜にも、只野伊賀の項に「瑞宝（鳳寺名僧南山禅師及塩釜神社宮司藤塚式部らと親交あり」と特記されている。式部と親交があったことは、伊賀の知的レベルを示すことでもあった。

式部が仏舎利事件で処罰されたのは寛政十年（一七九八）、このころ式部は六十歳を越えている。真葛の父工藤平助らと同世代であり、伊賀より二十歳以上も年長と推定される。しかし伊賀は若い頃から式部の深い学識と広い視野に裏打ちされた人柄に心酔し、たびたび訪れて、名山蔵で自由に思うままに書籍を見せてもらう時間を愛していた。

とりわけ天明三年に発刊された式部の著書『坪碑帖考証』を愛読した。この書は『日本書紀』『続日本《しょくにほん》紀《ぎ》』『延喜式《えんぎしき》』その他地誌などに照らして、坪碑の碑文を詳しく考証したものである。これを読んで伊賀は坪碑の拓本を十五枚も手に入れようと式部に頼みこんだようである。

只野家に伊賀あての式部の長い手紙が残っている。「只大蒸《ただたいじょう》（丞）君榻下《とうか》　六月十七日　藤塚式部」という宛名と署名がある。伊賀が御連歌の間の脇番頭を勤めていた若い頃であろうか。

当時の武家社会の連歌はかなり盛んで、正月十一日に江戸城で行われた「御城連歌（柳営連歌）」に次いで仙台藩の「七種連歌」、福岡藩の「福城松連歌」が有名であった。

禰宜藤塚屋敷、および名山蔵
（「奥州名所図会」）

伊賀あての式部の手紙は雄渾な達筆であるが実に読みにくい。解読できた部分から推定すると、伊賀は親しい藩士数人と式部の家に泊まりこんで、坪碑の拓本をとったり、松島にある碑の拓本をとるのに熱中したらしい。

澁谷氏の話によると、松島には無数に石碑があるということだ。もっとも坪碑そのものは元禄二年五月、『おくのほそ道』旅行中に芭蕉が見たときには、一面苔で覆われて風雨に晒されていたようだが、そのおよそ十年後、伊達綱村の時代に覆堂でもって保護され、直接坪碑から拓本をとることは、藩から禁ぜられた。

そのため複製の木版からとるのであるが、塩竈や松島を歩き回って、多くの碑文を読み写し取ることは、血気盛んな伊賀や友人の藩士たちにとって、知的好奇心を満たす楽しい行楽をも兼ねていた。式部はこれら若い藩士たちの面倒をよく見て、便宜をはからった様子である。

手紙に「……喰い通いになされ候ハヾ御物入りも少なく……」（食事をここでとってお通いになられたら、費用もあまりかからず……）という一節があるから、式部は彼らの懐具合を思いやって、宿泊食事の世話までしたようだ。

手紙にはさらに「……十五枚など御受合成られ候義いかがと心痛まかりあり候……」（拓本を十五枚もお請け合いなさったことは、いかがなものかと心痛しております）ともある。

年若い伊賀の無分別をたしなめているように思われる。伊賀と式部との交流はそのころからずっと変わらず続いていた。伊賀にとって式部は年長の、なにかと心うち明けて相談できる存在であったようだ。

式部の先々代にあたる藤塚宮内が蟄居を蒙った享保事件より五十年あまりもたって、式部が藩に提訴するという激しい行動に出た直接のきっかけは何であろうか。寛政時代に入って、塩竈神社の神職たちと法蓮寺の社僧たちとの争いが再燃した。

■式部、流罪《るざい》となる

寛政三年ころ、塩竈に遅月《ちげつ》という俳諧師が流寓《るぐう》して土地の人々に俳諧の指導をして人気があった。塩竈・松島は名勝の地であり、芭蕉の跡を慕って訪ねる俳諧師は後を絶たない。遅月もそんな一人である。

彼は法蓮寺の僧とはかり、神社の境内を流れる川岸に宝篋印塔《ほうきょういんとう》を建てた。さらに法蓮寺側では神社のご神体を安置する内殿に仏舎利を入れ、神仏混合方式を強化した。そのうえ内殿の鍵の保管はもともと神社の一ノ禰宜の役目であるが、社僧たちはご神体を厨子《ずし》に入れて錠を下ろしてしまった。そのため神社側の御鍵役は有名無実のものになった。ここで神社側ではこれを取り除こうと、再び藩へ直訴することになったのだ。

藩に訴える申し分の理論的指導者はもちろん藤塚式部である。彼は長年の深い神典研究の蓄積と、ひろい日本古典の知識を援用して、社地内に仏塔を建てることの不条理、神体を仏骨、梵字で汚した冒瀆《ぼうとく》を批判した。彼は象頭《ぞうず》の明神（歓喜天《かんぎてん》＝密教における仏法の守護神の一。象頭人身をしている）は開闢《かいびゃく》以来日本には存在しないこと、地獄は日本には存在しないことを常に主張してもいた。古代からの純粋な日本の思想からいえば、死後に行くのは黄泉《よみ》の国であり、地獄は存在しないのである。

この訴訟の裁断を下すのに藩庁では六年あまりを要した。ひろく日本の古典に拠った整然とした神社側の申し分は聞き届けられたが、秩序を乱したという理由で訴訟に関わった神職たちは罰せられた。寛政十年、式部はすでに隠居して嫡男知周が藤塚家の当主であったが、式部が首謀者と目されて、知周とともに揚屋入《あがりやいり》（未決囚として牢に入る）を命ぜられた。

その年六月、式部は桃生《ものお》郡の瀬上家に、知周は黒川郡の伊達家にお預けと決まった。式部はやがて此処で没することになる。この時代、社僧と神職との、神社の管理権をめぐる争いは、塩竈神社の他にも多く見られることである。式部はその犠牲者となった。宗教による争いは、何時の時代でも苛酷なものがある。その後さまざまな経緯があったろうが、両部神道は明治初年の廃仏毀釈《はいぶつきしゃく》まで続いた。

式部父子の揚屋入が命ぜられたのは寛政十年三月のことである。真葛を娶った只野伊賀が二月に江戸から帰国してまもなくであり、六月には流罪と決まった。伊賀の心痛はひと方ではなかった。

江戸の藩邸にいるころから塩竈神社の訴訟のことはしばしば話題にのぼり、彼は老齢の式部のために心を痛めていた。そして帰国して落ち着いたら、折を見て塩竈に式部を見舞いたいと思っていた。その矢先の揚屋入である。突然式部は伊賀の手の届かぬ所へいってしまった。

藤塚家では隠居の式部と当主の知周が流罪となり、その弟俣は蘭医前野良沢の養嗣子となり中津藩医となっている。式部の末子の知能がまだ二十歳になるかならないかで家督を継いだ。

父が蒐《あつ》めた古い物を真葛に見せて、懸命に真葛をもてなしたのは、おそらくこの知能であろう。まだ弱年の知能が、しっかり神職としてやってゆけるかどうか、偉大な父や兄にかわって、親身に後見してくれる人がいるのか、式部が不在の塩竈神社はどうなっているのか、伊賀は気がかりでならなかった。

修業のために嫡男義由を連れて江戸に出府する際に、伊賀は真葛に頼んだに違いない。

「式部殿のあとを見舞ってやってはくれまいか」

真葛も伊賀と同じく式部のことが心配であった。藤塚式部は父平助からたびたび聞かされていた人物である。寛政三年『海国兵談』を出版して幕府に咎《とが》められ、翌年配所で没した林子平と同様、父平助と式部は親しい仲であった。この三人の間の情報交換はかなり密接なものがあったのではないだろうか。これはあくまで推察であるが、式部の次男俣を前野良沢の養嗣子に仲立ちしたのは、真葛の父平助ではないかと思われる。俣は「蘭学に精通し、兼ねて詩歌を能くした」(『仙台風藻』)といわれている。

ともあれ『海国兵談』の序を平助が書き、出版費用の不足分を式部が用立てた。式部が用立てた金子は二両二分であり、三十八部が刊行された。

■林子平《しへい》

ここで林子平について少し述べよう。子平は元文三年(一七三八)生まれ、父岡村源五兵衛は徳川吉宗に仕え、御書物奉行まで勤めた人であった。子平が三歳の頃、何ゆえか浪々の身となり、五人の子供を医師であった弟林従吾に預けて、諸国放浪の旅に出てしまった。子平の長姉なよ十二歳、次姉なお九歳、兄嘉善五歳、子平の下にまだ生まれたばかりの妹多智がいた。

やがて十六歳になった次姉なおは仙台藩の奥御殿に勤め、その容姿と心ばえを認められ、のちに六代藩主となる宗村の側室となり、一男一女を生んだ。男子は三河刈谷城の城主土井家の養嗣子となった利置であり、女子方子《みちこ》は不昧《ふまい》公として名高い松江城主松平治郷《はるさと》の正室となった。

このような縁で、子平たちの叔父林従吾は仙台藩の禄を受けるようになる。従吾が亡くなったあとは、子平の兄嘉善がその跡を継ぎ、正式に仙台藩士として家族で仙台へ移住する。子平が二十歳の年である。

以後五十六歳で没するまで彼は兄嘉善の無禄厄介《むろくやっかい》として部屋住みの身を通し、妻子を持たなかった。

のちに『海国兵談』の刊行で、幕府から蟄居の沙汰を受けた時の子平の正式の身分は、「松平陸奥守家来　林嘉善同居弟　林子平」というものであった。有名な六無斎の号の元となった蟄居中の歌「親もなし妻なし子なし板木なし金もなければ死にたくもなし」は悲痛な叫びであるが、どこか飄々とした人柄をも感じさせる。彼はしがらみの無い境遇で各地を遊歴し、藩政改革について三たび提言し、『三国通覧図説』や『海国兵談』などの警世の書を書いたのである。

『海国兵談』は、当時海外列強が植民地政策をとっていることを人々に知らせようとする目的で書かれた。我国は海に囲まれて守られている反面、一旦列強がその意図を持てば、たやすく攻め込まれる危うさをもっている。それ故に子平は『海国兵談』の中で「江戸日本橋より唐、和蘭陀まで境なしの水路也」として、海辺の防備が重要であることを力説し、水戦のための造艦、操練、操兵について図解して具体的に述べている。

千部刊行を念願したが、ようやく三十八部の刊行が実現した。真葛の父平助は年少の同志子平の著書が、自分の『赤蝦夷風説考』同様に幕府の要人に取り上げられることを願って、序を書いた。しかし時代は大きく変わっていた。

前に述べたように、天明三年（一七八三）に『赤蝦夷風説考』が成立して田沼意次に取り上げられ、五年（一七八五）に蝦夷地調査隊が派遣された。同年に林子平の『三国通覧図説』が刊行されている。これは子平の地理書である。彼が安永四年（一七七五）と同六年、および天明二年（一七八二）の三回の長崎遊学で学んだ知識を元に朝鮮・琉球・蝦夷の三国の位置関係を、日本を中心にした五枚の地図にまとめて詳細に述べたものである。ただ、この地図には、位置のあやまりがあるという。

『赤蝦夷風説考』、『三国通覧図説』などの参考書として使われたのは、オランダ通辞本木良永、松村君紀訳出によるヨハン・ヒューブネルの「ゼオガラヒー」（地理書、一七六九）や、ヨハン・ブルーデルの「ベシケレイヒング・ハン・リュスランド」（ロシア史書、？）などであることが知られている。

さらに林子平は最初の遊学の際に、通辞の一人がオランダ船の乗組員が書いたと思われる航海記を訳出したものを筆写して帰っている。それは「東航和蘭海路記」と名づけられている。（『新編 林子平全集』4巻所収、第一書房、一九七八）

オランダ船がアムステルダムを出帆し、東にフランス、西にアンゲリヤ（イギリス）を見つつさらにイスパニヤ、ポルトガルに沿って大西洋を南下する。アフリカの極南の岬を過ぎる時、激しい波浪で破壊される船が多い。この岬を辛くも乗り越えた船乗りが、この岬を名づけて「カープデグウデポープト云、花人（中華人）又其義ヲ訳シテ喜望峰ト云」とある。アフリカ地図の最南端にある喜望峰という漢字を見ると、大航海時代の危難と冒険心を感ぜずにはいられない。そこを巡って幸い順風にあえばインド洋を北上し、マダガスカル、バタビヤ、ミンダナオ、ルソンその他に寄航しながら長崎にいたることが出来る。

「海路記」はその道順と気候と、沿岸の土地の人情や産物などを精しく述べたものである。工藤平助や藤塚式部もおそらくそれを見せられたであろう。前にも述べたが天明時代の人々の海外知識は、かなり豊富で正確なものであった。『海国兵談』で林子平はそれらの知識を元に、日本が文字通り世界と一衣《いちい》帯水《たいすい》でつながっていることを警告したのである。

天明六年（一七八六）、田沼意次が失脚し、第二次の蝦夷調査は中止となった。天明七年（一七八七）、寛政の改革がはじまり、翌年白河侯松平定信が将軍補佐となった。

倹約令、棄捐令《きえんれい》（大名や武士の借金の返済を免除するよう札差などに命じた法令）などが実施され、世上の景気が冷えてきている。子平が心血をそそいだ著作『海国兵談』が刊行されたのはそんな時代、寛政三年四月であった。

刊行後一年もたたぬ十二月、子平は江戸に召喚《しょうかん》されて入牢《じゅろう》仰せつけられ、『海国兵談』と『三国通覧図説』は板木を没収され絶版となった。理由は、

「其の方儀……取り止めもこれ無き風聞《ふうぶん》、又は推察を以って、異国より日本を襲い候事これ有るべき趣《おもむき》、奇怪の異説等取り交ぜ著述致し、……其の外地理相違の絵図相い添え、書写又は板行に致し、……公儀を憚《はばか》らざる仕方不届《しかたふとど》きの至りに付き、兄嘉善へ引渡し、在所において蟄居申し付け候、並に板行物版木共に召し上げ申すべし」

（その方は、……取りとめもない噂、あるいは推察をもって、異国より日本を襲ってくるようなことを、奇怪な異説などをとり混ぜて著述をし、……その外地理が間違っている絵図を添え、写本または版本にして、……幕府を無視したやり方は、法に背くものであるため、兄嘉善へ引き渡し、在所にて蟄居申し付け、並びに刊行物、版木ともに召し上げるものである）

というものであった。

子平は寛政四年（一七九二）五月、仙台の兄嘉善の家に送られ、一年後に五十六歳で没した。仙台市博物館に、蟄居中の子平から塩竈の藤塚式部にあてた手紙が展示してある。


「相呈し候　暑中愈々《いよいよ》御壮健ニ起居成られ候哉《や》　先頃も尊書を預かり、辱《かたじけな》く存じ奉り候　然《しから》ば小子儀　五月十六日　兄嘉善え引渡シ　在所において蟄居申付ルト相済……」

（手紙を差し上げます。暑中いよいよご壮健にお暮らしなさっておいでですか。先達てもお手紙頂戴し、有難く存じています。ところで、私こと、五月十六日、兄嘉善へ引渡し、在所にて蟄居申し付けるということで相済み……）


と、江戸で蟄居申し渡され、二十六日に仙台に着いたことを述べ、「御物語致し度き事共山々これ有り候へとも」参上できぬ故、おついでの折にお立ち寄りいただきたい。「珍話共これ有り候」とも述べている。式部は子平の信頼にこたえて、たびたび彼を慰問したことであろう。

子平は翌年蟄居の解けぬまま没したが、没後四十八年経った天保十二年（一八四一）に幕府より赦免された。天保八年にはモリソン号事件、十年十一月にはアヘン戦争が勃発、翌年長崎に伝えられている。幕府は海辺の防備の重要性をいち早く説いたこの先覚者を、罪人にしたままではおけなかったのである。その時はじめて子平の墓碑が、仙台龍雲院に建てられた。

『海国兵談』がもう数年早く出版されていたらと、誰しもが思ったにちがいない。たしかに田沼時代は政治、経済などの矛盾が深刻化した面もあったが、身分にかかわらずすぐれた才能の持ち主が認められて活躍し、社会に活気が見られた時代である。

将軍の小姓身分から側用人へ、そして老中へと登りつめた意次には、下積みの者の中にも、すぐれた才能、見識のある人物がいることがわかっていたのだろう。

仙台藩医にすぎなかった工藤平助にも、蝦夷奉行になれる可能性があったのである。名門の出である白河侯松平定信の時代になって、その活気は封印された。

洒落本《しゃれぼん》作家山東京伝《さんとうきょうでん》が五十日の手鎖《てぐさり》に処せられたのは寛政三年、以後彼は真面目な面白みのない読本《よみほん》作家に転ずる。狂歌、戯作者としてあれほど多彩な活躍をした蜀山人《しょくさんじん》こと大田南畝《おおたなんぽ》は、俗文学の大御所的存在であったが、寛政の改革以後は幕府の勘定方役人として地味に勤勉に勤めて、事なく生涯を終えるのである。

■平助の寂寥感

真葛はその頃井伊家の奥づとめを辞して、里に帰っていた。寛政元年、二十七歳の年に一度酒井家の家臣に嫁いだが、相手が余りに老齢であったために、泣いてばかりいて実家に戻されたことは、前にも述べた。母が病気勝ちとなっていたので、真葛は母代わりとして、妹たちの面倒を見ていた。

父平助はすでに六十歳に近かった。『海国兵談』が出版されて喜ぶまもなく林子平が江戸に召喚され、その著書が絶版になった時、真葛は老齢の父平助の身に類が及ぶことを恐れた。しかし幸いにそれは杞憂に終わった。当時、工藤家は、築地の豪邸が火事で焼失し、浜町の小さな家に不自由な仮住まいを余儀なくされていた。「白川様御世と変じて金廻りあしくなり、……」（松平定信様の御代となって、倹約が強調され、前より金回りが悪くなったこのころ……）と真葛が「むかしばなし」（二）に書いているのが、この時代である。

平助の付き合いはぐんと狭くなり、また勤勉に勤める気持ちも少し失せた。寛政五年に真葛の母が亡くなって、真葛の責任は重くなった。おなじ年、仙台で蟄居中の林子平も没して、平助の身辺は一段と寂寥感が漂った。しかし彼は気力を奮い起こして寛政六年には同藩の大槻玄沢とともに仙台領内産の薬品吟味のため仙台に下ったり、仙台藩の鋳銭の相談に与かったりした。また寛政九年には医学上の著述『救瘟袖《きゅうおんそで》暦《ごよみ》』も完成している。

その年、真葛と只野伊賀との縁談がまとまり、真葛は年老いてゆく父の願いに応え、工藤家の跡を継ぐ弟源四郎元輔の後楯になろうと、死ぬ気で仙台へ下ったのである。真葛三十五歳の秋であった。

次の年、夫伊賀が帰国して喜んでいるうちに、六月に藤塚式部が流罪となった。まもなく流罪のまま式部は没した。

さきに、真葛が何年に塩竈神社に詣でたのか分からないと書いたが、夫伊賀が長男義由をともなって江戸へ行き、式部が流罪のまま没するまでの間、つまり寛政十一年の秋である。式部が没したのは寛政十二年七月三日であった。

その知らせは江戸藩邸にあった伊賀の元にも届いた。その年、中秋頃に帰国した伊賀は、しみじみと式部の死を悼んだ。

「親しかった林子平殿と同じご最期であったなぁ」

病床にある父平助も式部の死を寂しく聞いたことであろうと真葛は胸が痛んだ。

「子平殿はまことに闊達なすぐれたお方であった。若い頃広瀬川で釣りをしておられてな。江戸へ来たと聞くや否や、つり道具をそのまま河原に置いて、江戸へ行かれたというのが有名な話じゃ。朝鮮通信使が三度の長崎遊学も、あちこちへの旅も下駄履きで、宿がなければ野宿という気楽なものであったらしい。たいていは式部殿が資金を援助されたと聞いているが、塩亭にある珍しい物のなかに、子平殿が集めてきた物が幾つもある。」

話しながら伊賀はふっと羨ましそうな顔をした。「子平殿だからこそあのように自由気ままに振舞えた。誰にでも出来ることではない。」

藩士としての身分は安泰ではあっても、かなり制約が多い。伊賀も年齢を重ねるごとに責任が重くなる。塩竈の名山蔵に通いつめて、さまざまな書物を見せてもらった若い頃が懐かしいのであろう、と真葛は思った。

実際、林子平という名には、どこか時代や藩の制約を突き抜けたような自由さがつきまとう。その感じはどこからくるのだろうか。寛政改革以前の若々しい文化的活気の残照が、林子平の名を照らしている。真葛の「塩竈まうで」はわずか千三百字にみたぬ短い作品であり、林子平の名前など一字も出てこない。

しかし真葛が藤塚家でさまざまの物を見せられて、「……いと哀に胸つぶ〱となるこゝちす」と切迫した思いを述べているのは、父工藤平助、夫只野伊賀、彼らと親しかった藤塚式部、林子平らが、時代の変化につれてめまぐるしく運不運に見舞われ、浮沈をくりかえす人間模様があったからではないだろうか。

真葛の父平助は式部と同じ寛政十二年の師走十日に亡くなった。真葛は秋に帰国した夫から詳しく父の病状を聞かされていたし、夫に促されて見舞いの和歌や作り物を送っていたので、父平助の死の知らせを心静かに受け入れた。華やかな夕日が沈むように、一つの時代が幕を閉じたと思った。

◇　◇　◇

幕間《まくあい》の旅（一）

平成十一年（一九九九）の夏、私は二人の友人と連れだって塩竈、松島、さらに真葛が「いそづたひ」に書いている七ヶ浜を訪ねる旅にでた。七月二十五日早朝、ひかり号で名古屋を出発。東京駅で慌しく東北新幹線のホームへと急ぐ。いつもながらこのホームには熱気が溢れて、今度の旅の熱さを予告しているようだった。

仙台に十一時半着、地下道のような通路を通って仙石線のホームへ急いだ。ボタンを押すと扉が開く、珍しい電車がきた。

塩竈駅前の大通りを行くと、銘菓しおがまの老舗《しにせ》があった。飛び込んで神社への道を尋ねると、脇参道を教えてくれて、親切に荷物一切を預かってくれた。そこより少し行くと神社の東門、すなわち脇参道である。鳥居をくぐって数段を登ると左に折れ、そこから緩やかな登り道である。硯《すずり》にしたいような黒い滑らかな大きい石を敷いた、見事な石段が延々と続く。後で社務所で聞くと稲井石《いないいし》という石巻産のもので、江戸時代より敷かれているという。

炎天の中、ようやく上まで辿りついた。左に東北鎮護塩竈神社の石塔がいかめしく建つ。そしてほど近くの大きな木の陰に、白い石垣に囲まれて、藤塚知明旧宅跡の石碑があって、私をどきっとさせた。

塩竈神社

「真葛さん、ここまでいらしたのね」思わず心で語りかけた。すぐ前にある三、四段ほどの石段は式部当時のものだという。真葛ばかりではない。夫伊賀も林子平も、おそらくは真葛の父平助もここまで来たのだ。そして遠近の文人たちも、子平とともに寛政の三奇人と称される高山彦九郎もここに吸いよせられるように来た。多くの人々を呼び寄せる強い磁場があったのだと感じた。

広やかな、明るく清潔な境内に、社殿の朱塗りがよく映えて、気が晴れ晴れとする。

拝殿に参拝したあと、見事に育った二股のタラヨウの樹の下で、三人で記念写真を撮ってもらった。

境内に林子平が考案した石つくりの日時計、仙台藩が蝦夷警備を無事終えたお礼に、文化年間に奉納した、見事な細工の銅鉄合製の灯篭、仙台藩御用商人だった大坂の升屋が奉納した、石つくりの長明燈などさまざまある。升屋の番頭山片蟠桃《やまがたばんとう》については後章に述べることになる。

この日私の印象に残ったのは、境内に奉納された二基のストックアンカー（錨の一種）であった。一基は日本船の、もう一基は外国船のものという。戦後奉納されたので、真葛とは何の関係も無いが、船を新造した時に、古い船で使っていた錨を新造船の航海安全を祈って奉納したものだという。長い間海底にあってその勤めを果たした黒々とした錨は、実用に徹した無駄のない形で均整がとれて、なんと美しいこと。それが白く輝く玉砂利の上で、斜めに静かに憩っている。広々とした海底を連想させて、海の守り神塩竈神社にふさわしいオブジェである。

藤塚知明旧宅の跡

藤塚式部邸前の石段、当時のまま

塩竈神社に奉納されたストックアンカー

さて表参道から降りようとして、私は息をのんだ。ほとんど垂直に見える石段が、遥か下の鳥居まで一直線に続いている。眩暈《めまい》がしそうになった。両側は老木が鬱蒼と茂って、梢がゆれている。少しゆらゆらする手すりにつかまって、息を詰めて注意ぶかく下りた。下から休み休み上ってくる人もあった。

しおがまの老舗の方が脇参道をすすめてくださった意味がよくわかった。友人の一人がパノラマ写真で下の鳥居から石段の上までを撮ってくれたが、それを見るだけでも、背筋が寒くなった感じが蘇る。

それから老舗のおかみさんにお礼を言って銘菓しおがまを買いこみ、松島行きの遊覧船に乗るべく、じりじり照りつける日差しに首筋を焼かれながら塩竈港に向かった。

三、「真葛がはら」

ここで、前章までに読んだ「みちのく日記」や「塩竈まうで」、そしてこれから読む「松島のみちの記」などが収録されている真葛の作品集「真葛がはら」について、少し述べてみたい。

私の手元にある『只野真葛集』（鈴木よね子校訂、国書刊行会、一九九四年）に収録されている「真葛がはら」は、昭和六年（一九三一）に大阪青葉倶楽部から刊行された『真葛がはら』（志村健雄校訂）を底本《そこほん》としている。しかしこれは鈴木氏の解題によれば真葛の自筆本ではなく、だれかの筆写本からの翻刻らしい。

この作品集は天・地二部に分かれていて、巻頭に真葛の自序がある。それには、

「この巻の名を真葛としも付けし故は、下のまきなる「七種《ななくさ》の譬《たと》へ」に依りてなり。聞きし事を其がまゝにしるせるは／おほどれし真葛が原におく露を風のわたれば散れる姿ぞ／とも見ゆらんかし」

（この文集の名を他でもない真葛とつけたわけは、下の巻にある「七草の譬へ」によってである。聞いたことをそのままに記したものは、おほどれし真葛が原におく露を風のわたれば散れるすがたぞ、とでも人の眼には見えるであろう）

とある。自分の作品集を、乱れひろがった葛原に風がわたると、露がはらはら散る姿になぞらえている。

「七種のたとへ」についてはのちに触れるが、真葛が七人の兄弟姉妹をそれぞれ秋の七草になぞらえた事情を書いた随筆である。これは文化十年（一八一三）に仙台の中目家に嫁いだ末の妹が亡くなり、七人の同胞の内、残るは四女の萩尼栲子《たえこ》と真葛のみとなった時点で書かれている。

「真葛がはら」が編まれたのは、その後の文化十三年ごろである。自序があることによって作品集を編んだのが真葛自身であり、命名も彼女であることがわかる。

天の巻には、真葛が仙台に下ってから聞いた伝説、奇事異聞に属する説話が多く、そこに「松島のみちの記」「ゆふべの名残《なごり》」などの紀行文、随想二つが紛れ込んで、都合十二話がある。地の巻には「みちのく日記」「塩竈まうで」「七種のたとへ」などの紀行文や随想、自作の和歌（短歌・長歌）があるが、全く関係のない「あやしの筆の跡」という白河領（現福島県南部地方）で起こった不思議な話も収められ、合わせて十六話がある。

一見、脈絡のない、作品の成立年代もまちまちの編集方法は、真葛が無造作に、自分の文章の散逸を恐れて取りまとめたことを示しているようだ。もし後人の編集ならば、テーマ別とか年代順などに整理されて、もっとわかり易くなっただろうが、真葛その人からは遠くなる。私が江戸時代の女性の文章を読み解く時に感ずる困難と、無秩序の面白さと魅力がここにもある。

■真葛の自筆本の所在

さて、「真葛がはら」に入っている諸作品も、今日、真葛の自筆で読める作品はごく僅かである。只野家ご所蔵の「かほるはちす」（作品集では「香蓮といふくだものゝ由来」）、「いくよがつたへ」（「名とりのおほをさ」）だけである。他は書き写されて、人の手から手へと移っていって戻らなかったのだろうか。

彼女の代表作とされる「独考」さえも自筆の稿本は存在しない。このことはのちに詳述する。また彼女が妹たちのためにと書きはじめ、父母の思い出、父と親交のあった蘭学者、武家、文人たちのこと、田沼時代の江戸の世相をいきいきと書き綴った「むかしばなし」も筆写本としてのみ残っている。

現在真葛の自筆本としては、上記の只野家ご所蔵の幾つかの作品と歌稿、手紙、それにあとに述べるが、木幡家ご所蔵の「キリシタン考」として知られる「異国より邪法ひそかに渡《わたり》、年経て諸人に及びし考」の稿本と歌稿だけではないだろうか。その他の作品は、すべてさまざまの人の手による筆写本であり、所在もまちまちである。

このことから見て、真葛は当時から歌人として有名であったばかりでなく、すぐれた書き手として知られ、生前から作品がつぎつぎに筆写されて広まっていったことが推察される。

■江戸女流文学の稿本の運命

江戸時代の女性の作品が刊行されることは、ごく稀であった。

正徳五年（一七一五）頃、丸亀の井上通女の『東海紀行』『帰家日記』が、貝原益軒の勧めによって京都の書肆《しょし》柳枝軒から刊行され多くの読者を得たが、これは稀な例である。たくさんの王朝物語を書いた伊勢の荒木田麗女の諸作品さえ、江戸時代には刊行されなかったらしい。麗女の作品は、生前には主に夫の清書によって広まったと思われる。賀茂真淵の門人であった土岐筑波子《ときつくばこ》、鵜殿余野子《うどのよのこ》、油谷倭文子《ゆやしずこ》ら、いわゆる県門《けんもん》の三才女の歌文集は、おおかた没後に遺族や同門の人たちによって刊行されている。

江戸時代にさまざまな身分の女性たちが文章を書いているが、女子の謙譲の美徳が災いとなって、その家に深く蔵されて人目に触れず何時しか散逸したり、また学者からも等閑視《とうかんし》されたりしてきた。明治以後は図書館などに収蔵されたまま、眠っていたものも多くある。それに比べ、真葛の作品が早くからさまざまな人に筆写されて残ったのは、全く真葛の文人としての自覚と作品自体の魅力によるだろう。

私はある時、蘭学についての一冊の本を読んでいた。読み終わって巻末に付せられた著者ご架蔵の国学関係資料目録中の一行にふと目が留まった。

「松島紀行　一冊　工藤真葛　自筆」

十八ページに及ぶ目録の中で、その一行だけが目に飛び込んできた。私は大急ぎで高名の著者に、失礼をかえりみず手紙を書いた。

現在見られる真葛の諸作品が、ほとんど筆写本からの翻刻であること、もしご所蔵の工藤真葛自筆の「松島紀行」を見せていただけたら、活字化されている「松島のみちの記」と比較校合したいこと、それが叶わなくとも書名の「松島紀行」と署名部分の「工藤真葛」の写真だけでも見せていただけないかとお願いした。

前にも述べたが、江戸時代の女性はたとえ他家に嫁いでも、氏姓は里方に属することが多い。真葛も明治以後は只野真葛で通っているが、生前は工藤氏でいたのではないか。戸籍や住民票の制度が確立していない時代のそれを確かめるのは、なかなか難しい。墓碑にも戒名しか刻まれていない。この本が見られれば、一つの証左になると思った。

十日ほどして著者からお返事の葉書がとどいた。「……工藤真葛の松島紀行はかなり早い時期に手許からどこかの古書肆に売ったような気がします……。」

昭和四十八年出版の本に載っていた目録である。それから三十年以上経っている。仕様の無いことかと諦めたが、鯨が大きな尾鰭で水面を激しく叩いたまま、波間に深く潜っていってしまったように思った。その残像がいまだに私の脳裏から消えない。

■「松島のみちの記」

さて、真葛が松島見物に出発したのは、享和二年（一八〇二）九月五日の早朝である。二年前の寛政十二年暮れに、父工藤平助が亡くなっていたが、真葛はそれによってひどく打ちのめされてはいなかった。六十七歳という高齢でもあったし、父がその生涯を充実して生ききったことを真葛は感じていた。このうえは残された子供一同は、並外れた人物であった、すぐれた父の名を汚さぬよう、おのおの励まねばならぬと思う。

江戸にいる弟源四郎からもおりおり便りが届く。真葛も励ましの便りを忘れない。弟を立派に父の後継ぎに仕立てるためにこそ、自分は仙台にまで嫁いできたのではなかったかと、真葛は父亡きあとの責任を痛感していた。

九月五日は二、三日前から雨がちで、真葛は気懸かりでならなかった。「あが行くときは降りこすなゆめと、いみじう祝ひけり」(どうか私が行くときまで、ゆめゆめ降り続かないようにと、大いに神に祈った。)

このように祈り続けた甲斐あってか、明け方の空には星がふるようにきらめいていた。「神やちはひ給ふらんと、しづ心よくて、先づ一の宮にまうでけり」(きっと神様がお守りくださったのだと、気持ちよく落ち着いて、まず塩竈の一宮に参詣した。)

千賀の浦から船出するのが、松島遊覧の一つの道順である。以前に詣でた時には、まだものなれぬ様子であった若い禰宜藤塚知能はすっかり大人びて、喜んで真葛をもてなしたことだろう。仏舎利事件の首謀者と見なされて流罪となっていた父式部は亡くなっていたが、彼は自分の責務をしっかりと勤めていて、真葛を安堵させた。

千賀の浦から船で松島へ渡ろうと準備したとき、あいにく風が激しくなり山越えで松島へ向かうことになる。予定は狂ったが、道すがらおみなへし、きちこう（桔梗）、かるかや、浜菊など乱れ咲く花野を愛でるという幸いに恵まれた。波音がごうごうと響き、遠くの紺青の海に白波の立つのが山上からはっきりと見える。これもまた思いがけぬ豪快なおもむきである。家に籠もっていては見られぬ眺めに真葛は満足しただろう。

「松島には申《さる》の時ばかりに着きけり」（松島には午後四時頃についたのだ。）

午後四時頃なので、秋とはいってもまだ日は明るい。名高い松島をはやく見たいと思うが、一見しただけではそれほどとは思われぬ景色なので、もっとよく見たいとせっかちな真葛はもどかしくなる。

五大堂が建っている島は、磯より橋を渡って行けるというのでとにかく行ってみる。幅五寸ほどの板を、間を開けて置いてあるだけの粗末な橋で、隙間から水がゆれるのがちらちら見えて、どうかすると落ち込みそうだが、真葛はようやく渡りきった。このあたりはすべて白い巌ばかりで、島をめぐって波際に姿のよい松が青々と枝を交わしている。ここまで来て見てやっと松島が類いない景色だと納得して、次の日の島巡りが楽しみになった。

■松島遊覧

次の日も晴れた。海はよく凪いで、絶好の舟遊びの日和だ。

真葛一行が何人であったか書かれていないが、別の文章で、外出時には常に供が五人から七人つくと書いているので、歌仲間の友人を入れても十人前後であろうか。真葛には仙台に下ってから若干の歌の門人が出来たらしい。

「小さき島には、ちひさき松おひたり。大きなる島には、似つかはしう枝かはして、いさゝかも取りくはふべき所なし。鏡のごと照りたる海原に、浮めるむらしまの、行きのまに〳〵めぐりて、さまかはり行くは、見ぬ人の思ひよるべくもあらず。塩やく所は、左の方に遠く見なしたり。鷺島《さぎしま》といふ島有りき。白き岩の鷺の立てるさましたれば、斯くいふなりけり」

（小さな島には小さな松が生えている。大きな島には、それにふさわしい大きな松が枝をさし交して、これ以上不足はないほど見事だ。鏡のように照り輝く海面に、浮かんでいる島々を、舟が進むにまかせて巡ると、次第に島々は姿を変えていく。その様子は見ない人には思いも及ばぬだろう。塩焼く所は、左方の遠くに煙が上がっているので、それとわかった。鷺島という島があった。白い岩が鷺の立っている形をしているので、こういうのだ。）

けれども鷺島は近寄ってみると、たくさんの鵜《う》が羽を干していて、「今は鵜島とこそいはまし」（今はそれこそ鵜島と言いたいものだ）と真葛は思った。

こうして四方の島々をしっかり見てまわる。

「ひとしまを目とゞむれば、百しまは見ずなり行けば、目二つにては見とりがたし」（一つの島をじっと見ていると、他の多くの島を見逃してしまうので、二つの目だけでは全部を見るのが難しい。）

真葛は後ろにも左右にも目が欲しい気持ちである。

松島の遊覧船に乗る人は、今でも同感だろう。一つの島の移り行く姿に目を凝らしていると、反対側の船べりから歓声があがる。急いで振り向くと、もうその島は視界から過ぎ去っていくところである。「目二つにては見とりがたし。」こんな場合、真葛の直截《ちょくせつ》な文章は実にリアルな効果を発揮する。

富山という島に上がり、坂を幾つも越えて、馬頭観音の御堂まで行く。坂上田村麻呂《さかのうえのたむらまろ》がここに御堂を据えたという由緒がある。その縁先でひどく落ちぶれた身なりの男が、絵を書きさして筆を持ったまま「かたしや。うべなり〳〵。古の絵かくひじりもふんでを投げける処なるを」（ああ難しい。そうだ、そうだ。当たり前だ。昔の絵の名人も筆を投げだした所なのだから）と呟いているのにふと親しみを感じて、どういう素姓の人かとさまざまに推測した。

男の言う通り、「瑠璃《るり》の色なる水おもに、浮める島どもの、ちらばひ、たゝなはりたるは、げにめぐみと思はれて、見とも飽くべくもあらず」（瑠璃色の水面に浮かぶ島々が、散らばったり、重なって連なったりするのは、まことに天の恵みと思われて、見飽きるということがない。）

真葛は我を忘れて見入っている。けれどもそうゆっくり眺めている時間はない。帰りの道のりはかなり長いのだ。「ふな人のたか〳〵に待つらんよ」（船頭は爪先立って、我々の帰ってくる方を眺めながら待っているだろうに。）

急に船頭のことが気にかかって帰路に着く。小さい瓶に水を入れてもって来たのに、ここではそういうものを忌むと聞いたので、見咎められるかと遠慮して飲まなかった。その瓶が袖の中でぶらぶらするのに気がついて、みなと笑いあった。ようやく船に辿りつき昼食をすませて、今度は別の船路をめぐる。船頭は「此の群島《むらしま》のはじめよりをはりまでの数を、確にはえ知らず。おほよそに言はば、八百八しまとぞ。遠く離れたる島には、いと広くて田畑なども有りて、家居《いえい》つらなりたるも侍り」（この辺りの島々の全部の数の、確かなところは知りません。おおよそを言えば、八百八島ということです。遠く離れた島には、とても広くて田畑などもあって、家々が連なっているのもあるそうです）などと説明してくれた。

船頭もその遠い所の島を見たことはないようだ。絵に描いた理想郷のようにも思われる。真葛はあまりきれいな水なので船べりから手をさし伸べて、ひんやりする水をすくった。船頭がすばやく見咎めて、「ふなばたに手さし出でて、あやまちなせさせ給ひそ。鮫《さめ》といふ魚《いを》の見つくれば、必ず飛びつきて指をくひきるものなり」（船端からお手をさし出して、怪我などなさってはなりませんぞ。鮫という魚が見つけると、必ずさっと飛びついて、指を喰い切るものですぞ。）

真葛はぞっとして手を引いた。聞けばそのあたりは船底より五尋あまり（七・五メートルほど）の深さという。海原は鏡のように凪いでうららかであるが、水中にどんな測り知れぬ力が潜んでいるか。そう深くない所であっても、侮ることは禁物だ。海に暮らす者の重みのある一言を、真葛は聞き逃さず刻みこむように文章に書き留めた。

こうしておきな島、福浦島、塔島などを巡る。福浦島に上がってみると、古いお堂に御仏がまつってあり、その脇に笈《おい》がある。「これは、かの昔有りしと聞きし、荒法師の弁慶がおひしなり」（これは、あの昔いたという、荒法師の弁慶が背に負っていたものです）と、わびしげな堂守りが語った。「まことにや、そらごとにや」（本当だろうか、つくり話だろうか）と真葛は記している。

塔島はお経を多く埋めて、その標に塔を建てたのだそうだ。「松の葉ごしに塔のすきて見ゆるは、いとよし」（松の葉の隙間から塔が見えるのが、とてもよい。）二子島は遠目には二つの小石を置いたように見えるが、近寄ると白い巌に古い松が姿よく生えているのが、類いなく面白い。どの島にもそれぞれのおもむき、それぞれの由緒がある。

「見る物ごとに、いかで斯《こ》うしもと、おどろかるゝこと絶えず」（見るものごとに、どうしてこんな所にこうなっているのかと、驚かされることばかりである。）

そこで八百八島を一日二日で見尽くすことはとても無理と、みな納得して御島《おしま》（雄島）に上がった。

この島からは橋で陸地に渡ることができるので、船頭はここで暇乞《いとまご》いをして元の浦に帰っていくのだ。次第に小さくなっていく船を見送っていると、「なごり慕はれて、打棄てられたらむ心地す」（名残りが惜しまれて、見捨てられたような気持ちがした。）

たった半日の縁なのに、船頭の篤実な人柄が慕わしく、別れが惜しまれた。

■香蓮尼《こうれんに》の庵跡《いおりあと》

雄島は白い巌の上に姿のよい松が多くて見飽きない。橋があるので渡りやすいためか石碑や墓が多く、それがあちこちに倒れたままになっているのが景色を損ねていて嘆かわしい。ここで真葛は香蓮焼という菓子の名の由来となった、香蓮尼が住んでいた庵の跡を探しだした。この尼が歌を詠んだという古い梅の木の枯れた根元から、細い木が生え代わっているのを見て、あわれに思った。

枯れ残る古木の梅を来てみれば軒に栽ゑ《う》けんむかしべ思ほゆ
住み捨てし跡ははかなくなりし世の語りに残る名こそ悲しき

のちに真葛は香蓮尼の伝説を書いて「真葛がはら」に入れている。「香蓮といふくだものゝ由来」という題である。そのあらましを述べよう。

昔、松島にいた豊かな家の主が、伊勢参りに出る。途中で越の国から伊勢参りにきた男と知り合い、親友となる。それぞれに息子と娘があったので、夫婦にしようと約束して別れた。

松島の男が家に帰ると、大事な一人息子は急な病ではかなくなっていた。歎き悲しんでいる所へ、越の国の娘がたくさんの嫁入り道具を持って到着する。婿が亡くなったから国に帰るようにと言われても聞かず、私を娘と思ってくれと言って、亡き婿の回向をし、両親にもまめまめしく仕え、彼らが亡くなるまで孝養をつくす。

その後は越の国からついてきた下女と二人で尼となり、越の国の菓子を作って売って暮していた、という伝説に近い話である。その菓子は、餅を薄く切って干して炙《あぶ》ったかき餅で、尼の名をつけて、香蓮やきとして今も売られている。

真葛は夕方宿に帰ってから、あらためて雄島の方を眺めた。

「つくぐ〵御島をみやれば、うちかすみたる岸の隈々《くまぐま》、黒みたる所などには、必ず木積《こつみ》は寄りぬらんかしと、推量《おしはか》られしを、さるものかけてもなく、西も東も、北も南も、真おもてにのみ向はれしは、あやしくも清らなる島々のさまかな」

（よくよく念入りに雄島を眺めると、かすんで見える岸辺の隅々や、黒ずんだ所には、きっと木屑や藻屑などが流れついているだろうと思ったが、そんなものは少しもなく、東西南北どちらから見ても真正面に見えるほど整った姿であるのは、不思議にうるわしい島々の姿であることよ。）

磨いたように清らかな島であることに真葛は感嘆している。

そこここに生え出た姿のよい松は、九重《ここのえ》の宮中の坪庭に植えたらさぞ映えるであろう。松島の浦全体の清潔な明るい美しさを感じ、真葛は夫伊賀や弟源四郎に勧められて松島見物を思い立ったことに満足した。

■瑞巌寺《ずいがんじ》参詣

翌七日は夜半に雨が降ったため雲の往き来が激しく、昨日とうってかわった眺めである。遠い島は全く見えず、連なっていた島々が一つの島のように見えるのも興趣がある。晴れ間を縫って瑞巌寺に参る。正面に御仏をすえ、左右に仙台藩代々の藩主の肖像を描いて懸けてある。扉は花々や鳥たちの彫り物でびっしりと飾られて「こめかしう」（可愛らしく）、屏風障子などもすぐれた絵師が筆のかぎりをつくして描いたお寺である。

庭にある梅の古木は、秀吉の朝鮮攻めのときに出陣した貞山公（伊達政宗）が、持って帰られたものだという。

寺の入り口近くに巌を穿った多くの岩室がある。昔、天台の僧侶たちが「あなうらを結びたる跡なり」（足裏を合わせて座った跡です）と案内の老人が言った。つまり結跏趺坐《けっかふざ》して修行した跡なのだ。

一きわ大きな岩室は法身窟と名づけられている。ここで真葛はこの岩室に潜んでいた真壁平四郎《まかべへいしろう》と、国見のため諸国を巡っていたといわれる北条時頼《ほうじょうときより》の、不思議な出会いのエピソードを詳しく述べている。話は瑞巌寺がまだ天台宗円福寺であった頃の、北条時頼廻国伝説の一つである。

■時頼と真壁平四郎

出家して最明寺《さいみょうじ》入道となった時頼が松島まで来た時、円福寺ではちょうど祭礼の舞楽が奏されていた。時頼が感動して大声で褒めると、聞きとがめた衆徒たちに怪しまれて襲われた。危うくこれを逃れた時頼が、その夜、近くの岩室で休もうとすると、そこに真壁平四郎がいた。

時頼が彼の話を聞くと、無慈悲な主人に疎まれ、ひどい仕打ちに堪えかねて此処に隠れている、という。真心をこめて仕えているのに、なぜこんな仕打ちに逢うのか、自分が悪いか、主人が悪いのか。何とか見返したいが、どうしたらよいか教えてくださいと、時頼に訴えた。時頼は次の年、鎌倉に自分を訪ねて来るようにといって別れた。

翌年、平四郎が鎌倉へ行くと、時頼は喜んで、平四郎を出家させ、法身と名づけた。そして唐の国の、高僧の元に送り出して修行させた。時頼は自分を危うい目に遭わせた松島の円福寺を焼き討ちにし、新たに臨済宗瑞巌寺を建てた。そして三年後、立派な僧となって帰国した法身を瑞巌寺の開山とした、という話である。

この話は、現代では鎌倉の北条氏が強力に介入して、松島の寺を天台宗から臨済宗へ改宗させた記憶が伝説化したものといわれている。

しかし真葛の文章は写実的にその話を描き出している。ことに暗い岩室の中で、夜もすがら語り合う時頼と平四郎の姿は、リアルに肉付けされていて、彼女の筆力の並々でないことを感じさせる。真葛の時代には、その話は事実と思われていたのではないだろうか。

■帰　宅

瑞巌寺を後にして宿に帰ると、供の者がもう荷造りをして馬の背に乗せ、帰りの用意が出来ました、と言う。急いで出発すると途中で雨がひどくなり後悔するが、戻るわけにもゆかない。夕方ようやく晴れて月の光もさし、やれやれ嬉しや、と広瀬川を渡ったのは戌《いぬ》の時（午後八時ころ）であった。

この文節の後に割注があって、「この川は大城のもとを繞《めぐ》る河なり。大城ちかく住むを川内といへり」とある。大城とはいかにも親しみをこめた呼び名だ。当時の絵地図を見ると、仙台城を囲んで大身の武士たちの屋敷がひしひしと建ちならんでいる。

松島遊覧は真葛を十分楽しませた。四百字詰原稿用紙に換算して二十二枚余りの「松島のみちの記」は

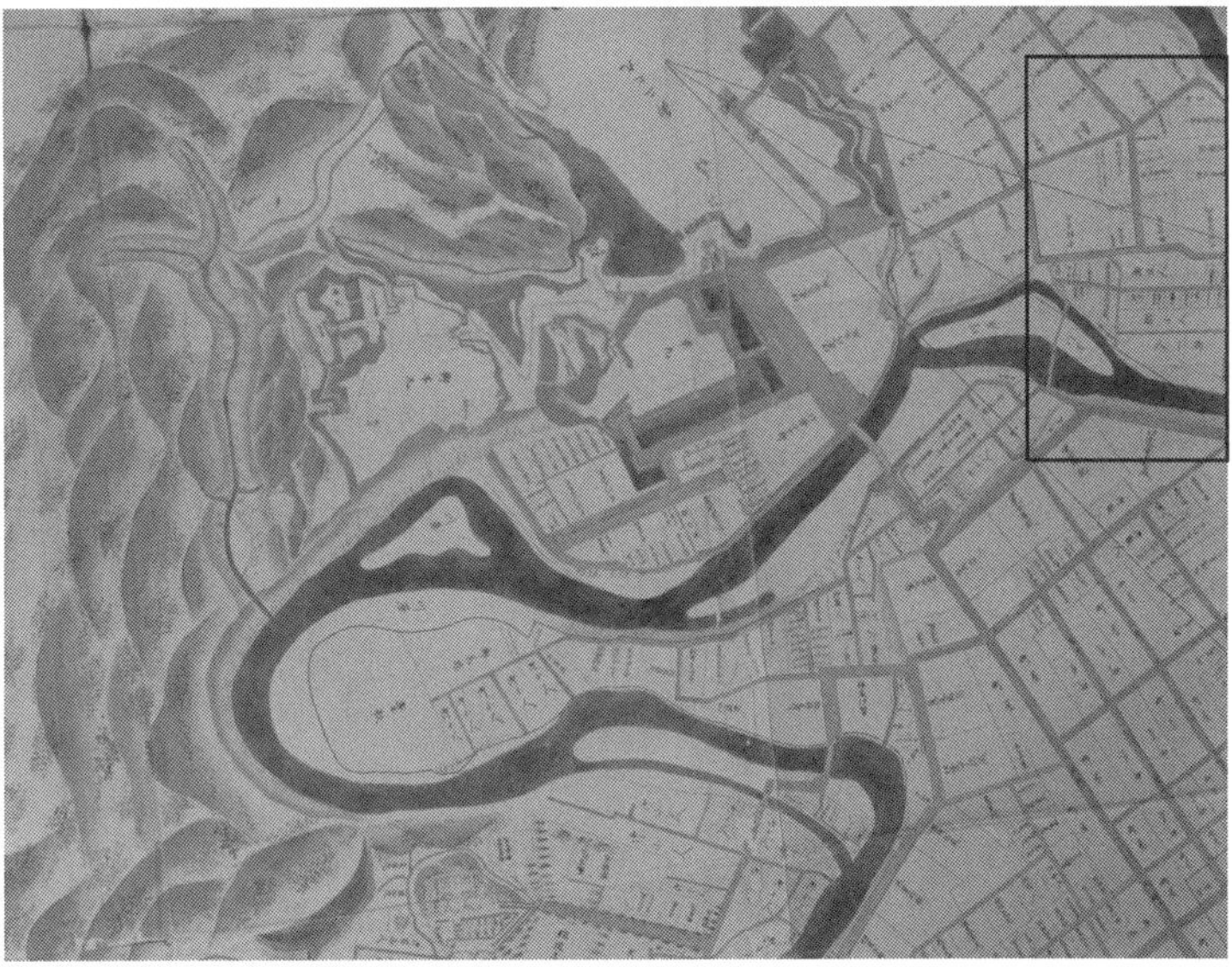

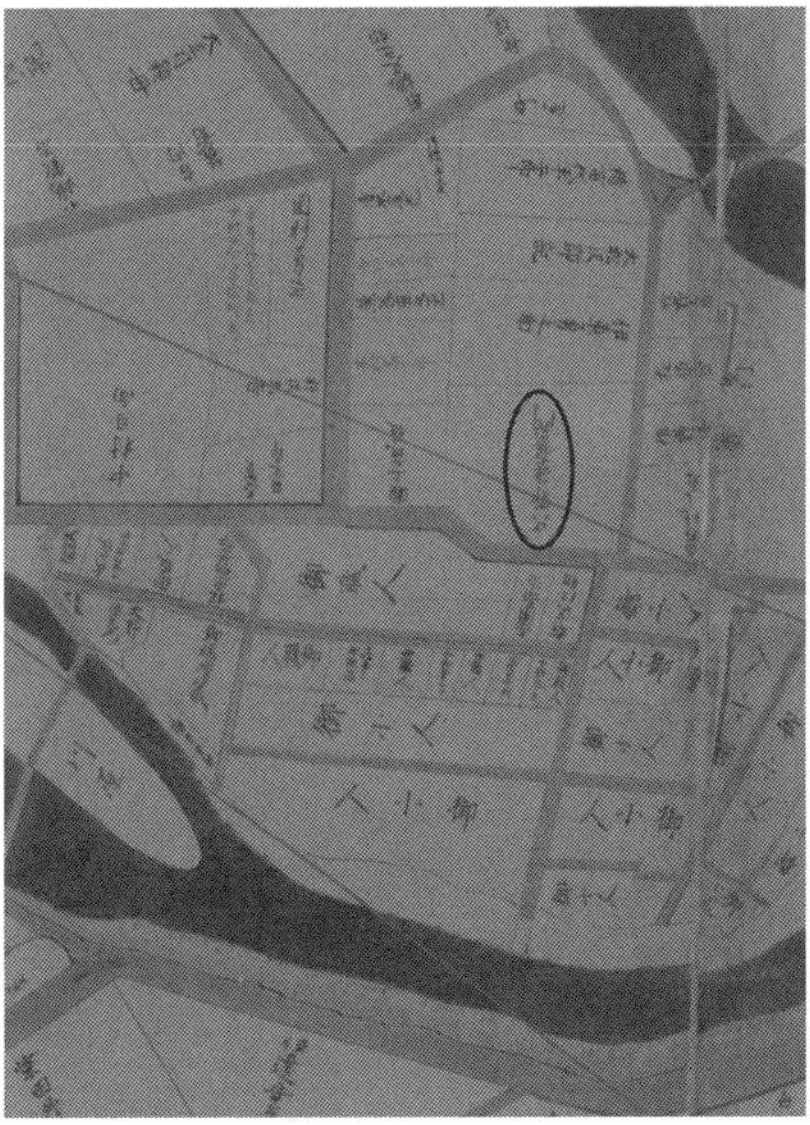

仙台城下絵図

仙台城近くに、真葛の夫、只野孫右衛門（伊賀）の名が見える。（天明７～寛政元年。上、左いずれも部分。仙台市指定文化財。仙台市博物館蔵）

実に充実していて、読んで面白い。真葛自身もこの作品を書いたことに満足し、さらに興が尽きなかったのであろう。後日、万葉調の長歌一首と反歌三首を作って巻末に付している。

吹く風の　おとのみ聞きし　松島の　さやけき浦を　朝なぎに　小舟よそひて　喘《あえ》ぎつゝ　いゆきもどりて　鏡なす　浦のみおもを　見さくれば　わづきも知らず　わたつみの　手に巻かしたる
七種《ななくさ》の玉なす島は　八百万《やおよろず》　四方《よも》にうかみて　天つ星　めぐるがごとく　西見れば　東はおちぬ　北見れば　南は過ぎぬ　とほしまは　行きのまに〳〵　現れて　梢に隠れ　ちかしまは　おのれ廻りて
眼の前に　移り往きぬれ　美織《うまこり》の　あやにともしく　ことたえて　心も澄みぬ　うべしこそ　語りにすれば　聞きつぎて　人もほりすれ　あやしくも　います神かも　陸奥《みちのく》の　宝となれる　松島の浦
いづちをかさして求めむ百島《ももしま》の四方にうかめうる此の海原は
けふのみぞ及ばむ限り隈《くま》も落ちず見むと思ふにまみのあはなく
真玉なす此のむらしまを海原にいかなる神かたくみするけむ

（長歌大意――話にのみ聞いていた松島の、さわやかな浦を、朝凪のしずかな海面に、小舟をしつらえて、喘ぐように行きつ戻りつしながら、鏡のような海原を遠く見やると、空も海も見分けがつかない。海の神様の手に巻いた環の、七種の玉のような八百八島は四方に浮かんで、天の星座が巡るようで、西を見れば東は見落とす。北を見ているうちに南は見逃す。遠い島は進むにつれて現れ、近い島は私の回りで眼の前を移って行くことだ。美しい織物を見るように、たとえようもなく羨ましく、言葉も失って、心は澄みきった。なるほど、もっともなことだ。語り継げば、人も見たいと思うだろう。不思議にもおわします神がお造りになって、みちのくの宝となった松島の浦よ。）

写実的な本文と代わって、万葉集風の古語を駆使して自分の実感を的確に表現し、さらに広大な宇宙感覚さえ漂わせる。真葛の歌人としての面目がよくうかがわれる作品である。

■諸九尼《しょきうに》と菊舎尼《きくしゃに》の松島紀行

真葛より先に松島に遊んで作品に残した女流俳人が二人いた。一人は諸九尼、もう一人は菊舎尼である。諸九尼は九州筑後（現福岡県南部）の人、夫有井浮風の没後、京で俳諧の点者として暮らしていた。六十歳に近くなって、芭蕉の『おくのほそ道』の跡を慕ってみちのくへの旅に出立した。松島に遊んだのは明和八年（一七七一）七月二十五日である。

この頃真葛はまだ九歳である。代表作「独考」の中で、九つの年の夏に「我ぞ世の中の女の本とならばや」と思い定めた、と書いている。自分こそ世の中の女の手本となりたいと、幼いながらも志した年だ。

諸九尼は「奥のほそ道といふ文を読初《よみそめ》しより、何とおもひわく心はなけれと、たゝその跡のなつかしくて、……」（『おくのほそ道』という文をはじめて読んでから、はっきりと思ったわけではないけれど、ただ芭蕉翁が辿られた跡がむしょうに懐かしくて……）とのちに紀行文『秋風の記』に書いている。

『おくのほそ道』を読んでから、何年かたってみちのくへの旅を思い立ったらしい。その時五十八歳になっていた諸九尼は、只言《しごん》という俳人とともに京を出発する。

途中、各地の俳人を訪ね、彼らの好意に助けられながら四月末に江戸に入った。江戸で一月近く同好の人たちと交流したり名所を訪ねたりして、五月二十日の朝、いよいよみちのくへ出立する。諸九尼は出来るだけ忠実に芭蕉の足跡を辿りつつ、六月十二日に仙台に着いた。

ここまでくれば松島はもう一息、というところで彼女は病の床にふせってしまう。仙台へ入る前から体調は思わしくなかったらしい。五十八歳という年齢での長旅は、風流の気ままなものとはいえ、反面命がけの旅である。思いがけず四十日余り、ここで寝込んでしまった。

ここまできて病にかかるとは、「道祖神《どうそじん》も捨させ給ふにや」（旅人の守り神道祖神もお見捨てになったのか）と気落ちしたり、「頭をたれて古郷をおもふ」と望郷の念に駆られたりしているが、土地の俳人たちの慰めと医師のねんごろな手当てで、ようやく七月二十五日、竹で編んだ粗末な駕籠に乗って松島へ行くことが出来た。

彼女は雄島の茅葺の家に泊まり、はるばると松島を見渡し「はかなき世にも、なからへぬれはこそ」（命はかない世にも、なんとか生き永らえていたからこそ）芭蕉翁とおなじ松島を見ることが出来たと感動し、これまでの苦労を忘れた。

松しまや千嶋にかはる月の影

翌日は瑞巌寺に詣でて、富（富山）の馬頭観音まで登って松島を見下ろす。

嶋《しまじま》〳〵や松の外にはわたり鳥

そこから舟で塩竈に向かう間は「三里はかり絵の中をしのき行心《ゆくここ》ちして、おもしろさかきりなし」（三里ほどの間はまるで絵の中をくぐり抜けて行く気持ちがして、おもしろさは限りがない）と、簡潔に述べている。体調はまだまだよくなかったのに、自分を励まして野田の玉川、末の松山、つほの碑《いしぶみ》と芭蕉が歩いた道を辿ってついに宮城野に分け入った。

宮城野や行くらしても萩がもと

ようやく体力も回復し、日光、長野の善光寺と回って明和八年九月初旬に京へ帰りついた。のちに彼女はこの旅の記憶を紀行文『秋風の記』に残している。

諸九尼より遅れること十一年、天明二年（一七八二）に長門《ながと》（現山口県西部）の人田上菊舎尼がやはり芭蕉の跡を慕い、諸国を俳諧行脚《あんぎゃ》しながら松島を訪れている。この年菊舎は三十歳であった。真葛はまだ二十歳、仙台藩の奥に勤めている。

菊舎は十七歳で母方の親戚に嫁いだが、二十四歳で夫に死別し、長門の実家に戻る。周囲に俳諧がさかんだったこともあって俳人となる決心をした。

二十九歳で尼となり、蕉風を伝える美濃派の俳人朝暮園傘狂《ちょうぼえんさんきょう》の門人となって、故郷から俳諧修行の旅に出た。尼となったのは、仏教を深く信仰していたのと、行動の自由を得るためだったといわれている。彼女のみちのくへの旅は、芭蕉の『おくのほそ道』の旅を追体験し、自己の俳諧を深めることであった。その時の旅姿は、深削《ふかそぎ》（肩の辺りで髪を切りそろえる）の頭に頭陀袋《ずだぶくろ》一つ、十徳《じっとく》一枚というものであったらしい。

月を笠に着て遊ばゞや旅のそら

出立の時の句である。彼女は信仰する仏の加護を深く信じていた。

この時の道順は、北陸道から新潟を経て米沢、山形、仙台という、芭蕉とは逆の道筋であったが、各地で蕉風をうけつぐ俳人たちに暖かく迎えられた。途中で道を枉《ま》げて善光寺に参った時、姨捨《おばすて》で悪天候にあって遭難しかけた外は、おおむね順調であった。天性闊達な人柄にもよったのであろう。後年まとめた『手折《たおれ》菊《ぎく》』（文化九年刊、六十賀の記念集、菊舎編）に記された松島での作は、

千賀の浦より舟に遊びて
松島や小春ひと日の漕《こぎ》たらず

金華山を詠《よめ》るとて
指出る朝日目ばゆし金華山

（『田上菊舎全集』上野さち子編著、和泉書院、二〇〇〇年）

の二首だけであり、それを塩竈明神へ奉納し、壺の石ぶみ、沖の石、末の松山、宮城野と巡った。「何れも発句有《ほくあり》」とあるので、松島での句ももっとあったのではないか。しかし若く元気な彼女は、同好の人たちとの付け合いに忙しかったようだ。

諸九尼と菊舎尼の旅はいずれも『おくのほそ道』の跡を追体験するものであるから、松島での記述は多くない。それぞれに実感を表現しているが、真葛の紀行文と比較はできない。

■橘南谿の松島紀行と真葛の文体

同じ頃、伊勢の医師で旅行家として名高い橘南谿《たちばななんけい》は、天明四年（一七八四）秋から二年間江戸、東海、陸奥、北陸を巡り、『東遊記』前後編十巻を著している。松島を訪れたのは天明五年五月八日である。

彼は同行の人と二人でやはり千賀の浦から舟を雇って漕ぎだしている。「賃銭《ちんせん》纔《わず》かに四百文」（東洋文庫『東西遊記　1』。以下同じ）とある。南谿は船頭の教えるままに島々の名前を書きとめていったが、「……書きしるすまに船行過ぎて、四方の景色を見洩《みもら》さじとするに心のいとまなくして、十分の一もしるし得ず」（……書き記している間に船が進んでしまい、周囲の景色を見逃すまいとすれば、心が急いて、十分の一も書き記せなかった。）結局五十ほどの島の名を記しただけで、あとは筆を休め「景色艶美《けいしょくえんび》にして猛《たけ》からず」（景色はあでやかなほど美しくて、猛々しくない）とゆっくり眺めて讃えている。

その後雄島に上がり、瑞巌寺に参り、富山に登って松島を一望に収めた。

「大抵《たいてい》東西弐《に》三里に南北六七里計《ばか》りとも見えて、八百八島連なれる風景、画に書ける西湖《せいこ》の図に甚《はなは》似《に》たり。……まことに天下第一の絶景、筆紙に尽くすべきにあらず」

（おおよそ東西二三里で南北は六七里ほどと見えて、八百八島が連なっている風景は、画に描いた中国の西湖の図にたいへんよく似ている。……まことに天下第一の絶景で、文章や絵に書き尽くすことは出来るものではない。）

南谿はここに住みたいものだと心惹かれながら、陸路を塩竈に戻った。

旅に馴れた南谿はまた紀行文にもすぐれていて、『東遊記』は行文なだらかに、すらすらと読み終わる。見聞の事実を記録するに熟達した旅行家の文章というべきか。

それに比して、真葛は同じ松島を書いても、どこか違う。真葛は実感を認識にまで深めずにはいられない性質のようだ。はじめに少し触れたが、松島を瞥見しただけで、「ふと打見ては、よくも目のおよばぬけにや、たぐひなしとも思はれぬ浦のさまかな……」（ふと見たところでは、よく目が及ばぬせいか、それほどたぐいない景色とも思われない浦の有様だなあ……）と気落ちするが、せかれるように五大堂の建っている島まで渡ってみて、はじめて「……実にたぐひなかりけりと、やう〲思はるゝ様なりし」（……実にたぐいない景色であることよと、やうやく思われるようになった）と納得するのである。また船に乗った時の「ふなばたに手さし出でて、あやまちなせさせ給ひそ……」という船頭の言葉は、堅い木の板に鋭利な刃物で刻みつけたような輪郭のはっきりした表現で、文章自体が立ち上がってくる感がある。

真葛の、文章の明晰さは、油谷倭文子《ゆやしずこ》（一七三三―五二）の紀行文『伊香保の道ゆきぶり』と比較するとよくわかる。倭文子は賀茂真淵の門人ですぐれた歌人であった。江戸の御用商人の娘で、よく古文を学び古語を駆使し、流麗な雅文を書いた。

『伊香保の道ゆきぶり』は十八歳の春、倭文子が母親とともに伊香保温泉へ旅をした時の紀行文で、江戸時代の女性の名文として広く知られている。

道中の景色、天候の変化、雨漏りがするあばら家に泊まって侘しかったこと、出会った田舎人の言動など、よく書かれている。しかし古風な雅文がすべての物の輪郭を朧化する方向に働き、せっかくの倭文子の貴重な見聞の印象を薄め、類型的にしてしまっている。

一例を上げると、

「……道もたど〱しかるを、思ふ花によりては、うらみやらで、やゝ里にもなりぬるほど、雨すこしふり出でて行末うしろめたしとて、そこなる伏屋に、いかにぞやなどいなめど、強いてとゞまりぬ。真柴の垣ほも何も破れくつがへりて、かげあらはなるに、軒さへもりていとわびし。更行《ふけゆ》くまゝに、玉水あはれに音するを、ならはぬ笹まくらは、いも寝られず。いとゞ袖のいとまなき心地して、まことにうしと思へば、しのゝめの空も待ちあへずていづ」

（……道もたどたどしくおぼつかないが、桜の花が雪のように散りかかる景色を見たので、恨まないで、やや人里に近づくころ、雨が少し降ってきたので、このあとが心配だといって、その辺りのみすぼらしい家に、こんな所にお泊めできませんと断るのを、無理に頼んで泊めてもらった。柴垣も何も破れ傾いて、様子が丸見えなのに、軒から雨まで漏ってきてたいへんわびしい。夜が更けてゆくと、雨だれが哀れにきこえるので、なれない旅寝は眠ることができない。とても涙が流れて袖が乾く間もない心地がして、たいへん憂鬱なので、東の空が明るむのも待てずに出発した。『女流文学全集』第三巻）

書く内容と文体との間には、切実な関係がある。真葛はそのことを自覚していたのではないだろうか。書く内容、題材によりさまざまな文体を書き分けている。

この章で読んだ「松島のみちの記」は的確で平易な言葉を用い、印象も鮮明で、読む人に真葛の思いがよく伝わる。「香蓮といふくだものゝ由来」は、「むかしみちのおくの松島に、ひとつの家富める人有けり。……」という書き出しではじまり、古語を多く使用して、はるか昔々の、ゆかしく美しい物語の雰囲気をかもし出している。

■芭蕉の『おくのほそ道』

ここで諸九尼や菊舎や橘南谿が愛読した、芭蕉の『おくのほそ道』の松島の部分も見てみよう。

「抑《そもそも》ことふりにたれど、松嶋は扶桑《ふさう》第一の好風にして、凡《およそ》洞庭《どうてい》・西湖《せいこ》を恥《はぢ》ず。東南より海を入て、江の中《うち》三里、浙江《せつかう》の潮をたゝふ。島〳〵の数を尽して欹《そばたつ》ものは天を指《ゆびさし》、ふすものは波に匍匐《はらばふ》。あるは二重《ふたえ》にかさなり、三重《みへ》に畳《たた》みて、左にわかれ右につらなる。……造化《ざうくわ》の天工《てんこう》、いづれの人か筆をふるひ詞《ことば》を尽《つくさ》む。」（岩波文庫『おくのほそ道』）

芭蕉は松島を激賞しているのだけれど、古くから讃えられた天下の名勝を目にして、肩に力が入ってしまったのだろうか。この部分だけを読んで、松島の光景を直ちに目に浮かべることは、私には無理である。何度も読み返さねばならない。

洞庭湖や西湖も、また浙江も中国の名勝地で、芭蕉はいうまでもなく当時の人は詩文か画によってしか知ることができない。もちろん芭蕉もそれらの詩画を踏まえて表現しているわけである。だから『おくのほそ道』のこの段を味わい得た江戸時代の人は、かつて松島に遊んだことのある人か、詩文や画によって中国の名勝地を脳裡に想像し、そこから思考の回路を巡らして松島を思い描いたか。あるいは芭蕉の文章なら何でも聖典のように唱える人々もいただろう。

「松島は笑ふが如く、象潟《きさかた》はうらむがごとし……」のように、精彩に富む比喩を表現する人が、どうして松島ではこんなに肩肘はってしまったのだろうか。もちろん書巻の気を尚《とう》とぶのが当時の文人の常道であり、芭蕉もその道をおこなったのだ。松島の名勝に臨んで、和漢の詩歌や文章を思い浮かべるのが芭蕉の理想とする風雅であり、文学であった。しかし現代の私の目から見れば、甚だブッキッシュに思われる。

真葛の「松島のみちの記」は一読して、松島の明るい清潔な光景がリアルに目に浮かぶ。彼女はまた先人の文学を踏まえるということも、あまりしていない。真葛の文章は彼女が見て、しっかり認識したものを、忠実に表現している。芭蕉は現実の松島を描いたというよりも、輝く言葉の殿堂を築き、あこがれの松島への頌歌《ほめうた》としたのだ。芭蕉と真葛との文学観の相違、時代の相違を感じさせる。

『おくのほそ道』は元禄十二年か十五年ころに刊行され、多くの人に読まれている。それ以前に芭蕉は高名な俳人として知られており、『おくのほそ道』以後に松島を訪れる文人は一言でも芭蕉に言及し、敬意を表す例が多い。ところが真葛は「松島のみちの記」の中で、一言も芭蕉に触れていない。強いて無視しているというのではなく、はなから眼中にない感じがする。真葛の多くの文章に俳諧性が乏しく、雅文への志向が強いからであろうか。

以前、大垣の漢詩人江馬細香の生涯を調べていた時に、上方や江戸の漢詩人たちとの交流の盛んなことに驚いたが、国学者や俳人たちとの交流は一向に見えてこなかった。大垣は松坂に近い。鈴屋の門人もいる。また『おくのほそ道』の結びの地であるから、蕉風の俳人も多い。細香は彼らと狭い大垣でどのように折り合いをつけていたのかと不思議に思ったものだ。真葛の「松島のみちの記」を読んで、彼女は俳人たちをどう感じていたのかと、同じような思いに捉われた。

■真葛の文章のユニークさ

さらに真葛は「松島のみちの記」ばかりでなく外の作品でも、それまでの女性の文章によく見られる引き歌、掛詞、縁語などの文章上の、あるいは修辞上の技法をあまり使っていない。

引き歌とは、有名な古歌の全部か一部を自分の文章の中に引いて、その情趣を重層的に深め、広げる技法である。古来日本の女性は自分の文章の中で、この技法に全力を傾注してきた。現代の我々の目から見れば煩わしいものであるが、その巧拙が文学的評価の一つの基準ともなっていた。

平安時代の女性たちはもちろん、江戸時代の女性たちも同様である。ことに公家出身で、柳沢吉保の側室となった正親町町子《おおぎまちまちこ》は、育った環境もあってまことに巧みであった。彼女の『松蔭日記』は『古今和歌集』『拾遺和歌集』『伊勢物語』『源氏物語』から多く引用し、さらに漢籍も典拠としている。伊勢神宮の神職の娘、荒木田麗女《あらきだれいじょ》は和漢の古典、古歌、有職故実《ゆうそくこじつ》を猛勉強した様子が、彼女の多くの王朝物語にみてとれる。

真葛は歌人としてすぐれ、その技法を駆使できない人ではない。しかし彼女には主張したい事柄が多くて、文章上の技法に拘っていられないようなところがある。もちろん彼女の文学の基礎をなしているのは、日本の古典である。真葛は充分にそれらを自分の素養として、作品を創っている。その上さらに目に見える形で、先人の文学の力を借りる必要などなかったのかもしれない。

自分の見聞や体験をしっかり認識し吟味し、それを文章に表現する。これまで読んだ幾つかの作品を見るかぎり、真葛の文学的態度は科学者のように冷静である。父工藤平助の周りの蘭学者たちが唱えた、親試実験《しじっけん》の実証精神が真葛の中に息づいているようだ。真葛の文体そのものが、真葛の精神の核をなしているのかも知れない。

■古川古松軒《ふるかわこしょうけん》の『東遊雑記《とうゆうざっき》』

天明四、五年に橘南谿がみちのくを旅して『東遊記』を書いた三年後に、備中の人古川古松軒（一七二六―一八〇七）が幕府の巡見使に随行し、東奥から蝦夷までを旅して『東遊雑記』を書いた。彼は蘭学系の地理学者として知られ、文筆にも長じ、各地の詳細で客観的な観察を書き残している。また松島についてもかなり多くの筆を費やしている。地の利をよく観察し、案内者に島々や浦の名前を聞き、さらに仙台藩の接待役所持の細見図も見せてもらって書き取っている。

その上で所感を加えて日本各地の景勝の地を列挙し、「これらの景においては、人びと好む所にて、優劣を論ずべからず」（これらの景色については、人それぞれの好みがあることなので、優劣を論ずることはできない）（東洋文庫『東遊雑記』。以下同）と言いながら、「山においては富士に越ゆるものなく、景においては松島にまさるものなし。まことに奇妙の景地なり」（山について言えば、富士山以上の山はなく、景色については松島に勝るところはない。まことにすぐれて興趣のある景色である）と、自分の好む所を述べている。

その中に真葛の長歌と酷似した記述があるのが目に留まった。

「かくて島じまを見巡るに、一棹《さお》一棹に景色替わり、右を詠《なが》むる内に左は替わり、前を見る内に後は替わりて、忽ち他方に至る心地せり。奇々妙々……」

（こうして島々を巡ると、船が一棹一棹進むごとに景色が変わって、右を眺めているうちに左は変わり、前を見ているうちに後ろは変わってしまい、忽ちに別の所に来たような心地がする。まことに不思議である。）

真葛と古松軒、同時代人であるが全く関わりの無い両者の、よく似た表現を面白く思った。古川古松軒の本業は薬種商であったが、彼は幼少から地理を好み、機会さえあれば各地を旅した。『東遊雑記』の前に、故郷備中から九州一円を巡って『西遊雑記』を著している。

彼の著作は江戸時代には刊行されず、昭和にはいってはじめて活字になった。柳田國男は古松軒の著作について、現実に即した精確な著述であり、「今日の科学風の研究……」と評価しているという。（東洋文庫『東遊雑記』解題）

「松島のみちの記」を読みながら、思いがけぬ地点にまで達してしまった。

◇　◇　◇

幕間《まくあい》の旅(一)―つづき

平成十一年（一九九九）の夏、塩竈神社に参詣した私は、二人の友人とともに松島行きの遊覧船に駆けこむように乗りこんだ。松島は二度目である。涼しい海風に吹かれて、広い展望室の窓から眺める松島は、やはり晴ればれとしている。

水深が浅いせいか、明るい藍色の海面に真っ白い波が立つ。大小無数の島の、松の緑が映える。幾つものヨットが帆走していた。水上スキーもヨットの間を縫って走り回る。すれ違う船の人たちが手を振ってくれる。先刻から島々の名前を教えるアナウンスが流れている。その声につられて、右の窓、左の窓と展望をほしいままにした。

松島のよさがわからないと言う人があるが、私はやはり美しいと思う。太宰治の『惜別』という作品の中に、登場人物のある青年と魯迅が、松島のよさがわからなくて悩むくだりがある。作品中の初めの方で、青年は周樹人《しゅうじゅじん》（魯迅の本名）と松島で出会う。二人は仙台医学専門学校の同級生である。青年が「僕はどうも、景色にイムポテンツなのか、この松島のどこがいいのか、さっぱり見当がつかなくて……」と言うことから会話が始まる。周樹人は「やっぱり、松島は日本一ですね。」と言い、西湖などは清国政府の庭園にすぎない。人間の手垢がベタベタ付いている、と言ってお互いに自国の景色をけなす所がいかにも若者同士らしい。太宰治のこのような作品でも、戦時中に出版された本は伏字だらけだったと、あとで友人に聞いて驚いた。

青年と周樹人が松島についていろいろとまどう点は、太宰治が富士山に対して持っていた屈折した感情と共通するものがある。富士山も松島も、二つながら翳りがなく、あまりに真っ当に美しすぎるので、落ち着かないのだろう。

のちにアラン・コルバンの『風景と人間』（小倉孝誠訳、藤原書店、二〇〇二年）を読んだ。彼は「風景とはなにか」という問いにたいして「風景とは……空間を読み解き、分析し、それを表象するひとつのやり方、そして美的評価に供するために、風景を図式化し、さまざまな意味と情動を付与するひとつのやり方なのです。要するに風景とは解釈であり、空間を見つめる人間と不可分なのです……」

つまり風景というものは客観的には存在せず、それを見つめる人間があってはじめて成立するということらしい。だから一人ひとりの松島、一人ひとりの富士山があって当然なのだ。けれどもコルバンは次に「個人による評価は、集団的な解釈を参照するでしょう」と言っているので、話はいきおい複雑な文化論になる。この本を読んだ時、二度の松島観光を思い出して面白くなった。

五十分余りかかって、船は松島港についた。船を下りた私たちは「松島のみちの記」の真葛と同じように、まっすぐ目の前の瑞巌寺に向かった。古い立派な杉木立の道を通り、拝観券を買って山門をくぐると、左手に法身窟があり、ほかにもたくさんの岩穴がある。真壁平四郎と北条時頼が出会ったという法身窟には、厳重に格子がはめられていた。

本堂について靴を脱いで上がり正面のご本尊を拝む。それから拝観しようとしたが、疲れて本堂の回廊の一角に荷物を置いて座り込んでしまった。

庭の木が庇の方に枝を差しのべて心地よい日陰を作り、海からの乾いた風が回廊を吹き抜ける。ひぐらしが鳴いている。名古屋ではまだジイジイとあぶら蟬が鳴いているのに、ここではもうひぐらしね、と話し合った。その鳴き声がひときわ高く澄んで明るい静けさを際立たせ、世塵から遠い別天地の思いをさせてくれる。

「こんな蟬の声って、はじめて聞くわ……」と、友人が言った。真葛が江戸では「みん〳〵」という蟬を、仙台では「大蟬」「ちからぜみ」というと、「みちのく日記」に書いていたことが思い出された。「此処の言こそ増りたれ……」

私たちは次の拝観の一団を案内するガイドの声が近づくまで、腰が上がらなかった。

瑞巌寺は桃山様式の寺であるという。そのためか襖絵や扉に施した花鳥の彫刻も極彩色で華麗である。京都の古寺などでは襖絵の金箔が剥落して、それが寂びた美しさを感じさせるが、瑞巌寺は違う。襖絵は群青や金泥がたっぷり使われている。ことに金泥は盛り上げるくらいに厚く塗られているように見える。みちのくが古来黄金の産地であったことに気がついた。

翌日は「いそづたひ」の舞台、七ヶ浜を巡る予定なので、早めに仙台の宿舎に入って休んだ。

四、「いそづたひ」

この作品は「真葛がはら」に入れられた作品群とは別に、独立した一個の作品である。明治・大正時代に『奥州波奈志《おうしゅうばなし》・以曾都堂比《いそづたい》』として『温知叢書』第十一編や『仙台叢書』、また『女流文学全集』に収録されていて、真葛の作品の中ではよく読まれたものである。また東洋文庫の『むかしばなし』(一九八四年)にも「磯づたい」として収録されている。

文政元年(一八一八)、真葛は磯づたいをしようと思い立ち、舟で七ヶ浜を巡った。「葉月《はづき》はじめのころ、磯づたひせんと思ふことありて……」と書きはじめている。旧暦八月つまり仲秋に入ったころ、舟遊びには絶好の季節であったろう。

文化九年(一八一二)に真葛の夫伊賀が急死して、真葛はその打撃からようやく立ち直り、大作「独考」を一応書き上げた後である。真葛はそれを書き上げたことで、精神的にある充実感を得ていたのではないだろうか。「いそづたひ」はそのころ書かれていて、真葛の関心のあり方をうかがわせる。真葛は一人ではなく、松島遊覧の時と同じように何人かの同行者がいたらしい。

七ケ浜《しちがはま》は塩竈の南東に位置する方形の半島である。島、岬、砂浜、荒磯と景観に富み、古来、松ヶ浦島と呼ばれてきた。万葉集以来、古歌にも多く詠まれた地域である。

真葛一行は塩竈から舟にのり、東宮浜を過ぎて、代《よ》ヶ崎でいったん舟から上がった。そこの「むね〳〵しう見ゆる所によりて、いこひたれば、あるじいでゝ物語す」（おもだった家らしい所によって休んでいると、この家の主が出てきて物語をしだした。）

話によると今は汐の満ちた時なので面白みがないが、十一日からは汐が変わって満ち干がはじまる。すると海中の鯨《くじら》や鯱《しゃち》などの大魚が、仲間を集めてあい争うという珍しい内容であった。

鯨は味がよく身が多いので諸魚に狙われるが、大魚で力強いので、なかなか負けない。水上にはね上がって相手の魚を打つことがある。鯨より獰猛《どうもう》な鯱でも、仲間が何匹か組まねば鯨にかなわない。そうして鯱に襲われた鯨が浦によってきたのを見ると、深さ七寸ほど、長さ二三間ほどの疵がいく筋もついて、肉は左右にわれていた。また一年前には鯨に打たれた鯱が浜に浮かんでいたことがある。「口ひろく、牙はとがりて長く、背そりて、つるぎをうゑしごとくのひれ生……」（口はひろく、牙はとがっていて長く、背は反りかえって、剣を植えたような鰭《ひれ》が生えていた）と言って、主は庭に置いてあった鯱の頭の骨を見せてくれた。

「わたり七八寸ばかりに、まろき穴ふたつ有は鼻の穴なりと教《おしゆ》るぞ、いとけしからぬものと思はる」（直径七八寸――約二四センチ――ほどに丸い穴が二つあるのは鼻の穴だと教えられたが、とても異様なものと思われた。）

真葛は主の語るさまざまな大魚の争う様子、魚の牙、鰭、尾の鋭い形などを詳しくくっきりと描きだしている。それから主の案内で、はちが森に上って清らかな海原を眺め、島々の名前を教えてもらった。

その夜は吉田浜を過ぎて、花淵浜で宿を頼んだ。

真葛が泊まった家は、一本の巨大な流木を割って、その木だけで建てた珍しい家だった。

昔、天正年中（安土・桃山時代）に、沖のほうに鯨かと見まがうような大木が浮いていた。幾艘もの船で引き寄せたが、浜辺までは引き上げられない。仕方なく海中で引き割った。

太い所は二丈八尺もあり、これを扱う刃物がない。仕方なく寸法を測り、削ぎとるようにして、柱・敷板・縁板・建具の材料とした。それより十一代の今まで、家内つつがなく暮らし、伊達のお屋形様（綱村・宗村）も一度はお立寄りになられ、屋根の葺《ふ》き替《か》えなどを援助して下さった、とその家の主は真葛に語った。この家は一本亭といわれ昭和十年（一九三五）頃まで残っていたそうである。

藩の学者たちが調べたところ、白楊《はこやなぎ》、一名ドロノキともいい、松前より四十里余りの東ニュウラップの谷あいに生えている樹であることがわかった（東洋文庫『むかしばなし』の中山栄子氏解説）。

翌日、真葛一行はここを発って菖蒲田浜、松ヶ浜に向かう。この辺りは特に景色のよい所で、代々の藩主の別邸があったので、御殿崎《みどのざき》ともいう。

「……しばし休みて見渡せば……むかひ（南）は空もひとつにきはなき海なり。左の方（東）に金花山の宝珠の形して浮たり。右のかた（西）に遠く見ゆるは、相馬の崎……」

（……しばらく休んで見渡すと、……正面は空も水も一つに見える果てしない海である。左の方〈東〉に金華山が宝玉のような形で浮かんでいる。右の方〈西〉に遠く見えるのは相馬の岬……。）

金華山から松島、七ヶ浜をはさんで、蒲生の松原の彼方にかすむ相馬の岬までの広大な景色を、真葛は一筆書きのように描いている。

「いそづたひ」によると真葛はその後、松ヶ浜の近くで蛸を釣っていた舟に乗せてもらっている。すると釣り人は、数年前に大亀がうま酒を飲ませてもらった礼に、深海にある珍しい浮穴の貝を持ってきた、という話をした。

大亀は二度までも網にかかって、酒を飲ませてもらい海に放たれた。その礼に、ひどい傷を受けながら浮穴の貝を背負ってきて、その浜で死んだ。釣り人たちは亀を哀れんで葬り、藩命によって、今は亀霊明神となっていると言う。

真葛は川子浜にあるその漁師の家まで行って、夜光貝にも似た珍しい浮穴の貝を見た。大きなその貝はかなり壊れているが、振ると中に入っている海水がころころと鳴る。浮穴の貝は深海の底にいるという。亀は漁師の恩に報いるために貝を採ろうと深く潜り、気の荒い大魚に追われたに違いない。

真葛はこの話にいたく心を動かされたのか、後に長歌一首、反歌三首を作り、言葉の通わぬ亀と漁師たちとの交流を書き留めた。

そこからまた晴れて心地よい浜辺を歩く。まだ冬ではないが、千鳥が十羽ほど群れていて、小波が寄せると歩みながら逃げ、波が引くとまたそれについていって餌を漁っている。大波が寄せるととび立って、すぐまた水際に下りる。

「世に千どりがけといふことのあるは何の故ぞと思ひしを、打波引なみにつれてあゆむさまをもて、よそへしことぞと、思あはせられし」

(世に千鳥がけということがあるのは何故かと思っていたが、千鳥が寄せる波引く波につれてあるく様子に例えたものだと納得した。)

言葉に関心の深い真葛は、いわゆる千鳥がけの語源を、浜辺で餌を漁る千鳥の動きに目の当たり見て、満足した様子である。

それから真葛一行は土産にと貝を拾うことに夢中になって「蒲生の浜行ころは、心あはたゞしくなりぬ」(蒲生の浜を行く頃は、帰る時刻が気になって、心が忙しくなった。)

もう日が傾きかけているのに気がついて、急いで家路についたのである。

四百字詰原稿用紙に換算して二十枚ほどの「いそづたひ」は、これまで読んだどの作品とも違った印象を与える。それは紀行文でありながら、道中の風景や真葛の所感は少なくて、七ヶ浜の人々の暮らしに根付いた珍しい話を、客観的に述べる部分がかなり多い。まるで奇事異聞を採集するための旅のようである。

江戸末期の国学者菅江真澄《すがえますみ》は天明三年から東北地方を巡遊して、各地の民間生活を記録している。真澄は宝暦四年（一七五四）生れで真葛より九歳年長であり、没年は文政十二年、真葛より四年後。二人は全くの同時代人である。また寛政九年（一七九七）生まれの宮負定雄《みやおいやすお》は、江戸末期の各地の奇事異聞を集めた『奇談雑史』を著している。民俗学者、故宮田登氏によれば、柳田國男は彼らから学ぶことが多かったそうだ（一九九九年五月三十一日、毎日新聞夕刊）。前掲の橘南谿や古川古松軒の著作もその中にはいるだろう。

個人的な関心のおもむくままに民間の古風な習俗や伝承を記録することが、江戸後期からはじまっているようだ。そして明治以後に民俗学へと発展していく。真葛も同じ時代精神の中にいたのではないか、と思った。

のちに真葛が馬琴に送った『奥州ばなし』にも、狐と人間の哀れ深い交流、ほうそうばばの話、危険な熊取りの暮らし、山伏の祟り、かっぱ神の事その他、さまざまな話が収められている。はじめに書いたように、真葛の世界は実に多様なのであった。

◇　◇　◇

幕間《まくあい》の旅(一)—つづき

松島観光のあと仙台に泊まった私たちは、次の日「真葛の使者」澁谷氏の案内で七ヶ浜巡りに向かった。七ヶ浜は前にも述べたが美しい景観に富んだ半島である。

真葛の「いそづたひ」は葉月はじめ、中秋に入った頃であるが、私たちの七ヶ浜巡りは七月下旬、真夏の太陽が照りつけている。

真葛の「いそづたひ」と同じ順に東宮崎、代ヶ崎、吉田浜、と巡る。前日遊覧船で見た松島の牛島やその他の島々を左に見ながら、狭い道を花淵浜、菖蒲田浜と「いそづたひ」の地名を確認しながら写真をとった。真葛は七ヶ浜の中でも、とりわけ美しい松ヶ浜でゆっくり休んでいる。ここは藩主の別邸のあった所で、御殿崎ともいったそうだ。

私たちも真葛に倣って松ヶ浜で車を降り、傍らの岩によじ登った。見渡すと、松島湾の左に遠く金華山が霞んでいる。「右方は遥かに相馬の岬です」と澁谷氏が指差してくれた。そこからまっすぐの海岸線に蒲生の松原が続いて、白い小波がレースのように縁取っている。

真葛が立った地点に、いま自分が立っていると強く感ずることができた。

ふりかえるとそこに高さ一メートルほどの石碑があり、「孝子権右衛門の碑」とあって、はっとした。明治三十五年（一九〇二）孟夏（初夏）に建てたことが刻まれていた。

この話は真葛の「いそづたひ」にある。それによれば、昔、この土地に住みついた海士が鮑を採って暮らしていた。海士は誰よりも深く潜り、大きな鮑を採ってきた。ある日大鰐に追われ、片足を食いちぎられて苦しみもだえながら亡くなった。

二十歳にもならぬ息子は父の仇をとろうと、大きな釣り針を作ってもらった。飼っていた白犬を呼びよせ、ことの訳をよくよく話して聞かせてその首を切りおとし、犬の肉を釣り針に仕掛け、浦人の助けも得て大鰐を釣りあげて仕留め、父の仇を討った。その鰐は七間半（一間は約一・八メートル）もあったという。

獅山公（吉村）は松ヶ浜の孝子と褒め「鰐を釣りし針は、永くその家の家宝にせよと仰せ下りつれば、今も持ちたり」（鰐を釣り上げた針は、永くその家の家宝にせよと、獅山公が仰せられたので、今も持っている。）真葛はそう書いている。ここでいう鰐とは鱶《ふか》、鮫《さめ》の古称である。

強い日差しの下、風に吹かれながらしばらくうねる海面に見入っていた。

それから私たちは這うように岩を下りた。澁谷氏の話では七ヶ浜の道は江戸時代からそのままという。彼はその狭い道を、大きい車をたくみに運転して、通りがかりの人を見かけると車をとめ窓をあけた。

「この辺りにダザイさんという家はありませんか」と聞いている。聞かれた人は要領を得ない様子で首を横に振った。澁谷氏は残念そうにまた発車した。ダザイさんとは誰だろう、私はうっかりしていた。

後日、東洋文庫『むかしばなし』の解説を読み返してわかった。

孝子権右衛門の子孫は絶え、その家に家宝として伝えられた釣り針と鰐の頭部の骨は、松ヶ浜熊野の太宰家の所有となったことが書かれていた。澁谷氏はもしかそれが見られないかと考えたのであろう、と思いあたった。しかし昭和五十年代に、すでにそれらは塩竈神社博物館に納められたという。前日、私たちは塩竈神社へ行ったのに、そこまでは気づかなかったのだ。

七ヶ浜の細いくねくねした道を通っているうちに、私は現代にいるのか江戸時代にいるのかわからなくなっていた。

真葛一行はそこからさらに蒲生の浜まで足を伸ばしているが、現代の私たち一行は、お昼にしようと、松ヶ浜から花渕浜にある七ヶ浜町民センターへと引き返した。

海岸を望む場所に白い瀟洒な建物がある。その一角のレストランで遅い昼食をとった。

ここの海鮮ランチは実に新鮮なぼたん海老と帆立貝のコキール、穴子のフリッターにパスタを添えて、スープ、サラダ、パン付きという素晴らしいものだった。デザートにはじめて胡麻のアイスクリームを味わった。

ここの丘には古くから外国人村があり、海水浴場近くにはバンガロー風の別荘が松林の間にたち並び、上海、香港からも避暑客が来るのだという（中山栄子氏の解説による）。道理で町民センターの垢抜けしたたたずまいも、ランチの美味しさも納得できる。

この丘から松島湾を望めば、慶長十八年（一六一三）に支倉常長がローマに向かって、月の浦（石巻港）を出帆するのが見えたはずだ。江戸時代に東廻りの千石船が、奥州諸藩の江戸廻米や産物を積んで、盛んに江戸へ向かうのが見えたはずだ。戊辰戦争の時に、榎本武揚が幕府の軍艦を率いて函館に向かう途中、湾の沖に投錨したのも見ただろう。この辺りは、日本の大きな歴史の流れを静かにじっと見続けてきたに違いない。

澁谷氏は二時過ぎに仙台駅近くまで送ってくれた。その日は彼が経営する幼稚園のお泊り会だというのに、辛抱強く私たちにつきあってくれたと感謝した。

香蓮尼ゆかりの香蓮焼を買い込み、駅に向かった。新幹線の時間を待つ間に、かねてから目を付けていたずんだ餅に、ようやくありついた。「あっ、行く時の顔つきとぜんぜん違うね」と二人の友人に笑われた。塩竈、松島、七ヶ浜と真葛の足跡を辿る大事な旅を前にした緊張から、ずいぶん怖い顔をしていたのだろうか。

帰りの車中はすっかり寛いで笑いがこぼれた。東京で乗りかえ静岡に近づく頃、夕焼けの空に富士山のシルエットがくっきりと見え、大事な旅を無事に終えたことを感じさせてくれた。

後日、澁谷氏から「いそづたひ」の中の大亀の話を、南方熊楠《みなかたくまぐす》（一八六七―一九四一）が随筆「本邦に於ける動物崇拜」の中に引用していることを知らせる便りが届いた。

第四章

仙台での日々
――真葛の作品をめぐって 2

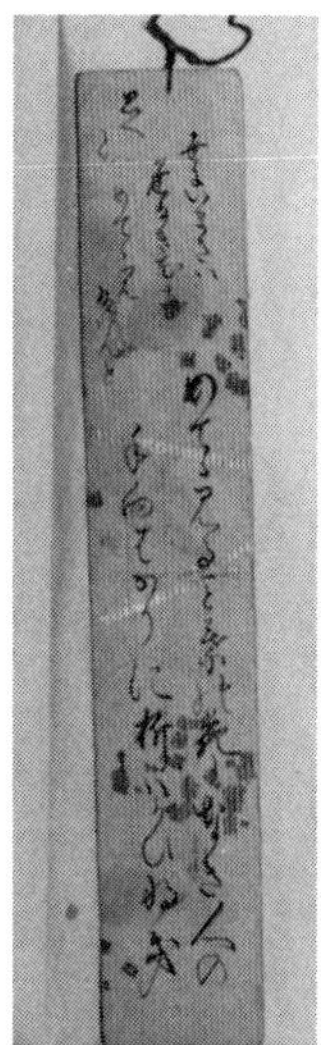
真葛自筆の短冊

一、「奥州ばなし」

■「奥州ばなし」の内容

「奥州ばなし」は、文化十四年（一八一七）十二月に真葛が「独考」を書き上げたあとで、成立したとされている。しかしこの内容はおそらく真葛が仙台に下って以来、多くの人から聞いた話を、断片的に書き留めていたものではないだろうか。

文政二年（一八一九）二月、真葛は江戸にいる妹、萩尼栲子《たえこ》を通じて、曲亭馬琴に「独考」を届けた。それは馬琴の筆削を受けるためと、馬琴の力添えによって「独考」を出版し、今や世間から忘れられようとしている亡き父工藤平助の名を、再び世に顕したいがためであった。その経緯はあとで述べることになるが、馬琴と真葛の手紙の内容から、真葛が「独考」のあとに「いそづたひ」と「奥州ばなし」を届けたことがわかっている。

その理由は風変わりな著作「独考」が突然世に出るよりも、普通の読み物らしい形式の「いそづたひ」や「奥州ばなし」がさきに出版されて、その後「独考」が出るほうが世に受け入れられやすいのではないかと、真葛が仙台で一人あれやこれや思いめぐらしてのことであった。しかしこれも真葛の期待に反して、ながく馬琴の手もとに置かれたままだったらしい。

馬琴には「奥州ばなし」を自分の著作の中でまず紹介しよう、「いそづたひ」も出版の労をとろう、という彼なりの親切な考えがあったし、また『南総里見八犬伝』の執筆で多忙な日々があった。

「奥州ばなし」には目録によれば、二十七の話が収められている。しかし内容と目録とは少しちがう。『真葛集』の解題には、「本文の目録は東京大学総合図書館所蔵本の目録を採用した」ことが明記されている。異本が幾つかあり、目録を欠くものもあるらしいので、この目録が真葛の作成であるかどうかは断定できない。

話題は年を経た狐、猫、猿などの悪戯、山伏の祟り、仙台地方の奇人変人、狼や山女の話など多岐にわたるが、そのうち幾つかは真葛が夫伊賀の没後、「むかしばなし」五、六章の中に書いたものを元にして、書きなおしたものである。いずれも真葛が他人から聞いた話であり、真葛自身が体験した話はない。

これらの話の中で私がとくに注目したのは、真葛が誰からそれを聞いたか、であった。真葛に話をしたのは、夫伊賀の弟たち、木幡四郎右衛門と橋本八弥、沢口覚左衛門のほか八弥の養父橋本正左衛門、覚左衛門の養父沢口忠大夫あるいは只野家の家中の侍、下女たち、拝領地中新田の人である。話者がはっきりしないものもある。しかし物の本から真葛が書き写した話はないようだ。また前に読んだ「いそづたひ」のように、真葛自身が現地に行って聞き書きしたものもない。

このことから私は、多くの人が真葛に話を聞いてもらいにやってきたことを想像した。真葛は持ち前の好奇心もあって、親身に話を聞いたのだろう。真葛は聞き上手であったようだ。

このころは夜ばなしが、さかんにおこなわれていた。娯楽の少ない時代に夜長の時間をやるには、夜ばなしはこの上ない楽しみにちがいない。そして真葛のように遠く江戸から嫁いできて、興味深く身を入れて聞いてくれる人のところには、自然と話し手がやってくる。

■狐にまつわる話

第一話「狐とり弥左衛門《やざえもん》が事并《ならび》ニ鬼一管」と第二話「おいで狐の話并ニ岩千代権現」は、ともに狐とり上手の弥左衛門と、千年の劫《こう》をへた狐にまつわる話である。二つの話は本文では一話になっていて題もついていないが、目録では前述のように内容によって二つの話に分けられて、それぞれに題がある。

第一話の狐とり弥左衛門は、姓を勝又という仙台藩の下級の武士らしい。

彼は天性狐をとることが上手で、若い頃から数百の狐をとっていた。その方法は鼠を油揚げにして味をつけ、その油なべでさくず（米ぬか）を炒《い》る。狐の住む穴のそばで鼠を振りまわして匂いをつけ、帰途、炒ったさくずをひとつまみずつ撒《ま》いて自宅まで帰る。そして門の内に罠をしかけておくと、狐が寄って来ぬことはないのだという。こうして多くの狐をとったため名高くなり、彼の名前を書いた札を貼っておけば、狐はあだをしないとまでいわれていた。ここで話は変わる。

鯰江《なまずえ》六大夫という笛の上手な武士がいた。彼は鬼一管という名笛をよく吹いた。何かゆえあって松島の遠くの島に流された。彼が島で笛を吹いていると、十四、五の童子がいつも垣根の外で聞いている。雨風の日には六大夫は家に入れて聞かせてやった。

ある夜この童子が「笛の音のおもしろきを聞もこよひぞ御なごりなる」（笛の興味深い音を聞くのも、今夜が最後でございます）となげいた。六大夫が不思議に思ってきくと、私は実は千年の劫を経た狐です。ここに私がいることを知って、勝又弥左衛門がやってきます。もう逃れられぬ命です、という。

六大夫は驚き、知らずに命を落とすことはやむを得ないが、知りながらなぜ死ぬのかと言い、さらに「弥左衛門がをらんかぎりは我かくまふべし。この家にひしとこもりて、のがれよかし」（弥左衛門がこの島にいる限りは自分がかくまおう。この家にじっと隠れて、逃れるがよい）とすすめると、童子は弥左衛門の術にかかっては、狐は神通力を失うので、命なしと知りつつも寄ってゆかねばなりません、これまでのお情けの御礼にめずらしいものをお見せしましょうと言って、一の谷の源平合戦のさまをありありとそこに幻出して見せた。そして何月幾日にはお屋形さまが松ヶ浜（七ヶ浜の名勝の一つ御殿崎）の御殿においでになります。そのとき笛をお吹きになればきっとお赦しがでるでしょう、と教えて去った。

そののち狐は七度まで弥左衛門の罠をはずして逃れたが、八度めにとうとうとられたと聞いて六大夫はあわれにおもった。さて狐が教えた日に彼が笛を吹いていると、松ヶ浜の別邸に来ていた藩主の聞くところとなり、彼はほどなく召し返された。

ここでまた話は変わる。真葛が十代の頃、即ち安永年中に江戸の墨田川の近くで、おいで狐といって評判になった狐がいた。

団子やでんがくを売る店の裏の穴に住む雌狐が、売れ残りの食べ物をくれるその家の老婆になついて、おいで、おいでと呼ぶと出てきて、いつか老婆について歩くようになった。それが評判で店も繁盛していたのに、いつよりかふっつりと姿を見せなくなった。どうしたのだろうと、老婆は涙を流して哀れんでいた。

そのころ川の堤で、大きな雄狐が駕籠かきに殺されたと聞いた。ある夜のこと老婆に突然狐がのりうつっ

て、

「……我はみちのおくの宮城野に、雌雄年へてすみし狐なり。……このほど雄狐の、人にころされたりき。……千年に近き契りのほど、かくわかれしかなしさにたへがたく、……今故郷の宮城野へ帰るなり。されば、のちの形見に書おくこと有。筆紙《ひっし》給へ」

（……我はみちのくの宮城野に、雌雄ともに長年住んでいた狐である。……近頃、雄狐が人に殺されてしまった。……千年に近い夫婦の契りだったので、このように別れた悲しさに堪えられず、……今、ふるさとの宮城野に帰るのです。そこで、のちの形見に書き置くことがあります。筆と紙を下さい）

と言って、「草はつゆ露はくさ葉にやどかりてそれからそれへ宮城のゝはら」と書いてさっと立ち去ったと見るまに、団子やの老婆はのけざまにたおれた。

人々が老婆を呼びおこして聞いてみると全く覚えがないと言った。この和歌は評判になり人々があらそって写しとっていったという。

真葛の父平助のところへも見せに来る人があり、平助が書き写して、御殿へ出仕したおりに誰彼に見せた。すると但木下野《ただきしもつけ》という武士が、じつにこれは宮城野の狐にちがいない、自分がむかし寺社奉行であったころ、藩命によって寺社の縁起をくわしく調べたことがあるが、宮城野の傍らに岩千代権現という宮があり、この和歌にまつわる話があった、とその縁起を語ったことを、真葛は父から聞いたことがあった。

真葛は狐が源平の戦を幻出して見せたことについて、これに類する話は二、三度聞いたことがあるが、この話が一番「おもむきもたゞしければ、是をもとゝして、外を今のうつりとせんか、……」(話の趣旨が整っているので、これが元の形であり、他はこの話から変わっていったものではないか……)と述べている。

つまりこの話こそ正統であり、他はこの話から派生したものではないかと、考証しているのである。ただ弥左衛門の話を誰から聞いたかは記していない。しかし狐の幻術については、このあとにも義弟橋本八弥の養父正左衛門の話として、飯綱《いづな》の法(狐つかいの法)をよくする和尚の話も出てくるので、彼らから聞いたものであろうか。

管狐《くだきつね》(通力を持つという想像上の小さい狐、竹筒に入れて運ぶという)を使う狐つかいの話は、各地にあったようだ。その話が宮城野の狐と結びついて、狐と人間のやさしい情の通いあう話となっているが、動物を心性あるものとして描いている点で、哀れ深いおもむきがある。ことに老狐が罠と知りつつ、七度逃れたが、八度目に炒りぬかの香に抗しがたくひきよせられていくところが印象に残る。

実のところ、私はさくずとは何か、長いあいだわからなかった。大豆かなにか、豆のたぐいだろうと思っていた。

あるとき只野家にお邪魔して、おしゃべりに夢中になっていたとき、ふと思いついて「さくずってなんでしょうね」とお尋ねした。

「ああ、それは米ぬかでござりす」ハマさんは即座に答えて下さった。

そのとき、仙台空港から市内に向かうバスの窓から見た仙台平野の、どこまでも広がる黄金色の稲穂の波が目にうかび、米ぬかを炒った香ばしい匂いがぱあっと鮮烈に感じられた。その香ばしさに抗いつつも、よろよろと引きよせられる老狐の哀れさがいっそうきわだった。

この話は真葛も考証しているように、各地に類話があるようだし、また馬琴も頭注に、相模の丹沢に住む丹平という人物が、これと同じ方法で狐を獲ると享和年間に聞いたことを記している。

おそらく日本各地にこれらの核となるような話があっただろう。それが夜ばなしの機会などに人の口から口へ伝わるうちに練り上げられ、その土地その土地らしい個性をおびて、話として洗練されていく。それは話に尾鰭がつくという次元ではなく、話の中に潜む種子がおのずから育っていくようなおもむきである。仙台に伝わったそれを真葛は練達の筆で書き留めた。

目録の第三話「白わし」、第五話「熊とり猿にとられし事」、第七話「大熊」などなど、劫を経た動物と人間との命を賭けた力くらべ、智恵くらべが語られる。この場合動物と人間とはあくまでも対等の存在として扱われている。

■山女の話

第六話「三郎次」は山女の話である。「又爰《ここ》なる家人《けにん》に、菅野三郎次といふもの有し」（またこの家の家来に、菅野三郎次というものがいた）という書きだしで始まるので、この三郎次は只野家に仕える侍らしいとわかる。

彼は若いころいつも山へ薪を取りにいっていた。「知行は平地にて一里の余をゆかねば山なし」（知行地は平地なので、一里あまり行かねば山がない）とある。たしかに中新田は広々した平地で町は賑わっている。薪をとりに行くような山まではかなり遠い。

三郎次がある朝いつものように山へ行くと、松の木のあいだより髪を乱した女がやってくる。じっと見ていると顔は色白く、髪は真っ黒で、末は見えぬくらい長い。眼がとてもいやな感じで、朝日に照って、人間とは思えぬほど恐ろしく、頭は松の梢より高かった。三郎次は束ねかけていた薪も鎌も投げすてて逃げかえり、以後二度とその山へは行かなかった。

この話に真葛は「これ、世にいふ山女なるべし」（これこそ、いわゆる山女であろう）と注をつけている。

この話から連想されるのは、後年、柳田國男によって書かれた『遠野物語』である。只野家の遠祖はもともと遠野郷に近い、和賀郡（岩手県）の出身であるという。拝領地中新田からもあまり遠くはない。

『遠野物語』にはさまざまな事情で山に入った人の話、無理に山へ連れて行かれた女の話、黄昏どきに戸外にいて神隠しにあった女子どもの話が多くある。その女たちが人恋しさに、炭焼き小屋をのぞいたり、寒い風の夜に突然親族に逢いたくて帰ってきたりする。

遠野郷一帯に古くから伝えられた話が、採れたての山野草の精気をそのまま残したような、硬質の文体で書き留められたのが『遠野物語』である。またこの物語の中には、御犬の経立《ふったち》（狼のこと）、猿の経立の恐ろしい話も多い。経立とは年経て劫をつんだ獣をいう。

次に「奥州ばなし」の、仙台の町中であった猫の経立といいたいような話を紹介しよう。

■猫の怪異譚

第十七話「沢口忠大夫」の主人公は只野伊賀の三弟覚左衛門の養父で、大力かつ気丈な人であった。十八歳のころ、これもある力自慢の侍が仙台城下の細横町《ほそよこちょう》で化物に化かされたと聞いて、自分の力を試してみたく思っていた。

冬の夜ばなしの帰り道、二、三人連れ立って細横町をうすい月明かりで見通すところへきた。降りつもった根雪が固くしまって凍てつき、みな滑らぬように「がんじき」（かんじき）をはいている。

忠大夫は連れに言った。自分はかねてここの化物をためしたく思っていた。「時といひ、夜といひ、今夜を過ごすべからずと思はるれば、独行《ひとりゆき》て見とゞけたし。失礼ながら、そなた方は、これよりかへり給はるべし」（時間もちょうどよく、よい夜でもあり、今夜を逃してはならぬと思われるので、一人で行って見届けたいものです。失礼ながら、そなた方は、ここからお帰りください）といとまごいをした。

連れの者たちが忠大夫のようすを遠くから見守っていると、細横町の中ごろまで行って、かがみこんで何やら手間どってから歩きだした。少し行ってまたかがんでいる。しばらく行って三度目にかがみこんだとき、月影にひらりと刀の光が見えた。

連れたちが急いで近づくと忠大夫は「さて、こよひのごとく、けちな目に逢しことなし」（さて、今夜のようなつまらぬ目に逢ったことはありません）と語った。

今朝おろしたばかりのかんじきの緒が片方づつ二度切れた。やっと繕ってはいたが、今度は両方一度に切れた。繕おうとすると肩にかかって押すものがある。引きはずしてなげ切りにしたが、「たしかそこの土橋の下に入しと見たり。尋くれよ」（たしかにそこの土橋の下に入ったと見ました。探してください。）

これを聞いて連れたちが見ると、子犬ほどもある猫が、腹よりのどまで切られて、まだ生きていた。忠大夫は猫の頭を押さえて「誰ぞ、とゞめをさし給はれ」（どなたか、とどめをさして下さい）と言うと、連れの一人がうろたえて、忠大夫の手をしたたかにさしたので、忠大夫は刀を取りかえしてとどめをさした。その時の傷跡は、一生残っていたそうだ。

「猫にはけがもせで、人にあやめられしと語しとぞ。忠大夫は鉄砲の上手なり」（猫には怪我も負わなかったのに、人に傷つけられたと語ったそうだ。忠大夫は鉄砲の名手であった）と真葛は結んでいる。

この語り口からみて、真葛と忠大夫は直接の面識がなく、義弟の覚左衛門から聞いたと思われる。文末には次のような割注がある。「はき物の緒を切しは、まさしく猫のせしわざなるべし。いかにして切しものなるや、ふしぎのことなり」（はき物の緒を切ったのは、まちがいなく猫の仕業であっただろう。どうして切ったものだろうか。不思議なことである。）

真葛は不思議を不思議として、感じたままに書き留めて、馥郁とした短編とした。固くしまった夜の雪道のぴぃんと張りつめた空気、月影にひらめく刀の光、忠大夫の沈着冷静で、ユーモアさえ感じさせる人柄がなつかしく浮かびあがる。

澁谷氏の話によれば、この類いの話は、仙台城下のあちこちにいっぱい残っているそうだ。おそらく日本各地の町々村々にも、このような怪異がたくさん語りつがれてきたにちがいない。しかし真葛のようにすぐれた書き手はなかなかいなかった。

この他にも「上遠野伊豆《かとうのいづ》」はさわやかな古武士の面影を伝えており、「狼打」は伊賀の二人の弟が狼の群れを鉄砲で打った話である。

また「与四郎」は、夜、町の中で狼に喰いつかれたが、四十八ヶ所も喰われながら、自ら狼の咽喉に噛みついて仕止めた豪快な話である。いずれも動物と人間との命を賭けた戦いであり、みちのくの自然を強烈に感じさせる。

■「てんま町」

もう一話、真葛らしい注のついた話を紹介しよう。第十一話「てんま町」は、新てんま町に小鳥を飼い、鉢植えの接木をして生業としている人があった。もとは武士らしく教養があり琴、詩歌、俳諧などにもすぐれ、いやしからぬ人とみえた。

ところが妻が長わずらいをしたが、医者にもみせず、食事さえ満足に与えず死なせた。そして妻の死後、どこにあったのか三両もの大金をだして、立派な院号のついた戒名をつけてもらった。近所の人が、そんな金があったならなぜもっと薬を買ったり、食事をさせてやらなかったか、となじると、本人は頭をふって「いや、さにあらず。虎は死て皮をのこし、人は死て名を残。薬用食事についえをかけしとて、死べき命のとゞまることとなし。是は上なきあつかひなり」(いや、そうではない。虎は死んで皮を残し、人は死んで名を残すという。薬や食事に費用をかけたからといって、死ぬはずの命が助かるものでもない。これはこの上ない待遇をしたのだ)と言って、すこしも後悔のようすはなかった。ひとり身となっても、なんのたくわえもなく、琴をひいて楽しんでいたそうだ。

これには真葛の注がある。「記者の思へらく、かかる人には添たくなし」（記者の思うには、こんな人の妻にはなりたくないものだ。）記者とはもちろん真葛自身である。江戸生まれ、江戸育ち、いかにも工藤平助の娘らしい痛烈な一言に、胸がすくような思いがした。

■影の病

こうして幾つかの話を読んできたが、次に第二十一話「影の病」の話をしよう。これは「奥州ばなし」の中で唯一近代性を感じさせる異色の話である。

三年前、仙台の澁谷氏が手紙で、芥川龍之介の「椒図志異《しょうずしい》」という創作ノートの中に、只野真葛の「奥州ばなし」の「影の病」がわざわざ書きうつしてありますよ、と知らせてくれていた。その手紙がずっと机の上にあって、気にかかっていた。

すると次の年、朝日新聞に「芥川龍之介が旧制一高生のころ描いたとみられる妖怪のスケッチが見つかった……」という記事が写真つきで載った。家族や知人らから聞いた妖怪談を書き留めた「椒図志異」のノートのうち、未発表の五枚のページが古書展に出品されるという内容だった。細い線で描かれた男の妖怪の絵が、妙に印象に残った。最低入札価格として九五〇万円の値がついているとも書いてあって、その辺の事情に疎い私はただ驚いた（二〇〇一年、七月二日付朝刊）。

今年（二〇〇三）五月、思い立って、私は芥川の「椒図志異」を確かめようと、時間が空いた日に愛知県立図書館へ行った。

「椒図志異」は岩波書店の芥川龍之介全集第二十三巻に入っている。これはあくまでも創作ノートに近いもので、生前には発表されず、一九五五年に写真版で初めて公刊されたものだという。芥川が父母、知人から聞いた怪異の話、あるいはおおくの書籍の中から書き写した話である。出所のわからぬものもある。またこの創作ノートの書かれたのは何時ごろか、後記を見てもわからない。一高生時代からおりおり書いていたものだろうか。

澁谷氏の手紙にあったとおり、「影の病」は「椒図志異」の中に、しかも最後に入っていた。「影の病」は真葛の「奥州ばなし」の第二十一話である。

『真葛集』によってあらすじを紹介しよう。北勇治という藩士が外出より帰ると、自分の部屋に自分そっくりの人物が机によりかかっている。着ているものも、髪の結い方もそっくりで、自分の後姿を見たことはないが、「寸分たがはじ」（すこしも違っていない）と思われた。あまりの不思議さに顔をのぞこうと近づくと、その人は顔をそむけて縁先より逃げていった。

家人にそのことを言うと、母親はものも言わず息をひそめている。勇治の父も祖父も自分と同じ人影を見てより、病みついて死んだのである。母も家来たちもあまり忌まわしいことなので、誰も勇治にそのことを話さなかった。それで彼はその年になるまで知らなかったのだ。

まもなく勇治は病みついて亡くなり、妻は二歳の男子を抱いて後家となった。この女性は只野家の遠縁の娘であった。

この話を芥川は「椒図志異」の呪詛及奇病の章の3として書き写し、「奥州波奈志（唯野真葛女著、仙台の医工藤氏の女也《むすめ》）」と出典を記している。

ただ「椒図志異」に書き写された「影の病」と、私の手元にある『真葛集』や『江戸女流文学全集』に載っているそれとは、文章に異同があり、芥川がそれ以前に出版された『奥州波奈志・以曾都堂比』から書き写したものか、あるいは彼自身が省略して書いたものかわからなかった。北勇治の妻が、只野家の遠縁の娘であったことと、馬琴がつけている頭注が省かれているからである。

馬琴はこの話について、中国の書物などに出ている離魂病と比べて、これは離魂病ではないようだ、と考証している。

離魂病は中国の伝奇を集めた『太平広記』にも「離魂記」として出てくる。恋しい男を追って、娘の体から魂のみ抜け出し、男と結婚して子どもまでもうける話である。のちに娘の魂は帰ってきて、抜け殻のようになってようやく生きていた自分の体と、両親の眼の前で一体となる。馬琴の言うように「影の病」とは明らかにちがう。

また澁谷氏のおなじ手紙の中に、芥川の「二つの手紙」という小説は、真葛の「影の病」の翻案としか思えない……ともあったので、それも確かめることにした。澁谷氏の博捜ぶりもひと通りのものではない。彼は「真葛の使者」の名に背かず、私をどんどん真葛の世界の広がりへと案内してくれる。

■芥川龍之介と「影の病」

図書館の司書の女性は、「二つの手紙」は第二巻にあるが、「二つの手紙」草稿というのが第二十一巻にありますよ、と検索して教えてくれたので、二冊とも書庫から出してもらった。この二つの作品は、ともに大正七年（一九一七）九月発行の『黒潮』第二巻九号に掲載されたものである。

閲覧席にもどって、すこしあけた窓から入ってくる初夏の風にしばらく吹かれていた。図書館には独特の濃密な空気がたちこめている。静かで、みなそれぞれに読書にふけっているのに、満員の密室に押し込められているような息苦しさがあり、時々耐えられなくなる。

一休みしてまず草稿から読み始めた。

これはある日自分自身とまったく同じ人物を見た男が、近いうちに死ぬという予感が頭からはなれないと、友人らしい人に当てて訴える手紙の形式をとっている。その証拠として、ゲエテがドルウゼンハイムへ行く途中で、馬に乗っている彼自身の姿を見た話や、数学教授ベッカアが書斎で聖書を読んでいる彼自身を見て死が近いと悟り、友人たちに別れを告げて翌日死んだ話などを列挙し、自分自身の姿を見たものは、必ずではないが、三分の二は死んでいると訴えている。草稿なので文章は錯綜しているが、かなり切迫感がある。

小説「二つの手紙」の方は、ヒステリー気味の妻をもった佐々木信一郎という人物が、警察署長にあてた二つの手紙からなる作品である。

彼はある日妻とともに有楽座へ演芸を見にいって、自分そっくりの人物の姿を見かける。妻にはそれが見えなかったらしい。また別の日に友人と町を歩いていて、踏み切りのむこうに自分と妻が仲良く話しあっている姿を見る。その姿は電車が通りすぎると消えた。

ある日は帰宅すると、またもや書斎に妻と自分の姿を見て失神してしまう。

それ以後、彼は妻が第二の自分と不貞を働いているのではないかと疑念を抱き、それが他人に知れて、ために世間から侮辱を受けているという被害妄想に陥る。そして警察署長にたいし、自分たち夫婦を凌辱する世間を、取りしまってほしいという手紙を書く。

これが第一の手紙である。この中で芥川はドッペルゲンゲルとか二重人格あるいは幻影などの言葉を多用し、草稿と同様にゲエテやベッカアや外国人に現れた同じ事例を挙げて説明している。

ところが第二の手紙では、警察が何もしてくれなかった間に、妻は世間の迫害に耐えきれず失踪してしまい、自分は大学教師の職を辞めて、この不思議な現象の研究に従事するつもりだと書いている。著者は最後に「それから、先は、殆《ほとんど》意味をなさない、哲学じみた事が、長々と書いてある」だけなので省略するとして、この主人公が狂気に陥っていくことを暗示して終わっている。

この「二つの手紙」の草稿と小説の両方は同じ時期、大正七年に発表されているので、芥川がこの主題にかなり身を入れて作品に仕上げた、と感じられた。ただドッペルゲンゲルや幻影は本人にしか見えない現象であり、二重人格というのは一人の人間の中に異なる人格が交互に現れるので、この点で芥川に混乱があるかと思われた。

昭和二年（一九二七）に自殺した芥川の心理状況などはよく論じられることなので、つい連想が働きそうになる。しかし草稿の中にも小説の中にも、真葛の「影の病」のことは一切出てこない。また「二つの手紙」が発表されたのは、彼の自殺より十年近く前のことである。芥川が何時「影の病」を読んだのかはっきりしないので、真葛の「影の病」とこの草稿や小説を、芥川の自殺と関連づけて軽々しく論ずることはできないが、この三つは同じ主題であることは確かである。帰宅してよく検討しようと思って、両方をコピーにとった。

私が座っていた閲覧席の窓は、名古屋城の方向に開いている。そこから入ってくる風がすこし冷えてきた。もう夕方に近い。本を返却しなければ、と立ち上がりかけて思いなおした。

夫の介護に時間を取られるようになって、図書館へ来ることがめっきり少なくなった。この機会に、はじめて見る「椒図志異」には、他にどんな文章が入っているのか確かめておくのもむだではない、そう思ってまた座った。

■芥川の『河童』と「奥州ばなし」

「椒図志異」の冒頭は「怪例及妖異」と題して十七話が入っている。話者は、以上母より、依田誠氏より、鈴木牧之　北越雪譜、雲根志、「しも」より、などとある。次は「魔魅及天狗」の主題で二十六話がある。前と同じく橘南谿の北窓瑣談より、依田氏より、母の語れる、父の語れる、(柳田國男氏)など話者や出典が記されている。出所のわからぬものもある。次には「狐狸妖」として七話。続いて「河童及河伯」の章があった。

芥川にはあまりにも有名な『河童』という晩年の名作がある。彼は河童に親近感を持っていたのだな、と思って読み始めた。

それは慶応のはじめごろ（一八六五、六）、彼の母の知人で京橋観世新路に住んでいた人が、近くの川で赤ん坊のおしめを洗っていて、河童に悪戯された話だ。京橋といえば江戸では日本橋、京橋、銀座と続く繁華の地だ。そんな所にも慶応ごろにはまだ河童がいたのかと思いつつ、ページをめくった。

そして私の眼は、そのページの最初の一行に釘付けになった。

「在所中新田と云ふ所に合羽神と云ふあり……。」

私は『真葛集』を読んでいたのか、と一瞬夢を見ているような気持になった。いつもこんな思い違いで大失敗することがある。またやった、と私は思った。図書館独特の濃密な空気が、いっそう粘るように私のまわりに立ち込めてくる。一息してから本の表紙を改めてみた。

濃紺の粗い布表紙の背に、堂々と「芥川龍之介全集」と金文字が刻印されている。私の思い違いではなかったのか、とよくよく表紙と内容を見直した。これは真葛の「奥州ばなし」の第八話に入っている「かつは神」（目録では「かつぱ神」）という話の書き写しであった。

「かつは神」の内容を『真葛集』によって簡単に紹介すると、中新田に河童神社という社があり（これは現在もある磯良《いそら》神社のこと）、境内の御手洗の池から用水が流れでている。只野家の家中の細産甚之丞という侍が若いころ、町場の若者二人と三人で用水堀で水くぐりをして遊んでいると、三人ともいつしか水の無いところへ出た。

きれいな家があって機を織る音がする。ここはどこか、と尋ねると「爰《ここ》は人の来る所ならず。早く帰れ」と言われた。帰ろうとすると呼び留められ、ここに来たことを三年過ぎぬうちに人に話すと災いがある、と教えられて元の用水堀に帰った。

この行き帰りの途中のことは、三人とも覚えがなかったという。

町の若者の一人はその年の内に、酒に酔って他人に話したので、ほどなく死んだ。甚之丞はこれを見てこりたのか、一生語らなかったという。これだけの話である。

ただし「……甚之丞は一生かたらざりし」と真葛は過去形で書いているので、真葛がこの話を聞いた時、すでに甚之丞は故人であったとわかる。「椒図志異」でも芥川は「……一生人に語らざりしとぞ」と書いている。

芥川の小説『河童』は上高地から穂高へ登ろうと、梓川《あずさがわ》を遡っているうちに霧に閉じこめられた主人公が、河原で昼食をとろうとして、子どもくらいの背丈の河童にであう話である。彼は河原の熊笹と同じ緑色の河童を追いかけるうち、忽ち真っ暗闇の中へ転げおち、河童の世界にいたるのである。

真葛の「かつは神」の三人の若者も、どうして河童の世界へ行ってまた帰ってきたのか覚えがないという。異界へ通ずる道は、たいてい無意識のうちに通りすぎてそこへ至るものであろうから、芥川が真葛の「かつは神」の冒頭を参考にしたとは特にいえないし、両者の話の内容は全く違う。

「椒図志異」の「河童及河伯」の章は以上の二話である。

そのあと何の題もなくて1とあり、三話が収められている。はじめは「奥州ばなし」の第四話「七ヶ浜」

のほうそうばばの話が書き写されている。文化年間のはじめころ、七ヶ浜にもがさ（天然痘）が大流行して、多くの子どもが犠牲になったが、その墓を掘りおこして死体を食う者があった。どんなに大きな石を置いても一夜のうちに墓が掘りおこされ、死体が食われた。

三人まで同じ病で子どもを亡くした親は、狂気のようになって、子どもたちのなきがらを守ろうとした。三人を埋めたところに十七人がかりで持ちあげた平らな大石を置き、松明を焚き番人をつけ、ほかに猟師二人をやとって守らせた。

夜中に火を消して窺うと、何ものか土をうがつ音がする。猟師が火縄を取りだすやいなや、そのものは驚いて、柴山の立ち木を折りひしいで、飛ぶように逃げさった。十七人がかりで持ちあげた大石もかるがる取りのけてあって、逃げたあとの柴木立は左右に分かれて倒れ、二、三年はそのまま残っていたという。

これには真葛の頭注があって、始め彼女はこの話を信じなかった。しかし藤沢幾之助という藩士の知行地がこの地にあって、彼は毎年ここへ山狩りに行って、木立の倒れた跡も見たと語ったので書きとめた、と記している。真葛の実証精神が感じられる。

その後、町の市の日に買い物にきた女が、向かいの山に切り株に腰かけた、身のたけ一丈余りもある白髪ふさふさの、眼が異様に光る老婆の姿を見て、これが死体を掘りだして食った獣かと思って気絶したことも書きそえて、最後にほうそうばばについて考証している。

芥川はこれをほぼ忠実に書き写しているが、所々省略し、真葛の頭注や最後の考証部分も省略している。

次は第五話「熊とり猿にとられし事」で、これは熊を取りに山へ入った狩人がかえって劫を経た大猿に食われた話。最後は第六話「三郎次」で、毎朝山へ薪を採りにいっていた三郎次が、ある朝山女に出会う話である。これは柳田國男著『遠野物語』を連想させる話として前に紹介した。芥川も同じように感じたかもしれない。

前にも述べたが、只野氏の遠祖は和賀氏の一族で、天正十八年（一五九〇）までは南部和賀（現岩手県和賀郡辺りか）を領有していた。そこは遠野郷のある上閉伊郡《かみへいぐん》と隣接している。真葛は知らなかったと思われるが、只野氏の家臣たちの心情には、遠野の人々と共通するものがあっただろう。

以上「椒図志異」に書かれた四つの話は、どれも題名や話者、あるいは出典が記されていない。だから真葛の「奥州ばなし」を読み込んでいる時でなかったら、私も気づかずに読みすごしてしまっただろう。「椒図志異」の最後に書き写された「影の病」のみ、題名及び出典が明記されているのは、それだけ芥川にとって強い印象を与え、彼の晩年まで心に残っていたためかもしれない。

いつしか日が翳ってきた。風が冷えて、窓を閉める人もいる。私はいそいで「椒図志異」に書き写された「奥州ばなし」の部分もコピーにとり、本を返却して図書館を後にした。

外堀通りのバス停で駅行きのバスを待っていると、街路樹の茂りのあいだから西日に照らされた図書館の建物が見える。……図書館はこわい……と思った。多くの生きものの中で人間だけが知的営みをして本を書く。その本が累々と積みあげられたのが図書館である。それらの図書の中から漂い出る、粘るような濃い空気が立ちこめている。そこから何が出てくるかわからない。

■シャミッソーの『影を売った男』

帰宅して「影の病」と「二つの手紙」を読み込んでいるうちに、題名からの連想で読みたくなったのが、シャミッソー作『影を売った男』という作品であった。たしか手塚富雄訳の文庫本だったと思うが、以前金沢に住んでいたころ、友人たちと読書会で読んだ本である。芥川が真葛の「影の病」に興味を持っていると知ってから、しきりに思い出されていた。

今度あらためて古書店に頼んで探してもらうと、『影をなくした男』（池内紀訳）として新訳で岩波文庫に入っていた。

驚いたことに、作者シャミッソーはこの作品を一八一三年にベルリンで書いているのである。一八一三年は、日本では即ち文化十年にあたる。夫の伊賀をなくして一年たったころ、真葛が仙台で「奥州ばなし」の元になる話を、「むかしばなし」の五、六章にぽつぽつと書き続けていた時期と重なる。私は急に面白くなった。

『影を売った男』の主人公ペーター・シュレミールは、ある男（悪魔）に乞われて自分の影を売り、代わりに金貨がいくらでも出てくる革袋を手に入れて、湯水のように金を使っていた。

しかし彼は影のない人間と知られて、いたるところで人々の嘲笑を受け、身の置き所がないようになる。日中は日向を避け、夜はランプを幾つもつけて、影ができないようにして暮らさねばならなくなった。それでも人々の嘲りをうけ、恋人との結婚も彼女の両親に反対される。

一年後に現れた悪魔は、影を返してほしければ、悪魔に魂を売り渡す書類に血で署名するよう強要した。

彼はあやうく誘惑に負けそうになるが、決然と悪魔の要求を断り、無限に金貨が出る革袋も投げ捨てる。そしてようやく残ったわずかな金で買った靴は、偶然にも一歩あるくと七里進む、七里靴であった。彼は「影のない男」という運命を引きうけ、魔法の靴で世界中を植物採集のために歩きまわり、植物学者として生きることで自己を回復するのである。

この主人公の姿は、作者シャミッソーの生い立ちを色濃く反映している。彼は一七八一年、フランスの名門貴族の家に生れたが、フランス革命のため貴族の特権をうばわれた。一家はその後、ベルギーやオランダを転々とし、彼はプロシャの首都ベルリンで育つ。そのため一生フランスなまりのドイツ語を話したそうだ。おそらく彼は生涯フランスとドイツに引き裂かれた、居心地の悪い、根無し草の心境を抱いていただろう。彼のアイデンティティーは絶えずゆれ動いていたはずだ。この姿は、作中の影を失った男と重なる。

メルヘン風のこの作品は友人の手によって刊行され、一時おおいに読まれたようだ。シャミッソーはその後小説をほとんど書かず、詩人として、また作中の男のように勤勉な植物学者として博士号を得て、帝室植物標本所所長に任ぜられ、一八三八年にベルリンで生涯を終えた。

彼はドイツ人として生きることを選んだわけだ。

それに比べ、真葛の「影の病」の武士北勇治は、父祖代々の仙台藩士で、紛れもないみちのく人であり、アイデンティティーの分裂などはありようがない。そのため自分の影（分身）が自分から離れたと自覚した時が、すなわち死につながったのではないだろうか。さきに「奥州ばなし」の中で、「影の病」のみがやや近代性を感じさせる、と私が書いたのはこの意味である。また芥川の「二つの手紙」の主人公は、自分の影（分身）を見てから出口のない迷路に迷いこみ、次第に衰弱していくように見える。

一八〇〇年代の前半に書かれた二つの作品と、それより一世紀後に書かれた芥川の作品の読み比べは本当に興味深いことだった。芥川は真葛の「影の病」を読んだが、シャミッソーのメルヘンのような『影を売った男』を読まなかったのだろうか。これは昭和十一年に岩波文庫から井汲越次訳『影を失した男』として、はじめて出版されているが、当時の知識人ならばレクラム版のこの作品をとりよせて読むことが、いくらもできたはずだ。シャミッソーのような小作家の存在は、彼らのアンテナにかからなかったのかもしれない。芥川がこれを読んだらどんな感想をもったかと想像することは、私には刺激的だった。

■儒仏以前の世界像から

「椒図志異」を読んで、知的で近代的な印象の芥川が、若い頃から古臭いような昔話や、怪異談をよく読んでいたことを知り不思議に思ったが、岩波文庫の柳田國男著『遠野物語』の解説を読んでいて少しわかった気がした。

これは桑原武夫のすぐれた解説で、一九三七年七月号の『文学界』に最初に載ったものである。その中で桑原は「『遠野物語』は一個のすぐれた文学書である。しかるに一人の芥川龍之介をのぞき、我国の文学者にして、この物語の美を認めたもののないのは私のふしぎとするところであった」と書いているのである。『遠野物語』は発表された当時はあまり認められず、わずかに芥川と、のちに金田一京助及び桑原武夫らがその価値を認め、広がっていったもののようである。芥川が『遠野物語』の中に人間存在の不思議さと美を率直に感じとり、さまざまな人から聞いた話や、読んだ話を書き留めていたことがわかった。そして真葛の「奥州ばなし」なども広く読んでいたわけを理解した。

何時の間にか江戸時代後期の「奥州ばなし」と明治末ごろの『遠野物語』と、大正、昭和の「椒図志異」とが、私の中で分かちがたく結びついてしまっている。

さらに同じ桑原の解説の中で、『遠野物語』の中に神仏的なもの、儒教的な要素がまったくないことが指摘されているが、これこそ私が真葛の「奥州ばなし」を読みながら痛感していたことであった。

これが当時の日本の中央部分、上方や江戸に伝わった話ならば、もっと仏教的な因果応報《いんがおうほう》めいた話や艶《えん》冶《や》な話、繊細な情念の物語が混じるだろう。そのような情に絡まってくる話はなくて、さっぱりと野太い。

東北は上方や江戸に比して、外来の宗教、思想などが入るのがきわめて遅く、ために太古の様相がつい近世まで残ったといわれる。それに加えて、真葛は「独考」の中で、父平助に「唐文《からぶみ》よむことをとゞめられつれば、見もしらず、いはんや仏の文は一ひらも聞もしらねど……」(漢文を読むことを禁じられていたので、見たことはなく、ましてや仏教の文は一枚も聞きも知らないけれど……)と、自分が儒教や仏教に縁遠い存在である所以を述べ、思想的立場を表明している。そのことも「奥州ばなし」に色濃く反映していると思われた。

前に読んだ「みちのく日記」や「松島のみちの記」などを収めた「真葛がはら」の天の巻にも、「へんぐゑの猫」や「沢口覚左衛門狐打の次第」その他、みちのくの怪異を伝える話題が幾つかあるが、ここでは割愛した。

◇　◇　◇

幕間《まくあい》の旅（二）

真葛の作品の中に「ながぬまの道記《みちのき》」という紀行がある。これは「真葛がはら」地の巻に収められている。一八〇〇字たらずの短いものであり、何年頃に書かれたかもわかっていない。さらに、ながぬまが何処にあるのか、長い間の疑問であった。

地図で見ると仙台市よりずっと北の、登米《とよま》（とめ）郡に長沼という大きな沼がある。その近くにも同じくらいの伊豆沼、内沼がある。しかし「ながぬま道記」は日帰りのハイキングのようなものだし、「ながぬまといふ所のわたり近きありそに、あびきするを見ばや」（ながぬまという所の近くにある荒磯で、網引するのを見ましょう）と女友だちに誘われたのであるから、近くに荒磯がなければならない。登米郡では仙台から遠すぎるし、その近くに海はない。

何処だろうと考えているうちに、澁谷氏から連絡があって、仙台から荒浜という漁村へ向かう道筋に、長沼があるとわかった。地図に名前はないが、たしかに海岸近くに小さな沼が載っている。「いそづたひ」の舞台であった七ヶ浜よりやや南である。そこは深沼海水浴場といって、仙台の人たちが夏よく遊びに行く所らしい。

澁谷氏が、私と娘と二人を荒浜へ案内してくれたのは、平成十一年（一九九九）の十月下旬だった。仙台市青葉区の霊屋橋近くにあるレストランで落ち合ってから荒浜に向かった。車はすぐ若林区に入る。

荒町、穀町、南鍛冶町、三百人町、六十人町と、江戸時代そのままの町名を教えてもらいながら、まっすぐの道を走る。

一本杉町はその昔、南小泉村といって尋常中学校があったという。明治のころ、『言海』の著者大槻文彦《おおつきふみひこ》（玄沢の孫）が校長を勤めていたそうだ。そこで真山青果《まやませいか》と吉野作造《よしのさくぞう》が同級生であったと澁谷氏が話してくれた。今は同じ名前の小学校、中学校がある。

右手に大欅《けやき》がある。真葛の「道記」に「ごうらき」という地を過ぎたとある。ごうらきとは幹がうつぼになった木のことらしい。昔からこのような大木が多くあったものか。その一帯には古墳があり、陸奥國分寺跡、政宗の隠居所であった若林城跡もある。

この道はまっすぐ荒浜に通じていて、夏は海水浴のため自動車で混雑するそうだが、十月の末なので渋滞はない。

同じ道を朝早く、脚絆《きゃはん》をつけ、供の者に割子弁当を持たせた真葛が、歌仲間の女友達と歩いたはずである。

「……脚絆といふ物縫《ものぬ》ひなどするも、こよなくひなびたる心地す。あすといふ夜は、髪とりあげ、わりごやうの物《ものちょう》調じなどす」（脚絆という物を縫ったりするのも、この上なく鄙びた気がする。前夜は髪を結い上げ、割子弁当を作ったりする。）

脚絆を縫ったり、割子弁当を作ったり、どことなく楽しそうな所を見ると、少し仙台になじんで、歌仲間ができはじめた頃であろうか。真葛は五、六人、友だちもそれぞれに供人を連れていたはずで、かなり賑わしい一行だったようだ。

古い道標が残っている。おそらく江戸時代からのものであろう。「道記」によれば、道の両側の田圃で、早乙女が苗を植えつつ、声を合わせて田植え唄を唄っていた、とあるから今の四、五月ごろか。

まもなく七郷《しちごう》に入ると車の行く手に遠く、防風林が見えてきた。砂山も見える。真葛が歩いた頃には、その辺りに長い沼があって若葦が青々と茂り、よし鳥（よしきりカ）がやかましいくらいに鳴いていたとある。かなり歩いたので真葛は「きぬ一つ脱がまほしく覚ゆ」（着物一枚脱ぎたいものと思った）と書いている。

現在の長沼は道路に分断され、南北二つの沼に分かれていたが、一つは埋め立てられてしまったようだ。私たちは右手にある南長沼を見ようと、車で農道に入った。

何故か沼の周囲には土手が築かれ、その上に有刺鉄線がはり巡らされている。道路から目隠しするように、一部を白い板塀が覆っていて、クレーン車のようなものも見える。どうやら産業廃棄物の処理場になっているようだ。沼の向こう側まで行って、車を下り、枯れ草をつかんで土手を攀じ登った。

有刺鉄線の際から見る長沼は、広い水面に青空を映して、秋風に小波をたてている。対面に産廃らしい物がなければ美しい沼である。やがてこれも埋めたてられるのか、と思うと無惭である。

西の方を見ると、青葉城、テレビ塔、さらに遠くには七ツ森、太白山、蔵王、立石寺などが霞んで見える。この辺りは遠くのお城に見守られながら、仙台の人たちが安心して遊んだ土地だったのではないかと思った。しかし今はほとんど人影がない。土手の下辺りでみぞそば、あかまんま、青紫蘇のように香る穂をつけた草を摘んだ。たった一輪、薄紫の小さな浜菊が咲いていていて、これも摘むと根っこまでとれた。

「道記」にも「根こじて行かまし」とありますね、と言って、澁谷氏が車のトランクにあったバケツに小川の水を汲んで、草花を活けてくれた。真葛たちもその日の帰途、道草をしながら花を摘んでいる。

長沼から車に乗り、荒浜に向かう。しばらく行って澁谷氏は橋のたもとで車を止めた。私たちも一緒に下りた。橋の真ん中に立つと、きれいな堀川が南北に一直線に、目路の続く限りはるかにゆったりと流れている。かなりの川幅である。ほとんど塵芥も流れていない。なんと美しい堀川か。

「これは何」と聞くと「貞山堀です」と答えて、澁谷氏は黙って眺めている。北は石巻から、途切れてはいるが、南は阿武隈川まで続いているのだという。

大崎・北上地方の米を、無事江戸まで送るため、外洋を通らずに阿武隈川まで運べるように、政宗が作らせたものだという。もちろん政宗一代で出来たものではなく、歴代の藩主がひきついで完成した。のちに政宗の諡《おくりな》をとって貞山堀としたという。

一組の父子が釣竿をもって場所を選んでいるほかは、週末だというのに人影もなく、さわやかな秋風が吹き渡っている。

鯉、鮒、蜆などがとれ、昭和三十年頃までは蜆とりで賑わい、この辺りの人々の暮らしを支えていたそうだ。しばらく何も言わず、この壮大な江戸時代の土木工事の見事さにうたれていた。貞山堀の美しさは、実用に徹した武骨な所にあるように思われる。その目的と壮大さの迫力は格別だ。この辺りの海の荒波は有名で、江戸へ運ぶ売り米を乗せた船はたびたび遭難しているのであった。貞山堀は多くの人命を救ったことだろう。

何の予備知識もなく、いきなり出合った江戸時代の遺構の見事さに、私は息をのんで見とれた。長沼の青々した水面を見、貞山堀を見たので、私の印象はそれだけで一杯になってしまい「今日はもうこれでいいわ」と言った。「ここまで来たのだから荒浜を見なさい」と、澁谷氏に叱られて、それもそうだ、とまた車に乗りこんだ。防風林の辺りで車を降りて、防潮堤まで歩く。

真葛たちは初夏の強い日差しの中で、日傘を取り出そうかと話し合っていると、すれ違う人たちが「今こそ網は引侍らめ。疾《と》く行かせ給へ」（今ごろはもう網を引いているところですぞ。早くお行きなさい）と教えてくれた。供の男どもは走り出し、真葛たちも疲れた足を引きずりながら「ゐざるやう」に急いだが、残念ながら間に合わなかった。浜辺についてみると、魚たちは砂にまみれて、大きな籠に入れられていた。

その辺りに場所をとって割子弁当を取り出し、真葛一行は広々して清らかな海を見ながら、昼食を食べた。荒波に見え隠れする小舟を「命も知らぬ」者が、二、三人で漕いで行くのをはらはらしながら見た。次第に日差しが強くなったので、真葛たちは海士の小屋で休ませてもらう。海士たちは、今獲れたばかりの魚を鱠《なます》や煮魚にして酒を飲んでいた。

少し休んでまた浜に出る。江戸育ちの真葛には珍しい行楽だったようだ。

まもなく夕あみの舟が帰ってくるでしょうと引き止められたが、帰りが遠いので心を残しながら、たくさんの魚を土産に帰路についた。未《ひつじ》半ば（午後二時頃）からゆっくり道草しながら、戌《いぬ》の時（午後七時）過ぎにようやく家についたと真葛は書いている。

私たち三人は黙って防潮堤の上から海を見ていた。かなりの荒海で、白い波頭が波けしブロックに打ち寄せてくだけている。釣り人の車が数台、砂浜に入っていて、左手には閉じられた浜茶屋が並んでいた。真葛たちが休ませてもらった「あまのふせや」もこんな所にあったのだろうか。左手に遠く松島、七ヶ浜、右は阿武隈川の河口へとゆるやかに湾曲しながら続く海岸である。

この荒浜は名の通り、毎年何人か溺れるほどの波の荒い海水浴場だと澁谷氏が言った。貞山堀が必要だったわけだ。それでも貞山堀を通行しなかった腕利きの船頭たちもいたようだ。

寛政五年（一七九三）に江戸へ売り米を積んで石巻を出航した船が、海上で逆風に遭って漂流した。極北のオンデレイツケ島（アリュウシャン列島の中のアンドレアノフ島）に漂着した船乗りたちは、島人に助けられ、そののちオホーツクを経てイルクーツクに八年滞在、一行十五人のうち亡くなった者もあった。享和二年（一八〇二）にモスクワを経てペテルブルクに到着、ロシヤ政府の計らいで水夫頭《かこがしら》の津太夫ら四名が日本へ送り届けられることになった。かの地で結婚して残った者もいたのである。

津太夫たちを乗せた船は、享和三年（一八〇三）、針路を西にとりイギリス、カナリヤ諸島、赤道を経てブラジルに回航、ハワイから北上しカムチャッカに着いた。翌文化元年（一八〇四）九月の長崎到着まで十六ヶ月をかけた、日本人初の世界一周であった。大黒屋光太夫の漂流より十年ほど後で、帰国にも長い年月を要した。

仙台藩江戸屋敷から漂民受け取りの役人が長崎へ出向き、江戸の芝にあった仙台藩邸で、藩命によって大槻玄沢と志村弘強《しむらひろゆき》が津太夫らから事情を詳しく聞き書きした。これをまとめて文化四年（一八〇七）に藩へ献上したのが『環海異聞《かんかいいぶん》』である。この本の内容は、真葛の「独考」にもその影響が見られるので、のちの章で触れたい。

その夜は宿舎でゆっくり休んで、翌朝帰路についた。

帰宅するとすぐ地図を開いて貞山堀を確かめた。石巻から松島までは北上《きたかみ》運河となっている。松島、七ヶ浜辺りで途切れ、

長沼で摘んだ野菊「真葛菊」

宮城野区から阿武隈川までまっすぐ海岸線にそって、細い線で貞山堀が記されている。また感動がよみがえった。

長沼で摘んで持ち帰った草花は、新聞紙に挿んで乾燥させ、腊葉《さくよう》にした。浜菊の根の部分を鉢に植えておいたら、春寒い頃から幾つもの芽を出したので、庭に下ろした。夏ごろから薄紫の花が開きはじめ、秋には重みで倒れ伏すほど、たくさんの花をつけた。真葛菊と名づけた。

二、「キリシタン考」

■木幡《こはた》家を訪問

平成十一年（一九九九）の五月、近世女性史研究のお仲間である、東京桂《かつら》の会の柴桂子さん、清水貴子さんとともに、加美郡宮崎町孫沢（現加美郡加美町、以下旧地名で表記する）の木幡家と中新田町の只野家訪問の旅に出た。前述したが木幡家は真葛の夫、伊賀の長弟四郎右衛門が婿養子に入った家である。四郎右衛門は真葛にみちのくに伝わる話をよく聞かせてくれた人物の一人だ。

新幹線東北方面のホームは、初夏の東北旅行の人たちで相変わらず混雑している。私はとうとう柴さんたちを見つけられずに指定の席に座った。もし会えなくても古川駅でおちあえるはずである。

やまびこ号が発車して「奥州ばなし」のコピーを読んでいると、柴さんが私を探して後ろの車両から来てくださった。隣座席の人が来るまでしばらく話し込んだ。彼女はある高名な女性の国文学者が、近世の女性文学をおとしめて書いているので抗議したと強い口調で話した。大宮から隣の席の人が乗ってきたので、話はそのままとなった。

十二時二十八分、定刻に古川駅に着いて、駅前のレストランで昼食を終えると、まもなく澁谷氏が迎えにきてくれた。初夏の日ざしが照りつける古川駅前では、たいへんな風にあおられる。ここはいつも風の強い所だと澁谷氏が言った。

まず古川市にあるほなみ学園へ澁谷傳《つとう》先生を訪ねる。傳先生の奥さまが、木幡家の奥さまと従姉妹同士でいらして、私たちに同行して下さる由。縁の濃さに真葛の導きを感ずる。

柴さんは昭和四十年代の初め頃、まだ誰も注目しなかった江戸時代の女性の精神生活を卒業論文のテーマに選んでいた。そのとき只野真葛の作品に出会って以来、ずっと真葛の本物の資料を見たいと念願していたという。それが三十年あまりたってやっと叶うといって、嬉しそうである。

澁谷家で一休みすると、只野家は次の日にということで、まず車二台を連ねて宮崎町に向かった。青々した田圃の中に、中新田町の有名なバッハホールが見える。ここには外国の著名な演奏家たちがたびたびやってくるそうだ。宮崎町は中新田町の西に隣接するが、それだけ奥羽山脈の山ふところに近い。木幡家のある孫沢まで、はじめての道なので私にはかなり遠いと思われた。

地図で見ると、宮崎町は広大な面積をもっていて、その西半分はほとんど山地である。奥羽山脈に源を発する田川は町内を縦に貫流して、中新田町で鳴瀬川に合流している。目指す木幡家はかなり高台に、樹木に囲まれて建っていた。

交通の要衝である中新田町とは異なり、『宮崎町史』に眺望絶佳、要害の地とあるように、仙台藩の背後を固める砦の役目をなしていただろう。山脈を越えれば、出羽の国の最上《もがみ》である。

■木幡家の歴史

ご当主木幡哲彦先生は、今は教職を退いて、広い屋敷の管理、土地の経営にあたっておられる。まず一同お茶の間に招かれて、お話を伺った。

敷地は七千坪、現在のお住まいの建材、建具、家具など、ほとんど敷地内の樹木を材にして作られたとのこと。玄関を入ると木の香りが匂うようだ。

全体に山桜が多く使われ、玄関の腰板は杉の古木、お茶の間の位牌堂の脇の柱は一位の木、廊下も山桜、お座敷の床柱はいたや楓という具合で、木肌が明るい暖かい色調を醸しだしている。お茶の間の分厚いテーブルの上板は、見事な年輪を描いていた。

先生が調査してワープロで作られた詳細な『木幡氏家系図』を、無理にお願いして頂戴した。それによると、孫沢木幡家の初代四郎右衛門（のち筑前）は伊達政宗に従って慶長五年、福島の松川での戦いに参戦した。相手方の侍大将の首をとり、その者の旗指物で首を包んで政宗に持参したが、血染めの旗は今も同家に伝えられていること。大坂夏の陣、冬の陣に先手御物頭として鉄砲組の足軽百人を率いて参戦したこと。知行高は二十六貫二百文で、賀美郡孫澤村に拝領地を賜ったことなどがわかる。

それが現在の木幡家の所在地である。仙台屋敷は仙台柳町にあった。

只野伊賀の長弟四郎右衛門は、天明四年（一七八四）に八代当主木幡文弥の長女ヨ子《よね》の婿養子となって木幡家に入り、伊達重村、斉村に仕えている。

慶長以来、同じ地に四百年も住み続けるとは、どんな気持ちだろう。転々と引越しばかりして、建売の公団住宅に住む私には、ちょっと見当がつかない。

庭内には枝垂桜が多く、榧《かや》の大木は敷地内に十本以上あるそうだ。

奥さまが炒った榧の実をお茶うけに出してくださった。山の精気そのもののような実は、はじめ味がしないが、よく噛んでいるとアーモンドのような甘味がある。大きなガラス窓から青々した田圃が見渡され、遠くに七ツ森の山々が見える。この所が要害の地であることが、言われずともわかる。真葛の書いたものがお座敷に用意してあるというので、みな移動した。

■真葛の自筆稿本とはじめて出会う

テーブルの上に冊子が一冊置かれている。表紙の中央に題簽《だいせん》があり、只野真葛筆跡綴、右肩に細字で明治四十二年（一九〇九）五月表装製作と読める。灰色に細かいひし形の花模様の表紙をめくると、五丁ほど歌会らしい記録が真葛の筆で認められている。

次に綴じてある大判の紙の筆跡を見てあっと思った。はじめの丁に真葛の美しい字で、

異国より邪法ひそかに渡《わたり》

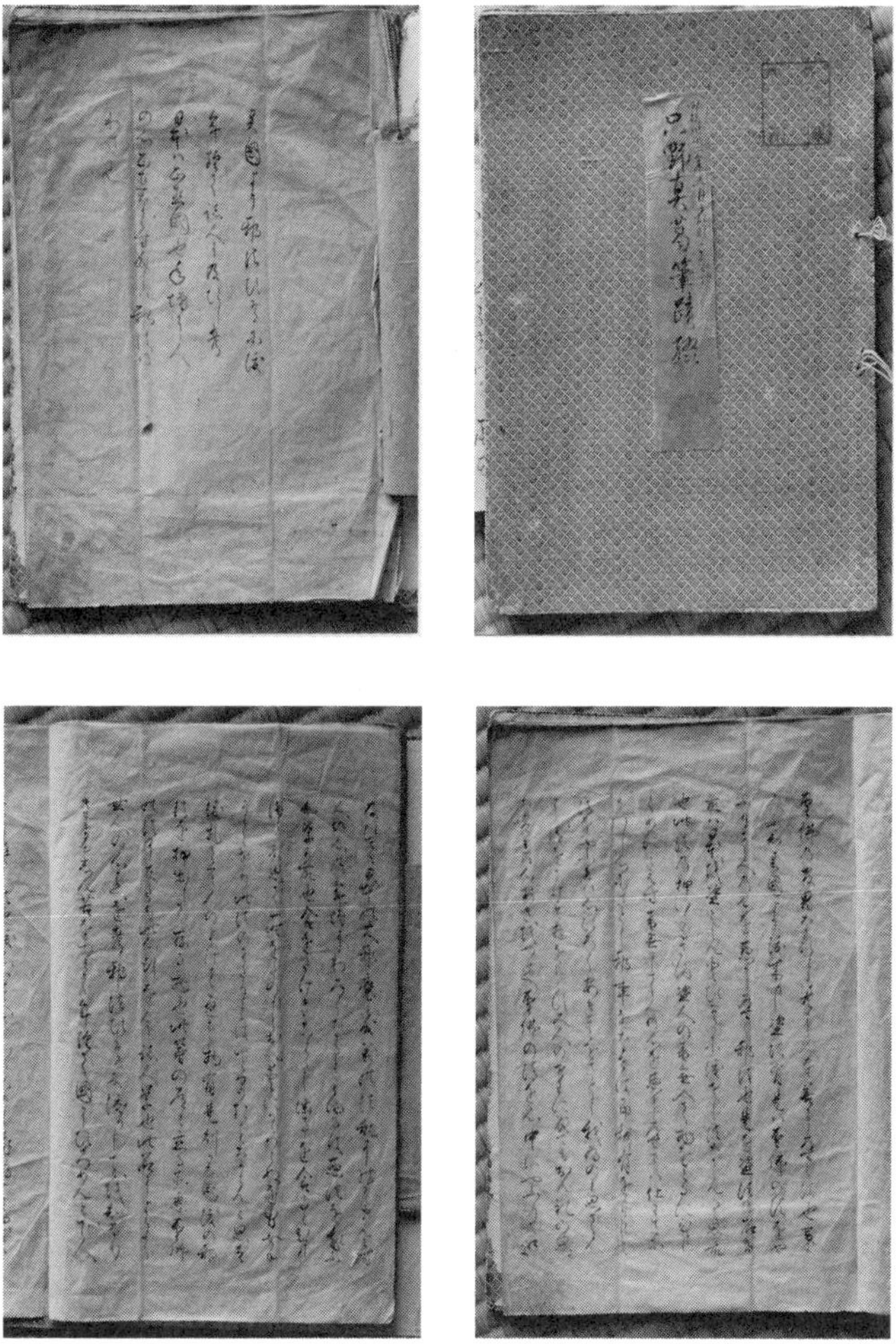

「キリシタン考」（只野真葛自筆、木幡家所蔵）

年経て諸人に及ひし考
日本は正直国也　年増に人
の心正直ならす成しは邪法の
わさ也

と五行に分けて書いてある。

「ねえ、これって『キリシタン考』じゃないかしら」

柴さんに聞いた。柴さんもじっと見つめている。

実のところ、真葛の筆跡の実物を見るのは、二人ともこれがはじめてである。真葛の作品を、ほとんど活字あるいは写本で読んでいるが、筆跡となるとわずかに写真でしか見ていない。次の日、只野家で御所蔵のものを見せていただくことになっているが、ここで思いがけなくも「キリシタン考」といわれる重要な、謎の作品にいきなり出会ってしまった。

手紙か歌稿などを期待していた私は強い印象をうけた。

澁谷氏と清水さんがさっそく撮影にかかった。冊子は表裏表紙のほかに歌会の記録が五丁、次に「キリシタン考」が四丁ある。一丁目表は前記の五行のみ、二丁目から表裏十行づつ、計五十二行、最後まで美しい文字で乱れがない。裏表紙に賀美石村孫沢木幡氏蔵とあった。これらすべてを澁谷氏が撮影した。

このあと一同庭へでて、ひろい屋敷内を案内していただく。

鬱蒼と古木がしげり、平成元年に新築された現在の住まいの横に、鍵の手になってかつての古い住まいが残っている。それより一段と高い場所に、杉木立に囲まれてご先祖代々の廟所があった。これだけの広い敷地を管理するのは大変なことであろう。

前庭の芝生は雑草ひとつない。五月の日光の中で、うすみどりのビロードのようだ。芝生の周りにある枝垂桜《しだれざくら》の下に、実生の苗木がたくさん生えている。澁谷氏は二、三本分けてもらっている。

仙台は枝垂桜の多い土地だ。真葛が「みちのく日記」の中で「此処は糸桜をめづる国なり」と書いていたのを思い出した。春はさぞ見事であろう。

日が翳るまで長居して遊ばせていただいた私たちは、榧の実と敷地内の竹で焼いた竹炭をお土産にいただいて、木幡家を辞した。

帰りの車中で、なぜ「キリシタン考」が木幡家にあったのか、話題になった。このあたりにかくれキリシタンがいたのだろうか。真葛がなぜ江戸後期になって、あのような論考を書いたのだろうか。キリシタン問題は江戸中期にはもう終息していたはずなのに、などなど、疑問は尽きなかった。

その夜は、澁谷傳先生のお宅で奥さま手料理の夕食をおもてなしいただき、私は「奥州ばなし」の地名や人名など、疑問点を幾つかお教えいただいた。それから私たち三人は傳先生の車で隣町小野田町の薬莱《やくらい》温泉に向かった。澁谷和邦氏は傳先生のお宅に泊まる。

薬莱までの国道三四七号線はかなり広い道路だが、対向車もあまりない。昔、この道が尾花沢を経て酒田港に通ずる主要道路であったこと、北前船で酒田港に陸揚げされた京都の荷が仙台へ運ばれるとき、中新田が中継点であったことなど聞かせていただく。美術品、道具類、美しい京都の古着など良いものから中新田で買われたそうだ。

薬莱の湯は温度がかなり高く、体がほてって寝つけないほどだった。

翌朝、広い空の下の宿舎の前で、紫外線いっぱいの初夏の日光を浴びていると、遠くの山で鶯がしきりに鳴く。一声だけケケケキョケーと鋭い鳴き声が、大空を切り裂くようにひびいた。あれはほととぎすではないか、私は初めてなので胸がときめいた。

真葛が「みちのく日記」の中でみちのくでは「おとたか鳥」というと、書いていたことが思い合わされた。「げに声の高ければ、似つかはしき名なり」(本当に声が高いので、ふさわしい名前だ。)

■只野家を訪問

まもなく澁谷氏が迎えに来てくれた。傳先生のお宅で一休みして、皆で只野家へ伺う。仙台にお住まいの次男ご夫妻がわざわざ帰宅されて、女主人ハマさんとともに資料を用意して待っていてくださった。

はじめて見る真葛の、夫伊賀に当てた見事な筆跡の手紙、歌稿、まだ幼い末子由作に教えるために書いた『古今和歌集』の筆写本、妹萩尼や友人婉尼からの真葛あて手紙などなど。すぐにも読み解きたい資料ばかりだ。

その中に塩竈神社の神職藤塚式部から伊賀にあてた雄渾な筆跡の手紙があり、どきっとした。式部は、只野家の家系図にも伊賀との親交が特記してあり、また林子平と密接な関係にあった人として注目される存在だ。あれもこれもで、カメラを持って澁谷氏と、清水さんは汗を流している。私も懸命に手伝った。

後日、写真が出来てみると、どの写真にも資料の隅を押さえている私の太い指が写っていた。

午後の休憩をはさんで、作業を続けていると、ハマさんがまだ誰にも見せていない物といって、箱の中から賀茂真淵の直筆の草稿を出してくださった。誰かに乞巧奠《きっこうでん》の祭り方を乞われて書いたものらしい。どうして只野家にあるのかわからないが、昭和三十五年ころまで只野家ではこれに従って七夕を祭っておられたとのことであった。

私たちが作業している間、終始黙ってこの家の次男ご夫妻が、縁側の椅子に腰掛けて、じっと見ておられた。あとで知ったが、私どものように資料を見学したい者がくる時には、ハマさんが「こんな時に来るとよくわがるから」と言って、家の歴史に興味をお持ちのご次男さんをわざわざ呼びよせられるらしい。

私は解読できた資料から、順次お伝えしなければと思った。

あらかた写真をとり終えて、片付けるとみな疲れがでた。つけ物、特産のメロン、中新田の昔ながらのお煎餅でおもてなしいただいた。このお煎餅はきっと真葛も食べたに違いない、などと四方山の話になった。資料を調査に伺ったあとでの、解放感にあふれる一番楽しいひと時だ。前にも拝見した、江戸時代の中新田の地図が出てきて話がつきない。

柴桂子さんのおつれあいが会津の出身で、会津人柴五郎の一族であるという話にいたって、座がどっと盛り上がった。

「あーあ、会津の方でしたの。会津はたいへんでござったでしょう。会津は斗南《となみ》まで移封されて、たいへんなご苦労でござったでしょう」

ハマさんは心底いたわしそうに、くり返し柴さんを労われる。

この前にも感じたが、ハマさんの心の中では、戊辰戦争の傷跡がまだ昨日のように生きているのだと思った。しかし柴さん自身は西日本の出身で、現在活躍中の女性史研究家である。彼女はもちろん会津の歴史に詳しく、会津の女性についての著書も多いが、戊辰戦争はやはり歴史研究の対象に近いのではないだろうか。

ハマさんの場合は、幼いころからくりかえし語り聞かされて、血肉化した記憶になっている。お二人の対比がなんとも微笑ましかった。

松島での俳句の会に出席するという清水貴子さんは一足先に只野家を辞し、柴さんと私はずいぶん長居して、澁谷氏の車で仙台の宿舎へ帰った。車中、只野家が今に続いているからこそ、真葛の資料があのように大切に残った、と話し合った。

ハマさんは真葛の血筋ではないからと謙遜されるが、工藤家のことも只野家の方たちの真心あってこそ、あのようにありありと残ったのだ。

今、書画展、古書展などに、真葛の資料として出るものはほとんどないのである。相当の家柄でも、今に続いていない家の物はほとんど散逸してしまっている。とくに女性の資料は粗略にされている。柴さんはそんな事を話してくれた。全国の図書館、資料館を訪ねて、近世女性の資料を調査している彼女の話には実感がこもっている。たしかに江馬家の蘭学の厖大な資料も、細香の資料も江馬家のご子孫のお気持ちあってこそあのように見事に残ったのだ。

「今、七ツ森を通過しましたよ」と澁谷氏が教えてくれた。「七ツ森の山々は、昔、大男が気まぐれに投げて、そのまま山になったと言われているんですよ」

私は車窓から黒々した山をふり返って見た。いかにも悪戯をして土くれを投げたように、不規則に並んだ小山だ。まるで「奥州ばなし」に出てきそうな話だと思った。

夕方、仙台市に入って、そのまま新寺小路にある松音寺の真葛のお墓にお参りする。柴さんは三十年来の念願だった、と感慨深い面持ちだった。

■仙台市文学館で

翌日は澁谷氏の案内で、仙台市文学館にむかう。

途中澁谷氏のお宅の前で車を降りて、出迎えてくださった澁谷夫人に、三日間もご夫君をお借りしてしまったことをお詫びした。

仙台市文学館には、只野真葛研究の草分けである中山栄子氏の資料が寄贈されている。学芸員の赤間《あかま》亜生《あき》さんが、中山氏が只野家で写されたという写真を見せてくださる。昭和の初めころに写真をとることが、どんなにたいへんであったかを思った。

資料の中に蔵書らしき和書の写真が二枚あった。一枚は『和歌連俳諸国方言』五冊、もう一枚は『物類《ぶつるい》称呼《しょうこ》』巻之一「天地」の冒頭部分を開いて写したものである。二枚の写真に写っているのは、いずれも同

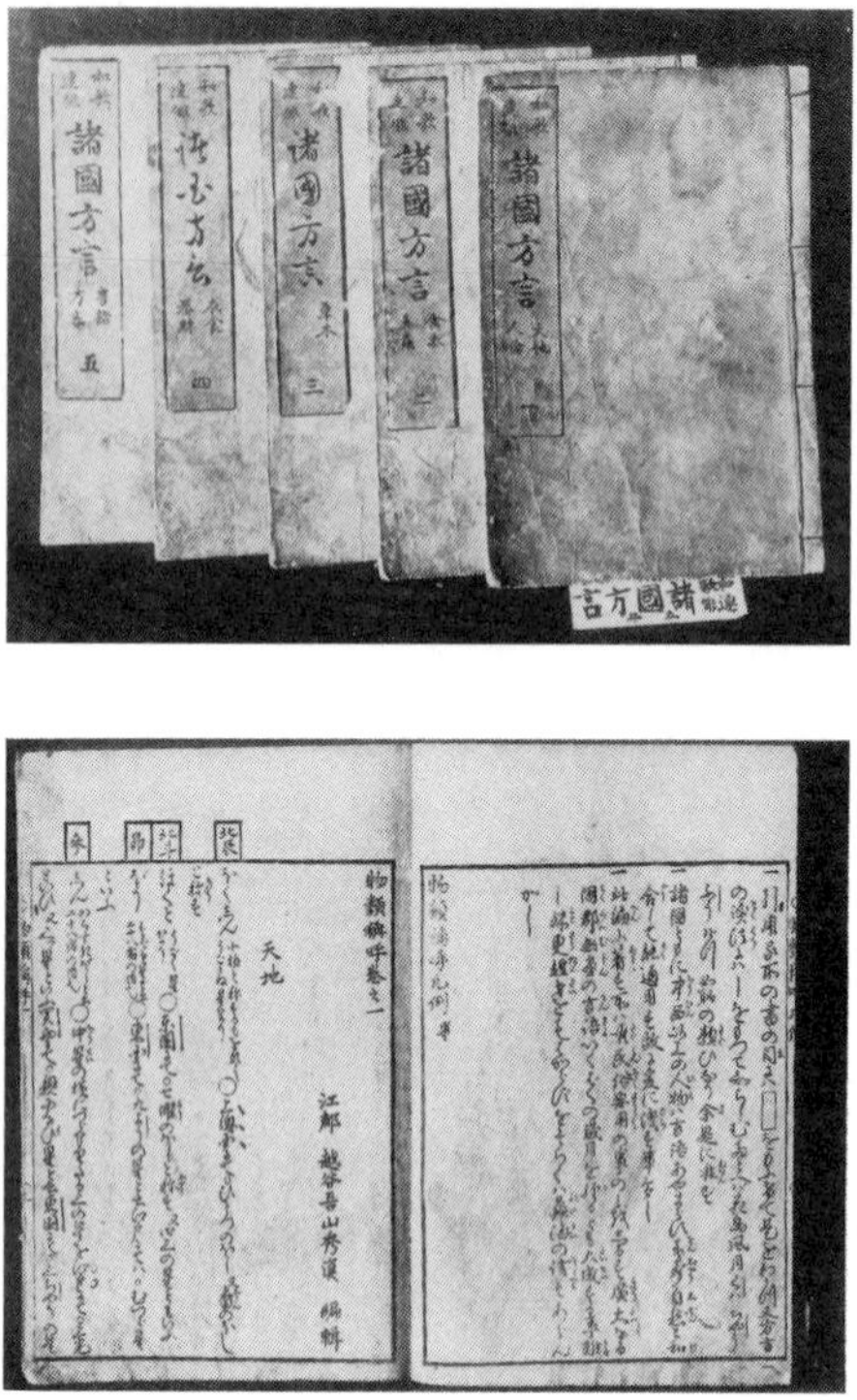

真葛の蔵書の写真『物類称呼』（仙台文学館蔵）

じ書物である。

この天地・人倫、禽獣・魚蟲、生植、衣食・器財、言語・方言の五冊は、安永四年（一七七五）、越谷《こしがや》吾山《ござん》の編集によりに刊行された方言辞書である。各部門にわたり、日本全国の方言約四千語を集め、これを考証している。

はじめ『物類称呼』の名で刊行され、版を重ねて、寛政十二年に『和歌連俳諸国方言』として重版されている。真葛が持っていた本と考えられるのは、この版であろう。全国的規模の方言集としては、当時類を見ないものであった。

編者越谷吾山は俳人で、その立場から方言に深い関心を持っていたようだ。当時は「辺境に古語が残る」という考えから、方言研究が起こりつつあった（岩波書店『日本古典文学大辞典』による）。

前に「松島のみちの記」「いそづたひ」を読んで、私は真葛が俳諧にあまり関心を示さなかったように書いた。しかし江戸から仙台に移住した歌人として、真葛が言葉の違いに敏感であったことは、「みちのく日記」についての部分でも述べたので、彼女が『物類称呼』を持っていたことは納得できる。

歌人真葛としては、たしかに花鳥風月の文学的言語に通暁していたと思う。しかしそれに留まらず、真葛はさらに広く、現実世界を認識することを志向していた。

■「キリシタン考」の謎

この旅のあと、私の手元には、木幡家で見た真葛自筆の「キリシタン考」の写真が大きな疑問とともに残った。

この原稿がいつ書かれたかを推定する手がかりはいっさいない。なぜ木幡家にあったのかもわからない。伊賀の長弟四郎右衛門に書いて与えたものだろうか。ただ、たしかに言えることは、これまで読んだ真葛の作品、およびこれから読む「独考」の中にもキリシタンに関する記述はないということである。

さらに真葛がこれを書いて以後、この稿本はほとんど人目に触れず、昭和八年(一九三三)『仙台郷土研究』第三巻二号に、キリシタン排斥の痛論として翻刻発表されたのがはじめてである(中山栄子著『只野真葛』による)。

真葛の作品のほとんどが写本として早くから人々に読まれ、そこから翻刻されたのに比べ、原本から翻刻されたのは異例のことである。

木幡家ではその内容からみて、明治まで大切に秘蔵されたのであろう。中山栄子氏も当時、只野家の御当主であった虎次郎氏の紹介で、木幡家から原本を借りることができたそうだ。両家の間でのみ知られ、昭和にいたってはじめて発表されたのであろう。真葛の作品に対する深い心配りがあったと思う。

ともあれ内容を読んでみよう。

「異国より邪法ひそかに渡　年経て諸人に及びし考　日本は正直国也　年増に人の心正直ならす成しは邪法のわさ也」（異国より邪法がひそかに渡ってきて、何年かたって人々に広がった考え。日本は正直国である。年々、人の心が正直でなくなってきたのは、邪法のなすせいである）という長い題の中で、邪法とはキリスト教をさしている。

内容を簡単に紹介すると、「儒仏の教えはそれぞれ説くところは違っても、人を善に導くことは同じである。しかし何時しか人知れず日本に渡ってきた教えは盗法である。これは人の心を悪に導く邪法で、日本を盗もうと渡ってきたと思う。この邪法を信ずる人は、表面は儒仏の法を唱えて素直な人々を言いまかす手段とする。心中に邪法を大切に思うゆえに、現実に父母妻子が不幸に逢っても心を動かさぬ。今もうすでに、法を正すことはゆるくなってしまった。儒仏の法を善法と信じて守っている日本のような正直国に、キリシタンがひそかに渡ってきて、まず下々の人から導いた。今これが次第に広がって、世を乱そうとしている。邪法の教える所はすべて儒仏の法に反している。これを今人々が学んでいる。これを懲《こ》らしめるには、食を与えずおけばこりるだろうか。どんなに戒《いまし》めても日本の心に帰らぬものは、船に積んで西の海にさらりと役払いしたら、日本に悪人もいなくなり、国も清まるだろう」

たいへん乱暴な要約であるが、おおかたこのようなことを書いている。文脈は錯雑していて、意味が読み取りがたい点もある。ご禁制のキリシタンのことを書くために、真葛があいまいに書いている部分があるだろう。

またキリシタンを邪法、悪法としているのは、キリスト教の本質を指しているのでなく、禁制の教えを信ずる人々が不幸になることを、真葛が憂えているためと思われる。もっと仔細《しさい》に読み込めば、さらにわかるかもしれない。

はじめに「日本は正直国也」とあるが、真葛のこの認識はどこから来ているのであろうか。「正直の頭《こうべ》に神宿る」という諺もあるように、正直は日本古来の徳の一つであり、ここでいう神は日本古来の神である。彼女は身近な人々を見ていて直接感ずることがあったであろう。

また彼女の学んだ荷田 春満《かだのあずままろ》、賀茂真淵系の国学が、古代の『万葉集』の、素直な和歌の調べを復興させようとめざしていたことにもよる。

さらに考えられるのは、元禄のはじめごろ、オランダ商館付医員として二年間日本に滞在したエンゲルベルト・ケンペル（一六五一―一七一六）が著した『日本志』である。これは一七二七年にまずイギリスで出版され、ついでオランダ語、フランス語訳が出版された。新村出著「天明時代の海外思想」（『新村出選集（二）』）を読んでいて、私は真葛がケンペルの日本人観を知っていたのではないかと思った。

新村論文によれば、『日本志』は当時の日本の姿をはじめてほぼ正確にヨーロッパ人に伝え、広く読まれた名著であるが、この蘭訳本が十八世紀に日本に舶載していて、長崎の通辞吉雄幸作（一七二四―一八〇〇）が架蔵《かぞう》していた。その中に、ケンペルが日本の国情の醇風美俗《じゅんぷうびぞく》を賛美した部分があるという。

のちに松平定信は『日本志』のこの部分を抄訳させて読み、次のように記した。「いかにもわが国ぶりのすなをなる、ことくにのたいすべきにあらずなん」（まことにわが国振りの素直なことは、異国の国振りが比肩することもできないほどであろう。以上は新村出著「天明時代の海外知識」による。）『日本志』に書かれたヨーロッパ人の日本人観はすでに我国に逆輸入されていたのである。

前にも述べたが吉雄幸作は、真葛の父工藤平助と親交があり、吉雄から門人三人を預って指導し、オランダ渡りの品々の売りさばきまで託されていたことは、真葛の「むかしばなし」にくわしい。平助が吉雄からケンペルの日本人観を聞いていたことは十分に考えられる。

真葛が日本を正直国と断定するには、これら幾つもの根拠があったと思う。ついでにいえば真葛の妹栲《たえ》子《こ》が仕えていた越前松平侯夫人は田安家の出身で、定信の妹定子である。定信と真葛はもちろん面識はなかったろうが、同じような時代認識を共有する圏内にいた。

さて「キリシタン考」の本文の冒頭で、「聖仏の教《おしえこと》異なれども、共に人を善に導く法也」（儒仏の教えはそれぞれ異なるが、いずれも人を善導する教えである）とある。

真葛は主著「独考」の中で、「唐文《からぶみ》は……見もしらず、仏の文は一ひらも聞もしら」ずといって、儒教批判をした人であるが、儒教や仏教が人々を善導するものであることを疑ってはいなかった。真葛の儒教批判はもう少し違ったところにあったのである。このことはのちの章で述べよう。

さらに真葛は「爰《ここ》に、人不知《ひとしれず》異国より渡来《わたりきた》りし盗法有《とうほうあり》」（ここに、誰も知らぬうちに異国から渡ってきた盗法がある）と、キリスト教を盗法と断定し、「是を盗法と名付《なづくる》が故は、日本を盗《ぬすみ》とらんとひそかに渡せし法ならんと思が故也」（これを盗法と名づけるわけは、日本を盗み取ろうとひそかに渡ってきた教えであろうと思うからである）といっている。

西欧列強が植民地を獲得するために、まずキリスト教宣教師を派遣して、土地の人たちに布教する手法をとったことは広く知られ、ために秀吉の時代から強烈なキリスト教迫害が始まったのは周知のことである。真葛が江戸後期にいたって、なおこのような論考を書くことになったのは何故であろうか。そこには東北地方の特殊な事情があったのではないか。

■みちのくのキリシタン布教

前に「奥州ばなし」の項で、みちのくには儒仏の教えが伝わることが遅かったと書いたが、キリスト教もおくれてやってきたようだ。以下浦川和三郎著『東北キリシタン史』、只野淳著『みちのくキリシタン物語』・『みちのく切支丹』によって述べる。

みちのくのキリシタン大名は、天正十八年（一五九〇）に伊勢より会津に転封された蒲生氏郷《がもううじさと》がもっとも古い。氏郷は高山右近と親交があり、右近のすすめによってキリシタンになった。しかし今はこれには触れない。

仙台藩では政宗の時代、慶長末期になって、宣教師ルイス・ソテロによって伝道されたのがはじめといわれる。ソテロはイスパニヤ人でフランシスコ会に属していた。天文十八年（一五四九）フランシスコ・ザビエルが来日して以来、西国、京坂地方の布教はイエズス会の宣教師によって行われた。フランシスコ会はやや遅れて来日し、イエズス会に対して対抗意識があったようだ。

支倉常長の肖像
（仙台市博物館蔵）

そのためか慶長八年（一六〇三）に来日した宣教師ソテロは、みちのくでの布教を計ろうと政宗に近づいて仙台へ来た。慶長元年に、長崎で秀吉によって二十六人のキリシタンが磔刑《たっけい》になったあとである。以後上方でも江戸でも、しばしばキリスト教禁止令が出され、厳しい弾圧が続いた。

そんな情勢の中で、慶長十八年（一六一三）九月十五日に、支倉常長《はせくらつねなが》（一五七一―一六二二）が政宗の命により、ソテロらと共にイスパニア・ローマに向けて出帆したのである。常長はセビリア市あての政宗の親書と進物を携えていた。それには仙台藩内でのキリスト教保護のことが明記されていた。親書の料紙は金銀箔がまばゆい、見事なものであったそうだ。

常長がイスパニヤ国王、ローマ法王に謁見して八年におよぶ旅を終えて帰国したのは、元和六年（一六二〇）である。常長以下随員のほとんどが、メキシコあるいはイスパニヤで洗礼を受けていた。しかし仙台藩は、そのころすでにキリスト教禁止の方針に切り替わっていたので、常長は帰国するとすぐ知行地に蟄居を命ぜられ、二年後その地で没した。

翌元和九年には廣瀬川でキリシタンの処刑が行われ、翌年にも改宗しない信徒らを、むごい刑罰に処した。みちのくのキリシタンたちは迫害に耐えて、口伝えに先祖のことを語り伝えていった。城下で、あるいは広い領内のどこかで、夜ばなしの折などに、むごい弾圧のことがひそかに話題になったことだろう。かくれキリシタンの伝説は東北の各地にあるが、「かくれ」というように、確かな証拠はなかなかない。

■千松兄弟の伝道

さきにソテロのことを、はじめて仙台へ来た宣教師と書いたが、ソテロより五十年も前にみちのくでキリスト教の伝道をした兄弟があったという、伝説に近い話がある。千松兄弟という。

永禄年間のはじめ、備中から来て南蛮伝来の技術を伝えた製鉄師であった。二人は西国でキリシタンの教えに触れていたのであろう。

みちのくは古来製鉄の盛んな地方で、登米、本吉、東磐井《いわい》、西磐井の一帯で、製鉄業で働く人は、のべ千人もいたという。千松兄弟は、炯屋《とうや》（製鉄所）でキリストの教えを語り聞かせ、感動した鉱夫や近隣の人にキリスト教が広がり、反面、社寺は衰退した。

真葛が「キリシタン考」の中で、「下人を導き」「下人より導し」「下ひと……」とくり返し書いているのは、千松兄弟の事跡を指すのかもしれない。

キリシタンの宣教師たちが、信長や大名たち権力者の庇護を得ようとしたのに比べ、千松兄弟の伝道の話はかなり異色で、魅力的である。ここにみちのくキリシタンの特徴があるかもしれない。

古来、みちのくは追放の地でもあった。政治的な左遷《させん》、遠流《おんる》、あるいは義経の例に見るように、追っ手を逃れて目指す地でもあった。

キリシタン禁制が強化されてからは、西国、京坂の信者たちが逃れてきて、金山や鉱山の金掘り人夫、水替え人夫などになって身を隠し堅く信仰を守った。鉱山の中は取締りも行き届かず、信仰を守るにはよい場所だった。また津軽藩、南部藩などは禁制もゆるやかで、追放者を受け入れていたという。

前述のように、仙台藩も支倉常長をローマに派遣する前後はキリシタン庇護の政策であったが、次第に幕府からの取締りが強化され、常長が帰国した頃には厳しい取締りとなっていた。

■キリシタン武士、後藤寿庵《ごとうじゅあん》

仙台藩で支倉常長と並び称されるキリシタン武士に、後藤寿庵がいた。彼の経歴ははっきりとしないが、政宗に従って大坂冬の陣、夏の陣に出陣し、のち胆沢《いさわ》郡見分《みわけ》（現岩手県水沢市あたり）に拝領地を与えられた。彼はすぐれた武士であり、堅固な信仰を持っていたが、また銃砲、土木、鉱山に関する新技術に詳しく、さらに地形観察の炯眼《けいがん》の持ち主であったという。政宗は寿庵のそのような能力を高く評価していた。

寿庵は家中の人々やその家族、拝領地見分《みわけ》の人たちをキリスト教に導き、また民政にも力を尽くした。湿地帯が多かった見分に、宣教師から技術指導を受けて堰《せき》を築き、胆沢郡一帯を豊かな水田に変えた。それは寿庵堰と呼ばれ、今も胆沢郡の大半を潤しているという。

キリシタン禁制が厳しくなるにつれ、彼の人物を惜しんだ家老たちが棄教をすすめ、政宗もまた間接的に宗旨を変えるようすすめたが応ぜず、一族はついに南部に追放された。その最期は定かではない。

そして胆沢郡一帯に寿庵の導きを受けた多くのキリシタン衆が残り、信仰を守っていた。しかしこの人々にもついに最後の時が来る。

享保年間（一七一六―三六）、仙台藩は見分のキリシタン衆百二十人余を捕らえ、衆人環視の中で無残な処刑を行い、彼らは壮烈な殉教をした。遺骸は四十人ずつ、海無沢、老の沢、朴の沢にお経とともに埋めた。現在登米郡東和町米川の海無沢に残る三経塚がそれであるという。

享保年間といえば、真葛が只野伊賀に嫁いで仙台へ下った寛政九年より、わずかに六十年ほど前のことにすぎない。私たちが先の敗戦を半世紀経っても忘れないように、享保年間の見分のむごいキリシタン殉教を、昨日のことのようにひそかに真葛に語る人がいただろう。

水沢市およびその周辺では、現在でも後藤寿庵の遺徳を慕う気風があり、彼の事跡や墓の調査・研究が続けられている。ちなみに言えば、水沢市周辺では後藤、五嶋姓が多いという。

後藤壽庵の石像
（『後藤壽庵顕彰誌　壽庵とその周辺』壽庵顕彰ふるさとルネッサンス委員会、1999年）

島原の乱（一六三七―三八）が鎮圧されてから約百年たって、日本ではキリシタンはほぼ壊滅したと思われていた江戸中期に、仙台藩ではなぜこのような大規模なキリシタン弾圧をしなければならなかったのだろう。なぜ一途《いちず》にキリスト教を守る人が多くいたのだろう。

■みちのくキリシタンの特色

私は前に、「奥州ばなし」の中に、儒教仏教的なものが無いことを痛感したと書いた。また柳田國男著『遠野物語』に付せられた桑原武夫の解説の中にも同様の指摘があり、東北には神社仏寺が少ないと述べている。さらに桑原は地質・地理学者山崎直方《なおまさ》（一八七〇―一九二九）の「東北にては人口二千にて一寺あり、近畿にては二百にて一寺なり」という言葉も引いている。

石を投げれば坊さんに当たると言われるほどの京都は別格としても、他に比べ確かに少ないと思う。東北には原始的で素朴なオシラサマ信仰などが長く残っているが、名のある宗教といえるほどのものは、一般の人々の心にあまり浸透していなかったのではないか。いわば宗教に対して初心《うぶ》な土地柄であったといえる。

そこへ強力なカテキズム（教理問答書、教義書）を持ったキリスト教が導入され、死後行くべき天国と地獄が視覚的に、明晰に描き出されたのである。

その教えは、宗教的にすれていない、無垢な人々の心に、乾いた土地にまかれた水のように、深くしみ込み、潤したことであろう。そして後藤寿庵のような、人格的にすぐれたキリシタン武士や宣教師がいて、堰を作って湿地の水はけをよくし、豊かな水田を造成した。人々が深くキリスト教に帰依し、一途な信仰を持つに到ったことがよくわかる。

真葛が「キリシタン考」の中で、「……人の心を悪に導《みちびく》ことは、仕《し》わざにうつし心にさとし、邪事をなせば即《すなわち》利有《りある》をもとゝして……」（……人の心を悪の方へ導くには、なにか事業を成し遂げて心に納得させ、邪事をなせば、即ち利を得ることをもととして……）と述べている背後には、このような事実があったのかも知れない。

また真葛は「心底には邪法をいだき、父母に誠に孝をおもはず、妻子に誠の愛なし」（心中には邪法を信じて、父母に心から孝を尽くすことを思わず、妻子を心から愛することがない）とも述べているが、みちのくのキリシタン衆が信仰をひたすら堅く守り、どんなにむごい目に遭っても、父母や妻子の情にひかれて信仰を棄てることがなかったのを指しているのではないだろうか。

見分《みわけ》の殉教後は、キリシタン衆は文字通りのかくれキリシタンとなって、ひそかに信仰を守った。胆沢郡から東西磐井郡、江刺、和賀（以上岩手県）、本吉、登米、栗原郡などいたる所で、今なお「切支丹類族《るいぞく》改帳《あらためちょう》」が寺院や旧家に多く残っているという。

栗原郡は玉造《たまつくり》郡を隔てて加美郡に続く。山伝いに宮崎町の孫沢あたりにもかくれキリシタンが移り住んでいたのではないだろうか。しかしこれは私の推測にすぎない。真葛は義弟の木幡四郎右衛門たちとキリシタンについて話し合うことがあって、「キリシタン考」を書く一つのきっかけとなったことが考えられる。ただしこれだけでは、江戸後期に痛烈なキリシタン批判の論考を書く動機としては、すこし弱いように私は思った。

■宗教論争の時代

私のノートの中に、色あせた一枚のスクラップが挟まれている。平成十二年（二〇〇〇）三月七日の朝日新聞夕刊「こころ」の頁に載った、「キリシタンの時代――宗教論争を読む」という連載囲み記事の、十九回目のものであった。前年、孫沢の木幡家をお訪ねして真葛自筆の「キリシタン考」を見て以来、いつもそのことが頭から離れなかったので、ふと眼にした記事に心を惹かれたのである。

今度、改めて読み返すと、それには江戸初期、豊後国臼杵《うすき》（現大分県臼杵市）にあった臨済宗多福寺の僧雪窓宗崔《せっそうそうさい》が「対治邪執論《たいちじゃしゅうろん》」という論考を書き、厳しくキリスト教を批判していることが紹介されていた。私は驚いた。

江戸時代のキリスト教は急激に人々の間に布教され、そして厳しい弾圧によって終息させられた、とばかり思っていた。ところがその記事から推測すると、信仰とは別の次元で、各宗教宗派の間で激しい論争が行われていたらしいのである。

しかもそれは安土桃山時代から江戸初期にさかんにおこなわれ、江戸中期にはさすがに衰えるが、排耶《はいや》論《ろん》の形をとってほそぼそと平田篤胤《あったね》らの江戸末期まで続くのである。真葛の「キリシタン考」もその流れの中において見るべきではないか。

フランシスコ・ザビエルが来日して、四百五十年になるのを機に企画された連載だったが、私はこの記事を全部読みたくなった。

友人の車に乗せてもらって、隣町の図書館へ行き、新聞の縮刷版から連載二十一回の後半七回分のコピーをとってきた。筆者は菅原伸郎氏とわかった。二日後に夫の友人の車に便乗してもう一度図書館へ行き、前半十四回分すべてをコピーした。平成十一年（一九九九）八月三十一日から翌年三月二十一日にわたる二十一回の、切れ切れの連載すべてを縮刷版で探しだすことは、老眼の私にはかなりの難事だった。帰宅後、それらすべてを拡大コピーして、ようやく読める形になった。

私はその記事をむさぼるように読んで、十六世紀の中ごろ、ザビエルが来日して以来、次々と来日した宣教師たちが、布教のかたわら仏僧、神職、儒者たちとさかんに論争を交わしたことを知った。以下、その記事に即して述べる。

創造主である唯一絶対神デウスに対して、仏教側は無の存在を主張し、また霊魂の不滅に対しても無を主張。また仏教側はしきりに悪魔について尋ねている。天台宗の学僧、日蓮宗の僧侶ともに修道士ロレンソ（日本人）にデウス、霊魂の不滅について論争をしかけ、またイエズス会のヴァリニャーノは日本の仏教を分析して、仏教はつまるところ信者に対して権教《けんきょう》（方便）を説いている、と批判している。その意味は日本の仏教を実教と権教とに分け、僧侶たちは心中では実教、つまり万物は無を信じながら、一般信者には方便として魂の救済を説いているというのである。これはなかなか鋭いと私は思った。以上がザビエル来日から五十年間の論点の主なものである。

十七世紀に入って、ヨーロッパから取りよせた活版印刷機で教義書『どちりいな・きりしたん』が印刷されたが、これには霊魂の不滅が明記されている。またイエズス会側は仏教でいう西方浄土《さいほうじょうど》を批判し、船に乗って西へ西へと行けば、元の港へ戻ってしまうといった。

またキリスト教の基本的な言葉「愛」もなかなか理解しがたいことであったようだ。慈悲とかご大切とか訳されたが定着しなかった。

愛は当時、一般では感覚的、肉体的に使われていたので、スキャンダラスな印象を与えたかも知れない。またある宣教師は日本人の聡明さを賞賛しながら、その貞操感、道徳的欠陥を熟知して憂慮していたともいわれる。

真葛が「キリシタン考」の中で、「……食をたけきことゝし、淫事を食事とひとしく浅らかに思て、一時を楽しみ、おん愛にかゝはらぬを、男女手柄とせり」（食事を一番のたのしみとし、閨事を食事とおなじく当り前のことと浅く考えて、一時を楽しみ、大切な恩愛に係らないのを、男女ともに手柄としている）とか、「……下ひとうは気をいきと思て形気《かたぎ》あしく……」（……下々の人は浮気を粋なことと思って、気風がわるく……）など書いていているのは、「愛」に対する初期の誤解と混乱を引きずっているとも考えられる。

慶長五年（一六〇〇）、宣教師として北京に入ったマテオリッチ（利瑪宝）は「ゴッド」の訳語で苦心した。そして中国人の「天」信仰に合わせて、「天主」とした。慶長八年（一六〇三）に彼が漢文で書いた『天主実義』は、翌年日本に渡り、幕府の儒官林羅山《らざん》が読んでいる。

京都で羅山は修道士ハビアン（日本人）と論争し、仏教や儒教には天地創造の物語が無い、と非難されたのに対し、羅山は天地を創造した天主を誰が創ったか、と反論した。合理的な儒者らしい反論である。十八世紀の初めになるが、新井白石も『西洋紀聞』の中で同様な意味のことを述べている。

また神道の側からの反応をみると、多神教である日本の神道と、一神教のキリスト教とは相容《あいい》れないと私は思っていた。しかし日本の神々にもおのずから序列があり、室町末期に開かれた吉田神道では国常立《くにとこたち》尊《みこと》を創造主宰神とするため、キリスト教と共通する点があったようだ。吉田神道と違う立場にいる神道家からも、当然なにか反応があったのではと思ったが、確かめられなかった。

このように議論はなかなかかみ合わないながら、現代の宗教者間でも討議されるようなテーマが、当時からかなり論じられていたことを知ることができた。

■一向宗とキリシタン

二十一回の連載の中で、私的な興味を引いたのは、イエズス会の布教長が、布教の強敵であった一向宗（浄土真宗）について、「この宗派はルターの宗派に似ている」と本国に報告している事であった。私はあっと思いあたった。

私の郷里は石川県加賀市である。昔は加賀国といった。ここは中世、前田氏の支配下に入るかなり以前の約百年間、蓮如の一向宗の一大拠点であった。「加賀は百姓の持ちたる国」という言葉を幼い頃からよく聞かされてきた。一向宗信徒の自治に近い時代がほぼ一世紀続いていたのである。そのせいか、かくれキリシタンなどの遺跡や伝説をほとんど聞いたことがなかった。

一向宗がキリシタン布教の強敵であったと、はじめて知って驚いた。かくれキリシタンといえば、長崎か天草にいたとばかり思っていた。みちのくにキリシタンが多くいたことも、今度はじめて知った。

私の郷里では、現在でもたいていの家は浄土真宗で、熱心な蓮如さま信者である。今年九十四歳になる私の母は、毎朝の読経のあとに蓮如のお文《ふみ》さんを必ず読む。私は時々帰省すると、朝寝をむさぼりながら母の読経を聞く。「白骨のお文さん」というのが母のお気に入りである。

前田利家のもとにマニラに追放される以前の高山右近が身を寄せていたが、それはあくまでも賓客としてであって、庶民に布教したとは、寡聞にして知らない。

布教活動があったとしても、庶民のほうで受けつけなかったであろう。「……渡《わたり》ものとて人のよけて通すもの有」（……あれは異国からの渡りものだからと、人がよけて通すものがある）と真葛が書いているのは、そのような事情を指すのであろうか。御禁制の教えのことを書くため、真葛も婉曲に、ぼかして書いているので真意はなかなか掴みがたい。

■禅宗とキリシタン

しかし長く続いたキリスト教批判の中で、一番論理的で説得力があると感じたのは、禅宗の僧侶のものであった。徳川家康の家臣であった鈴木正三《しょうさん》（一七五九―一六五五）は四十二歳で出家し、島原の乱後、キリスト教批判の書「破吉利支丹《はきりしたん》」を書いた。その中で「万物を造ったデウスがなぜ他の国々を捨て置いたのか。そこでは、昔から諸仏が次々と現れて衆生を救ってきた」と書いた。

まえにも紹介した臼杵市多福寺の雪窓宗崔は鈴木正三とも交流があった。彼は慶安元年（一六四八）に「対治邪執論」を書いて、痛烈にキリスト教を批判した。論点の主なものは、侵略性、徒党性で列強の植民地政策や、島原の乱に見る信徒たちの団結ぶりを警戒している。またキリスト教の他宗派を学ばない独善性を指摘、さらに来世往生説を批判している。これはキリスト教が天国を、浄土宗が西方浄土を実在とする説を、実有の見として排斥するものである。

実有の見とは実体の無いものを有るように考える迷いのことだそうだ。禅宗には浄土がない。「無」を仏の境地とする。禅僧たちの実存的、論理的な説に納得した。

禅宗の人たちがすべてこの立場をとったかどうか、今、私にはわからない。ただ仙台の真葛の身近に、有名な禅僧がいたことを指摘しておこう。

その名前は南山禅師（名は紹岷、字は古梁）という。政宗以来、三代までの藩主の菩提寺である臨済宗瑞鳳《ずいほう》寺《じ》の住職であった。学識深く、詩文を善くする名僧である。真葛の夫只野伊賀と親交があったことは前に述べた。伊賀の没後も真葛と交流が続き、真葛は自分の文章「いそづたひ」などを見せている。このことはあとに述べよう。この名僧との閑談のおりに、みちのくのキリシタンについて話題になったことがあったかもしれないと私は思った。

また「いかにしても日本心にかへらぬものは、西の海に沈むべし。……あくま下道《げどう》をかいつかんで、西の海にさらりとは、年々江戸役払《やくばらい》の云ことなり……」（どのようにしても日本人の心に帰らぬ者は、西の海に沈めたらよい。……悪魔外道をかいつかんで、西の海にさらりとは、年々江戸厄払いのいうことである……）と「キリシタン考」にある。

当時の刑罰の思想は、邪魔者は他所へ追い払うというものであり、死罪より一等軽い者は遠島である。一種の厄払いで、当時としては妥当な考えではないだろうか。

さらに最後に「ヲランダは西より来ると聞く。此ヲランダ、悪魔を日本に入れたり」（オランダは西から来ると聞いている。このオランダが悪魔を日本に入れたのだ）と書いているのは、真葛の誤解である。オランダはキリスト教を布教しないという条件で、日本と交易を許されたことは周知のことである。

しかし真葛の記憶の中では、幼い頃、父平助の元へ長崎からビイドロの瓶に入ったぶどう酒や、鏡張りのランプや、国王の官服などオランダのものがいっぱい届いた。それらのエキゾチックな香りと、みちのくのキリシタンのことが、まじりあってしまったのかも知れない。

真葛の「キリシタン考」は執筆の動機、時期がはっきりせず、文脈も読み取りがたく、意味不明の箇所もある。

前にも書いたが、真葛はこの中でキリスト教の本質を論じているわけではない。禁制の教えを信ずる純真な人々が不幸になり、社会や家庭の秩序が乱れることを憂えているのである。

またキリスト教を深く理解する手段が、手近に得られる時代ではなかった。それゆえの誤解も多かっただろう。

真葛は主著「独考」の中で、ロシヤでは寺の方丈（住職）の仲介で、男女が平等の立場で結婚すると羨望をこめて語っているが、その寺がロシヤ正教であり、キリスト教の一宗派であるという認識を持っていなかったのではないだろうか。しかしさらに深く読み込めば、真葛はもっと胸襟を開いて語ってくれるかもしれない。

その後『宮崎町史』（一九七三年、宮崎町史編纂委員会）を読む機会があり、孫沢の木幡筑前（初代）の夫人がキリシタン信者であったことがわかった。しかしこれは慶長年間であり、まだ仙台藩がキリシタン庇護の政策をとっていた時代のことである。私は謎の一端が解けたように思った。

◇　◇　◇

幕間《まくあい》の旅㈢

平成十二年（二〇〇〇）九月、私は友人たち四人で花巻・仙台への旅に出た。これは真葛取材の旅ではなく、私の住む大府市の読書会の有志で、かねて念願の宮沢賢治記念館を訪ねる旅であった。仙台まで初めて飛行機でいった。

空港から仙台市まではかなりの道のりである。バスの窓から見る仙台平野は、どこまでも連なる黄金色の稲穂の波だった。米どころ宮城を痛感させられた。花巻で東京からきた娘と合流して、賢治記念館、イーハトーブ館、童話村を見学、花巻農学校跡、イギリス海岸とタクシーの運転手さんの案内で見て回った。花巻はちょうど秋の祭りで、華やかに飾った山車《だし》が通りを練っていた。その夜は仙台まで戻って泊まった。

翌日は澁谷氏が案内してくれて、仙台城跡、政宗・忠宗・綱宗三代の霊廟瑞鳳殿を見学、午後は博物館へ向かう。日曜日なので道はかなり込んでいた。

私はこの博物館は二度目である。最初は総合展示室の、林子平の手紙を熱心に読んだ記憶がある。それは「塩竈まうで」の項で述べたが、子平が幕府によって『海国兵談』の版木を没収され、兄の家に蟄居させられた時、後援者の塩竈神社神職藤塚式部にあてた手紙であった。悲痛な中にどこか飄々とした人柄を感じさせるものであった。

今回は友人たちと一緒なので、テーマ展示室Ⅰの、歴代藩主の陣羽織や見事な鎧などを見る。伊達というだけあり、華やかでモダーンな紋様に眼をみはった。

次にテーマ展示室Ⅱのキリシタン関係の部屋に入った。アーチ型の高い天井も壁も大理石のような白い建材で、ひんやりした静謐な雰囲気である。

正面の奥に支倉常長の油絵の肖像画がかけてある（二二六頁参照）。かなり剥落しているが、ロザリオを手に熱心に十字架像に祈っている表情は知性に満ち明るい。唇をしっかりと結んで意志的である。総髪を後頭部で束ねて髷にし、レースの白い襟飾りと袖飾りのあるブラウスを着て、黒い寛衣に身を包み、しっかりと脇差をさしている。この肖像から彼が強い使命感を持続していたことが感じられた。

次の展示コーナーに常長がローマ市から公民権と貴族の称号を与えられた「ローマ市公民権証書」が展示されていた。大判の羊皮紙で、美濃紙くらいの大きさがあり、ラテン語で記されている。上三方を美しい紋様が囲んでいる。聞くとローマ市の紋章、支倉家の紋章などであるという。下方は朽ちてぼろぼろになっていて、過ぎ去った長い時間を感じさせた。

このときの遣欧使節一行の八人は、全員ローマ市の公民権を与えられたという。しかし常長のものだけしか残っていない。

「支倉家で大切に残したのでしょうか」私は博物館の人に聞いた。「いえ、伊達家が残していたのです」という答えであった。

それは非運の家臣常長に対する、せめてもの政宗の思いやりであったろうか。私は常長の肖像画の前をいつまでも去りがたかった。

この画を見たら真葛はなんと言うだろうか。

「キリシタンあったがために、あたら立派な武士の一生を台無しにせし。惜しむべし、惜しむべし」とでも言うのではないだろうか。

常長の肖像画と「ローマ市公民権証書」は、その年国宝に指定された。

三、和歌と漢詩――仙台での静かな日々

■真葛の銅鏡

鏡を見ていた。銅鏡である。手にずしりと重い。

只野家の離れに、真葛の資料の入っている古い簞笥がある。その大きな引き出しの一番上に、鏡箱に収められていた。小さな手鏡もともにあった。母屋の明るい縁側に持ち出して見ると、背面には動物の紋様の彫刻がある。おそるおそる表面を返してみてどきっとした。

よく映る。自分の顔なのに、一瞬、真葛に出会ったかのような気がする。鏡が人の魂と同様に考えられ、畏れられてきた理由が瞬時にわかる。

たしか真葛の鏡はお墓の副葬品として納められていたはずだが、と思い返してみた。あれはオランダ渡りの、ギヤマンの方形の懐中鏡であった。この銅鏡はたしかに真葛の遺愛の品にちがいない。のちの方々も使われたかも知れないが、思いがけないほどよく映る。少し湯気に曇ったガラスの鏡ほどだ。

私は銅鏡の表面がこんなによく映るとは考えてもみなかった。

「長いこと手入れをしてないから」

と只野ハマさんがおっしゃった。「たしかによく映りますね」澁谷氏も感心して見ている。

「ほら、こうすると合わせ鏡になりますよ」と、手鏡を左手に傳《つとう》先生。先生の奥さまものぞき込んで驚いていらっしゃる。

考えてみれば、銅鏡を手にとって自分の顔を映して見るのは、私にははじめての経験であった。博物館などで見る場合でも、背面の紋様を見せるように展示されていて、鏡の表面を見るようになっていることは、まずない。古墳から鏡が発掘されたと新聞で報道されても、背面の紋様が三角縁神獣鏡であるとか、そこに記された文字や中国の年号ばかりがとり上げられていて、鏡の表面が映るかどうかを書いている記事を見たことがない。そんなことは問題にならないのだろう。

しかし発掘した鏡に自分の顔が映ったら、誰でも一瞬どきっとして、古代人に出会ったように感ずるに違いない。私は真葛の遺愛の銅鏡を見て、彼女に出会ったように感じてしまった。

昔の人は自分の顔を水鏡に見るようにぼんやりとしか見ていなかったのでは、という思い込みが、なぜか私にはあった。しかしよく手入れした銅鏡なら、現在のガラス製品の鏡同様によく映るのだ。真葛が自分の顔に涙ぼくろがあることを、つねに気に病んでいたのを思い出した。真葛は肉親たちの不幸を、自分の涙ぼくろのせいにして歎いているが、この銅鏡で自分の顔をありありと映して見ていたのだと、身近に感じた。

「洗剤かなにかで磨いてみましょうか」とハマさんがおっしゃると、「それはお止めになった方がいいのでは……。きっとなにか専門のやり方があるでしょうから」と傳先生が答えられた。

その後、近世には鏡研《と》ぎという職業があったことがわかった。表面に水銀を塗って、かたばみやざくろの汁で磨くのだという。これは誰にでも簡単に出来ることではない。

しばらく真葛の銅鏡は、居合わせた人々の手から手へと移っていった。私はその間にお忙しい傳先生から、これまでの原稿の地名やこの地方の言葉の使い方を教えていただいた。

帰宅してからメモを整理していて、銅鏡の背面の紋様が唐獅子であったか、虎であったかどうしても思い出せない。澁谷氏への礼状の端に、それを訊ねて見た。彼も覚えていなくて、中新田へ電話で問い合わせてくれたようだ。すると居合わせた人たちの誰も覚えていないことがわかった。それほど皆、銅鏡の表面がよく映るのに気を取られていたのだ。

只野真葛遺愛の銅鏡

他日、只野家へ電話する機会があって、その時ハマさんにお訊ねした。

「あれは獅子ですよ」と、ハマさんは明快に答えて下さった。

それは平成十二年（二〇〇〇）三月、清水浜臣《はまおみ》（一七七六―一八二四）の添削を受けた真葛の歌稿を見せていただきに、只野家に伺った時のことであった。

浜臣は村田春海《はるみ》（一七四六―一八一一）の門人であ

る。前にも述べたが、村田春海は真葛の父工藤平助と親交があり、真葛が十六歳の時に書いた歌文を褒めてくれた人である。真葛が仙台へ下ってからも彼女のことを気づかってくれている。

寛政十一年に「塩竈まうで」を書いて、江戸の父平助に送ったところ、平助はそれを早速春海にも見せたらしい。春海から文末に誉め言葉を添えて送り返されてきたのが、限りなく嬉しかったと、真葛は「独考」巻の下の中に書いている。

春海は当時の和文作者として、学者間でも高く評価されていた人である。当時は国学者たちばかりでなく、漢学者たちも、どのような和文体がその時代の日本の文章にふさわしいかを模索している時代であった。春海はその中でも傑出した一人である。

揖斐高著「和文体の模索」（『江戸詩歌論』所収、汲古書院、一九九八年）によれば、春海の文章論は、すべての事柄は文章に載せてはじめて後世に伝えることが出来るものだから、おろそかにしてはならない、というものであった。そしてすぐれた和文とは「事のいひざまいやしからず、心よくとほりて、とゝのほり正しきを、よき文とはいふになん」（ことの言いようが卑しくなく、書き手の文意がよく達して、正確できちんとしているのこそ、よい文章というのである）と言っている。

真葛の文章は、その点でも春海の眼がねに叶ったのであろう。ただし、真葛が春海に歌文の指導を受けたかどうかはわからない。

その村田春海も文化八年には亡くなっている。それ以後真葛は春海の門人清水浜臣《はまおみ》に和歌の指導を仰いだのであろう。

その日見せていただいた只野家の資料には、浜臣が添削した歌稿のほかに、封書一通と「いくよかったへ」という歌物語の添削原稿があった。

今回は、澁谷氏はいつものカメラと違い、パソコン、スキャナー、プリンターなどを車に積みこんできていて「電源はどこですか」と探している。「わあ、すごい。新兵器だね」と私は言った。新しく買い込んだものらしい。添削歌稿、手紙などが眼の前で、本物そっくりにプリントされていく。朱筆の色も鮮やかである。私がいただく分と、ハマさんにさし上げる分が出来た。

ハマさんは「ああ、これならこたつに入りながら見ることができる。澁谷さんはほんとに写真でもなんでもお上手であらしゃるから」と喜ばれた。

ご先祖のものであっても、大切にしまってあるものは、そう自由に見ることは、手数もかかりなかなか難しいのだ。

真葛の歌稿の他に、夫伊賀の歌稿、伊賀が長男由治（義由）に与えた手紙、真葛が亡くなった時の妹萩尼栲子の弔歌などもプリントしてもらった。誰からかわからない手紙があった。見ると手紙を巻いた端裏に「只野御後室様　美那ミ山よ梨」と美しい崩し字で認めてある。

「みなみ山より……ああ、これは南山禅師ではないかしら」私は澁谷氏に同意を求めた。「そうですねえ」と彼もうなずいている。

南山禅師は真葛の夫伊賀と親交があった人だ。伊賀の亡き後も、真葛と交流があったらしい。それにしても南山を美那ミ山とやわらかな筆遣いで署名するとは、女人に出す手紙だからであろう。なんと優雅な

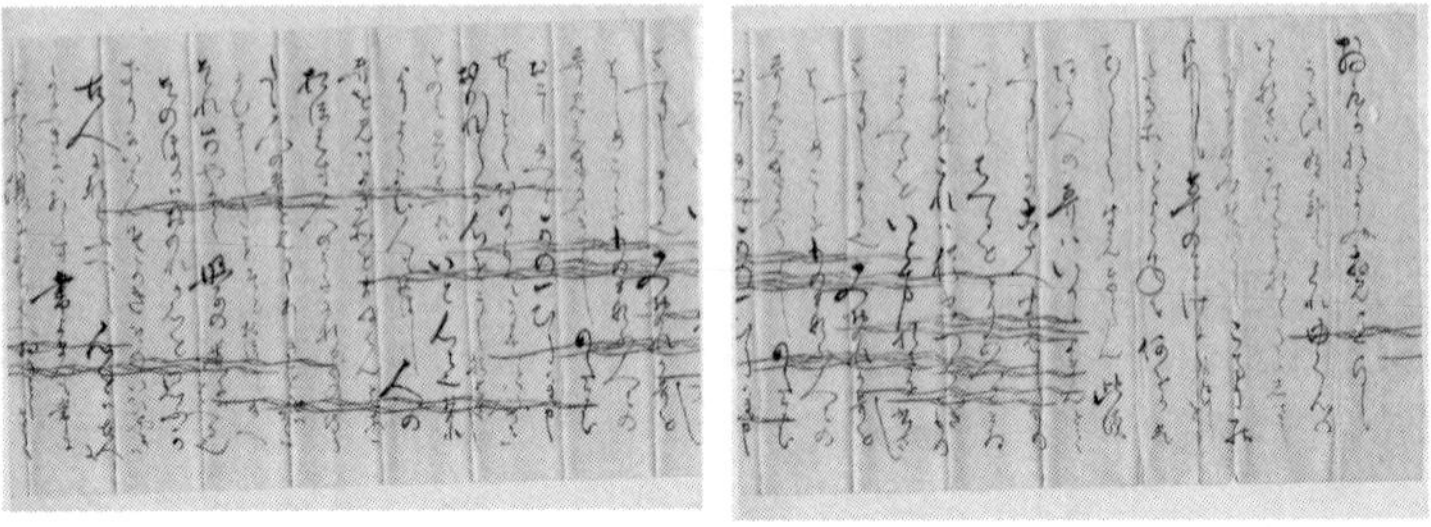

清水浜臣の真葛宛書簡

お坊さまだろう、と興味が深まった。

その日は夕食におすしをご馳走になってしまった。資料の出し入れのお世話をしてくださった、澁谷傳先生の奥さまもお手伝いなさって、何時の間にかみずみずしい青菜の煮びたしやお吸い物まで、テーブルいっぱいになっている。

「この青菜はねえ。庭の梅の木の下に生えてんのをさっき採ってきたんですよ」とハマさんがおっしゃった。道理で朱塗りのお椀に、実に鮮やかなみどり色が映えている。外はもう暗いが、食卓は暖かい電灯の光の下で、色とりどりに賑やかだ。

「私、今日はちょっと興奮して……」とハマさんは上気した頬を掌でおさえながら、戊辰戦争後のご苦労を話して下さった。「千二百石だって言われて嫁いできたけど、何にもなぐってね」とおっしゃる。「戊辰戦争の時の借金で、拝領屋敷を手離したがそれでも足りず、小学校の訓《くん》導《どう》の給料の中から五円ずつ返したのが、実につらかった、と聞きました」

先々代の、只野虎次郎氏の頃のことらしい。戊辰戦争後の東北諸藩の困難と、只野家の方たちの誠実な対応がよくわかる。「それでも私たちは、会津のようになんなぐでよかったねって、いつも言ってたんです」

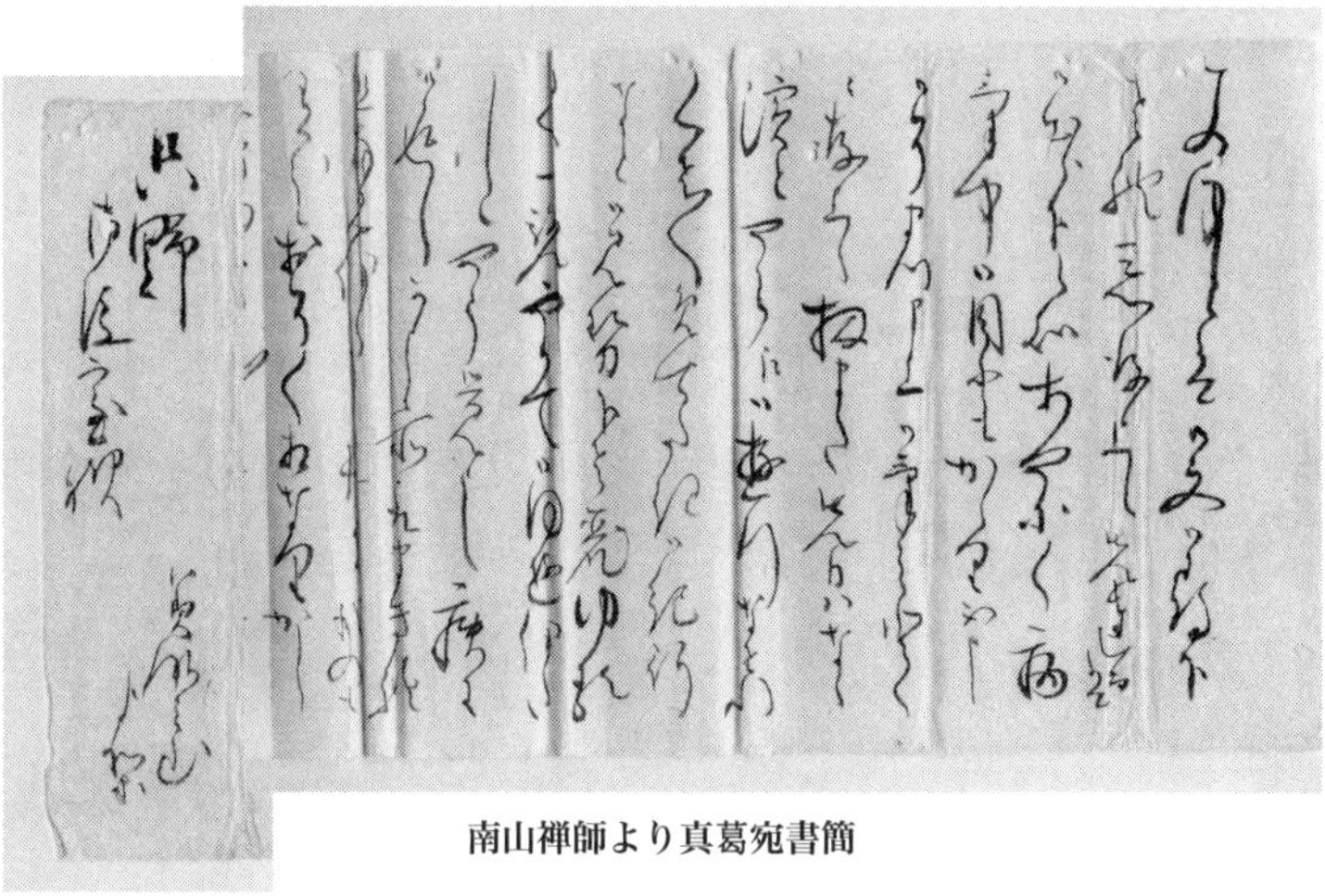

南山禅師より真葛宛書簡

「奥州ばなし」の第一話に出てくるさくずのことを米糠《ぬか》だと教えていただいたのも、この夜だった。

只野家を辞した時はもうすっかり夜になっていた。翌日は宮城県図書館へ行く予定なので、図書館の近くの宿舎まで送ってもらい、風邪気味の私は、早々と休んだ。

翌朝は早めに県図書館の郷土資料室に入った。その日見たかった資料は、中山栄子著『只野真葛』に使われた数々の資料だった。江戸時代にすでに「むかしばなし」を書写している佐々木《ささき》朴庵《ぼくあん》のこと、庄司《しょうじ》甘柿舎《かんししゃ》主人のこと、伊達家編纂による『東藩史稿』、明治二十六年（一八九三）に小学脩身圖鑑にのった「工藤真葛前妻ノ子ヲ教育スル圖」、大正三年（一九一四）に白柳秀湖が『淑女画報』に載せた「彗星的夫人の比較観察——女流経済論者工藤綾子」、『奥羽婦人傳』、大槻如電著『磐水事略』、只野淳による東北キリシタン関係の著書などである。真葛の和歌の門人であった但木《ただき》直子、武田梅子のことは『仙台人名大辞書』でわかった。

全部見られるかどうか心配したが、司書の方が私のメモを見ながら次々と探しだしてくれた。白柳秀湖の書いたものは、残念ながら見つからなかった。

この日最も感動したのは真葛の父工藤平助の、医学上の著書『救瘟袖暦《きゅうおんそでごよみ》』をマイクロフィルムで見られたことである。

この著書については序章に書いたので、ここでは省くが、これによって多彩な面を持つ工藤平助の人物像が、私の中にくっきりと定着したことは前に述べた通りである。平助の父長井大庵は、三人の男子をみな武士にしたいと願っていたのである。平助は父の志を忘れず、本職の医業を疎かにすることなく、なお世界に広く眼を向けて多くのことを学び極めていた人だったのだ。

■源四郎と周庵

真葛の弟源四郎元輔が亡くなったのは、文化四年（一八〇七）十二月のことである。まだ三十四歳の若さであった。父平助の跡を継いでからも、懸命に医学を修め、儒学を学び、詩にもすぐれていた。

真葛は「七種《ななくさ》のたとへ」の中で弟について、「……志清くすくよかにして、唐国《からくに》の聖の教えを固く守り、世人には異なる人なりき」（……志は清らかで生真面目であり、唐の聖人の教えを固く守り、世間一般とはちがう人であった）と書いている。そして周囲からも嘱望された、真葛にとってかけがえのない弟であった。

彼の三回忌には堅田侯堀田正敦から追悼の和歌が一首、ある人を介して示された。また村田春海は五首の和歌を贈ったが、その詞書《ことばがき》に、

工藤太郎君の三年の忌によめる

と題して「君名は鞏卿、字は公強、世々くすしの業をもて陸奥の君に仕うまつれり。常に書読むことを好みて、学の道に博《ひろ》く、からうたにたくみにて、手書くことを能くせり」（君は名を鞏卿、字を公強という。代々、医術をもって伊達の主君にお仕えしてきた。いつも書物を読むことを好み、博学であり、漢詩も上手で、字を書くことも上手であった）とある。春海の追悼の和歌には、

心知る人や誰なる白玉の光包みて有りし君はも
有りし時すさみになせる唐錦《からにしきお》織る手は世にもたぐひなかりき
見るたびに心高さぞしのはしき今ものこれる水くきの跡

などとあった。

源四郎を幼いころからよく知っている春海の、ありきたりでない追悼の和歌を見て、真葛は慰められた。「かにかくに思ひ出でつゝ誉め給へる志をうれしみて、聊《いささ》か慰みぬ」（あれこれと思い出しながら誉めてくださるお心がうれしくて、少しばかり慰みました。「七種のたとへ」）

源四郎自身が書いたものは残っていないので、これら周囲の人の書いたものから、彼の人柄を想像する

ほかはない。

源四郎が診療の過労から倒れた時、周囲の人々の間では、まず工藤家の後継ぎのことが問題になったにちがいない。彼には子供がいないのであった。

そして一番近い親戚である母方の実家、桑原家から養嗣子が入ることになった。真葛たちには従兄弟にあたる桑原隆朝（三代）如則の次男、管治である。

のちに伊賀の次男真山杢左衛門《もくざえもん》が書いた「工藤氏系譜略」によれば、安政二年（一八五五）に、管治は「盲目にて年五十余歳」とある。はじめから盲目であったわけではないだろうが、工藤家を継いだ時は、まだ十歳にもならないくらいである。管治は工藤家を継ぎ、静卿、周庵と称した。周庵は平助の号でもあった。

これは私の推測に過ぎないが、工藤家の相続には、親戚の誼《よしみ》を結んでいた大槻玄沢の意向が働いたことが考えられる。真葛の夫伊賀が在府中ならば、その相談に与かったであろう。しかし前年文化三年の大火の際に江戸にいたので、次の年は帰国中であったかもしれない。それを確かめる術はないが、結果として、遠く仙台にいる伊賀、真葛夫妻の意向を問われることはなかった。

工藤周庵となった管治は、工藤平助著『救瘟袖暦』の上梓にあたって、刊行者として名を刻しているが、その他の事績は、私が見た限りではわからない。

桑原家から工藤の跡継ぎが入ったことについて、真葛は「桑原へ跡式《あとしき》のすみしぞ口おしき」（桑原の者が工藤の跡目を相続したのこそ、口惜しいことだ）と「むかしばなし」（一）に書いている。そして周庵の代で工藤家は絶えたようである。

源四郎が父の跡を継いで、すぐれた医師として栄えてくれることのみを願って、仙台まで嫁いできた真葛は「……いとくやしく、身もうつほなるこゝちして、ものぐるはしきおもひをのぶる」長歌と反歌五首を作った。

そののちもたびたび源四郎を偲ぶ歌を作り、江戸にいる妹の栲子と贈り交わしている。その中に源四郎の三年忌に、彼が常に「任重ク道遠シ」という『論語』泰伯篇の言葉を固く守っていたことを思い出して、

から人のつけし重荷はおひながらはるけき道をたどらざりつる
よみつぢにゆくらん人に唐国のおもにおはせしことのかなしき

と詠んだ二首がある。士たる者の責任は重く、一生続くことを説いた聖人の教えが、つくづく真葛には恨めしかった。

泰伯篇を見ると、「曽子《ソウシ》曰ク、士《シ》以テ弘毅《コウキ》ナラザルベカラズ。任重クシテ道遠シ。仁《ジン》以テ己《オノレ》ガ任ト為《ナ》ス。亦《マ》タ重カラズヤ。死シテ後チ已《ヤ》ム。亦タ遠カラズヤ」（曽子がいった。士たる者は、広い心と強い意志とを持たねばならぬ。任務は重く、道は遠い。仁を以て己の任務とする。なんと重い荷ではないか。死んだのちにようやく止める。なんと遠い道程ではないか）とある。

源四郎は、まさにこの言葉どおりに職務に斃《たお》れたのである。真葛は娘に唐文を読むことを許さなかった父の心がさまざまにおしはかられた。

■藩主周宗《ちかむね》と伊賀

弟源四郎の没後、五年目に真葛の夫伊賀が亡くなるのであるが、その前後の仙台藩の様子を見てみよう。

文化八年の秋の末に、伊賀は急ぎ江戸へ出府した。その頃から九代藩主伊達周宗が病にかかって、年が明けると次第に重くなり、幕府に隠居を願い出た。

二月には庶出の弟宗純が跡を継いで斉宗《なりむね》と名乗り、翌月、陸奥守に任ぜられ十代藩主の座についた。周宗はそれを見届けると安心したように、四月二十四日に没している。まだ十七歳の若さであった。

この周宗こそ、伊賀にとっては特別な思い入れのある藩主であった。

周宗は幼名を政千代といい、寛政八年三月に八代藩主斉村と正室の間に生まれた嫡子である。真葛の夫伊賀は斉村から厚く信頼され、政千代のもり役にと内命を受けていた。しかし政千代が生まれた翌月に斉村夫人が、そして七月には帰国した斉村自身が相ついで没するという不幸が続いた。

その後伊賀がもり役を外されてしまったことは、三章の「みちのく日記」の項で述べた通りである。真葛はそのことを、同情をこめて「日記」に記している。

ところが伊賀自身は、周宗に先立って、四月二十一日に急死してしまったのである。真葛の「むかしばなし」を見るとその時の様子は次のようである。真葛は「むかしばなし」（五）を書きついでいる時であった。

「ここまで書きさして、藤平誕生日の祝儀とて中目家へまねかれて行しは、四月廿五日なりし。二夜とまりて同じ七日の夕方帰りしに、江戸より急の便有《たよりあり》、同じ月の廿一日朝四ッ時より病付《やみつき》て、ひる八ツ過に、伊賀むなしくなられしとてつげ来たり。……日をかぞふれば其日は初七日なりけり。にはかにかたち直し、水そなえ花たむけなどするも、何の故ともわきがたし……」

（ここまで書いた所で、藤平の誕生日の祝いに、中目家へ招かれて行ったのは四月二十五日のことだった。二晩泊まって、七日夕方帰ったら、江戸からの急便である。同月二十一日の朝十時ごろから急病となり、昼二時過ぎに、夫伊賀が亡くなられたといって、知らせてきたのだ。……日を数えるともうその日は初七日である。急いで喪服に着替えて、水を供え、花を手向けるが、何故こんなことをしているのかもわからない……）

それまでは昔の思い出があれこれ楽しく書かれている「むかしばなし」に、突如として痛ましい知らせにとまどう現実の真葛の姿が出てきて、読む者の胸を打つ。

藤平とは中目家に嫁いだ末の妹照子が、文化八年四月に生んだ男子である。工藤家の血につながる子どもの誕生は、真葛をどんなにか喜ばせたことであろう。夫の伊賀もその時には国元にいて、真葛とともに喜んだことと思われる。そしてその秋の末に出府して、翌年の藤平の誕生日直前に身罷《みまか》った。享年はわかっていないが、真葛とほぼ同じ五十歳過ぎと推定される。

伊賀がわずか四ヶ月ほどもり役を勤めた政千代は、十五歳になった文化七年に、周宗と名を改めたばかりであった。

『仙台市史』（仙台市役所発行、一九五一年）に付された年表を見ても、その年まで一度も国入りをしていない。名を改め、立派な九代藩主として国入りする予定だったのではないか。仙台の人々もその日を待ち望んでいたことであろう。

周宗の九代藩主としての初の国入りには、伊賀は番頭《ばんがしら》として美々しく整えた行列を指揮して、晴れの帰国をするつもりであったろう。その日をひそかに楽しみにしていたであろう。

伊賀はもり役として、その腕に抱いたことのある政千代の成長を、番頭となってからも少し離れた所から、じっと父親のような気持ちで見守っていたにちがいない。前年の晩秋の急な出府も、周宗の病気を知ってのことだったかも知れない。

年が改まって、周宗の病はますます重くなり、ついに藩主の座を庶弟宗純に譲った。三月、宗純は名を斉宗《なりむね》と改め、陸奥守となり、十代藩主となった。

伊賀はそれを見て落胆したのではなかろうか。まるで周宗の黄泉路《よみじ》の旅を守るかのように、周宗より三日早く逝ってしまったのである。周宗の跡をついだ斉宗は、その年の八月に早くも十代藩主として国入りを果たしている。

江戸時代の人々の、主従間の情誼は、現代の私などの感情移入を容易に許さないほど、篤く緊密なものがあったようだ。真葛はこの間の事情について何も書いていないが、伊賀の人柄からみて私が想像するばかりである。

伊賀の誠実な思いやり深い人柄は、真葛の文章の随所に見られる。江戸にある時は、必ず工藤平助の家を見舞い、帰国するところまごまとその様子を真葛に語って安心させている。扇子にいろんな絵を描かせて真葛への土産としたことは前に書いた。

またある年は、参州刈谷《かりや》藩主だった土井侯に、「聴鶯」の二字を書いてもらい真葛への土産とした。土井侯の元へよく出入りする人に頼んで、書いてもらったのである。真葛はたいそう喜んで、その書を扁額《へんがく》に造り、新しく庭に建てた茶室の、床の間の上に懸けた。その周囲は竹が多く、鶯がよく鳴くのであった。

土井侯こそは、父平助の、患家の大名の一人で、築地の工藤家へも幾度か遊びに来ていた人である。若くして亡くなった真葛の長弟元保も気に入られて、たびたび召し出されていた。伊賀はその事情をよく知っていて、頼んだのであろう。

間にたって世話をしてくれたのは、熊谷千蔵という謡の師匠で、伊賀はこの人について謡を稽古していた。「いと親しうして、武蔵に上りては、遊びがたきにしたりき」（たいへん親しくして、江戸に上った時は遊び相手にしていた。「絶えぬかづら」）とあるので、熊谷翁とはよほど親しく、友人のように付き合っていたのであろう。

「我が背なる人は声よくて、わざをぎ（役者）の歌を謡《うた》へりしほどに……」（私の夫である人は声がよくて、能役者の謡をうたっていたので……）と真葛はほこらしげに書いている。「みちのく日記」の中でも、「……猿楽のうたをぞ謡へりしとぞ」（……猿楽の謡をうたっていたそうだ）とあるので、伊賀はずっと師匠について謡の稽古を楽しんでいたようだ。

新しく庭に造作した茶室で月をめでながら、あるいは春の朧夜に、朗々たる夫の謡曲を聞いている真葛を想像することもできて楽しい。

真葛にとって一番忘れられないのは、父平助の病が心配された時の、伊賀の思いやりであった。

「真葛がはら」地の巻に、「父君の病あつしうし給ふ頃、とぶらひまつるとて、五つの節の事をかたどりたる作り物奉りしたゝう紙に書付たる哥《うた》、并《ならび》にたへ子の父君に代りまつりてよみて贈れる哥」（父君の病が重くなられた頃、お見舞いしようと、五節句にちなんだ作り物を作って差し上げた包み紙に書き付けた和歌、ならびに栲子が父君に代わって詠んで贈ってくれた和歌）という長い題の歌文がある。

それによると父の亡くなる寛政十二年の中秋に帰国した伊賀は、平助の病状が思わしくないことを真葛に告げて言った。

去年の暮よりは少しよろしいように見える。しかしまだ起き上がれずうち臥したままで、看病の若い少女《おとめ》子《ご》たちが、押絵など作ってお目にかけてお慰めしている。そなたも何か作ってお慰めしなさい、と。

真葛は思わず言った。このように毎日忙しくしていますのに、どうしてそんな暇がありましょうか。それに、もし作っても、若い人たちがきそって今様の物を作って、お目にかけているのでしょう。父さまは今風の新しいことがお好きなのですもの。私が古臭い作り物をこしらえても御気に召しますまいに……。

真葛は父の事が心配で、自分が傍に居られないので、焦れて少しすねてしまった。

伊賀は真葛の気をとりなすように言った。そなたの言うのも道理だが、近くならすぐにでも行くことができる。しかしこう遠くてはそれも叶わぬ。こんな時に暇がないなどと言ってはいけない。何か心ざしだけはお見せするものだ。無理にでも暇をつくりなさい、と。

伊賀にいさめられて、ああ、浅はかなことを言ってしまったと、真葛は反省し心が和んだ。それでもなお、昔こそこしらえ物も習ったけれど、長年したことがないので何をしたらよいか、とためらう真葛にむかって伊賀は、珍しい物でなくても、そなたの心ざしだけは、ご覧に入れるのだ。ここらのことにでもかこつけて、作りなさい、と再々励ましてくれた。

ようやく、むつき（一月）は初若菜、やよひ（三月）は塩竈の桜、さつき（五月）は安積《あさか》の沼の花がつみ、ふみ月（七月）は七夕の色紙と短冊、ながつき（九月）は菊、と五つの景物を思いついて作った。それぞれに和歌を添え、この経緯を書いた長い手紙を同封した。江戸で長病に臥せっている老いた平助に、仙台の伊賀と真葛の真心は届いたことであろう。

■伊賀の詩作と歌作

只野家の資料の中に只野伊賀の歌稿が残っている。うすい朱色の草木の模様の入った料紙に五首の和歌が記され、行義《つらよし》と署名がある。

　　冬のはじめ
冬あさみ日影ほのめくかた岡に鳥のあとなき霜のうへかな
　　葉落て月あかし
ふきはらふ木々の葉もなくかぜたえて夜ふかにてらす森の月影

次に「関のしくれ」「猿田彦」と二首あって、五首目の「唐人」が面白い。

唐人

こと〻ひのかよわぬ人も我ぞしるつたふあなたのふみにたづねて

伊賀は当時の武士として、当然よく漢詩文に親しんでいた。主君の世継ぎのもり役にも望まれるほどの、学識の持ち主であった。その人の知的喜びが素直に詠まれている。

会話の通じぬ唐人のことも、我は伝わった書物で知ることが出来る、という実感である。現代に生きる私はいつも翻訳で外国の本を読むだけだが、たまに辞書引き引き、原文で読んだ時の嬉しさは格別である。自分だけわかったような気持ちになってしまう。漢詩文も当然外国語であって、訓読、読み下しという特殊な読み方があるとはいえ、やはり当時の人は原文に当たっている。それを読み得た時の「我ぞ知る」という喜びには共感を覚える。

「みちのく日記」の最後にも、伊賀が十二の鳥の名を詠み込んだ和歌一首と、「やよひ三日」という五音を各句の上に置いて、縦横斜めと詠み込んだ真葛の和歌十二首が収められている。「其の日の戯れによめる歌十二首」と真葛が題しているので、三月三日に夫妻が機知を競い合った様子が偲ばれる。

伊賀の歌稿の書体がたいへん真葛のそれに似ていることを、私は興味深く思った。江戸から長男由治（義由）にあてた手紙の書体とは全く異なる。和歌を作るために真葛の書を習ったのだろうか。しかし真葛の書の細く強い線とは違うので、真葛の代筆ではないとわかる。

「みちのく日記」にあったように、伊賀はもともと漢詩のみ作っていた。真葛が江戸から歌書など持ってきたのを見て、和歌も作るようになったのだ。若い頃は御連歌の間の脇番頭を勤めたこともあるので、和歌の素養はあっただろう。仙台藩は連歌の盛んな藩であった。

漢詩の作としては、直接詩稿を見ていないので、中山栄子著『只野真葛』から七言絶句を一首引用する。

雪佛

六街飛雪聚為形　　六街《りくがい》の飛雪《ひせつ》　聚《あつ》まりて　形を為《な》す
色相安知佛髻青　　色相《しきそう》　安《な》んぞ知らん　佛髻《ぶっけい》の青なるを
夢幻忽無霊粟影　　夢幻　忽ち無し　霊粟《れいぞく》の影
春風唱起涅槃経　　春風　唱起す　涅槃《ねはん》の経

雪佛は雪だるま、六街は繁華な巷。江戸の町か、仙台か。雪が降って、子どもたちが作った真っ白の雪だるまが、のどかな春風にあって忽ち跡形もなくなってしまう風景。

これを読むと伊賀のユーモラスな面がうかがわれる。機会があると公務の暇を縫って、瑞鳳寺の南山禅師との詩会を楽しんだようだ。

只野家にある南山禅師の詩の詞書に「……諸子《ショシ》相イ携《タズサ》エテ弊盧《ヘイリョ》ヲ過《ヨ》ギラル、只野君　公事《コウジ》ヲ以テ中座シテ帰ル、……他日詩有リ、寄セラル……〔原漢文〕」（諸子連れ立って、私の粗末な庵に立ち寄られた、只野君は公事のため途中で帰られた、……後日詩を作って届けられた）という部分があって、詩友たちと南山禅師の庵を訪ね、公務のため惜しそうに中座する伊賀の姿が彷彿とする。後日、二人の間で詩の応酬があったようだ。

また真葛も伊賀から漢詩の手ほどきを受けたのかもしれない。明治四十五年（一九一二）に編纂された『仙臺風藻』巻之参に、真葛女史として一首収められているので、ついでに紹介しよう。

春日山寺

詩人未訪野僧扃
花満祇林籠淡馨
黄鳥亦如修佛果
聲々唱出法華経

詩人　未だ訪れず　野僧の扃《けい》
花は祇林《ぎりん》に満ちて　淡馨《たんけい》籠《こ》む
黄鳥　亦た仏果を修するが如し
声々　唱え出す　法華経

扃は扉、入り口。祇林は祇園精舎の林園、転じて寺の庭、黄鳥はうぐいす。

詩人が誰も訪ねない田舎の寺の庭に、花々が咲いていて、よい香りが満ちている。うぐいすたちがまるで修行するように、声々にほうほけきょうと鳴いている。田舎の山寺ののどかな風景だ。

これらの資料で見ると、伊賀と真葛は知的レベルを同じくする、まことに釣り合いのとれた、好ましい組み合わせであった。

伊賀が江戸へ出府したあと、真葛はその淋しさを「まがつ火をなげくうた」の中で、

「……山吹も　紐解《ひもと》きそめぬ　時しもあれ　雁にたぐひて　故郷に　赴《おもむ》く我が背　此の花の　咲ける盛りに　山越えて　疾《と》く見まさねと　立ちて居て　およびもすまに　帰りこむ　日を数へつゝ　事もなく　待ちしあひだに……」

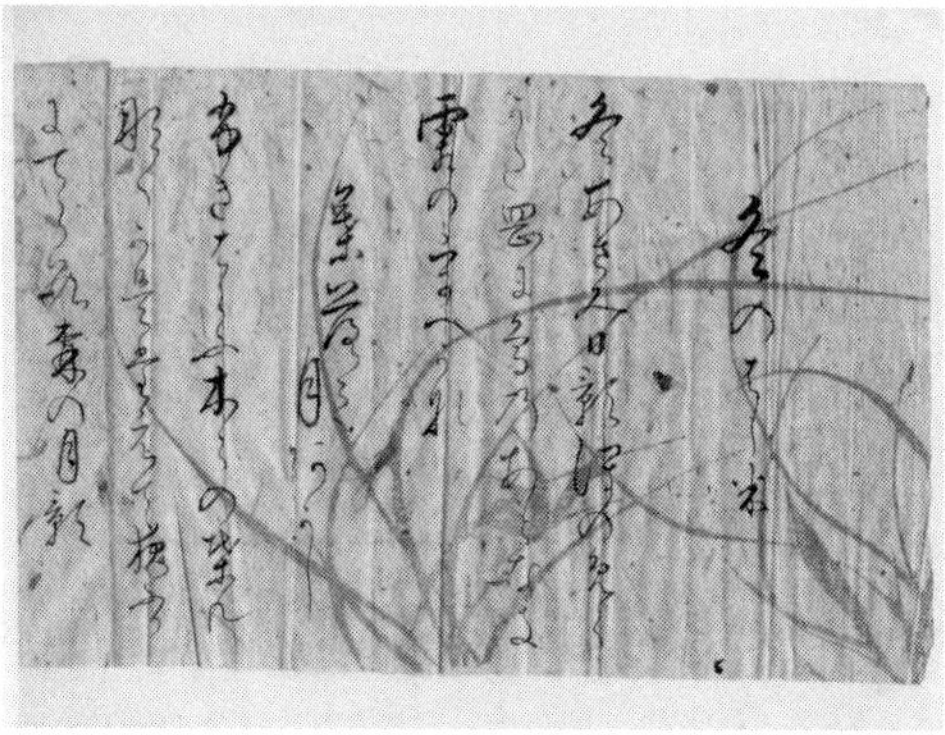
只野伊賀の歌稿

と詠んでいる。

故郷とは、真葛にとっての故郷である江戸へ、渡り鳥の雁のように出立する夫。江戸ではもう山吹の花が咲きはじめるころだろう。それを早くご覧になればよいと願いつつ、何か落ち着かず、立ったり座ったりしながら、はや帰国の日はいつかと、指折り数えて真葛は待っている。

そんな間に江戸は大火という知らせが来て、愛宕下の仙台藩邸にあった夫の住まいも、弟の新築の家も焼けてしまったのである。

参観交代のために一年前後の別居生活を強いられるのは、江戸時代の武家の女性たちにとって、なかなか苛酷なことであった。

「むかしばなし」(五)の中で、夫の訃報を知った真葛は、割注をして「此のふしはうれいにしづみ、哀のはなしかく事能はず。よりてこれをあげたり」(このごろは憂いに沈んで、心に沁みるような話を書くことが出来ない。だからこれを仕上げとする)と、「むかしばなし」をいったん中断した。一日も看病できずに夫を失った悲しみは深かった。

「五日六日有て、おもゐめぐらすに、かく聞伝《ききつたえ》しことのむかしがたりを書とめよ〱とつねにいはれしを、……今はなき人のたむけにもと思ひなりて、かきとゞむるになむ」

(五、六日たって、思いめぐらすと、このような聞き伝えた昔語りを書きとめよ書きとめよといつも言われていたものを、……今は亡き人の手向けにもなると思いかえして、書きとどめるのです)

と気を取り直して、「むかしばなし」を書き続けていったことがわかる。

「むかしばなし」は伊賀の勧めによって書かれたもので、工藤家をよく知る伊賀の勧めは大きな力だった。しかし伊賀の没後、「むかしばなし」の内容はすこし変化して、自分の思い出もあるが、のちに「奥州ばなし」に入れられるような聞き書きが多くなる。親しい人々が次々と亡くなって、書くことがつらくなったのであろうか。

■南山禅師と真葛

夫伊賀と親交のあった南山禅師もその死を深く悼み、残された真葛をいたわっている。時折真葛は禅師を訪ねて書いたものを見せていたようだ。

「美那ミ山よ梨」と署名のあった真葛あての手紙には、

「この間は御文御尋《たずね》下され□□（二字不明）上候　先達ては御出被下候処《おいでくだされそうろうところ》　あやにく病気中御目にもかゝり不申《もうさず》　御そまつ申上　御気のとくに存上候……」

（この間は御文でお尋ねくださり、□□。先達てはお出でくださったのに、あいにく病中でお目にもかかりませず、失礼申し上げ、お気の毒にぞんじました）

とあり、かなり頻繁に交流があったことが窺われる。南山禅師の住持する瑞鳳寺は、只野家の仙台屋敷からそう遠くない所にあった。つづけて、

「扨《さて》また先日はなゝ浜とやらえ御遊行《ゆぎょう》なされ　くわしくめてたき御紀行など御見せ下され　ゆるゆる一覧　やがて御同遊いたし候やうに覚申候……」（二四七頁参照）

（さてまた先日は七ヶ浜へお遊びに行かれ、くわしく結構な御紀行文をお見せくだされ、ゆっくりと読ませていただいたところ、ご一緒に出かけたような思いがいたしました）

とあるので、四章に取り上げた「いそづたひ」を見せたことがわかる。

南山禅師は伊達政宗以下三代までの藩主の菩提寺、臨済宗瑞鳳寺の住職を勤め、勅によって紫衣《しえ》を賜った高僧である。学識も高く、詩に巧みで、『天保三十六家絶句』にも菊池五山、大窪詩仏、頼山陽、梁川星巌ら当代の詩人たちにまじって、二十四首が選ばれている。京都、江戸でも交流が広く、大田南畝とも出会っているようだ。

仙台での真葛の暮らしはそれほど孤独というわけではなかった。前章で紹介した「ながぬまの道記《みちのき》」には、荒磯で網引を見ようと誘ってくれた女友だちがあったことが記されている。そこはかなり遠いので、元気で脚力に自信があったころではないだろうか。前日には髪を結い、割子弁当など用意して楽しそうである。

この紀行文に名前は記されていないが、仙台での真葛の和歌の門人として、但木《ただき》直子、武田梅子の名がわかっている。但木直子は仙台藩では宿老格の名門の一族、但木三郎次行隆の妻、歌人として名を知られ、八十五歳まで長生きした女性である。武田梅子は武田恒之助の妻、若くして夫と死別してからは、一子常徳の養育に力をそそぎ、その子は立派に成人して、のち藩の要職についたという。二人とも藩内では知られた知識人女性である。おそらくこの他にも門人はいたであろう。

■清水浜臣の指導

真葛が清水浜臣に和歌の添削を受けたことは前に述べた。只野家でコピーした浜臣の真葛宛書簡の中で、浜臣は和歌を詠む心得を次のように教えている。

「……おのかもとに来つとふ人々は　おのれ〳〵か心をうしなはさしとのみ思ひはへれは　いと心々也　おのれよりよくよむ人もおほし　人の哥を見は　よき所をまねはんとすれは　おほえす人のうたになるものに侍り　たゝ人の哥を見て　あしきことをはかくはよむましきことそとおほし給へ　それかやかて学の道にははへる也……」

（……自分の所に集まる人々は、自らの心を失わないようにとだけ思っていますので、人それぞれです。自分よりよく詠む人も多くいます。他人の和歌を見て、よい点を学ぼうとすれば、知らないうちに他人の和歌になるものです。ただ他人の和歌を見て、悪い所は、このようには詠んではならないことだと思いなさい。それがやがては学の道になるのです……。）

これは作歌の指導というよりも、和歌を他人に教える場合の心得をさとしたものである。浜臣は真葛のところへ門人が寄ることを知って言っているのである。

つづけて「そのほかはおのれの心を思ふかきりにいはんそよき　そのいひやうは古人にならふへし　心をは古人にかるへきにはあらす……」（そのほかは、自分の心を思う限り言うのこそよろしい。その言い方は古人に倣うべきです。心を古人に借りるべきではありません）とさとしている。

そして、和歌を詠もうとする時は、古人を捨てて自分の心にもとめなさい。大かた今ごろの女性たちの未熟な歌人の、なんとなく上手に聞こえる歌は、たいていは古歌の真似をしているのである。これは初心者にはとがめるべきではないが、我が歌として詠むにはたいへん無念なことではないだろうか、と和歌についての考えを展開して、ねんごろに教えている。また江戸時代の多くの女性の和歌に対する浜臣の評価もわかる。

浜臣は村田春海の考えを継承する人なので、その言葉は真葛にはよく理解されたであろう。万葉集の昔に帰ることを目指した賀茂真淵の門人の中でも、江戸派といわれる村田春海や清水浜臣の考えは、古典を尊重しながらも、歌人それぞれの個性を重視する方向を目指しているように思われる。

浜臣の手紙は流水の模様のある料紙に実に流麗な仮名書きで書かれ、墨つぎも美しいアクセントをなしている。江戸派の国学者たちは、こんなすばらしい書を書いていたのかと見とれてしまった。（二四六頁参照）

この中に「おのかもとに来つとふ人々……」とあるので、只野家に数人の門人が集まったことがうかがえる。その場合、庭に新築して「聴鶯」の扁額をかけた茶室に集まったものだろうか。どんな歌会が開かれたのか、さまざまに想像されて興味深い。

■真葛の歌論

真葛が和歌についてどのような考えをもっていたかを窺える資料として、只野家に「自讃歌」と題簽《だいせん》の付された自筆稿本がある。大判を二つ折りにした、六丁九十二行のもので、亀甲紋様の美しい織物の表紙がついている。題簽は金紙で、見返に、のちの方らしい字で、「真葛様御自筆」と書き込みがある。

内容はわかりにくいが、冒頭の五行目から「やまとうたは　かのなしつほのこゝろさしをゝひ　柿のもとのすがたをおほしめしける御めくみのすゑにや……」（日本の和歌は、あの梨壺の五人の志を追い、柿本人麻呂の和歌の姿をお思いになった御恵みのせいであろうか……）とある。

和歌は平安前期まで、宮廷文学が漢詩文全盛であったため、それに押されて晴の場所で披露されることが少なかった。延喜五年（九〇五）、醍醐天皇の代に勅命により紀貫之らが『古今和歌集』を撰集して以来、和歌は漢詩と並ぶ地位を得た。そののち村上天皇の天暦五年（九五一）に、勅命によって宮中の梨壺に撰和歌所を置き、大中臣能宣《おおなかとみのよしのぶ》、源順《みなもとのしたごう》ほかの五人が『後撰和歌集』を選集した。この五人の選者たちを「梨壺の五人」といっている。

さらに同じ年、村上天皇は『万葉集』を本格的に訓《よ》み解《と》くことも命じた。奈良時代（七一〇―七八四）に独特の万葉仮名で表記された『万葉集』は、二〇〇年後の、村上天皇の頃にはすでに難解な古典になっていたのである。

それ以後和歌は、漢詩と並ぶ晴の詩歌として公の場でも、また後宮でも盛んに詠まれ、『源氏物語』に描かれるような時代になっていく。

真葛の自讃歌の上記の部分はそれをさしている。さらに真葛は続けて、村上天皇の御恵みのお蔭で、現在（真葛の生きている）は貴賤を問わず和歌の道に励んでいることを述べ、次いで和歌は記紀神話にある下《した》

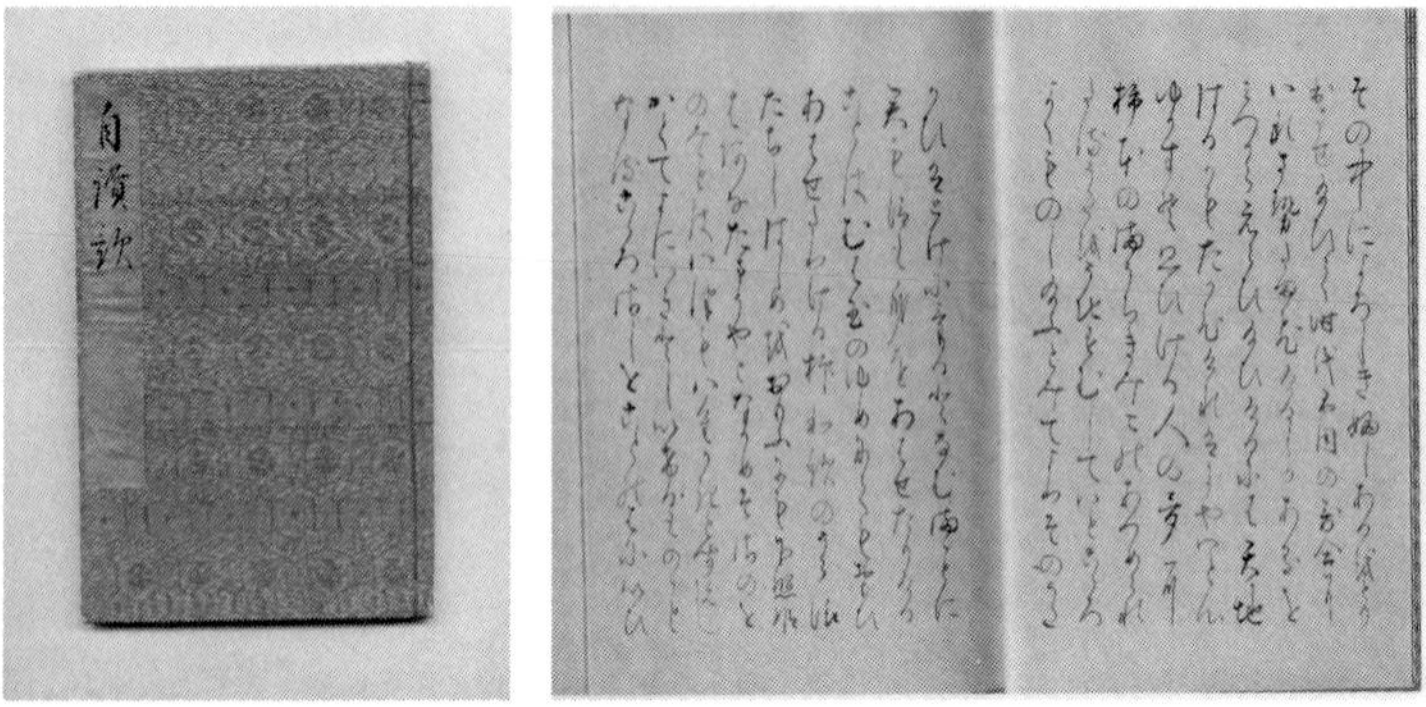

真葛「自讃歌」

照姫《てるひめ》や素戔嗚尊《すさのおのみこと》の歌にはじまることも思い合わせて、

「かくてよにいきとしいけるものことなるこゝろさしをことのはにいひあらはせは　人あつく世すなほにして　みたりかはしからぬ道ありけり」

（こうしてこの世に生きているものすべて、それぞれの志を言葉に表せば、人情が篤く、世は素直に、乱れのない正しい道があります）

と、『古今和歌集』の仮名序の部分を踏まえながら、書いている。

この世に生きる者は誰でも、それぞれの思いを歌に表現すれば、人情も篤く、世も治まり、乱れぬのが歌の道だと述べている。

この稿本に、三カ所朱点が入っているので、これも浜臣の筆であろうと思われた。これを大げさに真葛の歌論と言っていいかどうかは今わからないが、真葛が和歌を詠むばかりではなく、和歌史（文学史）についても系統立てて深く理解していたことがわかる。真葛が仙台で歌人として尊敬されたのは当然である。

■真葛の名声の広がり

真葛の歌人としての名前は江戸、仙台ばかりではなく、遠くへも聞えていた。ここに妹萩尼椅子からの面白い手紙を紹介しよう。この手紙は年月が特定できないのが残念である。また、はじめの一行目も解読不能である。

「……その御庭に待合《まちあい》作らせ入候にて　ひるのをものなと上らせられ候よし　いか斗《ばかり》よきごほやうとそんし上まいらせ候　御やしきひろき御事は　さて御うらやましくそんし……」

(……そのお庭に待合（茶室カ）をお作らせなさって、昼のお食事など召し上がっていらっしゃるよし。どんなによいご保養かとぞんじあげます。お屋敷がお広いことは、さてさてお羨ましくぞんじます。)

とある。

庭に作った茶室風の一棟で、伊賀と二人で庭を愛でながら昼食をとったりしたのだろうか。仙台屋敷といっても、かなりの広さだったようだ。

つづけて手紙には、越前松平家の上屋敷で仲居を勤めていた女性のことが出てくる。仲居とは上女中と、下女中の間で働く人である。松平侯夫人のそば近くにいた老女格の椅子とは、顔見知りであった。彼女はお暇をとったのち、御家人《ごけにん》（将軍直属の武士でお目見え以下）に嫁いだようだ。

たとえ仲居であれ、越前松平家の奥に勤めたことは、その女性にとって立派な経歴となって、良縁を得たのであろう。

やがて夫なる人は、丹後の陣屋の手付役人となって、妻を同道して赴任した。そこで、海音尼という尼と知り合いになる。手紙の中に「かの伊勢の海音尼」とあるので、以前から真葛・栲子姉妹の知人であったことがわかる。海音尼は修行行脚の途中、丹後に滞在していたようだ。

陣屋役人の奥方の知人とわかって、土地の人々は急にその尼を大事にするようになり、無住だった寺をきれいにし、食べ物も運んで、海音尼を住持に据えて尊敬するようになった。その女性の夫は三年ほどの陣屋役人の任期を終えて、江戸に帰ってきた。

あるとき栲子は江戸市中でばったりとその女性に出会って、意外な話を聞いたのである。

「……尼の咄《はな》しにみちのくにさるうた人のおはすと聞て　かの女は萩のことをかたりて　その姉におはさんといひしによりて　たかひに語合《かたりあい》しとそ……」（……尼の話で、みちのくにあるすぐれた歌人がいらっしゃるときいて、その女は、萩のことを語って、それはきっと瑞祥院さま（栲子）のお姉上であろうと言ったので、お互いに話し合ったということです……）

丹後の陣屋で、その女性と海音尼は和歌の話をしている時、尼の口からみちのくの真葛の名前がでたのである。女性は、それはきっと越前のご前様に仕えていらした、老女さまのお姉上でしょうと言って、共通の知人があった喜びで女同士の会話が弾んだ様子が目に浮かぶ。

手紙には続けて、海音尼は江戸に出て栲子を訪ね、それを土産にみちのくの真葛に会いに行きたいと思うが、丹後の寺で人々に大切にされている安穏な日々が捨てられず、それが心残りだ、とつねづね語っていたことが書かれている。

　ここで思い出すのは「真葛がはら」に入っている「ゆふべの名残」という真葛の文章である。ある八月のさなかに「武蔵の国にて、あや子てふ名は聞きつ」（江戸であや子というお名を聞きました）といって真葛の留守中に訪ねてきた尼がいた。かけちがって結局二人は逢えず、和歌と手紙のみ交わした。

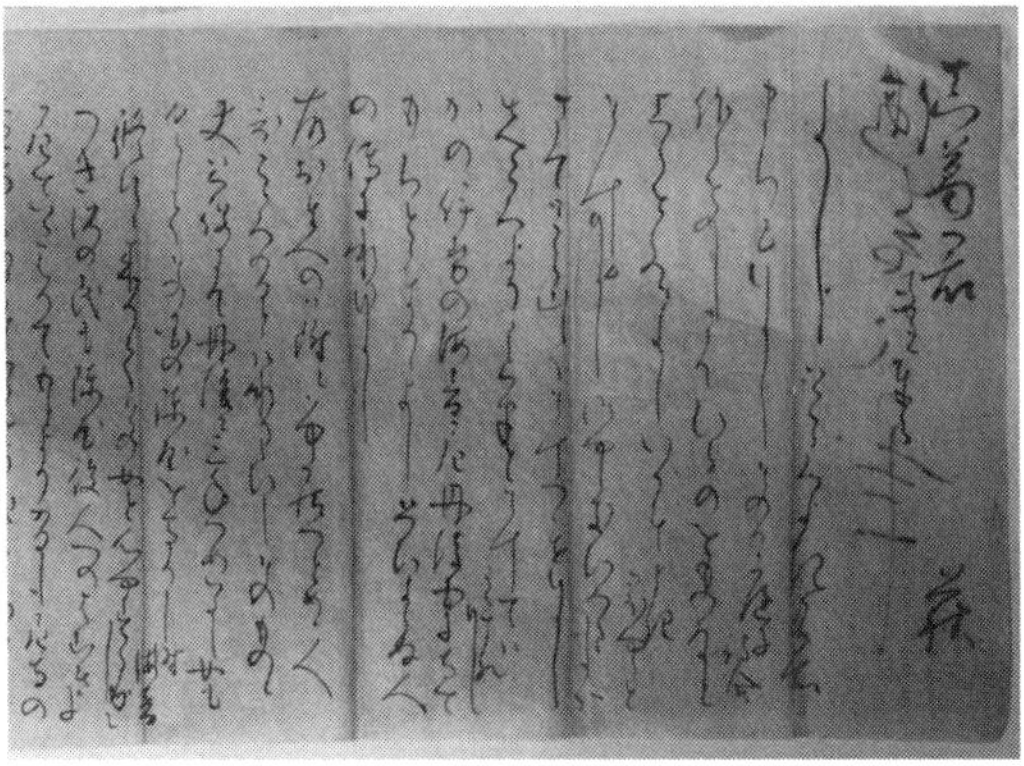

萩尼からの真葛への手紙

その手紙のあて名が「伊勢尼君」となっているのである。その尼が仙台からさらに行脚をつづけ、丹後まで来た海音尼だろうか。あるいは別の尼か。

　椁子の手紙は当時の知識階級の女性の、日常の素顔を見せてくれる興味深いものである。真葛の歌人としての名前が江戸、仙台ばかりではなく、遠い丹後の地でも話題になったこと。また庶民の女性でも大名の奥に仕えれば教養もつき、日常の作法なども身について、良縁が得られたことがわかる。さらに海音尼のように歌心のある女性は、尼となって行動の自由を得て、広く旅をしていることもわかる。

　このような例は多くあった。しかし尼だからといっても決して旅は安全ではなく辛いこともあり、土地の人の好意に応えて、寺を守り、法事のお勤めなどしながら安らかに暮らすことが捨てられないでいるのだ。当時の知的な独身女性の理想と現実が身近に感じられて、とても親しみがもてる。

また栲子は仕えていた松平侯夫人が亡くなったのち、髪をおろし、瑞祥院と名乗って、霊岸島の松平中屋敷邸内に住んでいた。時折所用で市中に出かけたらしく、そんな折、昔の同僚に偶然出会ったのである。さぞかし積もる話が弾んだことだろう。そして栲子は姉の名前が遠い丹後で話題になったことを、嬉しげに仙台の姉に報告している。

江戸時代の手紙による情報交換はおびただしい量があり、時代を動かす力にもなった。女性たちの手紙もかなり頻繁で、その息遣いが伝わってくるものがある。ことに栲子の手紙は、感傷性がなく、事実をいきいきと伝えている点で魅力的である。

手紙の中で、栲子は自分のことを萩と言って、他の文章でもしばしば萩尼とあるが、これはもちろん真葛と同じく通称で、七人の兄弟姉妹の間で、たがいに呼び交わした名前である。真葛は秀才の誉れ高かった長弟元保にはかぐわしい藤袴《ふじばかま》を、次弟源四郎には尾花、美人だった上の妹には朝顔、次はをみなへし、栲子には萩、末の照子には撫子《なでしこ》をあて、そして自分には、「葛花、めづるばかりの物ならねど、葉広く、はらからをさしおほふは、子の上にしも似つかはしくや」（葛の花は愛でるほどのものではないが、葉を広くひろげて、弟妹を庇うので、長女としての私に似合うのではないか）と、真葛と名づけたことを、「七種のたとへ」に書いている。真葛の、長女としての責任感がよくうかがわれる名前である。

めずるほどの花ではないと真葛は書いているが、葛の花は濃い赤紫で、熟した果物のような甘い香りをはなつ。

第五章　「独　考」――真葛の作品をめぐって　3

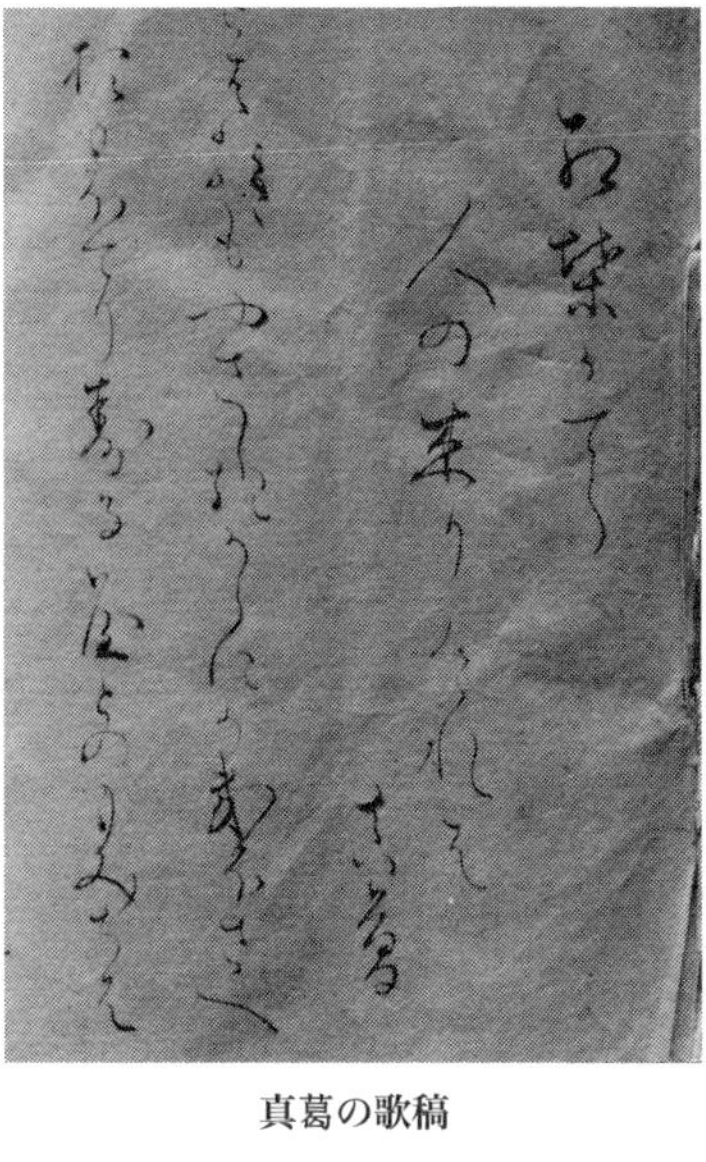

真葛の歌稿

一、「独考」の基調──「天地の間の拍子」で儒教を批判

■周囲の死、悲しみの日々

真葛が葉を広く茂らせて守ろうとした弟妹のうち、三人はすでに亡き人だった。そして文化四年に、工藤家の命運を託した大切な次弟源四郎が亡くなり、五年後には夫の伊賀が急逝した。その翌年にはあろうことか、せっかく仙台に引き取り、中目家へ嫁がせた末の妹の照子までが亡くなったのである。

真葛が仙台へ下ったころ、手ずから『古今和歌集』の写しを作って教えた、伊賀の末子由作も幼くして亡くなっている。そして栲子《たえこ》が親しく仕えていた越前松平侯夫人も亡くなり、栲子は尼となった。

松平侯夫人は真葛の歌人としての名をよく知っていて、月影ずりの料紙に自筆で和歌を書いて、栲子を通じて真葛に贈ってくれた人である。

只野家にあるその資料には、長男図書《ずしょ》（義由）が由緒書をつけている。「御前様ハ田安殿より越前家え御入　奥州白河旧主松平越中守定信君ハ御前様御実兄也……」とある。栲子が仕えていたのは、定信の姪とする説があるが、福井市立郷土歴史博物館に問い合わせた所、田安宗武の娘で、定信の十歳下の妹定姫とわかった。

惜しい、悲しいことがさらに続く。伊賀に「聴鶯」の二字を書いてくれた、土井侯も亡くなったと仙台まで聞えてきた。

身近な若い人ばかりではなく、真葛がそれとなく心頼みに思う人々まで次々と亡くなっていく。真葛は身の周りの木々の葉が、音もなく散りおちるように感じたことだろう。

「……斯《かか》る世となりては、われならで誰かは、昔思ひおき給へりし事の片はしをも現さんとふ心もわきて、天地にとほるばかりの思ひ止むときなし。「死なば如何にせん。生きたらん限りは、父の志継がんと思ふぞ孝とはいはまし」と、只管《ひたすら》に思ひ立たるれど、何によるといふ事のなきぞくやしき」

（……このような世となっては、私でなくて誰が、昔、父さまが思っておられた事の片端でも現わすだろう、という心が湧いて、天地に通るばかりの強い思いは止むことがない。「死んでしまったらどうしよう。生きている限りは、父の志を継ごうと思うのこそ、孝の道といえるだろう」と、ひたすら思い立つのだが、さてそのために、何をしたらよいのかわからないのが口惜しい。）

真葛は夫伊賀、妹照子の没後、呆然と悲しみの中に過ごしていたらしい。目の下に大きな黒子《ほくろ》があったのを、不幸になるさだめといわれて、わざわざとり除いてもらったのに……とそんなことまで恨めしく思い出され、つくづく鏡に映る我が顔に眺め入ったりした。合せ鏡で見ると横顔までも淋しそうな不幸な顔に見えてしまう。

■徐々に立ち直る

文化十二年（一八一五）の秋の夜明け頃、「秋の夜の長きためしと引く葛の」という和歌の上の句が、夢うつつのうちに思いうかんだ。長い蔓を引く葛とは、真葛のことだ。これはみ仏が自分を励まそうと試しておられるのでは、と思って、まだぼんやりとした頭の中で、五の句を「世々に栄えん」とつけようと考えた。しばらくあって、はっきりしてきた意識の中で四の句を「たえぬかづらは」とつけた。

秋の夜の長きためしに引く葛の絶えぬかづらは世々に栄えん

自分ならでは父の志を継ぐ者がいない、という真葛の強い潜在意識が形を現わして、一首の和歌となった。しかしそのためには何の業をしたらよいのか、真葛はまだその方法がわからないでいる。

翌年の五月二十八日に、仙台川内辺りの不動尊のお祭りがあった。子どもたちが神輿《みこし》を担いで歩きまわっている。見るとたくさんの旗の中で、真葛が奉納した赤い旗を先頭に立てて練り歩いている。ああ、これならば必ずやお不動さまの御眼に留まるであろうと、ありがたかった。

その夜一人、何思うでもなく端居《はしい》して、軒先に吊るした籠の中の蛍がせわしなく点滅するのを見ていた。蛍は霧を吹いてやった草の上を一時も休まず動き回っている。真葛はうとうとと眠気を感じた。

その時「光り有身《あるみ》こそくるしき思ひなれ」と無意識の内に上の句が耳に聞えたように感じて、思わず辺りを見回した。傍には誰もいない。相変わらず蛍がせわしげに光ったり消えたり。

「……めさむるこゝちせしは、この御仏のしめしぞと有がたくて」(……目がさめるように思ったのは、この御仏のお示しであろうと有難く感じて……。)

これこそお不動さまがあの赤い旗を御眼に留めてくださったにちがいない、と真葛は即座に「世にあらはれん時を待間《まつま》は」と下の句をつけた。

前年の秋の、夜明けの和歌

秋の夜のながきためしに引く葛の絶えぬかづらは世々に栄えん

その年の夏の和歌

光り有身こそくるしき思ひなれ世にあらはれん時を待間は

この二首の和歌を力と頼んで、真葛は徐々に立ち直っていった。

前にもくりかえし述べたが、仙台で、真葛は決して孤独というわけではなかった。伊賀の後、当主となった義由は図書由章《ずしょなおゆき》と名のり、二番座永代着座についた。謙信《けんしん》流兵学の免許皆伝を受け、同藩の柴多対馬の娘を娶《めと》った。番頭《ばんがしら》の家柄としては申し分のない後継ぎである。真葛と和歌については話が合って、真葛を大切にしてくれる。

次男由豫《よしやす》は真山家へ養子に入ったが、よく真葛を訪ねて、執筆中の「むかしばなし」も興味を持って読んでくれる。工藤家の系図などにも関心を持っている。伊賀の弟たちとも話し合うことが多い。

和歌の仲間があり、夫の友人南山禅師との交流もある。このまま静かな日々が続いても、不満はないはずであった。しかし真葛は何故かそれだけに安住していられなかった。

従兄弟の桑原士愨《しかく》と、その次男で工藤家を継いだ周庵が、父平助の著書『救瘟袖暦』を世に出してくれたことはわかっている。しかし実の子として、この真葛がしなければ、真に父とその遠祖の事績を世に残すことはできないと彼女は思っている。

真葛の強烈な自我は、これまで柔らかな絹に包まれて、死にもせず生きもせず、もがいている小蛇であった。今こそ此処を破り出て、長年心に思い続け、考え続けてきたを書き記して、一巻の書を世にだそうと思うようになった。

父の志を継ごうにもどんなことをしたらよいのかという迷いがあったが、それを一挙にふり払った感じである。

「……天地にとほりてうごかぬことを考あつめて、論《あげ》つらふことをこの」まれた父さまの子として、父の名をもう一度世間に知らしめるには、これ以外の道は考えられない。

縁あってみちのくへ下った頃は、江戸に比べて百年程もおくれたような土地柄で、旧家の主婦として多くの旧習を守らねばならず、「あたかもかひ鳥のごとし」と、自分を籠のなかの鳥のように不自由に感じていた。

しかしそれから二十年ほどたって「今の此身は、たとへば小蛇の物に包れて、死《しに》もやらず生《いき》もせず、むなしきおもひのこれるにひとし」（今のこの身は、たとえていえば小蛇が物に包まれて、死にもせず、生きもせず、空しい思いを抱いているのと同じだ「とはずがたり」）と感じている。

物に包まれた小蛇という比喩はまことになまなましく、真葛の生身の内にうごめく自意識を実感させる。真葛の小蛇は、畏れられ嫌われる蛇ではなくて、親思いの、どこか可憐な小蛇である。

小蛇は包みを破って、「独考」という類いない書を書きはじめた。

■「独考」原本の辿った運命

文政二年（一八一九）の二月、もうその頃は瑞祥尼と名のっていた萩尼梼子が、姉の草稿「独考」三巻を持って、江戸九段下の飯田町に住んでいた曲亭馬琴《きょくていばきん》の家を訪問した。「独考」の校閲を乞い、できれば馬琴の推薦によって出版したいという姉の願いを伝えるためである。真葛は「独考」の出版によって、見いだされてどこかの大名の奥に勤め、工藤平助の名をもう一度世に知らしめたいと、ひそかに願っていたのかもしれない。

馬琴はしぶしぶではあったが一応草稿を預かった。そして一年足らずして厳しい反駁文「独考論」を綴り、真葛に送り返した。

この経緯は後の項で触れるが、この時、馬琴が草稿も同時に送り返したかどうか、はっきりわからない。しかし真葛自筆の草稿本か、あるいは清書本かは只野家に残っていたのである。それはいったいどうなったか。

中新田出身の元陸軍士官学校教官であった高成田忠風という人が、同郷の女性である真葛のことをいろいろ調べていて、彼女の作品を世に出したいと考えた。ちょうど文学博士芳賀矢一《はがやいち》が徳川時代の女流作家の全集を企画していた時だったので、高成田は芳賀に相談し、真葛の作品がこれに加えられることとなった。高成田忠風は真葛の見識の高さを表す「独考」と、美しい筆跡を示すものとして「夕《ゆうべ》の名残《なごり》」の二作品をえらび、これらを写真に撮る作業のため、只野家から無理に願って借り出し、東京の書肆《しょし》冨山房《ふざんぼう》に預けた。芳賀の企画した女流作家全集の第一巻は荒木田麗女集であったが、これに手間どっているうちに、大正十二年（一九二三）九月の関東大震災ですべて焼失してしまったのである。

ただ不幸中の幸いは、高成田が、「独考」の上の巻と「夕《ゆうべ》の名残《なごり》」とを筆写しておいたものが芳賀矢一の手元に残っていて、高成田より只野家に返されてきたのである。

「独考」上の巻は「ひとりかんがへ」と題されている。それは只野家に現存する。「独考」が失われた経緯は、この「ひとりかんがへ」の巻末に、高成田によって記されている。

別にまた静嘉堂文庫所蔵の『独考抄録』三巻というものが存在する。それは奥書によれば、文政二年十一月四日奥書のある木村氏所蔵写本を転写したものである。

文政二年十一月といえば、馬琴が厳しい反駁文を書いて、仙台の真葛に送りつける寸前である。馬琴は真葛に返事をする前に、他人に写させたのであろうか。

この三巻が木村氏の所蔵するところとなり、さらに嘉永元年（一八四八）に何人かの手によって抄録された。その奥書には「嘉永元年冬借覧の序《ついで》に抄録す」とあるが、筆者の名前はわからない。

これが現在残る「独考」のもっとも大部のものであるが、残念なことに抄録で、上中下巻とも、筆写した人の、興味のある箇所のみを写しとったようだ。木村氏所蔵の写本通りであったかどうかもわからない。

このほかに馬琴自身の筆写による「独考追加」二章がある。

さらに馬琴は几帳面な人で、「独考論」の中で真葛の主張を批判する時に、文章の該当箇所の冒頭部分を抜書きしている。例えば、「考へに云々」として真葛の「独考」から少し引用し、ついで「論に云」として自分の批判を述べる方法である。そこから、失われた真葛の「独考」にはこんなことも論じられていたのか、と推察することが出来る。

このように、ずたずたになった真葛の「独考」の断章を、合わせ鏡のように照らし合わせると、そこに失われた「独考」の姿が浮かび上がってくるのである。

現在『真葛集』の中で、私が見得るテクストの底本は、このような不完全なものなのである。古来、断章しか残っていなくて、古典として読まれる著作はいくらもあるのだから、「独考」がこのような形ででも残って読みつがれることは、真葛にとっての名誉かもしれない。

以上のことを念頭に置いて、「独考」を読みはじめたい。

■冒頭の宣言

「独考」巻の上抄録によれば、序はまず次のように書き出されている。

「此書すべて、けんたいのこゝろなく、過言《かごん》がちなり。其故《そのゆえ》は、身をくだり、過たることをいとふは、世に有人《あるひと》の上なりけり」

（この著書はすべてへり下る心なく、言い過ぎるほどに書いた。その理由は、我が身をへり下り、出過ぎることを厭うのは、この世に生きている人のすることだ。）

この著作はすべて、遠慮することなく、言い過ぎるほどに書くのだ。その理由は、出過ぎることを避けるのは、この世をおだやかに生きていこうという人のすることだ、とまず真葛は書いている。つづけて、自分はそのように普通に、おだやかに生きている人とは違う。冥土への旅と覚悟した上で、三十五歳を一期としていさぎよく江戸からこの地に下ったのだから、どのように人にそしられても、憎まれても恐れるにたりない。私の胸には人々への慈悲、哀傷の思いが満ちみちている。自分の懐を富ますために、外国の脅威も思わず、国の浪費も考えず、黄金《こがね》を争うために、狂ったように振舞う人々のことが嘆かわしいばかりに著したものなので、そのため真葛が憎まれても、いたくもかゆくもない、とお心得になってご覧いただきたい。

文政元丑のとし十二月　　　　みちのく　　　真葛

と書かれている。

これが「独考」の冒頭の宣言である。私が序章の中で、「独考」をはじめて読んで、胸を逆なでされるような違和感を覚えたと書いたのは、この箇所を読んだ時のことである。

何故このように肩肘はって、読む人の心に逆らうように書くのだろうか、これまで読んだ真葛の「むかしばなし」や「みちのく日記」、「奥州ばなし」その他、親しみやすい道の記などと全く違うではないかと感じた。

真葛に出会ったはじめの頃、この「独考」を読むことを遠慮したくなったのは事実である。しかし、真葛の諸作品や「独考」をくり返し読み解いているうちに、すこし印象が変わってきた。

真葛の言うように、彼女の胸の内には、世の中のさまざまなことに対する思いや憤りが満ちあふれ、からまりあい混乱し、筋道を立てて話し出す糸口を何処に見つけようかと、もがいている様子が実感されてきた。

つづけて真葛は述懐している。


「世にあやしとおもはるゝことはおほけれど、人のさたすることは、それによりて、ともかくもおもひとらるゝを、絶《たえ》て人のあげつらはぬことに、いとあやしとおもはるゝことの、ふたつみつ有しを、年をへて後、漸《ようやく》かゝる故にやと、思《おもい》とらるゝ事とは成ぬ」

（世に不思議だと思われることは多くあるが、他人がいろいろ論ずることは、ともかくもそれによって納得できる。しかし決して人が論じないことの中に、とても不思議と思われることが二、三あったのを、何年も考えて後、ようやくこういう理由ではないかと解釈することとはなった。）

世の中には納得できない不思議なことは多いが、とにかく人々が論ずることは、それを聞くとなんとなく納得できる。しかし誰も問題にしないことの中にも不思議なことが、二、三あったのを、考えつづけて、だんだん自分で納得するところがあった、と言うのである。

そういうことについて、真葛は書きたいのだが、亡き父がどういうつもりか彼女に漢文を読むことを許さなかったので、聖人（孔子、孟子など）の教えを知らない。また仏の文も、一丁も読まないので知らない。仏といい聖人といっても、それは特別の存在ではなく、普通の人より数段すぐれた人間に過ぎないと考えて、仏や聖人の教えにたよらず、自分独りでここ何年か考え詰めてきたことを書き尽くそうと思うと、さすがに胸が詰まるような心地で、「いと異《こと》にあやしき独考を書とめつ。俗言ならではこころはしりがたきだりは、もはらさとび言を雑《まじえ》たり」（このような、たいへん異様な独考を書きとめました。世間一般の言葉でなければ考えが進みにくい部分は、もっぱら田舎言葉を交えました。）

これが「独考」の前書きにあたる部分である。

真葛は儒学に全く無知と言うわけではない。弟源四郎から一通りの講義を受けているし、当時の真葛の周囲には、それに関する言説が溢れていたのだから。しかし真葛は一応このように、自分の思想的立場をはっきりさせている。

■議論の書

前述のようなものものしい前置きがあるので、さてどんなことが書いてあるかと読む方は固唾《かたず》を呑む。すると「晴ぬうたがひ三」と題してあり、その一は「月のおほきさのたがふ事」で、月の大きさが見る人によって違うように見えるのは何故か、という疑いである。月の大きさを皿、水のみ、菓子盆にたとえる人が多いが、中には手桶、ふろおけにたとえるもあり、猪口《ちょこ》、茶碗、ふすまの引手のように小さく見る人もあるのは何故か、と怪しんでいるのである。

その二は「わざおぎの女のふる舞」として、世間一般では女はつつましく、言葉少ないのを良しとするが、芝居浄瑠璃ではたとえ高貴の姫君でも、大切に育てられた箱入り娘でも、必ず積極的に、自ら好きな男の方へ言い寄るのは何故かという問題である。

その三は「妾（下す女）の家をさはがす事」で、妾のために家の災いがおこるのが珍しくないのはなぜかという疑問である。以上の三つが長年真葛が考えても答えが出なかった問題である。

しかし先に紹介したように、一国の経世済民を論ずるようなものものしい前置きの後に、不釣合いなほど卑近な問題提起なので、私は意外な感を受け、ここで眼高手低《がんこうしゅてい》という言葉を思い浮かべてしまった。批評は上手だが、実作は拙いことを言う。頭高筆低ともいう。しかし真葛が決して手低や筆低でないことは、これまで読んできた多くの作品が証明していることなので、さらに読み進んだ。

次の題は「願わたること三」となっており、「女の本《ほん》とならばや」「さとりと云ことのゆかしき」「ひとのゐきとならばや」の三つの項目が示されている。ここでようやく真葛の「独考」らしい面目が出てきたと感じた。

真葛はこれまで随筆や道の記を書きなれているが、議論の書を書くことに慣れていない。自分の頭の中には難しい、大きな主題がひしめいているのに、どこから書き出したらよいのかとまどって、「晴ぬうたがひ三」のように、まず書きやすい身近な事柄から書きはじめたのではないだろうかと考えると、とっつきにくい「独考」に少し親しみを感ずることができた。

「願わたる事三」では、九歳の頃から女の本（手本カ）と成りたいと心に定めたことが出てくる。また母方の祖母が寺の方丈（住持）の指導をうけて悟りを開いたと聞き、自分も悟りを開きたいと父母に話して笑われた、とある。母方の祖母はどこかの大名の奥に勤めた経験があり、古典によく通じた、教養の高い人であった。真葛はこの祖母に敬意をもっている。

さらに幼いときより人の益となりたいと思ったが、何の業をしたらよいのか思いつかなかったことも述べている。

いずれも普通の少女にはあまり見られない願いである。しかし真葛はその三つの願いを成長してからもずっと持ちつづけた。幼い頃より生真面目に考えつめる性格であったようだ。

三十五歳になって仙台に下ってより、心を公正に持ち、自分の欠点を改め、私心を離れて考えつめるうち、ふと心が浮き上がり、地を離れたように自由になったと感じたことがあった。それより心は進退自由になり、軽々とものに捉われず、自然に自分の内から楽しさがわいてくるようになった。

まだ元気であった江戸の弟源四郎に、その事を手紙の端に書いてやると、それこそ仏法にいう悟りでしょうという返事があった。

「あなうれしや、十三四より願わたりしさとりの、かたはしにてもまねばずして得られつるよと、心中のいさみ云ばかりなかりき」(ああうれしいことだ。十三、四の頃から、ずっと願いつづけていた悟りというものの、ほんの少しでも、学びもしないのに得られたことよと、心の中は言えないくらい勇み立ったことだ。)

幼い頃よりの願いがかなって、悟りのかたはしでも得られたかと嬉しく、元気が出てきたのである。これは自分の欠点を責め、私心を離れて考えつめているうちに、つまり自己否定を極めて考えているうちに、ふと心が自分自身を離れて、天地宇宙と一体となったような感覚を得たのではないだろうか。その結果、心は自由で捉われないものになり、物事を客観的に、相対的に見得るようになって、自ずから楽しさが湧きあがったのであろう。

■「天地の間の拍子」

つづいて真葛の思想の重要なキーワードである、「天地の間の拍子」の論が導き出されてくる。「しかありてより、天地の間に生《いき》たる拍子有こと、一昼夜の数と、おのづからしられたりき」(このような事があって後、天地の間には生きている拍子があること、一昼夜の数の事が、自然と理解されてきた。)

心が地をはなれて自由になり、物事に捉われなくなった眼で世間を見ていると、天地の間に生きる拍子と、一昼夜の数だけが、絶対に動かぬ真理ではないかと見えてきた。

世間では聖人の法(儒教道徳)にひどく背いていると見える人が栄えることが多く、聖人の教えをしっかりと守る正しい人が一向に世に用いられず、不運なのはなぜだろうかとつねづね恨めしく思っていたが、「正しきと見ゆる人は、天地の拍子に必《かならず》おくれ、宜《よろ》しからぬふるまひの交《まじ》るとみゆる人は、拍子をはづさぬ故なりけりと、おもひとられたりき」（正しいと見える人は、天地の間の拍子に必ずおくれをとり、宜しくない行動が混じると見える人は、天地の間の拍子をうまく捉えるからだと、理解し把握した）というのが、真葛の得た大きな実感であった。

宜しくない振る舞いの多い人は、機を見るに敏であり、天地の拍子をうまく捉えることができる。しかし正しい人はどこか無器用で、拍子にうまくのれないのである。なにも怪しいことではない。「いかに引たつるやうにしても、世に出がたき人は、天地の拍子をはづす故なり」（どんなに引き立ててあげようとしても、世に出にくい人は、天地の拍子を外しているからだ）とまで言っている。

この言葉には真葛の痛恨の思いが裏づけにある。『論語』泰伯篇の言葉「任重ク道遠シ」を固く守って勤めに励んでいた弟源四郎は、言葉通りに、任務に斃れたのである。

後楯となって何とか引きたててやろうと、姉が仙台まで嫁いできたのに、姉の思いは無になった。夫伊賀にしてもそうだ。日頃はかなり柔軟な広い考えの持ち主なのに、お屋形さまへの忠誠という点では絶対譲らぬものがあった。それがあの突然の死を招いたのではないか。

弟源四郎の死を悼んで、

唐人《からびと》のつけし重荷は負ひながら遥《はる》けき道をたどらざりつる

よみつぢに行くらん人に唐国の重荷負はせしことのかなしさ

と詠んだ真葛である。その儒教批判には体験の裏打ちと、鋭い洞察があって痛烈なものとなった。

「聖の道は、むかしより公《おおやけ》ごとに専用《もはらもちい》らるれば、誠は道らしくおもはるれど、全く人の作りたる一法を、唐土より借て用たるものにて、表むきの飾道具《かざりどうぐ》、たとへば海道を引車《ひくくるま》にひとし。表立てむつかしきことの有《ある》ときは、是にのせておさねばうごかず。されば、まさかのとき用為、其あらましを一渡り明らめて、門外にそなへ置、家事には用ゆべからず。道具がぶきようにて、けがすることあり」

（儒教の教えは、昔から公儀がまつりごとに専ら用いられるので、真の道らしく思われるけれど、これは全く人間が作った一つの教えを唐国から借りてきて用いているものである。だから表向きの飾り道具に過ぎず、例えば街道を引いてゆく車のようなものだ。表向きの難しいことがあるときは、この車に載せて押さねば物事が進まない。だから、まさかの時に用いるため、この教えの大よそを一通り理解したうえで門外に備えておき、家の内のことに用いてはならない。道具が不器用で、怪我をすることがある。）

これが真葛の儒教批判のもっとも痛烈で、精彩ある部分である。

儒教の教というものは、昔からご公儀がご政道に専用と定められているので、真の道らしく思われがちだが、実は人が作った一つの法に過ぎず、唐国から借りてきたものである。いわば表向きの飾り道具であって、小回りの利かないことは街道を引く車に似ている。難しい政治向きのことを決めるには、この法によらねばならぬから、公儀や藩の儒者に諮問《しもん》し、多くの先例を探って解決法を決めるのである。だからまさかの時の用意に一通りわきまえておいて、門外に備えておけばそれでよい。家の内のことにまで聖の法をいちいち持ちだすと、角が立っていらぬ怪我をすることがある、と真葛は考えている。表向き、政治上のことはこの飾り車に載せて処理すれば、何処からも横槍は入らないが、家の内のことは、もっと融通無碍《ゆうづうむげ》の、人情に沿った処理法があることを、真葛は自分の育った環境からよく心得ている。さらに世間一般にも、常に聖の法が通用するとばかり限らないことも真葛は知っている。

「聖の教のあらましは、人の心にしまりがあれば、とりあつかひ仕よき故、〆縄《しめなわ》をかけて道引《みちびく》仕方なれども、鼻にもかけぬわるものどもが、勝手次第にはたらく時は、心を〆《しめ》られたる方、劣《おとら》ねばならず、常に損をする事、聖人の教を誠に存ておもしろく思ふ時は、我しらず我手にて心を八重廿一にしめくゝりて、わが国の人気にうとく、天地の拍子にたがひはつるものなり。おそるべし〳〵」

（聖人の教えのおおよそは、人の心を規則で取り締まっておけば、取り扱いやすいため、心にしめ縄をかけて指導するやり方であるが、そんな教えを鼻にもかけぬ悪者どもが、自分勝手に働くときは、心に規則のしめ縄をかけられた者は引き下がらねばならず、常に損をすることになる。聖人の教えを本当と思って、深く学んでいると、知らぬうちに、自分の手で心を八重廿一（八重二十重カ）にしめくくって、わが国の気風に疎くなり、天地の間の拍子にも全く外れてしまうものである。おそろしい、おそろしい。）

学問といい教養というものは、つねに二面性を持つ両刃の剣である。無知、因習から人を解放する力を持ち、また自然の、無垢の人間性を束縛する働きをもする。ここで真葛はそのことを鋭く指摘している。

儒教のあらましを言えば、人の心を規則で縛っておけば、扱いよいので、しめ縄をかけて導くやり方であるが、そんな教を鼻にもかけない無法者が横車を押せば、教を守る者は自制して退くか、避けるようになり、争わぬうちに負けることになる。儒教を真に面白く思い、心酔してしまうときは、知らず知らずに我手で我心を縛りつけ、すばやく走る我国の気風にうとくなり、天地の拍子に外れてしまう、と警告しているのである。

真葛は誰をも師とせず、儒仏の教を学ばず、よく世間の人情と、人の動きを観察して独り学びでこの考えを追求し、独特の比喩を用いてそれを表現した。世の中で聖の教と敬われる儒教を「表むきの飾道具・海道を引車」に喩えるなど、真葛ならではの表現である。

儒学は幕府公認の学問であり、さらに寛政の改革で、公儀の学問は朱子学のみとされた。明和から天明時代にかけて、田沼意次の下でさまざまな政策が積極的に行われ、文化的にも盛んな活動が行われた。それらが腐敗に陥ったとして、松平定信が危機を乗り切るために、寛政の改革で諸事取り締まり政策を断行したが、それが成功したとはいえず、寛政の改革は六年ほどで終息している。

田沼時代にいきいきと自由に活躍した父平助やその他の人々の姿を見、寛政の改革で、ひっそりとかた苦しくなった時代の空気を、肌身に感じていた真葛であったからこそ、双方を比較してこの批判ができたのである。しかしこれだけのことを言うのにも、「独考」巻の上の序のような、ものものしい覚悟が必要だったのである。

ここにも出てくる「天地の間の拍子」という真葛の思想の核となる考えは、「独考」の随所に現れて、通奏低音のように鳴りひびく。「天地の間に生（浮）たる拍子」とは、何を指すのだろうか。儒教や仏教の教えとは無縁の、目に見えないが、真葛にはたしかに実感される気の脈拍のようなものであろうか。

■孔子や仏陀を相対化する

真葛は儒教や仏教を軽蔑しているわけではない。四書五経については、弟源四郎から一通り教えてもらったし、また仏僧とのつき合いもあり、あらましはわかっている。

だがそれらはこの人間世界を解釈しようとする一つの考えであって、これが絶対唯一のものとは思われない。しかし「天地の間の拍子」とは、確かに実感される絶対のものと思われる。

「……天なり運なり。時に叶《かな》ひて世の人の目をおどろかせしは、からくりのごとき生立《おいたち》にて有し故なり」と真葛が「むかしばなし」（二）の中で称えた父工藤平助の壮年時代が、「天地の間の拍子」にぴったりあった姿として、真葛の目に焼きついている。

その後、田沼意次が失脚して、平助が蝦夷奉行になる望みが消えた時、彼は「天地の間の拍子」に外れた。そして世間からも、山師、詐欺師などと言われた。その時平助は「これ天命なり、世の変る時来りしなり……」と、自分が置かれた状況を冷静に見つめていた。

平助は聖人の法にそむき、宜しからぬ振る舞いをした人ではないが、たしかに聖人の法などに捉われぬ、鬼才縦横の人であった。

そして聖人の法を固く守って、不運にも早世した二人の弟は、ついに天地の間の拍子を捉えることができなかったのである。

真葛自身はどうかといえば「我が生立《おいたち》しさまをかへりみれば、殊《こと》の外《ほか》早過て、世人とつらなりがたかりしなりけり」（私が生まれ育った様子を省みると、ことの外早すぎて、世の人と同列にはなりがたかったのである。）

自分の生まれつきは、この時代よりずっと早く先駆けていて、今の世の人々とは合わないという自覚を持っている。これはかなり冷静な自己省察であり、強烈な自負心でもある。

「天地の間に生出《うまれいで》し人は、昼夜の数と、天地の拍子を本として、何事も是に合《あう》ことをゑりて用ひ、あはぬことにはかゝはらぬ様にせば、一生おだやかなるべし。仏の教も聖のみちも共に人の作りたる一の法にして、おのずからなるものならず。動かぬものは、めぐる月日と昼夜の数と、浮たる拍子なり。是をあだごとゝおもはんともがらは、真の事はしらじ」

（天地の間に生れでる人間は、昼夜の数と、天地の間の拍子を基本にして、何事もこれに合うことを選んで用い、あわぬことには関らぬようにすれば、一生おだやかにすぎるだろう。仏の教えも聖人の道も、ともに人間が作った一つの法に過ぎず、自然に具わっている法ではない。絶対に動かぬ真理は、巡る月日と昼夜の数と、天地の間に浮き漂う拍子である。これをつまらぬ事と思う人たちは、真実を知らないのだ。）

これは当時の世間一般の、善悪、正邪の概念からかなり外れた発言で、真葛だからこそ言える言葉であった。孔子や仏陀を絶対のものと見なさず、相対化して考える見方は、当時の思想界ではどのように評価されたか。みちのくで、真葛がたった一人で考えつづけた「独考」が馬琴の批判にあって、刊行されなかったことが惜しまれる。しかし時代を考えれば、それは致し方のないことであったろう。

真葛の思想のキーワードである天地の間の拍子と一昼夜の数という言葉は、「独考」の全体を貫いて、さまざまな事柄を判断する批評基準となっている。

さらに日本人の人気は他国より早い、というのが真葛の日本人観であって「日本国は人気はしりていとはやく……」といっている。このことを真葛は日本人の長所とも短所とも捉えている。また歌舞伎役者、ばくち打ちについての言及がたいへん多く、さまざまな事柄の比喩として使われているのは興味ふかい。

まず天地の拍子と昼夜の数について見ると、さきに父平助と弟たちの生き方、またさまざまな人のあり方から、天地の拍子を感じ取ったのではないかという私の推測を述べたが、他の箇所ではどのように使っているか。

「天地の拍子を心に置きて文を見れば、その人の早さ遅さはあらはに知られたり。試《こころみ》にいはゞ、本居宣長の著せし古事記伝に、ことの本をときしは、いとたゞしくおごそかなれども、読《よむ》にいとま入て、ふとなしがたきは昼夜のかずを無《な》みせし故なり。いとおそし」

（天地の拍子を頭において文を見ると、その人の早さ遅さははっきりと知ることができる。例えていうと、本居宣長の『古事記伝』に、事の根本を説いたのは、たいへん正しくおごそかであるが、読むに時間がかかって、気軽に読めないのは、昼夜の数を無視したせいである。たいへんおそい。）

ここでは天地の拍子は文章のテンポを測る批評基準となっている。宣長の『古事記伝』は、日本古代の史書とされる貴重な文献の厳密な注釈書であり、思わず襟を正させるような労作であるが、あまりにも緻密すぎて、読むに時間がかかり、気軽には手にできない。これは昼夜の数という動かぬ真理を無視したからだ、と真葛は言っている。あまりにも緻密な文章は、読む人の意識の流れを滞らせてしまうからだ。

これに反して賀茂真淵の文章は、人の気持ちを引き立てようとするために、勢いがあるが早すぎてついていけない、とも評している。真淵のどの著作を指しているのかわからないが、人が読んで理解する速度よりも、論理の展開が早すぎるということのようだ。

またある所では「茶の湯の法つたはりては、しらぬ国人に会するとも手つゞきといふ拍子の有故、客・亭主の次第おごそかならずや」（茶の湯の法が広く伝わってからは、知らない土地の人に会う時でも、手つゞきという拍子があるゆえ、客・亭主の順もきちんとしていて乱れない）と言っている。この場合の拍子は、秩序とか茶の湯の作法を指している。

さらに学者は礼の一字にこだわりすぎるのが、拍子におくれるはじまりだ、とも述べている。この場合は、「鳥渡《ちょっと》頭をさげしのみにてよからんを……」（ちょっと頭を下げさえすればそれでよいだろうに……）と、蜀《しょく》の劉備《りゅうび》が三顧《さんこ》の礼を尽くして諸葛孔明《しょかつこうめい》を軍師に迎えたことを例にとって「孔孟の両先生も礼をむつかしく云癖あれば、時刻のうつるをいとはず、礼をのみたゞさるるが無益しき故、あの先生にかまつてゐると日が暮るゝと、きらはれし事明らけし」（孔孟の両先生も礼ということを難しくいわれる癖があるので、時刻がかかるのをかまわず礼儀ばかり大事にされるのが無駄なゆえ、あの先生にかまっていると日が暮れると、人に嫌われることは明らかだ。）

丁寧な礼ばかり尊ぶから、走り通う日本の人気には合わないと言いたいのである。

以上述べたように、「独考」の中の「天地の間に生（浮）たる拍子」とは、まことに多義的な解釈を許すキーワードで、てこずってしまう。しかしあまりこだわらずに受けとめると、すんなり心に伝わってくる言葉でもある。また昼夜の数も、ここで時刻と言いかえているように、一日、一年、人の一生の時刻を指しているようである。

真葛の「独考」の中では、すべての生き物は勝劣を争うというのも、大きなテーマであるが、これらはおいおい読むに従って、さまざまのテーマとからまりあって、論議が展開していく。

二、女と男の関係考

■男女のかかわりと、すべての生物は勝劣を争うこと

真葛は文化五、六年の頃、本居宣長の『古事記伝』を読んだ。ちょうど四十五、六歳になっていた。『古

事記伝』は寛政九年に上巻（十七之巻）までが名古屋の永楽屋から上梓されている。夫の伊賀が真葛に届けたものであろうか。

真葛は『古事記伝』の神代二之巻の冒頭部分にある有名な国土生みの箇所を読んで、会得するところがあったと書いている。「成り成りて、成りあわぬところ」のある女神と「成り成りて、成り余れるところ」のある男神のことを書いた部分である。

真葛は長年多くの男女の関係が、なかなかうまくいかないことを不思議に思っていた。それが体の構造によることをここで覚った。そして「才智のをとりまさることは有とも、なべて常の心に、余れりと思ふ男に、足らずとおぼゆる女のいかで勝べき」（才智の劣り勝りはあるとしても、普通一般の心で見て、成り余っていると思う男に、足らないと思う女がどうして勝てるだろう）と考えた。

「男にしたがふべき女の身にして、をとこを見くだす心あれば、礼にたがふ故に、悪《にくま》るゝなり。此一事にて女の教は足ぬ」（男に従うべき女の身であるのに、男を見下す心があれば、礼に外れる故に、憎まれるのである。この一事だけで、女の教えは足りる）と納得している。

「頼人《たのもしびと》は更にもいはず、出入男共、つかふ下男にいたるまでも、身体をことなるものとおもひて、心を一段ひきくしてむかふべし」（頼りにする人（夫）は言うまでもなく、出入りする男たち、使う下男にいたるまで、体の異なる者と思って、心を一段低くして対するべきである。）

ここで真葛が男女の体の違いを、『古事記伝』ではじめて知った、と解するのは間違いであろう。真葛は、当時の蘭学系の医師の娘である。『解体新書』でなくとも、人体の解体図などは容易に眼にすることはできたはずだし、浮世絵その他の読み物など、いくらも眼に触れる機会はあっただろう。

だから『古事記伝』の中で、女神から先に男神に声をかけた結婚で、蛭子《ひるこ》が生まれ、次に男神から女神に声をかけた結婚がうまくいって、立派な神々が次々と生れた部分に啓発されたのであろう。世間で男性が絶対の優位を保つ理由をそこに見たと思う。

女性を教育するために、女大学その他の女訓書がつぎつぎと出版されている時代に、真葛の女の教えは、身体的事実に即した、あっさりしたものである。さまざまな女訓書が説く七去三従《しちきょさんじゅう》の教えなどは、はじめから問題にしていない。

しかも真葛は、男女関係について、さらに一歩踏み込んで、「……人の心といふものは、陰所《（ほと、かくしどころ）》を根として、体中にはへわたるものなりけり。男女のあひ逢ふわざは、心の本をすり合せて勝劣をあらそふなりけり」（……人の心というものは、陰所を根として、体中へ生え広がるものなのである。男女があい逢うことは、心の本をすりあわせて、勝劣を争うものなのである）と、驚くべき論を展開していった。

人の心は性器を根元として体中にはえひろがるので、男女が逢いあう結婚というものは、心の根元たる性器を結合して勝劣を決めるのであるという。男女の性交渉を、男女間の勝劣の観点で捉えている。

性を心の拠り所とする考え方は、フロイトのリビドーを連想させて興味深い。真葛の没後三十年に生れたジグムント・フロイト（一八五六―一九三九）は、人間の心理生活を潜在意識内に抑圧された性欲衝動（リビドー）の働きに帰して、ヨーロッパの学界に衝撃を与えるのである。

そして前述した、すべての生きものの「心のゆくかたちは、勝劣を争なり」という真葛の考えが、心の本をすりあわせる「男女のあい逢うわざ」につれて展開してくる。この考えも「天地の間の拍子」同様に、真葛の思想の大事なキーワードであった。「獣鳥虫にいたるまで、かちまけをあらそはぬものなし。」

そして男女の関係においては、体の構造が勝っているはずの男も「恋路の段にいたりては、弱女になげらるゝこと有」（恋の場面では、強いはずの男が弱い女に投げられることもある）と、女が一方的に負けてばかりはいないことも述べている。

この場合、男女は対等なのである。体の構造が違っていて勝つはずの男性も、恋の道では一人の悩める人間にすぎず、かえって手弱女《たおやめ》に手玉に取られることもあると、真葛は逆転の発想を見せてくれる。真葛はなかなかの人間通なのである。

この部分で真葛は、勝劣、かちまけという微妙に意味の異なる言葉を、一つの文脈の中で無造作に混同して使っている。「俗言ならでは、こころはしりがたきくだりは、もはらさとび言を雑たり」（俗言でなければ考えが滞る時は、もっぱら俗言を交えた）と、冒頭で断っているほどだから、気にしなかったのだろう。つづけて、歴史上のすぐれた女性たちを列挙して女性全体を励ましている。

「独考」巻の中の抄録では、

「……かけまくはかしこけれど、天照大御神《あまてらすおおみかみ》は女がみにこそませ。またおき長たらし姫のみことも女神にまして、外国《とつくに》をすべしたがへさせ給へりき。世くだりて、紫式部の君のあやなされし、光源氏の物語に次《つぐ》文《ふみ》なし。……されば女たりともなどか心を起さゞらめや」

（……畏れ多いことながら、天照大神は女神でこそいらっしゃる。また神功皇后《じんぐう》も女神でいらして、異国を一つにして従えさせなさった。後の世になって、紫式部の君がお書きになった源氏物語につぐような文章はない。……だから女であろうとも、どうして心を起こさないでいられようか。）

とも書いている。

『源氏物語』に関しては、「独考」巻の上の中にも、次のような言及がある。「……光源氏の物語ばかり、愛《めで》たき文はあらじと思ふに、『ひめかゞみ』といふ書には、「娘子共は見ぬ方ぞ増れる」と書《かけ》るをもて考えれば、かほどめでたき物語の、きたなくや見えつらん……」（光源氏の物語ほど、すばらしい文章はあるまいと思うのに、『ひめかがみ』といふ書物には、「娘子供は見ぬ方がよい」と書いてあるところを考えると、あれほど見事な物語が見ぐるしく見えたのであろうか）と述べている。

江戸時代前期に広く流布した女子教訓書『姫鑑』の中で『源氏物語』を批難していることへの抗議である。これについては、次章で触れたい。

体の構造では劣っていても、けっして男に負けてばかりはいないことを、強く言いたかったのであろう。しかし真葛の生きた時代は、男性絶対優位の封建時代であり、真葛の主張はむなしく消えていく。そこで真葛の視線は遠くロシアに向けられた。

■ロシアの結婚観

「ヲロシヤ國のさだめには、うらやましくぞおもはるゝ。国王は一向宗の祖のごとくなり。人のから（亡骸）を納る寺めくものはかれ是あれど一宗故、争《あらそう》ことなし。国王にはもの奉らばやと、国人願ふとぞ。諸歴々の役人も供人をつれず、国王のみ五人程供人添《そい》たり。心にまかせて市中を歩行有《あるきゆくあり》」

（ロシアの国の定めは、羨ましく思われる。国王は一向宗の門首のようである。人の亡骸を納める寺のようなものはいろいろあるけれど、一つの宗派なので、争うことはない。国王には物を差し上げたいと人々は願うそうだ。諸々のえらい役人たちも供人など連れず、国王のみ五人ほど供人がついている。そして自由に心のままに市中を歩くそうだ。）

日本には様々の宗教、宗派があって、論争が絶えないことが真葛の念頭にあったのだろう。そして日本では大名ばかりか、諸役人さえも多くの供を連れて歩く。真葛自身も数人の供をつれて歩く身分だ。このようなことも、無駄な浪費と真葛は考えた。つづけて、

「子を生《うみ》、ひとゝなりて、つまどひすべき齢《よわい》となれば、めあはせんとおもふ男女を寺にともなひゆきて、先《まず》男を方丈のもとによびて、「あれなる女を其方一生つれそふ妻ぞと定めんや、もしおもふ所有や」と問時《とうとき》に、男のこたへを聞ていなやをさだめて、又女をもよびて、前のごとく問あきらめて、同じ心なれば夫婦となす。さて外心あらば、男女とも重罪なりとぞ」

（子が生れ、成人して、妻を求める年齢となれば、結婚させようと思う男女を寺につれていって、まず男を寺の住職のもとに呼んで、「あれにいる女をお前は一生つれそう妻だ、とさだめるか、もし別に思うことがあるか」と問うて、男の答えを聞いて、諾否を定めて、また女を呼んで前と同じことを訊ねて答えを聞き、二人同じ心であれば夫婦とする。さてそれに背く心があれば、男女ともに重罪であるという。）

教会で司祭が男女それぞれの意思を確かめて、結婚させる事情を指している。真葛の元にもたらされるロシアについての情報は、父平助の余沢もあって、かなり豊富なのであった。

さらに「又おのずから独《ひとり》に心のさだまらぬ若人も有とぞ。それは妻《め》をさだめずして、よき人の女もしばしたはれめのごとく多人《おおくひと》を見せしめ、其中に心のあひし人を妹背《いもせ》とさだむとなん」（またすぐに一人の相手に心が定まらぬ若人もあるそうだ。それはすぐに妻を決めないで、高い身分の人の娘も、しばらくはまるで遊女のように多くの人に会わせて、その中から心のあった人を見つけて夫婦と定めるということだ。）

当然のことながら、なかなか心が決まらぬ若い人がいる。その時は身分の有る人の娘でも自由に多くの人と交際させ、気の合う相手を見つけるのだそうだ、といっている。日本では親の決めた、顔も知らない相手に嫁ぐのが多かった時代である。真葛の羨望と嘆息の声が聞こえるようだ。

ここを読むと、トルストイの『戦争と平和』の華やかな舞踏会の場面が連想される。よき人（伯爵）の娘ナターシャも年頃となり、社交界にデビューして多くの人と舞踏して、好ましい相手に出会うのである。『戦争と平和』は十九世紀初頭の、ナポレオンのロシア侵入を背景として、ロシアの上流社会を描いたものであるが、真葛はまさにナターシャと同時代に生きていた人なのである。

真葛はロシアをどのようなイメージで思い描いていたのだろうか。国王も身分高い役人たちも格式ばらず、供人も少なく市中を歩いている様子に、のびのびした自由な暮らしぶりを感じて、かなり憧れを抱いているようだ。

さてロシアに関するかなり具体的な知識を、真葛はどうして得たのだろうか。

前に寛政五年に海上で逆風に遭って漂流し、アリューシャン列島に流れ着いた仙台の船乗りたちのことに触れた。彼らはロシア政府の計らいで世界一周の船に乗せられ、文化二年（一八〇五）三月に長崎に帰ってきた。江戸藩邸から漂民受け取りの役が長崎に出向き、江戸藩邸で大槻玄沢たちが、詳しくその経緯を聞きとって記している。それが『環海異聞《かんかいいぶん》』としてまとめられ、藩へ献上された。文化四年秋のことだ。

その中でロシアの庶民の暮らしぶりなどがかなり細かく聞き書きされている。

巻の五には「寺観道教・産育及赤子命名・婚礼」の三つの項目があり、かの国の信仰、出産育児、婚礼について、漂流した船乗りたちがほぼ十年に及ぶ長い滞在期間中に見聞きしたことを、出来るだけ詳しく述べている。

婚礼の項に、真葛の記述とよく似たところがあるので引用してみよう。

婚姻の内約の決まった男女を、家内親類たちが寺へつれて行き、

「……和尚壻《むこ》に向ひ、你《なんじ》何某か女子を妻女に求る約定あるよし、相違なきやと問ふ。男仰《おおせ》のごとく

也といふ。又女子にとふ。汝誰某を夫とさだむへしと、此事違変なきやといへは、女子命の如くといふ。此時和尚唱へ言して、其日の縁忌にあたりたる仏像の匾額《ガク》を携ひ来り、両人え十文字にふり廻し、其仏の手の所へ壻の口をつけさせ、相済て婦《ヨメ》にも其如くさす。如此して後、男の指かねと女の指環《ユビカネ》ととりかへはめさするなり……」

（……和尚は婿に向かってお前はだれそれの娘を妻とする約束があるそうだが、間違いないかと問う。男は仰せの通りですという。また女子に問う。お前はだれそれを夫と決めようと、この事違いはないかと言うと、女子はおっしゃるとおりです、と言う。このとき和尚は唱え言をして、その日が忌日にあたる仏像の額を持ってきて、二人へ十文字に振り回し、その仏の手の所へ婿の口をつけさせ、すんでから嫁にもそのようにさせる。このようにして後、男の指輪と女の指輪を取り替えてはめさせる。）

なお詳しく婚礼の宴の様子も説明しているが、省く。

ここで寺と言っているが、これは明らかにキリスト教の一宗派ロシア正教である。しかしここではそれに触れていない。前章の「キリシタン考」の項でも感じたが、初期のキリシタンの宣教師たちは、日本で庶民に布教する際に仏教の廃寺を教会として使い、仏教上の用語を使ってキリスト教の教理を説明しているので、一般には仏教とキリスト教との相違があいまいになってしまった点がある。真葛もその相違をしっかりと識別していなかったように見える。

しかし寺観道教の項を見ると、「……僧俗共に、惣《（すべ）》て仏神を拝むには、右手の大指、食指、中指の三ッの先きを物をつまむか如く合せ、先つ額にあて次に腹にあて、夫《それ》より左右肩にあてるなり。此仕方自ら十文字形をなす也……」（……僧侶も一般人もともに、すべて仏神を拝む時は、右手の親指、人差し指、中指の三つの先を、物をつまむように合わせ、まず額にあて次に腹にあて、それから左右の肩にあてるのである。この仕方は自ずから十文字形をなすのである……）とある。これは詳しく見ればキリスト教徒の十字を切る祈りの仕種であるが、玄沢たちは巧妙に仏教用語を用いてキリシタンを匂わせていないので、問題にならなかったようだ。

この『環海異聞』は大槻玄沢と志村弘強《ひろゆき》がたいへんな苦労を重ね、多くの人の協力を得て、文化四年秋に完成し、藩へ献上した。足掛け三年がかりの大仕事であった。

さて、この『環海異聞』を真葛は読むことが出来たであろうか。真葛の立場なら読めたかも知れない。あるいは読めなくとも、玄沢は江戸でも仙台に帰国中でも、公務や治療の忙しい合間にこの仕事に集中し、多くの人がそれに協力しているので、その内容が漏れ伝わることがあったに違いない。それに漂流民からの情報は、幕府がどんなに禁止しても、その監視の目をくぐって、聞き書きやそれの転写でかなり広がっていたので、真葛はまだ健在であった夫伊賀から、また別の人からそれを聞くことができたのであろう。そして日本の女性のおかれた立場とロシアの女性の立場とを比較することができたであろう。

真葛はまた別のところでも、ロシア人のすぐれた点、日本人の劣った点を取りあげて歎いている。

「吹ながされし日本人を送り来りし、ヲロシア人アダムに、公《おおやけ》より給はりし所の品々の内、箱入のたばこ有しを、ことによろこびて、日本は音に聞えしたばこの名産よ、いざとて、蓋をとりてこゝろみんとせし時、上一皮ばかりうすく上葉を敷、中はことの外なる下葉にて有しかば、笑てのまず、捨行《すてゆき》しと聞し時は、おもはず、胸つぶれ、我国の恥よと、今だにこゝろよからず。……恥をおもはゞかくはあらじを、すぐれておとなしき国人に、我国のあさはかなるさまを見しられしは、はづかしとも恥かし」

（吹き流されて漂着した日本人を送り返してきた、ロシア人アダムに公儀から賜った品々のうち、箱入りの煙草があった。アダムはことの外喜んで、日本は有名な煙草の名産地である。それでは、と言って、蓋を取って一服試みようとした時、上一皮だけ上等の葉をかぶせて、中はことの外粗末な葉であったので、アダムは笑って、のまずに捨てていったと聞いた時は、思わず胸が潰れるように感じ、わが国の恥じだと今でも残念である。……恥じを思えばこんなことはできないはずなのに、すぐれて大人であるロシア国の人に、わが国の浅はかなる様子を見られたことは、恥ずかしい上にも恥ずかしいことだ。）

これは父工藤平助に聞かされた話にちがいない。

ヲロシア人アダムとは、寛政四年（一七九二）に伊勢の漂流民大黒屋光太夫《だいこくやこうだゆう》らを日本まで送り届けたラクスマンのことである。

光太夫は帰国後江戸に足どめされていたが、かなり自由に蘭学者たちと交流し、寛政六年閏十一月十一日に大槻玄沢の芝蘭堂で催された新元会《しんげんかい》（おらんだ正月）にも出席している。この新元会に平助が出席したかどうかは確認できないが、まだ健在であった真葛の父平助が、光太夫と面識があったことは考えられる。

真葛はこのように多くの新しい知識の得られる環境にいて、広い視野を持ち、日本と外国を比較する視点を持っていた。

ここまで、真葛の、男女のかかわりやロシアについての考えを見てきたが、さらに巻の下にある「女の教」と「女子小人」の項を読んでみよう。

■女の教え

「独考」の巻の上で、真葛は男女の体の構造の違いから見て、成り余れる男に、成り足らずと思う女は勝てないものと書いて、「此一事にて女の教は足ぬ」としていた。しかしそれだけでは言い足りなかったのか、巻の下に「女の教」という一項目を立てている。

そこを見ると、日本の国はほどよい気候に恵まれて、食べ物の不足はない国なので、舞いうたい、おどり戯れることが好きな国である。だからそれをとやかくは言えない。若い女性はその時々の流行を学んで、華やかなのがよい、と言っている。

「わかき女の、打しめりてものほしからぬ顔仕《かおし》たるは、花なし。いかにも〳〵賑はゝしくものほしがるぞ、人の心の花なりける。……底心には誠にほしとおもはで、たゞにぎはしく心おほく、物ほしといへど、其ものは得ずともうらみともおもはぬ」

（若い女が、しめっぽく沈んで、何も欲しくないような顔をしたのは、花がない。いかにもいかにも、賑わしくものを欲しがるのこそ、人の心の花なのである。……心の底から本当に欲しいとはおもわず、ただ賑わしく、気が多く、物を欲しがるが、その物を得られなくても恨みとは思わない。）

このようなさっぱりした若い女が、桜の花があっという間に散って、惜しまれるのにも似た愛すべき風情だという意味のことを言っている。

これが真葛好みの、若い女性の愛らしさなのである。これには原割注があって「……昔よりつたはる、「女のをしへ」とある文に、少女の今めかしきことをこのむを制せられしは誤なり。はやりをまねばぬわかき女は、老人の気にのみ叶《かない》て、若き男にはにくまるべし」（……昔より伝わる「女のをしへ」という文に、少女が今風の新しいことを好むのを制止されたのは誤りである。流行をまねしない若い女は、老人の気には入るだろうが、若い男には憎まれるだろう）とある。

当時つぎつぎと出版されて、世に広くいきわたっていた、女大学その他の女訓書の類いとは趣を全く異にしている。それはのちに馬琴の批判を招くことになるのだが、まるで真葛の父工藤平助の女性論を聞くようでほほえましい。

しかし真葛はつづけて「人の妻とならん女は、ものふかくまねばぬぞよき」（人の妻となろうとする女は、物事を深く学ばぬのがよい）ということも書いている。

これはやはり男には劣る女が、何かを深く学ぼうとすれば、心がその方にかたよって、家事がおろそかになるという現実論である。この現実は現代の我々でも常に経験することだ。何かを学ぼうとすれば、女性はいつもこの二つに引き裂かれる。

真葛はこの項で、家庭にある女性は出入りする人や使用人の心を察して、家内をよく整え、子を甘やかさず育てよ。人と争うのは悪いが、ひたすら争わないようにすれば、いつも劣っているのが癖となって、子どもさえ争わぬようになって悪い。子を育てるのは難しい。疎かにしてはならない、と具体的に述べている。ここにも、あらゆる生き物は勝劣を争う、という真葛の思想が底に流れている。

また宮仕えを志す人に対しては、十年近い自分の奥づとめの体験をふまえて、実態に即した有効な提言をしている。

巻の中の冒頭で「女なりとも、などか心を起さゞらめや」と言挙げした真葛であったが、やはり体の異なる男には勝てないという基本認識は、変わらなかったようだ。

■女子小人

この項は巻の下の後半にある。しかしこの題の下に馬琴による割注がある。「篤《とく》云、此篇首に、孔子の「女子小人はわれ知らず」といふを論ずる一段あり。世教、経済の用にも、補益なきにもあらず。言長く略す」とあって、真葛の文章は抹消されている。篤というのは、馬琴の本名解のことであろう。とすれば、我々がぜひ知りたい真葛の孔子批判が、馬琴によって抹殺されたことになる。もしや「独考論」の方に引用されていないかと、その方を調べてみた。

「独考論」の第八に女子小人の項がある。その冒頭に「考へに云、「孔子聖の『女子小人は、我不《しら》レ知《ず》』とのたまへりしとかや。われも女子なり。いざその聖のしらせ給はぬほどを、さてまうさめ云云。」（「独考」に云っている、「孔子聖は『女子小人は、私は知らない』とおっしゃったということだ。私も女子である。さあ、その聖のご存じないということを、さて申しあげましょう。云云）と真葛の文章が引用されていた。

しかしここにも原割注がある。「この下にいたく孔子を詰《なじ》り、十哲を嘲《あざけ》り、孟子をそしりたり。これらのこゝろ得たがへは、四書の素読ばかりもする童子なりとも、わきまへしることなれば略しつ。」（この下に、ひどく孔子をなじり、その高弟たちを嘲り、孟子をそしっている。これらの心得違いは、四書の素読しかしていない童子であってさえ、わきまえ知っていることなので、略した）とあるだけで、真葛がどのように孔子、孟子その他の学者たちをなじり、謗《そし》ったかという、私がもっとも知りたいことは省略されている。

しかし馬琴も生真面目な所があり、つづけて「論に云、孔子の「女子小人は、吾不レ知」といひし事は、いづれの書にもなし。これは『論語』の「陽貨」の篇に孔子ノ曰、「女子與《ト》二小人一為《ハ》レ難《シト》レ養《ヒ》也。進《クレハ》レ之則《チ》不孫《ナリ》、遠《ザクレバ》レ之則《チ》怨《ム》」とあるを聞きあやまちていふならん。……」（論じて云う。孔子が「女子小人は、吾は知らない」と言ったことは、どの書物にもない。これは『論語』の「陽貨」篇に「女子ト小人トハ養イガタシトス。之ヲ近ツクレバスナワチ不遜ナリ、之ヲ遠ザクレバ、スナワチ怨ム」とあるのを、聞きあやまっていうのであろう）と書いて、真葛の言い分を延々と批判している。

もう一箇所「独考」を引用している所を見ると、

「又考へに云、「すべて物を学ぶに、先生の欠たる所、又わろき癖などを、弟子はのみこむものなり。女子小人のうへをとりあつかひにくしとのたまへりし、孔子の心行《ゆきとどか》届ぬ所なり。この気のきかぬ所が一番うけやすき故、学者となれば、女子小人何ぞ取るに足らんと見くだせば、人がらよきやうなれど、是が人気にはなるゝはじめなり云云。」

（また「独考」で云っている、「すべて物を学ぶのに、先生の欠点や悪い癖などを弟子はよく理解するものである。女子小人のことは取り扱いにくいとおっしゃったが、これが孔子の心の行き届かぬところである。この気の利かぬ所が一番弟子たちにうけやすいので、学者となっては、女子小人何ぞ取るに足らんと見下しておれば、立派な人柄のようであるが、これが学者が人気に離れるはじめである……。」）

これについても馬琴の批判があるが、それは次章の「独考論」で触れよう。

さて真葛の「独考」抄録三巻のあとに、馬琴によって筆写された「独考追加」という二つの小文が付せられている。

元は馬琴の「独考論」の付録であったらしいが、『真葛集』では、「独考」のあとに収録されている。このはじめの小文には原割注があって「女子小人——といふ題目の処に、此小書をつけてよからんか」（女子小人という題目の所にこの小文を入れたらよいのではないか）とある。この原割注が真葛のものか、馬琴の書いたものか判断がつかないが、内容は女子小人に関し、また「独考」全体の執筆姿勢にも関っていると思われる。二五〇〇字ほどの短い文なので、読んでみよう。

「此くだりは無学《むがく》む法なる女心より聖の法を押スいくさ心なり。此本文、聖の御心ばせにたがへりといふ人有《ある》べけれど、世にいき〳〵としたる愚人原《ぐじんばら》は、遠きむかしのよそ国の聖のことは、むづかしと聞つけず、聖人のみかたするほどの男づらは、いけすかぬと、わかき女どもはにくむべし。よし女にはすかれずとも、いづくまでも聖の御心ざしは、さにあらずとおしかゝるともがらも有るべし。其勝劣は人々の好々にこそあらめ、聖に愚の勝こと有るまじけれど、聖上の人は大かた力弱く身あはし。下愚の人はなべて力強ければ、一ト勝負してみたきこゝろいきあらんか」

(この一文は学のない、法を知らぬ女心から、聖人の法に仕掛ける戦いの心から書いた。この本文は、聖のお志に違っているという人もあるだろうが、世間で勢いさかんな愚人輩は、遠い昔の外国の聖のことは、難しいといって敬遠し、聖人のお味方をするような男どもは、いけすかぬ奴と、若い女たちは憎むであろう。たとえ女に嫌われても、どこまでも聖のお志は、そうではないと押しかかってくる輩もあるだろう。その勝劣は人々の好きずきにちがいないが、聖人に愚人が勝つことはないだろうが、高貴な人は、おおかた力弱く身ははかない。下愚の人はおしなべて力が強いので、一勝負してみたい心意気があるのではないか。)

この小文は「女子小人」を書いた真葛の意図を表わしているが、また「独考」三巻のような、異色の議論の書を著した彼女の心意気をも表わしている。どうしても納得できない外国の聖人の教えによって圧迫される、女性や下々の人々や、真面目に聖人の教えを信奉して不幸になった同胞や、それらに代わって、言わずにはいられない。

言葉の概念は混乱し、文脈も整っていないが、真葛の真情はひしひしと伝わってくる。

聖人の教えを固く守る馬琴が、この小文を抹消せずに書き写しておいた意図は、どこにあるのだろうか。

■学者と博徒

聖人の教えを痛烈に批判した真葛は、学者の業績にも点が辛かった。賀茂真淵や本居宣長の文章の拍子を批判したことは前にも書いたが、巻の下の後半に次のように書いている。

「熊沢《くまざわ》・白石《はくせき》の両儒は、世に抜出《ぬけいで》しごとくきけど、書置《かきおき》し物をみて学力をほめあふぐのみにして、現につたはりて其人のせしわざといふことのなきぞ、朽《くち》をしき……」（熊沢蕃山《ばんざん》・新井白石の二人の儒者は、世間一般から高く抜け出た人のように聞くが、書いた著書を見て、其の学力を誉め仰ぐだけで、現実に、その人がどんなすぐれた業績を挙げたかがないのが口惜しいことだ。）

書物はすぐれていても、現実の実績が伴わなければ、書物を書くために「一身をくるしめしだけ、ほね折ぞんならずや」（わが身を苦しめただけ、骨折り損ではないだろうか）と真葛は思う。その少しあとにも、「……書は死物なり、拍子は生物なり。死物の書にも、生もの〻拍子を添てみれば、益あらか《ママ》」（……書物はそれだけでは死物である。天地の拍子は生き物である。死物の書物に、生き物の拍子を添えてみれば、益があるのではないだろうか）と書いている。

学者が天地の拍子、昼夜の数（時刻）を無視して書物を書くゆえに、折角の学者のすぐれた考えが、一代限りで朽ち果てるのが無駄なことである、という意味のことを、「独考」のあちこちで書いている。そして引き合いに出すのが、歌舞伎役者の工夫である。

名の有る歌舞伎役者が、すぐれた型を創りだしたら、続く者はそれを捨てず、次々と工夫を加えていって、みな心を一つにして拍子を合わせ、見事な舞台を創造する。

観客は舞台の上のことは作り事と知りながら、見事な芝居に心を奪われ、そこから何事かを学ぶのである。それに比して、学者はすぐれた考えを拓いたら、次々とそれを引き継いで学んで、さらに考えを加えて、見事な学問の体系を作り上げたらよいのに、「すべて学者といふものは、昼夜の数をよそにして、天地の拍子にすがらぬ故、……一代切にくだけちるは、無益しきことならずや。……学者が役者に劣ては、つまらぬ。はげまれよ〳〵」（すべて学者というものは、昼夜の数を無視して、天地の拍子にすがらぬものだから、……一代限りで終わりとなる。無駄な事ではないだろうか。学者が役者に劣ってはつまらぬ。励まれよ〳〵）という具合である。

さらに「なま学者の段に至りては、おもひ誤る所こと〳〵にして、おほくつどへば集ふほど、智はいださずして、論をなす。是学者の全体なり。何ぞかはづにことならんや」（未熟な学者たちに至っては、思い違いが多くて、たくさん集まるほど、よい智恵はださないで、論議をする。これがたいていの学者である。何か蛙と違うところがあろうか）、と辛辣でさえある。

これに反し博徒に対する見方はかなり好意的である。別に博奕《ばくえき》についての項目があるわけではないが、いろんな箇所で言及している。

まず、すべての生き物は勝劣を争うというテーマにつれて、それは出てくる。人の子を育てるにも誰々に劣っては笑われよう、と励ますのも、勝劣をもって言うのである、と述べたあと、

「かりそめのたはむれにも、いさゝかの勝劣の心こもればいさましく、賑はしく、たえて勝劣にかゝはらぬ時は、いさみなし。博奕《ばくえき》は、勝負の急なるもの故、……いかばかりおもしろきわざなるにや。昔は、よき人もばくちを打しとおもはれて、吉田法師が『つれ〴〵草』に、ばくちを打心得の事見えたり。そのかみは今のごとくいやしめて、いみかくすことならざりし故なるべし」

（かりそめの遊びのときにも、少しばかりの勝劣の心があれば、いさましく賑やかで、まったく勝劣にかかわらぬときは、心が弾まない。博奕は、勝負が待ったなしのもの故、……どんなにか面白いことなのだろう。昔は、身分の高い人もばくちを打ったと思われて、兼好法師の『徒然草』にもばくちを打つ心得のことが書いてある。その昔は、今のように卑しめて、忌み隠すものではなかったせいだろう。）

禁ずるから、隠し事になり、不健康になる。そして家庭でも以前はめくり歌留多などを楽しんだことなども、別のところで書いている。

またロシアでは寒い国なので楽しみが少なく、勝負を挑むことを楽しむことや、今は御制禁が厳しいので、折角の博奕が隠し事になってしまい、他に心を慰めることのない下人たちは、かえって絶えずばくちを打つとも書いている。

「古来よりばくちは勝負を争《あらそう》ことの急なるものにて、手ばたき一の内に、人の物を我ものとなし、又我物を人にとらるゝ故、いかに心をせめてか打ならん。其打《そのうつ》拍子に心の抜出て浮上ることあらん。是《これ》則《すなわち》、仏法のさとりとひとしく、一度に物のがてんが行故、心の浮し程の人をさして、とほりものとはよぶならん、とおもひ得たり。されば、仏法のさとりも、［原割注――真葛がごとく］みづから心をせめて地をはなれしも、ばくちうちの欲のために心の浮しも、其こゝろざす方こそかはれ、ともに心のうきて地をはなれし胸中のさまは、おなじことなり。唯、善悪のたがひ有のみなり……」

（昔から博打は勝負を争うことが待ったなしの厳しいもので、一度、両の掌を打ち合わせるだけで、他人の物を我が物とし、また我が物を他人に取られるので、どんなにか一心不乱に緊張して博打を打つことだろう。その打つ拍子に、ふと心が地を離れて浮き上がることがあるだろう。これが即ち、仏法の悟りと同じく、一時に物事の合点が行く故に、博打で心が浮き上がった程の人を指して通り者と呼ぶのであろうと、思い当たった。だから、仏法の悟りも、真葛のように自分をせめて考えるうちに心が地を離れたのも、ばくち打ちの欲のために心が地から浮き上がったのも、その志す方向こそ違え、ともに心が浮いて地を離れた胸の中のありようは、同じことである。ただ善悪の違いがあるのみである……。）

通り者とは、通人、侠客、博徒の長などをいう。真葛は悟りをえた高僧も、博徒の親分も、一心に身をせめ、考え詰めて、ふと無我の境地に心が浮き上がったという点で、同等だと考えている。高僧は善だから正で、博徒は悪だから邪であると、単純に二分化して決めつけない。高僧の中にも、博徒の長の中にも、無我の境地に到るほどの者は、なにか人並みならぬものがあると、柔軟なまなざしを向けている。

博奕に関する真葛の考えは、父平助から得た知識によるところが大きいだろう。

「むかしばなし」の(二)に次のようなエピソードがある。

父平助に恩を受けたばくち打ちに松けいという男がいた。その頃薩摩から船廻しで国産の薬種などを送ると、大きい利益があったが、悪い船乗りたちが、上乗りの役人を海に投げ込んで、破船したといって、荷を横取りしてしまう。それを恐れて上乗りする役人がいなくて、船廻しは取りやめとなっていた。

上乗りとは、船に荷物とともに乗り、荷主から取引を任される役である。松けいはそれを聞いて自分から上乗り役を買ってでて、薩摩へ赴いた。そして何事も無く、早々と薩摩から江戸へ着いて役目を果たし、築地の工藤家へ挨拶にきた。

その時、父平助は「ばくち打といふものはすてられぬものなり。此うわのりせしは、ばくちにて下衆《げす》をとりひしぐこと、手のうちに有故、のぞみてせしなり。覚《おぼえ》なくてはのぞまれぬわざ」(ばくち打ちというものは、見捨てられぬものだ。この上乗りをした男は、博打で下々の者どもを取りひしぐことは、お手のものなので、自分から望んで上乗りをしたのだ。よほどの自信が無くてはできぬ業だ)、と真葛に語ったという。

やせた小男なのに、胆力、気迫が人並みではなく、船乗りたちも手出しができなかったのだろう。真葛は、ばくち打ちといえども、一心に身をせめて勝負に打ち込むとき、ふと私欲を離れて、心が抜け上がり、悟りを得ることがある、と父の話から感じたのだろう。

さしずめ、築地の工藤家に出入りしていた松けいは、通り者であったろう。平助はこういう類いの人間ともわけ隔てなく付きあった。

どんな名医でも藩に召抱えられて、藩内だけで付きあっていると籠の鳥となって、腕が落ちる。医師というものは広く世間を行き巡って、多くの人と交わらねばならぬ、というのが平助の考えであった。

江戸時代の女性の文章は、上層階級、知識階級の女性たちによって書かれたものが圧倒的に多いため、真葛のように博奕、博徒に関する言及の多いのはそれだけでも異色である。

そして父平助の作った環境が、真葛の人事に対する関心の広さを育て、まなざしを練れたものに鍛えた。

三、真葛の経済観

■金銭・経済の問題

さて「独考」の中の、とりわけ大きなテーマとして、金銭感覚、経済の問題がある。

真葛は「独考」の巻の上で「心の乱世」「金の居所」、巻の下で「金のゆくへ」「物の直段《ねだん》のたゞよふ事」などの項目を立てて金銭問題を論じている。その他至るところで同じ主題に言及している。

「心の乱世」では、昔は国を争う、土地を争う乱世であったが、今は金銀を争う心の乱世である。しかしそれは目に見えないから誰も気づかない。下々の人は、暮らしの苦しさから身に沁みて知っているが、身分の高い人や豊かな人は、この世はこんなものと思い深くは考えず、ただ恵み与えるのが仁と心得て、金や米を言うままに無造作に分け与えているのは嘆かわしい、と真葛は述べている。

金銀を何故争うのか、それはどんな結果をもたらすのか、その金銀は何処へ流れていくのか、もっと深く考えねばならぬということを、あとの項でもくりかえしている。

「金の居所」の項では、金というものは、真に金を使う必要のある人の所には居なくて、金を増やすことを楽しみとして、金の奴隷のようになって世渡りする町人の所に集まるのである、と書いている。

武家たちは「(金を)町家より借《かり》うくるといへども、誠の借物にて、行めぐりては利をおひてもとへ帰り居るなり」(金を町家から借り受けるといっても、それは本当の借り物であって、金は行き巡っては、利を背負って、元の町家へ帰っているのである。)

武家が町人より借りた金は、結局また利子を背負ってふくらんで、貸した町人の所へ帰っていく。そして、金の尽きた武士たちは仕方なく町人に頭を下げ、金を借りて日々を送り、利を取られたうえに町人に卑しめられるのこそ無念である、と述べている。

この点に関しては、真葛は武家の立場にたち、町人を敵と見ていた。

真葛は伊達家や井伊家の奥に勤めていた時、町家出身の朋輩たちの言動から、町人がいかに武家を憎んでいるかを知って、驚いたことがある。それ以後、町人に対してある敵意を抱くようになっていた。

「町人は日々月々に物の値段を揚《あげ》て、品をいやしうせんことをおもひ、百姓は年増に年貢をけづらんことをはかる、大乱世心の世にはさまれて、武家は其意をさとらで数年をおくりし内、いつか渠等《かれら》がおもひのまゝに金銀をせめとられ、今は何方《いずかた》の国主も町家を金主とたのみ給ひ、出物なりを任せて、其ちからにかゝりて、一日一月を送らせらるゝは、金軍《かねいくさ》の為には、すでに町人に虜《とりこ》とならせられしならずや」

（町人は日々月々に物の値段を揚げて、品質を落とすことを考え、農民たちは年々、年貢を少なくしようと企てる。大乱世心の世にはさまれていながら、武家はその意味を覚らないで、何年も過ごすうちに、いつの間にか彼らの思いのままに、金銀を責め取られてしまい、今は何処の藩主も町家を金貸しとして頼りとされ、出物なり（年貢カ）を彼らにすっかりお任せになって、一日一月を過ごされるのは、金の戦の面では、もう町人の虜になってしまわれたのではないだろうか）

真葛が生きていた江戸後期は、幕藩体制の含む矛盾がむき出しになった時代である。多くの大名は米取引を業とする商人たちから莫大な借金をして体面を保ち、一方苛酷な年貢に苦しむ農民たちは、少しでもこれを軽くしたいと一揆をおこす。しかし武家たちは自らの置かれた状況をあまり自覚せず、危機感を抱いていない。

「表立《おもてたつ》つとめ、参観交代も美をつくすとみゆれど、皆借金の光なり。金主より調達のあや糸をとゞめらるれば、一足もあゆむことあたはず」（公式のお勤めである参観交代も、まことに美々しく見えるが、それはみな借金の光である。金主から金の調達のあや糸を留められれば、一歩も歩くことはできない。）

真葛はそれを武家の立場にたって、歯ぎしりするような思いで眺めていた。

つづけて、

「かく金を争ふ乱世の中なれば、此世に生るゝ人は、おのづからその気に誘《さそわ》れて、諸士は加増ほうびを給はりて、永く子孫に富をつたへんことを、たけきことゝする世に、何ぞや、君は御一代ましに御領を下に分給《わけたま》はりて、貧しきを御子孫にゆづらせ給ふことをいたみ給はざる……」

（このように金を争う乱世なので、此の世に生れた人は、自然とその気に染まって、藩士たちはご加増、ご褒美をいただいて、永く自分の子孫に富を伝えることを、一番の望みとする世の中なのに、どうして、ご主君は、一代ごとにご領分を家臣にお分けになって、貧しくなったご領分をご子孫にお譲りになることを、心配なさらないのだろうか……。）

このような金を争う世に、家臣たちは加増されれば子孫に富を残すことになるが、君主の方は、一代ごとに家臣に領分を分け与えて、自分の子孫が貧しくなるのが、心配ではないのだろうかと、真葛は藩主の領地が減ることを憂えているのである。

さらに、家臣というものは弓矢取っての戦でこそ味方であるが、金の戦の場合は御敵ではないか、このような世の有様をしっかりとご覧になって、「四方へ返し矢をいさせ給はゞ、また、音もなく目にも見へずして貧を退け、富を此方にうつすことのなどかなからむ」（四方へ返し矢を射て、応戦されれば、音も無く目にも見えぬうちに、貧を退け、富を我が方へ引き寄せることが、どうしてできないことがあろうか）と書いている。

真葛の眼から見れば、家臣さえも経済的には藩主の敵なのである。

この「金の居所」という論考は比較的筋道が通って、わかりやすく整った文章である。最後に「世上の君の御為につゝしみて申《もうす》　真葛」とあるので、真葛は藩主への建白書のようなつもりで書いたのかもしれない。

「何方の国主も」と一般論のように書いているが、たしかにこれは仙台藩の実情にそった内容である。表高六十万石の仙台藩の、藩士たちの禄高を総て合計すると、六十万石を超えていたといわれる。家臣に禄を加増する度に藩主の取り分が減ると、真葛が心配するのも無理ないことであった。

仙台藩は宝暦五年（一七五五）の奥羽飢饉で苦しめられ、明和四年（一七六七）には幕府から関東諸河川の修理を命ぜられて巨額の借財をした。天明四、五年にも不作が続き、江戸藩邸焼失などで巨額の出費があった。明和四年の借財には、大坂へ出入司（財政担当役）の者が下り、大文字屋、升屋など米取引業者と交渉して、彼等が仙台藩の御用金調達を勤めたのである。

この升屋を背負って立っていたのが、番頭の升屋小右衛門こと山片蟠桃《やまがたばんとう》であった。蟠桃は合理的思考に徹した町人学者として知られた人で、その経済的手腕は抜群のものがあった。それについてはのちに述べる。

天明四年（一七八四）以降に、財政不足に悩む仙台藩は、幕府の許可を得て、領内だけに通用する仙台通宝を鋳造している。これは方泉といわれる粗悪な鉄銭で、藩外へ持ち出されて悪用されたので数年で中止となった。

真葛の父工藤平助がこの鋳造に関ったのではないか、と見られる記述が「むかしばなし」（三）に二ヵ所出てくる。「父様四十ばかりの時、仙台よりめし有て、十月初御くだり被遊《あそばされ》し。其二年ばかり前に、仙台の町人鋳銭の願有て父様をたのみしが、ことすみし故、御礼とて金子など上しこと有し」（父さまが四十歳のころ、仙台よりお召しがあって、十月はじめにお下りになられた。その二年ばかり前に、仙台の町人が、鋳銭のことを願い出て、父さまを頼ってきたが、ことが無事すんだので、御礼にと金子を上納したことがあった）とあり、その後にも仙台へ下ったおりに、「鋳銭を願し町人」の家に乞われて宿泊している。

平助は医師である一方で、藩の財政問題にも深く関っていたようだ。真葛の「むかしばなし」には具体的に書いていないが、「独考」の経済論の基底にある認識は、おそらく真葛が父から聞いた、あるいは父の動静を見ながら推察した彼女の実感であるだろう。

一方、御用金調達を引き受けた升屋の番頭、山片蟠桃は、仙台藩の他にも越後長岡藩、豊後岡藩などの蔵元御用を勤める升屋の、傾いた屋台骨を支えるのに苦労していた。それらの藩は常に借金の利下げを要求してきた。仙台藩も明和四年に升屋から借りた巨額の借財の利下げを要求した。

大名貸しには大きな危険が伴う。大名に貸した金が返済されなければ、結局は商人が損失をかぶるのである。大名が潰れることはない。そして升屋自体は、本家の相続問題のもつれもあって、身代を投げ出すような危機に瀕していた。

そこで蟠桃は仙台藩へぴったりと寄生し、「妙計」をもって仙台藩の財政を建て直し、同時に升屋にも莫大な利益をもたらして、升屋を豪商に発展させたのである。

「妙計」と書いたが、この言葉は同時代の経世家として知られる海保青陵《かいほせいりょう》が、蟠桃の仙台藩建て直しの手腕を高く評価した言葉である。海保青陵は、その著『稽古談《けいこだん》』巻之二の中でこの言葉を使っている（『日本思想体系』44、岩波書店）。

莫大な仙台領内の米を船で江戸へ送るとき、升屋では仙台・銚子・江戸の三ヶ所に吟味役を出張させる。この費用が甚大である。そこで蟠桃はサシ米の工夫を願いでた。これは米を吟味する時、俵の中へ竹筒のサシを差し入れて、少量の米を取り出して調べる。この際に少しこぼれる。三ヶ所の改め所でこぼれる量を一合と見積もり、一俵につき一合のへり米を升屋へ下げ渡すように仙台藩へ願いでたのである。この願いはすぐに許された。

一俵につき一合のへり米は、一年に六千両もの金高を生み出し、三つの改め所の必要経費を差し引いても、莫大な利益を升屋にもたらしたのである。

幸い寛政三、四年（一七九一―九二）は、仙台領内で豊作がつづき、関東、西国が不作であったため、この二年間で藩は五十万両の利潤を得て、藩の財政は立ち直った。そして屋台の傾きかけていた升屋も見事に豪商として大きく発展した。仙台領内の米の産出量の大きさがわかる話である。

蟠桃は大坂の懐徳堂で中井竹山《ちくざん》・履軒《りけん》に儒学を学んでいたが、徹底した実学的・合理的思想の持ち主であった。米の作柄が気象に大きく左右されることを知ると、さらに当時の天文学者麻田剛立《あさだごうりゅう》に師事して、天文学を学び、気象を観察し、その知識を米取引の上で大いに活用したのである。蟠桃の著書『夢ノ代《ユメシロ》』（『日本思想体系』43、岩波書店）は、第一章で「天文」をとりあげ、くわしく記述している。

山片蟠桃の手腕を高く評価した海保青陵は、三ヶ所の改め所の経費二百両といえば仙台藩では許さないが、一俵につき一合と言えば、武家は見当がつかないのだといっている。

「一体、武家ニテハ米ハ天カラデモフルヨフニ覚ヘテオルユヘニ、……米ヲ主人ヨリモロフタルトキモ、改《アラタメ》テ見ルモノモナク、ナンボ入リノ俵《タワラ》ヤラ、何ヤラ一向ニシラズ、……トントカマワヌ武士ノコトナレバ、早速コノ願ニ叶《カノ》フタリ」

（そもそも、武家にあっては、米は天からでも降ってくるように考えているから、……米を主君から貰った時でも、中身を改めて見るような者はなく、どれだけの米が入っている俵やら、何やら一向に知らない、……そんなことは、とんとかまわない武士のことであるから、蟠桃のこのサシ米の願いは早速に聞き届けられた。）

と、武家の「不学無術」に付け入った蟠桃の「妙計」を高く評価しているのである。

この青陵の文章と、先に引用した真葛の文章の「大乱世心の世にはさまれて、武家は其意をさとらで数年をおくりし内、いつか渠《かれら》等がおもひのまゝに金銀をせめとられ……」という箇所は、立場こそ違うが、まるで表裏一体をなしている考えのように見える。

ともかく山片蟠桃は「仙台ノ大身上《シンショウ》ヲ一人ニテ引受ケ」（仙台藩の大財産の切り盛りを、自分一人で引き受けけ）て、誠実に仙台藩の財政再建を成しとげ、そして危機に瀕していた升屋の身代をも立て直したのである。蟠桃の見事な働きと高く評価される点である。

これが天明五年頃から寛政期にかけてのことである。これ以後仙台藩は升屋を銀主として全面的に依存し、升屋に頭の上がらぬ状態となった。

真葛の言う「金軍《かねいくさ》のためには、すでに町人に虜《とりこ》とならせられしならずや」という言葉が、たんに一般論ではなく、現実に根ざした精彩あるものであることに驚かされる。

真葛のこの洞察は、早くから夫伊賀に聞かされた話による所が大きいのではないかと思われた。

寛政三、四年に藩の財政再建がなった礼として、寛政七年（一七九五）三月に、藩では大坂の米取引業者、大文字屋三郎左衛門と升屋平右衛門の二人を仙台へ招いた。

八日に藩主が臨席して、躑躅岡《つつじがおか》で旗元、足軽の騎射、銃砲の演習があったが、このとき二人の商人にもその有様を親しく拝観させ、十一日には仙台城内を案内させている。下へも置かぬ接待ぶりであったという。

この時の藩主が八代伊達斉村《なりむら》である。只野伊賀は斉村の信頼厚い家臣であったから、藩主のそば近くにいて、商人たちが手厚くもてなされるのを実際に見ていたに違いない。

只野伊賀はいつも藩主の近くにいた。

拝領地中新田では、領主である只野伊賀を在所へ帰してほしいと藩へ一度ならず願いでたが、ついに伊賀と真葛夫妻は在所で暮らすことがなかったようだ。

寛政十一年、升屋は仙台藩の蔵元御用を一手に引き受けることになった。そのための視察であろうか、山片蟠桃は寛政九年の冬に仙台へ下り、忙しい日時をさいて、塩竈、松島、瑞巌寺とめぐり、石巻まで足をのばしている。石巻は仙台領内の米を積み出す、重要な港であった。寛政九年は、真葛が仙台へ下った年である。

のちに升屋が塩竈神社に奉納した長明燈が、境内に今も残っている。山片蟠桃のさまざまな業績は現在では高く評価され、大阪府では蟠桃の名を冠した賞を、国際的に日本文化を広く紹介した外国人に対して贈っているほどである。

真葛は仙台藩の財政事情について、父平助から聞いた話、夫伊賀から聞いた話、かつて仙台藩邸、彦根藩邸の奥に勤めた自分自身の見聞などから、「金の居所」のような興味深い論考を書いたと思われる。

水面下で暗々裏にくりひろげられる、武家と町人の戦いを見つめる、真葛の深い洞察力がうかがわれる。真葛はよほど経済問題と、儒教の教が気に懸かっていたようだ。「独考」巻の下にも「金のゆくへ」「物の直段《ねだん》のたゞよふこと」「物のつひえをいとふ」などの項目があって、これらにつきくり返し論じている。

「金のゆくへ」の項には、割注があって「金といふものを御手にふれさせ給はぬ貴人は、其出所行末をしろしめされぬ故、あらましをしるすなり」（金という物を、お手に触れられぬ高位の人は、それが何処から出て、どこへ行くのか、ご存じないので、その大よそを記すのです）と書いている。そして藩のお納戸に入っていた金が、いったん外へ出ると、それがどのように巡るか、面白い例を紹介している。

芝にある諸大名の屋敷の前に、河内屋という薬種屋があり、両替もしていた。大名の中間、小者たちの大部屋に給金が出るやいなや、みな手に手に金を持ってきて、河内屋で銭に両替して、ついでに蝋燭を買う。そして夜を通して手慰みの博打をする。

翌朝、河内屋へ銭を多く持ってきて金に両替するのは勝った者であり、金を銭にするのは負けた者とわかる。そしてまた、夜通しの博打である。こうして賑わうのは十日ほどで、次第に静かになり、四十日余りですっかりもとの静けさになる。

その結果、給金の半分過ぎは、両替の手数料、蝋燭代として河内屋の懐に入るのである。さて河内屋の店の敷地は、公儀奥女中の化粧料の地なので、一ヶ月に七両二分の地代が、河内屋から大奥に届けられる。この金は、また奥女中の日用品代として、町人にくだるのである。

「金のせかいを廻るさまは、瀧のごとく、たゞちにしもへ〳〵と落、又集りて上へのぼるなり」（金が世界を廻るありさまは、滝のように、真っ直ぐに下へ下へと落ち、また集まっては上へ上るのである）、と真葛が書いているが、その様子が如実に感じられる。

■「物の直段《ねだん》のたゞよふこと」

真葛がまだ十歳だった明和九年二月に江戸で大火があり、多くの人が焼け出された。そのあとすべての物の値段が上がって倍になった。この時真葛ははじめて物に値段があることを知った。

真葛は幼心に「あないとおし。焼たるうへにもののあたひさへ上りては、世人いかにくるしからめ」（ああ、いとおしいことだ。家が焼けた上に、物の値段さえ上がっては、世の人はどんなに苦しかろう）と、心底悲しかったのが、愁いのはじめであった。

そののちは火災があるたびに、物の値段の上がるのは何故かと疑う心が絶えず、年経るにつけても物の値段が定まらぬことが、嘆きの種となった。真葛は他人の苦しみを自分のことのように引き受けて感ずる性格であったようだ。

真葛が何歳頃の作品かわからないが、「真葛がはら」（地）の中に「炭やく人をおもふ長うた」という長歌がある。内容から見て、仙台へ下って、かなり経ってからの作品であろう。左に引用する。

人の世の　なりにはあれど　足引きの　山の細道　分け入りて　かり庵《いお》かまへ　真土《まつち》もて　むろ作りするゑ　いや高き　繁樹《しげき》にのぼり　真斧もて　枝うちおろし　積みいれて　焼ける煙は　さつ人の　暮るゝも知らで　しゝ尋《たず》ね　入るなる山の　かへるさの　しるべにもしつ　降る雪に　道は絶えても一人のみ　守りをりつゝ　たゆみなく　立つる烟に　事なくて　ありと見るらん　めこどもは　恋ひてかあらん　ともしかる　わざにもあるか　あはれとは　誰がもはざらん　炭やける人

（大意　人の世のなりわいであるけれど、山奥へ分け入って、仮り住いの小屋を作り、粘土で窯《かま》を作り据え、高い樹の枝を斧で打ちおろし、窯につみ入れて焼く煙は、猟人《かりうど》が日の暮れるのも忘れて、猪を追って山に入って、帰る時の道しるべにもするだろう。雪が積って道が絶えても、ただ一人で火を守り、怠りなくたてる煙を見て、妻や子供は、無事を知って、恋いしたっているだろう。なんと乏しい生業であることか、あわれと誰もが思わずにはいられない。炭を焼く人よ。）

雪が積った山の中腹から、炭焼く煙が立ちのぼるのを見て、炭焼く人の有様を思いやったものであろう。江戸女流文学の中には、平安女流文学作品にはめったに見られない、下々の人たちを思いやる文章や和歌が見られるようになる。元禄時代の井上通女の作品の中にも多くある。これは、江戸女流文学の、大きな特色と思われる。

真葛は日頃、何気なくふんだんに使っている炭を作る人の労苦を、痛切に感じたのである。

自分は何一つ不自由したことがないのに、このような直接自分に関係のないことが、捨てがたく歎かれるのも、生まれついての涙ほくろのせいであろうか、このわけを知りたいものと三十年余り考え続けてきた。そして物の値段が定まらずただようのは、金の戦のためだと納得した。

火事にあった人に何の罪があろう。もし大火事があったら、お上のお恵みとして、物の値段を一際下げよと、仰せなさるべきなのに、物の値段は「けんどんじゃけんな町人共が心のまゝなる故」（けちで欲張りで、無慈悲な町人たちが、思いのままにしている故）、人の不幸をかえりみず、自分の得となることばかり計らうのは無慚なことではないか、と真葛は憤っている。

武家たちの油断している隙を狙って、町人たちがその金をかどわかそうとしていると言うのが、真葛に深く染みついた考えであった。そこで、町人たちは表面はやわらかで、内心は邪険であり「町家より出し、みめよき女の、必内心《かならずないしん》がよろしからぬは、生そめし時より、仇敵とおもふ武家をさはがするが手柄」（町家よりご奉公に出た、みめ美しい女が、必ず心が宜しくないのは、生れたはじめから、仇敵と思う武家を混乱させるのが、手柄）と考えているからだ、と話が飛躍してしまうのである。

■「物のつひえをいとふ」

この項では、孔子は人形（偶像）を作ることを浪費として悪《にく》ませたもうたと聞いたことがあるが、「今聖堂とていかめしき殿作を仕て、殊更《ことさら》に人形を作りて聖をまつり奉るは」（今、聖堂といって、壮麗な御殿を造作して、その上さらに、聖の人形まで作って祀り奉るのは）、真の聖の御霊には背くことではないか、と思はれるのに、ご公儀はじめ各藩にそれがあるのは、誠に浪費である。

しかし作ってしまったからには、この御堂にすぐれた学者たちを集めて、「私心をさりつくして、一昼夜の数をもとゝして、天地の間の拍子によりて、日本国の益とならんことを考あはせ」（私欲をすっかり無くして、一昼夜の数をもととして、天地の間の拍子に依って、日本国の益となるようなことを、考え合わせ）る場所としては如何であろうか。これならば孔子も悪いとは言われぬであろう。

つづけて「御門の外にも、貴賤をえらまず考しことを奉る箱をすえて、諸人の考を納めしめ、彼是《かれこれ》をてらし見ば、国の益とならんことも多かるべし」（聖堂のご門の外にも箱を置いて、貴賤を問わず、誰でも考えたことを書いて、その箱に納めさせ、あれこれ照らし合わせて見れば、国の益となるようなことも、多いのではないだろうか）と、斬新な考えを述べている。

ところがすぐそれにつづけて、前にも述べた、本居宣長の『古事記伝』の文章の遅さと、賀茂真淵の文章が勢いがあって早すぎるのとを比較する文章がでてくる。そして次にまた、ご門の外に考えを奉る箱を置いて、それぞれ心に秘めた考えを持ち寄り、百万人の智恵をまとめて国の益を考え、「おごそかなることもて公《おおやけ》よりおさせ給はゞ、下はひしくとこそならめ。小虫すらおほくつどへば、燈《ともしび》を顕すときくを、人としてもだしをるべからず」（厳重なる法をもって、公儀よりご命令なされば、下々はかしこまって従うであろう。小さな虫さえ、多く寄り集まれば、光を発すると聞いたことがあるが、人間として黙っているべきではない）とつづくのである。

■読解の困難さ、比喩のユニークさ

「独考」を読む困難の一つは、項目を立てても、その中で秩序を追って主題の論理を展開するのではなく、突然違った話題に飛躍したり、別の項目にその主題がまた現れたりすることである。

読者は、走るように気の早い真葛が、意識の流れるままに筆を急がせて書いた「独考」のあちこちを探しながら、真葛の真意を探らねばならない。このように真葛の「独考」の文章は、きらきら光るすぐれた考えをちりばめながら、言葉の概念の混乱、論理の飛躍、文脈の錯綜が多く、読む方は前後しながら真葛の真意を辿ることになる。

この項では、主として「独考」の中の、「天地の間の拍子」と一昼夜の数、儒教批判、男女の優劣の比較、金軍《かねいくさ》の経済問題、悟りのこと、博奕のことなどに絞ってとり上げてみたが、真葛はもっと多岐にわたってさまざまなことを論じていて、関心の広さがうかがえる。

さて、「独考」の随所に現れて、通奏低音のように鳴り響く真葛の「天地の間の拍子」と「一昼夜の数」という考えについて、もう一度ふり返ってみたい。「天地の間の拍子」について、真葛は何も解説をしていなくて、天地の拍子、天地の間の生たる拍子、あるいは浮たる拍子、単に拍子といろいろに表現して、多義的に使っている。これはそのままに、素直に感じ取るしかないようである。

しかし「一昼夜の数」については、真葛は巻の下の終わりにある「胸算大数」の中で、人間の一生は凡そ四、五〇年であるから、昼夜の数を胸中の拍子として、世をあだに過ごすな、と誡めている。そして

「……人間の出入《いでいる》いきと共に、はなれぬ此時刻をよそにおもふ故、人はまどふなり。身はいづかたに隠るとも、息と時刻はつきそひて、世はうつり行ものぞとおもふべし。……」（……人間が呼吸する息とともに、離れないこの時刻というものをいい加減に思うから、人は迷うのである。何処に身を隠していても、息と時刻とはぴたりとその身につきそっていて、世の中は移っていくものだ、と思わねばならない。……）

どんなに隠れていても息を止めることはできず、時刻はその人の上を移っていく、という切実な事実を直視せよというのである。これが一昼夜の数をもととして、物事を考えよという真葛の主張の根本である。

さらに真葛の比喩のユニークさは際立ったものがある。

儒教の教を門外に備え置く飾り道具に例えたり、悟りを開く時の感覚を、「人の心がろくろ首のごとくふと抜出て、かたまるなり」（人の心がろくろ首のように高く抜け出して、固まるのである）と、ろくろ首のイメージで表現したりしている。首が抜け上がると、常人は物を横から見るが、ろくろ首は上から見ることができるゆえ、「物の行末のさだかにしらるゝなり」（物事の行く先をはっきりと知ることができるのである。）つまり物事を一方的にではなく、俯瞰《ふかん》的に相対化して見ることができると言っているのである。

また身体感覚を表現する章句も多い。ろくろ首の喩えもそうであるが、人の心は陰所を根として体中へはえわたる、という部分も、「女の前に蛇の入たると聞ては、身の毛たちていやなること」（女性の陰部に蛇が入ったと聞いては、ぞっとして身の毛が立つようにいやなこと）という部分も、それまでの女性の文章にはほとんど見られなかった身体感覚の表現であり、独特の境地を切り拓いたものといえる。

これらの文章は「独考」三巻として、「文化十四年十二月一日五十五歳にてしるす　あや子事　真葛」とあるように、曲亭馬琴に届けられる一年余り前に、一応書き上がった。

その草稿を真葛がもう一度清書したようにも思われる。その理由は、巻の上の巻頭の、序の日付が、「文政元丑のとし十二月」となっているからである。文化十四年（一八一七）十二月一日に書き上げてから、ちょうど一年、「独考」は真葛の手元にあったのである。その間に推敲、清書したことは当然であろう。

ついでに言えば、文政元年（一八一八）は寅年である。文政元丑はおそらく真葛の思い違いであろう。

最後に「何もしらぬ女のこと故、めつたむせうに云たき事をいふ。腹あんばいに御直し頼入候」（なにも知らぬ女のこと故、まるでむちゃくちゃに、言いたいことを書いた。ほどよいように、御直し、頼みいります）とあるが、馬琴に届けるに際して、巻頭の序と最後の一行を書き加えたものと推察される。

しかし無造作に加えた最後の一行は、草稿三巻に付した手紙の宛名に「馬琴様」と書いたのと同様に、とりわけプライドが高く、戯作者としての自己を卑下している馬琴を怒らせたかも知れない。

真葛は馬琴をどんな人か、知らなかったようだ。

第六章　真葛と馬琴

只野家の旗指物の印
（赤地の布に金糸の縫い取り、家紋は石だたみ）

■「真葛のおうな」

曲亭馬琴が兎園会《とえんかい》の集まりに寄せた「真葛のおうな」という一文がある。文政八年（一八二五）に書いたもので、「秋もはやけふのみとくれゆく窓の片あかり……、」（秋ももうはや終わりという日の、暮れ方の窓辺の薄明かり……）と、文末にあるから、九月の晦日《みそか》であろうか。

前日の巳《み》の刻（午前十時頃）から筆をとりはじめて、書き出すととどまらず、その夜の二更《にこう》（十時頃）までかけて、はたひら（二十丁）ほどの文を綴った、とある。

兎園会というのは、文政のはじめ頃、馬琴はじめ国学者の屋代弘賢《やしろひろかた》らの発起で、学者、好事家十余人が集まり、見聞を広めようと奇談や雑話の紹介、収集、批評をおこなった会で、それを馬琴が筆録、編集したものを兎園小説という。

本屋から責められて、原稿執筆に忙しい日々であるが、真葛のこととなると、馬琴は書きたいことが次々にわいてくるようだ。自分の知的感興を刺激してくれた稀に見る婦人であったのに、なぜあのように手ごわく反撃して、折角の得がたい縁を断ち切ってしまったのか惜しまれる。なぜかこの頃はわけもなく真葛のことが思い出されるのであった。

真葛はその年の六月二十六日に亡くなっているのだが、馬琴はまだその事を知らない。ただしきりに思い出されて、筐底にしまいこんだ、真葛やその妹萩尼栲子《たえこ》からの消息（手紙）や草稿を取り出すことがあった。

家人の話によると、真葛からの便りがとだえてのちも、萩尼の従僕らしい男が、飯田町の馬琴の家へ奇応丸を買いに、二、三度訪ねてきたらしい。馬琴の安否をみちのくの姉へ知らせようとしてのことだったろうか。家人から萩尼の従僕のことを聞くと、馬琴の心の中で疼くものがあった。しかし何時の頃からか、その従僕も顔を見せなくなっていた。

奇応丸は滝沢家の自家製売薬の一つで、かなり売れていたようである。

「真葛は才女なり。江戸の人、工藤氏、名を綾子といふ。性歌をよみ和文をよくし、滝本様の手迹《しゅせき》さへ拙からず……」（真葛は才女である。江戸の生まれ、氏は工藤氏、名を綾子という。生来、和歌を詠み、和文に巧みで、滝本流の書さえ上手であった……。）

「真葛のおうな」はこのように書きはじめられている。

馬琴は真葛を才女と称えるに、ためらいはなかった。「父は仙台の俗医士工藤〔本姓源氏〕平助、諱《いみな》は平、母は菅原氏とぞ聞えし……」（父は仙台藩の俗医師工藤〔本姓は源氏〕平助、諱は平、母は菅原氏とかいうことである……）と、馬琴はつづけている。

文政二年（一八一九）のこと、馬琴は筆削を求められた真葛の著作のうち、「独考」の中には、幕府の禁忌に触れる部分が多いので、これを板に彫って出版するのは危険であり、筆写で少しずつ世に伝わるがよろしかろうと手紙で忠告した。

田沼時代には諸事取り締まりがゆるく、文化活動が盛んで、ことに書物の出版は多彩であったが、寛政の改革がはじまると、出版物の取締りが一斉に厳しくなった。その時期、親しい友であり、馬琴に戯作の指導もしてくれた山東京伝は、手鎖五十日の刑に処せられ、その他の人たちも多く罰せられたり、筆を絶ったのを見ている馬琴は慎重である。彼はじっと息を潜めて、自らの筆を戒めつつ改革の嵐が過ぎ去るのを待っていた。

その頃、馬琴の一人息子宗伯の友人であり、同じ絵画の師についていた渡辺崋山が、親しく馬琴宅へも出入りしていた。馬琴は崋山のすぐれた人格、才能を認めながら、まだ若い崋山が蘭学を学び、次第に開明的思想を持つようになると警戒して、少しずつ距離を置くようにさえなるのである。とにかく、政道に触れることには、一切近づかないのが馬琴の生きかたであった。

その馬琴の眼からみれば、真葛の「奥州ばなし」さえも憚るべき部分がまじっている。ただ「いそづたひ」一巻のみは、その文もすぐれて、かつ珍しい話でもあるので、これを世に出すように計らうと真葛に約束をしたが、まだ果たせていないのである。みちのくからの催促がないのは、真葛が恨んでいるからだろうか、それとも諦めてしまったのだろうか、なぜかしきりに真葛のことが、馬琴の頭に去来した。

馬琴は誰から文章の筆削を頼まれても、決して引き受けなかった。馬琴の作品は女性の愛読者が多く、中には弟子入りを志願したり、作品を寄せてくる者もあった。しかし馬琴は尾張のさる大身の武家の後室が物語りを書いて寄せてきても、江戸本郷の田中氏の娘が弟子入りしたいと、十年来願ってきたのも固く辞退しつづけてきたのだ。

「只この真葛の刀自《とじ》のみ、婦女子にはいとにげなき経済のうへを論ぜしは、紫女、清氏にも立ちまさりて、男だましひあるのみならず。世の人はえぞしらぬ、予をよくしれるも、あやしからずや。されば予が陽に祛《しりぞ》けて陰に愛《め》づるは、このゆゑのみ。かゝる世の稀なる刀自なるを兎園社友にしらせんとて、いといひがたきことをすら、おしもつゝまでしるすになん……」

（ただ、この真葛と名のる只野家の刀自だけが、婦女子にはたいそう珍しく経世済民について論じているのは、紫式部、清少納言にもたちまさって、立派な男子のような魂をもった人であるばかりでなく、世人は知らない予のことをよく知っているのも不思議なことではないか。だから予が表向きは退けて、陰でひそかに愛するのは、この故のみである。このような世に稀なる婦人であるのを、兎園会の友人に知らせようとして、たいそう言いにくいことまで、包み隠さず書きしるすのである……。）

馬琴は真葛がこの世にもういないことを知らないが、文章はなぜか感傷的な色あいを帯びている。この一文は兎園会の集まりにようやく間にあわせることができた。

■真葛の草稿をあずかる

「真葛のおうな」には、文政二年（一八一九）の如月（二月）の下旬に、五十歳前後と見える尼姿の婦人が、九段下飯田町の馬琴の家を訪ねてきたことが記されている。従僕を一人つれている。あいにく家の者どもは出かけていて、やむなく馬琴自身が応対に出ると、「私は牛込神楽坂の医師田中長益にゆかりのものです」という。

つねづね来客を厭わしく思っていた馬琴は、「主は留守で、しばらく留守居を頼まれた者で、何も心得ません」というと、尼は懐より一通の封書と、お肴代と記した金包み一封を取り出し、手にしていた袱紗《ふくさ》に包んだ草稿三巻とともに馬琴の前に置いた。

そして言うようには「これはみちのくの親しきものから、こなた様のあるじ殿にお届けするようにと送ってきたものです。詳しくは添えたる手紙に書いてございます。草稿は女の書いたものですが、こちらのあるじ殿の筆削《ひっさく》を賜りたき由。私は霊岸島の松平家の中屋敷に住んでいますが、今宵は神楽坂の田中の許に泊まり、明朝の帰るさにまたお立ち寄りいたします。そのさいにひと筆なりともお返事を下さるようにお伝えくださいまし」

馬琴はすっと冷や汗が流れるように思った。

主は留守と言ったが、この尼には見透かされているのではないか、尼の物怖じしない、落ち着いた態度にそう思わせるものがあった。

「主はどちら様から頼まれてもこのようなものはお引き受けいたしません。どうぞお持ち帰りを」というのも聞かず、尼は「ともかくもお預かりくださ い。明朝巳の刻（十時ころ）にまた……」と帰っていった。

霊岸島といったが越前松平家の老女でもあった女性だろうかと訝りつつ、書斎で封書を開いてみると、尼の言った通りのことが書かれていたが、その書きざまはいかにも尊大で、へりくだった所がなかった。

宛名も「馬琴様　みちのく　真葛」とのみあって、みちのくの何処とやら、どんな身分の女性なのやら、みごとな筆跡から推してみてもわからない。

馬琴はすこし不快になった。どんな女なのか、仙台侯の側室か何かで、少し文筆のたしなみがあるというくらいの女性か。草稿には何が書いてあるのか、物語か道の記かと、すこし侮り加減にひらいて、読みはじめて驚いた。

前章で紹介したような、ものものしい覚悟を示す前書きがあって、馬琴がつねづねもっとも大切なものと考えて日常の規範としている聖人の教え、つまり儒教の批判からはじまり、皇室や公家の批判、幕府、諸藩の武家のうかつさ、町人の狡猾さなどについて、歯に衣きせず、言いたい放題のことが書かれている。そして文末には「何もしらぬ女のこと故、めったむしょうに云たき事をいふ。腹あんばいに御直し頼入候」とある。

これが人にものを頼む場合に言うことか、「何もしらぬ女」と開き直って、ふてぶてしくさえある。これは一体いかなる女人か。しかし書かれたものの所々には、眼がさめるような素晴らしい考えがきらめくのがわかった。「何もしらぬ女」とはとても思えない。これまでに馬琴が会ったこともない類いの女性だ。このような女人もいると知って、馬琴はにわかに関心を持った。

この草稿をもたらした越前家の老女らしい尼は、明朝立ち寄るといった。しかし此処で隙を見せてはいけない。馬琴は用心深く返事を書いた。

予は早くより市にかくれて、女子どものもてあそびとなる戯作《げさく》の類いを書いているが、此度寄せられたおん作の草稿は、その類いのものではないと知った。それならば江戸には著名な儒者も国学者も多いものを、とりわけて予を名指して筆削を求められたには、きっと予のことをただの戯作者ではないと見られたからのことであろう。それならばそれでよい。しかし人に教えを乞うにはそれなりの礼儀があろう。馬琴とは戯作者としての予が名前であり、実学正文（正統的な学問、文学の意力）の上での交わりをするのに、戯作者としての名で呼ばれるいわれはない。予の通称は滝沢清右衛門であり、本名は解《とく》と申す。またそなたは人の妻か、母か。さらに宿所さえ包み隠さるるとはいかなる故か。そのような女人に返答する術を知らない、という意味の返事を書いた。

翌朝下女に、昨日の尼がきたら渡すように、と告げて外出してしまった。

■江戸とみちのく、手紙の往来

二十日ほどして、先日の尼の従僕らしき男が、みちのくからの便りをお届けします、と持ってきた。尼の書いた添え文もあったが、まず真葛の手紙から開いた。

今度の手紙は先頃のとはうって変わって、いとおしいほどへりくだり、丁寧に前の非礼を詫びていた。

「よろづにあはく〵しきをんなの、よそをだに得しらねば、今はやもめにていとおよすげたる身にしあれど、をとこに物いはんにねもごろぶりたらんも、なか〵になめげなるべしと思ひとりしより、いやなしと見られにけん。露ばかりもそなたさまをあなどる心あらば、人には見せぬ筆のすさびを、たのみ奉ることとやはある。この後とても心つきなきこと多からんを、教へられんとこそねがひ侍れ……」

（すべてのことに軽々しい女が、他所のことは何も知り得ないものですから、今は寡婦にてたいそう老いてしまった身ですが、見知らぬ男の人にはじめて手紙を書くのに、余りねんごろなのもかえって失礼になるだろうと考えましたので、さぞ礼儀しらずとお思いになったのでしょう。露ほどもそなたさまを侮る心があれば、他人には見せぬ筆のもてあそびを、お直しくださいと願いあげることがありましょうか。この後とも、心づかぬことが多いでしょうが、お教えくださることをこそ、願っております。）

と結ばれていた。

さらに前便の馬琴の問いに答えて、真葛と名のる自身の身の上、さきに馬琴を訪ねた妹萩尼栲子のことも詳しく書き加え、別に「昔ばなし」という草稿一巻に自分の生い立ちや、先祖のことどもを書き綴って寄せてきた。

馬琴の返事を見てから、自分のやり方がいかにも世間知らずで、無礼であったと反省し、急ぎ書いたものらしい。真葛の素直な気持ちは真っ直ぐに馬琴に伝わった。

ここではじめて馬琴は、真葛が田沼時代に仙台藩の医師として、また北方事情に詳しい警世家として、世に広く知られた工藤平助の娘であり、のち仙台藩千二百石取りの番頭《ばんがしら》の妻となり、今は夫に先立たれた身であることを知る。

第一章の冒頭にも書いたが、真葛に関する年代にそった詳しい伝記はないにひとしい。「むかしばなし」その他にも書かれているが、断片的なものでしかない。馬琴の詰問に応えて、真葛が「昔ばなし」「とはずがたり」を書き送り、また手紙の中でも身の上について、いろいろ書き送ったものを参照にして、今日、私たちは真葛の生涯をかなり詳細に、年代にそって知ることが出来る。これを引き出したことでも馬琴の力は大きかった。

それらの文章を読んで、馬琴は真葛の「独考」という草稿三巻が、少しばかり文筆の立つ、世の婦人たちの書くものと全く隔絶しているわけを覚った。

そして真葛の手紙の中に、「……何の為に生れ出《い》づらん。女一人の心として、世界の人のくるしみを助けまほしく思ふは、なしがたきことゝしりながら、只この事を思ふが故に、日夜やすき心もなくて苦しむぞ無益なる……」（……何のために生れてきたのだろう、女一人の心の中で、世界の人の苦しみを助けたいものと思うのは、出来ないことと知りながら、ただこの事を思うが故に、日夜心安らぐ間もなく、苦しむのこそ無駄なこと……）とあったのに、いたく心を動かされた。

馬琴は折り返し、手紙を書いた。このたびの便りにて、そなた様の大よそのご様子はわかり、山の井の水に映る、そなた様の面影さえ見えるように思われた。ともかくもたのまれ奉りしことはおひきうけいたしましょう。ただ、日々のなりわいのための書きものが多いので、今年の暮までお待ちください、という意味のことを書き、萩尼梼子からの手紙には和歌一首を書いて返事とした。

梼子の手紙には「かのるすゐのおきなこそ、こころにくけれ」（あの留守居の老人こそ、どなたか知りたいもの）とあって、彼女が留守居の老人を、はじめから馬琴その人と見透かしていることが匂わせてあった。

このあとも萩尼梼子と真葛と、馬琴との間に幾度かの手紙の往来、和歌の唱和があった。姉妹の真葛、萩などの呼び名の由来についても、真葛から「七種《ななくさ》のたとへ」の草稿が送られてきて、真葛の父祖に対する孝心と兄弟姉妹間のうるわしい愛情に、馬琴は心を洗われるような感動さえ覚えたのである。

みちのくの真葛からは、その後も「奥州ばなし」「いそづたひ」などの草稿が送られてきた。添えられた手紙には、「独考」のような風変わりな著作がいきなり世に出るよりも、まずこの二作が先に出て、名を知られたほうがよいのでは、などと真葛の考えが記されていた。みちのくに一人暮らす真葛が、あれやこれや思案を巡らせていることが、馬琴には感じられた。

しかしそれらの手紙のはしばしにも、ときおり賀茂真淵、本居宣長、村田春海、本居大平《もとおりおおひら》など国学者たちのことを論じてあった。それはどちらかといえば馬琴の意に添うものではなかった。

彼等はとにかく戯作者ではなく、馬琴のいう実学正文で身を立てる学者であり、敬意を持って接すべき者である。しかし真葛には彼等を自分と対等の者と見なしてはばからぬ所があった。

幼い頃、荷田春満《かだのあずままろ》の姪、荷田蒼生子《かだのたみこ》に『古今和歌集』を教えてもらったことが「むかしばなし」(四)に書かれている。その頃、蒼生子は女先生として世間から尊敬される存在だった。

蒼生子は春満の学問を深く学び、一時、紀州徳川家に仕えた。致仕した後、江戸浅草に住んで、土佐、姫路、平戸、常陸、長門など諸侯の藩邸に出入りして、和歌の指導をしている。ことに土佐侯山内豊擁などは、わざわざ浅草にある蒼生子の家を訪問して、和歌について語りあっているほどである。

しかし真葛は蒼生子を無造作に「哥《うた》よみのお民」といって、「子分(供カ)の時分、『古今』のよみくせを直してもらいに行て有し」(子どものころ、『古今』のよみ方を教えてもらいに行ったことがある)と、蒼生子を軽く見なしているように書いている。

これは真葛が蒼生子を見下しているように見えるが、そうではなく父工藤平助の口ぶりがそのまま移ったものであろう。

当時の一流の人々と親しく交わり、諸大名が遊びに来るような暮らしをしていた父の影響は、真葛の人や物の見方にも大きな作用を及ぼしていた。とくに村田春海は父と親交があり、真葛は実の叔父のように親しく、接してきたのだった。

馬琴がはじめて真葛の手紙に接して、まず「ふみの書きざま尊大にて……」と、真葛を傲慢な女性のように感じた理由のひとつは、こんなところにもあったのだ。

しかし馬琴にその事を指摘されると、真葛はすぐに態度を改め、以後は滝沢解大人《うし》先生様と尊称を重ねている。当時の人々は本名を忌み名として、直接書くことを避けたが、馬琴は国学の方では深く忌むことではないとして、馬琴という戯作者の名で呼ばれるよりはその方を許した。そして真葛の人柄の良さをほめて、そなた様の作のうち、憚りのない部分は、予の作品の中ででも紹介しよう、とさえ言った。馬琴と真葛の間の、いくつかの誤解は解けた。

こうしてしばらく真葛、萩尼栲子と馬琴との間に、和やかな文通、和歌の唱和が続いた。真葛の手紙に「……おんなりはひの為に、筆とらせ給ふにて、いとまなきにしば〳〵わづらはし奉るを、こゝろなしとやおもはれ侍りてん」（……ご生業のために文章をお書きになるのに、お忙しいでしょうに、しばしばお妨げ申し上げるのは、心ない者とお思いになっているのではないでしょうか）などとあると、馬琴は「我宿の花さくころもみちのくの風の便りはいとはざりけり」とさえ返している。どんなに執筆で忙しくとも、みちのくからのお便りを煩わしいとは思いませんと、馬琴は本心から言っているようである。

■馬琴の「独考論」

十一月に入った頃、真葛からの便りに、「『独考』のことは忘れ給はずや。かねての約束をたがへ給ふな」（「独考」のことはお忘れになったのではありませんか。かねてからのお約束を、お破りにならないでくださいませ）という意味のことが書かれてあった。

そういえば「たのまれたる書きものゝ多かれば、ことしのくれまで待たせ給へ」（依頼された書きものが多いので、今年の暮れまでお待ちください）というのが、自分の約束であったことを馬琴は思い出した。

もうこんな季節になったか、と夢から覚めた心地がして、馬琴は筐の底から真葛の「独考」三巻を久しぶりに取り出し読み返した。そして思った。

「今さらにそのふみを引きなほさん事易《やす》からず。もしそのわろきを刈りとらば、残らんことの葉すくなかるべし。こは此のまゝにうちおきて、別にさとすにます事あらじ……」（今さらにその草稿を書きなおすのは容易ではない。もしその悪い部分を削りとれば、残る言葉は少なくなるだろう。これはこのままにしておいて、別に教え諭す方がましであろう……。）

そう思うと、草稿の仮名づかいの間違いと、漢字の写しちがいを少しばかり朱筆で訂正し、それから猛烈な勢いで、真葛の「独考」を批判する「独考論」を書きはじめた。

そして真葛の「独考」をはるかに超える量の「独考論」を、二十日間かけて書き上げたのである。頑なほど真面目に約束を守る馬琴は、真葛との約束を反故には出来なかった。

真葛からの催促にあって、馬琴が激怒して、これまでの和やかな態度を一変し、「独考論」を書いたという説がある。私も「独考論」のあまりにも徹底した批判に、はじめは同じように感じていた。しかし今回「独考論」を改めて読み返してみて、催促されて激怒した、というのは当たらないのではないか、と感じた。馬琴はかなり執拗な所があり、書き出すと、ほどよく切り上げるということが出来ない人らしい。真葛の「独考」が婦人の作であるからといって、手加減できない。まして自分が大切に思う儒教をこうまで批判されて、そのままに捨て置くことはできない。書くほどに次第に感情が昂ぶっていったのではないだろうか。

現に「独考論」は当時の知識人の常識であった儒教倫理と、その概念を表した既製の言葉で書かれている。文章は明晰で、隅々までわかりにくい部分はない。その点でプロフェッショナルな、見事な文章なのである。一時の怒りの感情で、このように一貫した文章を二十日もかけて書きつづけられるものだろうか。

そう思いながら「独考論」を読み返していった。

最初に序として、

「みちのくなる真葛の刀自はよろづのうへを考あきらめむとほりする癖あればにや、いとあたらしき説どもをまめやかに綴りつゝ、独考となん名づけたる、老の寝ざめのすさみなるべし。いでやいにしえの御達《こたち》のふみつゞる才ありけるも、さうし物がたりのみなるに、いかなればこの刀自は、国を治め家をとゝのへ、身をおさむべき事さへに、いとねもごろにろうじたり。そがかたちこそをうなゝれ、をのこだましひあればなるべし……」
（みちのくに住む真葛という婦人は、すべての事柄について、考え究めようとする癖があるからだろうか。たいへん奇抜な説などをこまごまと書きつづりながら、独考とこそ名づけている。目覚めやすい老人の気慰みの類いであろう。さてさて、いにしえのご婦人たちの文を綴る才のある人たちでも、草紙、物語しか書いていないのに、どうしたことか、この真葛という婦人は国を治め、家を整え、身を修めるべきことまでに、たいへんていねいに論じている。それはきっと、姿かたちこそ、老婦人であるが、男子のような魂を持った人であるからにちがいない……。）

と書いている。

まことに簡潔で的確な、真葛とその「独考」の紹介である。「をのこだましひ」を現代の表現で言えば、立派な志ということになろうか。

そして馬琴は「独考といふふみのあげつらひ」を書きはじめる。あげつらいとは、論議すること、可否を論じ、批評することである。

「晴ぬうたがひ三」の第一の「月のおほきさのかはる事」について、馬琴は月の大きさが見る人ごとに変わるのは、眼の性のよさ、わるさによると説明している。

眼の力が強い人には大きく見え、弱い人には小さくみえるのだ。その例としてさまざまな場合を上げ、最後に『列子』の中で、二人の童子が真昼の太陽と夕方の太陽の遠近を論じた寓話まで引いて、諄々と説いている。真葛のこの項の文章が、およそ四百字足らずなのに、馬琴のあげつらいは、その三倍近い字数を費やしている。

また真葛の「わざをぎの女のふる舞」についても、芝居狂言はすべて現実の人情を転倒して作るものであるからと説きはじめ、中国の雑劇伝奇を例に引いたり、明代の随筆『五雑俎《ござっそ》』まで持ちだして説明している。これらの説明が、真葛の「晴ぬうたがひ」を晴らしたかどうかわからないが、考えついたことはすべて、隅から隅まで、おしなべて書き尽くさねばおさまらぬ馬琴の性格をよく物語っている。

■「天地の間の浮たる拍子」

真葛の「独考」の最も基本的なキーワードである「天地の間の拍子」については、馬琴はどのように理解したか。

真葛の、「天地の間の拍子」と昼夜の数のみが、うごかぬ絶対の真理である、という発見に対して、馬琴は「……(そのことを)みづから考得たりと思ふは、をさなし」(……それを自分がはじめて考えついたと思うのは、まことに幼い)と切り捨て、昔より昼夜の数に合わせて暦《こよみ》を作り、日本では天地の拍子に合わせて神楽《かぐら》を作って神をなぐさめ、唐国では雅楽を作って国民を教化している、と教えている。

その言葉通り、音楽という不思議なものは、眼に見えぬがたしかに実在するものである。音律をさまざまに組み合わせた楽の音を聞けば、乱れた心は粛然とし、悲しみは慰められ、受けた痛みは癒される。さらに荒ぶる者を教化し、撫育する作用まである。孔子が民を教化するに礼楽を重んじたのは周知のことだ。

しかし真葛のいう天地の間の拍子は、このような音楽を指しているのではない。聖人の法や仏の教え、あるいは世間一般にいう善悪にかかわらず、真葛がたしかに実感する天地の間の拍子と、個人の活力とが合致する時、その人の持つ時間の中で、その人の運が勢いを得ることを言いたいのだ。真葛の拙いが初々しい考えを馬琴は読み誤り、自分の知識の範囲で、暦と音楽の問題に帰してしまった。

「独考」の中にしばしばこの一昼夜の数と、天地の間の拍子が出てくるので、馬琴も業を煮やして、下の巻のあげつらひの中でも「儒書に天理といひ時運といひ、時気といひ気候といふは、天地の拍子と昼夜の数による事にて、さらに新しき説にはあらぬど《ママ》、……われのみひとり得たりがほに、しば〳〵誇《ほこ》らるゝは、遼東《れうとう》のゐのこに似たり」（儒書のなかに、天理と言い、時運と言い、あるいは時気と言い、気候と言うのは、天地の拍子と昼夜の数によることであって、なにも新しい説ではないが、……自分のみ一人で考え得たようにして、なんども自慢されるのは、遼東のゐのこに似ている）と、真葛の考えとは明らかに食いちがったまま、退けてしまった。

「遼東のゐのこ」とは、独りよがり、世間知らずをいう譬えである。たしかに真葛にはそう指摘されても仕方のない独りよがりの面もあるが、善人であれ悪人であれ、天地の間の拍子とその人の活力が合致する時に、その人の運が勢いを得るというのは、真葛の人生の切実な実感から得た、独創的な考えではないだろうか。

このような読み違い、論理のすれちがいはいたるところに見られる。それは真葛の幼いが初々しい発見を、馬琴が儒教の教養による既製の言葉で批判する時、必ずおこる。

真葛の発言は、これまで見てきたように、必ず具体的な事実や、長い人生の体験や実感から得たものに拠《よ》っている。世間にありふれた考えや、書物で得た知識から論じていることは少ない。

真葛が聖人の法を、街道を引く飾車に譬えて、「日用の家事には用ゆべからず」といったことも同様である。工藤平助の娘として育った環境、只野伊賀との夫婦としての生活、弟妹や知人の運命の浮き沈み、それらを踏まえての言葉である。

しかし馬琴は「貴賤今日一切の所作《しょさ》はみな儒の道によらざるはなし」（貴人も賤しい人も、今日、暮しているすべての人の行動は、儒教の教えに拠らないものはない）と、孔子の教えが日本に渡って、日本人を教化したことをくどくどと説明し、「孔子の教えは神のおしえにひとし……聖人の道を家事に用ひずば、君臣礼なく兄弟姉妹相《あいめと》娶るに至るべし」（孔子の教えは神の教えと同じ……聖人の教えを家事にも用いなければ、君臣の間に礼儀はなくなり、兄弟姉妹が互いに結婚するようにさえなるだろう）とまで極言している。

さらに真葛の「兄弟七人聖人の道を守りて、世にくるしみし故」（兄弟七人が、みな孔子の教えを忠実に守って、そのため苦しんで生きたため……）という言葉に対しても、真葛の実感を感じ取らず、「幸と不幸は天命なり。道にそむきて幸ヒあらんよりは、道を守りて不幸ならんこそよけれ」（幸と不幸は天命である。孔子の教えに背いて幸福であるより、教えを守って不幸であるほうがよい）と言っている。

ここに馬琴の素顔が垣間見えるように思う。馬琴も、聖人の教え通りに正しい道を外さず暮らしているのに、どうしてこうも労苦多くして報われること少ないのかと、日々実感しているのではあるまいか。その実感は真葛と同様である。しかし真葛のようにはっきりとそれを否定してしまっては、自分が拠って立つ心の支柱が失われてしまう。馬琴は大切な聖人の教えを胸に、不遇感にじっと耐えている。ここは真葛の実感をわざとずらせたのかも知れない。
このように「独考論」を読んでいると真葛と馬琴は同じ事を感じていたのではないか、という箇所にしばしばぶつかった。
しかしどんな場合でも、馬琴は決して真葛の論をそのまま肯定せず、儒の道へと教え導くように懸命に努めている。

■孔子や仏陀を相対化することへの批判

真葛の「独考」三巻を一通り読んだ時点で、孔子や仏陀を相対化して見る視点が随所に現れるのを知った馬琴は、「独考」の思想が国学と蘭学に拠っていることを、まず指摘している。

「……この君が論じたるくだり〳〵をもて推《お》すに、近ごろ本居宣長が国体を張り、皇国《みくに》のたふとさを述《のべ》んとて、いたく周公孔子をそしり、儒学をいひ破りしを見て、みづからのたすけとし、かたはら蘭学者流の著せる書を見て、いとめづらかに思ひなりて、このふたつによれるにぞ有ける」

（この女性が論じた条々から推察すると、最近本居宣長が日本の国体を主張し、皇国の尊さを述べるために、ひどく周公や孔子を悪く言い、儒学を言い負かしたのを見て自説の援《たす》けとし、一方、蘭学者たちが書いた書物をたいへん珍しく思い、この二つに拠ったものであろう。）

馬琴のこの指摘はひどく間違ってはいない。しかし馬琴が真葛の生い立ちや人柄を知り、彼女がなぜここまで切実に考えざるをえなかったか、どんな体験の裏打ちがあったかを理解するのは、もっとのちのことになるようだ。

■男女の体の違いについての論

前章で述べたように、真葛は宣長の『古事記伝』を読んで男女の体の構造の違いを知り、男女は体の異なるものであるから、女は男に勝つべきはずはない、という基本的認識をもった。女は男に従うべき者と書いたことについては、馬琴は「誡《いましめ》のはしなり」と軽く肯定している。

しかしつづいて展開する真葛の独創的な考え「人の心は陰所を根として体中へはえわたるものなり」という部分に関して、馬琴がどのように反応したか見てみよう。

馬琴はまず「……（この考え）たがへり」と言下に否定した。そして「心は五臓の主《きみ》にして性とゝもに静なるものなり。この故に孟子ノ曰、「仁ハ人之心也」……されば人のこゝろは、天地ともに静なるものなれども、情欲《じょうよく》の為に動くなり」（心は人間の内臓すべての主人であって、生れつき静かなものである。この故に孟子の言葉に「仁は人の心なり」とある。……だから人の心は、天地が在るのと同様に静かなものであるけれども、情愛の欲のために動くのである）と説き聞かせている。

さらにまた老子を引いて、

「この故に老氏ノ曰、「人生《ジテ》而静《ナルハ》天之性也。感《ジテ》二於物《ニ》一而動《クハ》性之欲《ナリト云リ》也」……もし人の心は陰処を根とするものならば、男女十三四歳まで色情おこらぬ程は心なしとせんか。考へにいはれしよしは、告子《こうし》が「食色《ハ》性也」といひしを、聞あやまてるなるべし……」

（この故に老子は言った「人が生れて静かなのは、天から与えられた生まれつきのものだからである。物事に感じて動くのは、生まれつきの欲なのだと言っている」……もし人の心が陰所を根とするものならば、男女十三四歳まで色情の起こらぬ間は、心がないとでもいうのだろうか。「独考」に述べられたことは、告子が「食欲と色欲は生まれつきのものなり」と言っているのを聞き誤ったのだろう。）

などなど。

孟子、老子、告子まで引用して「男女の淫楽はさらにこゝろのわざにあらず。みな情欲になるものなり」（男女の肉欲の楽しみは、心のなすわざではない。みな情愛の欲からくるのである）と真葛を指導しようとしている。

しかしこの論法で真葛をどこまで説得できただろうか。馬琴は真葛の考えをどこまで理解していたのだろうか。心と情欲を、馬琴のようにはっきりと二つに分けてしまえるものかどうかも、難しい問題だ。とにかく馬琴にはあまり触れたくない事柄であったようで、なんとか説得し、早く切り上げたい様子が見える。

馬琴は、真葛の考えの身体感覚から来るユニークさ、斬新さを感知できなかったようだ。

■女の教についての不満

「独考」巻の下のはじめにある「女の教」については、馬琴は「この段は可もなくふかもなく聞えたり」（この段は、とりたてて良いも悪いもないようにみえた）と、珍しく肯定的であるが、やはり異論があった。

「はやりをまねばぬわかき女は、老人の気にのみ叶て、若き男にはにくまるべし」（時の流行を真似せぬ若い女は、老人の気に入るだけで、若い男には憎まれるだろう）という真葛の考えには真っ向から反対で、「これは教ではなくて女子のしつけかたの類なり」（これは女の教ではなくて、女子のしつけ方の類いにすぎない）と言っている。

そして「教とは貞操・節義・孝順・慈善のよしを説《とき》て、善道に導くをいふべし」（教えというものは、貞操・節義・孝順、慈善のわけを説き聞かせて、善き道へと導くことを言わねばならない）と続けている。ここがやはり馬琴の言いたいことだろう。

「淫奔《いんぽん》の限りなる艶曲《えんきょく》を声はりあげて謡ふ」（淫らなかぎりの艶っぽい曲を、声はりあげてうたう）ような、女子に淫奔不義を教える音曲《おんぎょく》、遊芸などは「ならはぬかたを勝《まさ》れりとすべしなど、ねもころに説諭《ときさと》さば、女の教といはんもふさはしかるべし」（習わぬ方がよいとすべきであるなど、ねんごろに説き、納得させるのなら、女の教というのもふさわしいだろう）と、真葛の「女の教」に不満を述べている。

それにつづけて「男は才をもて用ひられ、女は色をもて幸ひあるものなれば……」（男はその才能でもって用いられ、女は容色の美しさでもって幸いになるものであるから……）と、つい筆が滑って本心が出たようにも見えるが、最後には「……只貞操節義をおごそかにすべき事、七去三従《しちきよさんじゅう》のことはりを教なば足らんか」（……

ただ貞操節義を厳かに守るべきことと、七去三従のわけを教えればそれで充分であろう）と筆を止めている。

しかし七去三従の理由を徹底して考えつめて行けば、いかに理不尽なものか、馬琴自身も自己矛盾に陥ったのではないだろうか。

さて、真葛が『源氏物語』はすぐれた文章なのに、『姫鑑《ひめかがみ》』の中で、「娘子供は見ぬ方まされり……」とあるのに、異議を唱えた部分に対して、馬琴は次のように言っている。『姫鑑』の著者がそのように言った意図は、

「彼《かの》物語を愛《めづ》る人は、その文章をめづるなり。かの物がたりを娘子どもには、見せぬかたまされりといひしは、その誨淫《くわいいん》をにくむなり。……『源氏物語』のめでたき事は、寔《まこと》に愛《めで》たし。しかれども男女の淫風《いんふう》を旨として、綴《つづ》りなしたる根なし言《ごと》なるゆゑに、紫式部は死して地獄に堕《おち》たりといふ誹謗《そしりごと》のあるにあらずや。『姫鑑』は……貞操《ていそう》婦徳《ふとく》を旨とをしゆる心から、『源氏物語』をよろこばざるなり。彼《かの》物がたりの文章のいと妙《たへ》なるは、誰が見るめにもかはらねど、教をおごそかにせん為に、是をしも見せじとはいひしなり……」

（あの物語をめづる人は、その文章を愛するのである。あの物語を、娘子供に見せぬ方がよいと言ったのは、物語が淫らなことを教えるのを憎んでいるからである。……『源氏物語』のすぐれていることは、まことにすばらしい。しかし男女の淫らな風俗を主として書きつづった作り物語なのであるから、それで紫式部は死んで地獄に堕ちたとまで悪く言われるわけではないか。『姫鑑』は……貞操婦徳を中心として教える目的から、『源氏

物語』を喜ばないのだ。あの物語の文章の、たいそうすぐれていることは、誰が見ても変わらないが、女子を教えることを厳格にするために、あのすぐれた物語までも、見せてはならぬと言ったのである……。）

と述べている。『姫鑑』の作者の意図が、文学鑑賞ではなく、女子教訓にあることを説いて、これを擁護している。

ただ、馬琴の文を見るに、真葛のような知識階級の女性と、一般家庭の子女とを区別していることが感じられる。また、紫式部が死んで地獄に堕ちたという説を、馬琴がまともに信じていたわけではなく、そのような妄説が出てくる理由を説いているわけである。

真葛が生きていた時代には、そのような妄説もまだいくらかの影響力を持していたようだ。

■女子小人への批判

真葛の「女の教」について述べたので、前章でちょっと触れた「女子小人」についての、馬琴の批判も見てみよう。

真葛が「孔子聖は「女子小人は、我知らず」とのたまへりしとかや……」と書いて、女子の立場からそれに対して反論した。馬琴は真葛の反論を抹消してしまった上で、真葛が孔子の言葉と言っているが、それは聞き違えで、陽貨篇に「女子ト小人トハ養ヒ難シトス。之ヲ近ヅクレバスナハチ不遜ナリ。之ヲ遠ザクレバスナハチ怨ム」とあるのを指すであろうといっている。たしかに馬琴の言う通り、その言葉は『論

語』陽貨篇の終りの方にある。つづけて馬琴は、

「孔子のかういへるよしは、女子は陰質なるものなり。陰は狎易《なれ》ゥして妬《ねた》むことを好めり。こゝをもてこれを近づくれば、不遜にして失敬の事あり。これを遠ざくれば、怨みねためり。是聖人といへども、養ひがたしとするよしなり。……さればとて家に女人もなくてはならぬものなり。この故にこの嗟《(さ》嘆《たん)》あり。……」

(孔子がこのように言ったわけは、女子は生まれつき陰質なものである。陰質なものは、すぐなれなれしくして、妬むことを好む。この点でもって、女子を近づければ、思い上がって失敬なことがある。遠ざければすぐ怨みねたむ。この点が聖人といえども、扱い難く養いがたいとする所以である。……だからといって、家に女人もいなくてはかなわぬものである。この故に、この歎きがあるのだ……。)

と書いた。

孔子の歎きは、馬琴の歎きでもあったろう。私自身は、馬琴が真葛の文章の、肝心の部分を抹消してしまったことを、怨みたく思った。真葛がどのように孔子を詰り、十哲を嘲り、孟子をそしったか。真葛自身の声で聞きたかった。

■学者・博徒についての馬琴の考え

さて、前章では、真葛が学者を軽く見なし、また博徒に対して、父平助の影響もあって、独特の見方を示したことに触れた。これについて馬琴はどのように反応しただろうか。

「独考」で真葛が、熊沢蕃山《くまざわばんざん》や新井白石は世にすぐれた人と言われるが、書いた著書があるのみで、何業をしたと伝わらぬのは口惜しいと書いた。

それに対し、馬琴は「凡《およそ》儒者の事業は先聖孔宣《こうせん》の道をひろむるに在り。その位を得るときは、進みて政を資《たす》け、用ひられざれば退きて徳を脩《おさ》め、書を講じて諸生を教育す。これを無益とするは女子小人の見解《けんかい》なり」（およそ儒者の事業というものは、聖人孔子の教えをひろめるところにある。仕官したときには、進んで政治上の意見を述べ、用いられない時には、退いて自分の徳を修め、書を講義して門人を教育する。これを無益というのは、女子小人の考えである）といって、そのあと長々と、君子の道がどんなに崇高なものであるかを説いている。

そして「婦人なンどのしり得べき事にはあらぬを「学者が俳優《わざをぎ》の役者にも劣《おと》れり。はげまれよ〱。……」と書れし、その狂簡乱説あさましとも浅まし……」（婦人ごときの知り得ることではないのに、「学者が役者にも劣っている。はげまれよ〱。……」と書かれたのは、その高慢でぞんざいな、間違った考えは浅ましいが上にも浅ましい）と口を噤んでいる。馬琴は新井白石を尊敬していたし、自分も戯作者であるよりは、学者になりたいと思っていたらしいので、この場合は真葛に対して容赦なかった。

また真葛が博徒に対してユニークな考えを示したのにも、馬琴は「考へにいはれし博奕の事もこゝろ得がたし」（「独考」にいわれた博奕のことも納得できない）と否定的である。

そして博奕とは碁、将棋、双六《すごろく》など盤象《ばんしょう》の類いをいうので、身分の高い人のするそのような博奕と、下賤の者どもが金を賭けて争う博打とは同じではない、と言っている。下賤の者が一心に博打を打つ拍子に、ふと心が抜け出て浮き上がり、一度に物の合点がゆく。これを仏法の悟りにひとしいなどとは、聞いたことがない。「そのばくちといふものは、よからぬわざなりと心つきて、弗《ふつ》と止るものはこれをさとりといふべし」（博打というものは、良くない業だと気がついて、ふっと止めるものを悟ったというべきである。）

馬琴は、真葛の人情の機微を穿った考えを理解しようとせず、大真面目に常識論で真葛を諭している。あるいはわかっていて、わざとずらせたのかもしれない。

■真葛の金銭・経済論を批判

馬琴が「独考論」の中で力をこめて論じているのは、やはり金銭問題、経済について真葛が考えた数々の箇所である。

「独考」巻の上に「心の乱世」「金の居所」、巻の下に「金のゆくへ」「物の直段《ねだん》のたゞよふ事」の項がある。これらの項に馬琴はかなり注目している。

「金の居所」については前章で紹介したが、真葛が金というものは使うことを好む人の所には居つかず、それを増やすことを好み、その奴隷となって尊ぶ人の所へ利を負って帰っていくものだ、と書いたことに対する馬琴の反論である。

馬琴はまず真葛の「金の居所」のわかりにくい文章を、整然と要約して、その上で「こは忠信の一義にしてうち聞く所道理に似たり。閨人にしてかくまで経済をあげつらひしは、いとめづらかなりといはまし」（これは主君にたいする忠義のひとつであって、ちょっと聞いたところでは道理に叶っているようである。婦人でありながら、ここまで経済を論ぜられたことは、たいへん珍しいといってよいだろう）と、真葛が女性の身でこんなにも経世済民を論じたことを、まず褒めている。

つづけて「しかれども、そは只《ただ》末を咎《とが》めて、本《ト》を思はざるのまよひなり」（しかしながら、それはただ末だけを咎めて、その本を考えない迷いである）という。

ここで真葛の主張と馬琴の反論は根本から食い違ってくる。

馬琴の言う末とは、彼等の生きる江戸後期の現実である。本《ト》とは、馬琴が理想とする古代中国でのことである。真葛が現実世界の経済を論じているのに対して、馬琴は現実を見ずに、理想的な君主の支配していた古代の中国を見よと諭すのである。

「……利といふものは貴賤に法《わた》りて、亦これなくばあるべからず。只貪《むさぼ》らざるを善《よし》とするのみ。周公旦《しゅうこうたん》はその子伯禽《はくきん》を箴《いまし》めて「利《シテ》而不《レ》利《セザレ》」といひし事などをおもふべし。」（……利というものは、貴賤にかかわらず、みなこれがなくてはならないものである。ただ、利を貪らないのを善しとするだけである。周公旦は自分の子伯禽を戒めて、「利を取ってもよいが、利を貪るな」と言われたことなどを思わねばならない。）

ここにあくまでも現実に即したリアリストの真葛と、経済論を道徳論にすりかえて、古代中国の聖賢の教えを胸に、じっと現実に耐える馬琴との違いがある。

しかしここで馬琴は何かを真葛に教えたかったのだ。周公旦の「利して利せざれ」という誡めの所以を、さまざまな例をあげて、君主、民それぞれに等しい利をとる方策を細かく列挙して示している。

■町人層への弁護

前章では、真葛は町人たちが利を貪ることを憎んでいた。それに対して馬琴は、武士階級は領地がある故に、どのような借財があろうともそのため破産することはないが、町人は家に万金を蓄えても一掴みの土地もないために、その財が尽きれば零落する外はないことを説き、武士の財が百姓、町民にせめとられることを恨むは「甚しき吝気《りんき》にあらずや」（はなはだしい妬みではないだろうか）と諭している。

真葛の立場はあくまで武士階級にたってのものであり、馬琴は町人の立場にたって言うので、食い違うのは当然であり、馬琴の主張はもっともなものである。

つづけて馬琴は「いにしへの聖王賢君は民とその利をひとしくす」（古代の聖王や賢い君主は、人民とその利をひとしくしていた）といい、馬琴が理想とする君主周公の例に比べ、「いと憚《はばかり》あることなれども、貴人にして借財の為に苦しめらるゝは、驕奢《おごり》と不経済《ふけいざい》との蔽《やぶれ》に成《な》るとおもはる」（たいへん憚られることだが、今の大名諸侯が借金のために苦しめられるのは、奢りや贅沢、無駄などに覆われているからと思われる）として、延々と大名たちの奢り、財用をつかさどる役人たちの私欲、武家の形式主義、百姓たちを責めしぼり、江戸大坂の金主たちを借り倒して恥じない現実を論じている。

江戸時代の大名たちを、古代中国の理想の君主周公に比して論ずるのは、あまりにもかけはなれた時代錯誤である。しかし馬琴は、真葛というよき話し相手を得て、思わず誰にも明かさなかった胸の内を、大真面目に吐露する形となった。

ここで大名の財用の任にあたる役人たちについて、馬琴が義憤に駆られて書いている部分を引用しよう。

「よに俗吏《ぞくり》の拙策《せっさく》は、近きを知りて遠《キ》を揣《はか》らず、財用足らざるまゝに、領分の竹木を多く伐《きり》取ることありと聞《(きけ)》り。その樹を伐尽《きりつく》すが為に、風除《よけ》を失ひて田園《たはた》を損じ、五穀登《みの》らざれば、民人困窮《こんきゅう》す。又其《その》樹《き》を伐 尽《りつく》すが為に、山は崩《くゑ》て江を埋《うづ》め、魚鼈《うろくず》よらざれば、漁 者《すなどるもの》他領に移《うつ》る。陸《くが》には五穀の利を喪《うしな》ひ、海には漁猟の利を喪《うしな》へば、民離散《りさん》して耕《たがや》すもの稀《まれ》なり。しかれどもなほ悔《くひ》ずして、君の倉廩《みくら》を富さんと欲するは、皆俗吏の所為《しわざ》なり。……」

（世に凡庸な役人たちの拙い政策は、目先の近い所だけ知って、遠い先のことを推測しないで、当座の資金が足りないに任せて、領内の竹や材木を多く伐採することだと聞いた。その樹木を伐採し尽くすために、風除けを失って、田畑が荒れて、五穀が実らないので、領民は困窮する。またその樹木を伐採し尽くすために、山は崩れて入り江を埋め、魚介類が寄りつかなくなり、漁師たちは他所の土地へ移っていく。陸に五穀の実りを失い、海に漁労の獲物がなければ、領民は離散流亡して、耕す者が少なくなる。そうなってもなお後悔せず、主君のお蔵だけを豊かにしようとするのは、みな凡庸な役人の仕業である……。）

領内に住む民が豊かになれば、すなわちこれが領主の富みとなる、というのが、馬琴の言いたいことなのである。

当時、心ある人々で、このように国土の荒廃を憂える人は多くいたはずだ。著作に著した人も何人かいただろう。しかし用心深く、極端に筆禍を怖れる馬琴が、文章の中で、このような政道批判を展開することは、稀だったのではないだろうか。

このような発言を馬琴から引き出したのは、ひとえに真葛の「独考」の力である。

馬琴は真葛を教えようとしていて、思わず日頃の胸のうちを、延々と述べてしまった。そして、ふと気がついたように、

「余《おのれ》は嘗《もとより》忌諱《きき》に触《ふる》ることをいはず。まいて筆に載することなし。……しかれども今「独考」をあげつらふに及びて、おぼえずして犯すことあり。只その作者の需《もとめ》に応《おふ》じて、他見を許《ゆる》すものならねども、なを群小《ぐんしょう》の慍《いかり》を懼《おそ》る。秘《ひめ》よかし。作者の惑《まど》ひを解《とく》ことあらば、小補なしとすべからず」

（余はかつて怖れ憚ることに触れることを言わなかった。まして文章に書いたこともない。……しかし今、「独考」を論ずるに及んで、思わずこの自戒を破ることになった。ただ、その作者の求めに応えただけで、他人に見せることを許すものではないが、なお、下らぬ小人たちの怒りを買うことを怖れる。どうか秘密を守ってください。作者の惑いさえ解くことができたら、ちょっとした助けができなかったとはいえないだろう。）

と、用心深くつけ加えた。

ここに書いたとおり、馬琴は今までお上を憚らねばならぬようなことは、言ったことも、書いたこともなかったのだ。筆禍事件に問われて、身を滅ぼした例を身近に見ている。しかし今、真葛の「独考」を論

ずるにあたり、思わず日頃の誡めを犯してしまったのだ。どんなに用心してもし過ぎではない。

さらに馬琴は「独考論」の跋にも同じ趣旨のことを漢文で書いているし、その数年あとに書いた「真葛のおうな」の中でも次のように述べている。

「……彼《か》の独考《ヒトリカンガヘ》は禁忌に触るゝこと多かり。まいて予が独考論などは、人に見すべきものにはあらず。されば此二書は、そゞろにな人に貸しそと、興継をすらいましめたり」（……かの独考は禁ぜられた事柄に触れることが多くあった。まして予の書いた独考論などは、他人に見せるべきものではない。であるからこの二書は、うっかりとして他人に貸してはならないと、興継にさえ固く戒めた）と書いている。

興継というのは馬琴の男子宗伯のことである。馬琴は真葛に向かって、それまでは決して言わないようにと固く自戒していた政道批判を、かなり詳しく書いてしまった。それは本心からでたことで、その内容については作家として後悔はしていない。しかし後々まで、世の批判を受けることを、子や孫たちのために極度に心配したのである。

江戸時代の出版物に対する統制は、その時々の為政者の意向でかなり変わるが、突然疾風のように執筆者を襲って、無慚な結果になることもしばしばあったので、馬琴の用心深さはもっともである。その馬琴から「独考論」の前述のような発言を引き出した、真葛の「独考」の力は大きなものがあるといえよう。

■理論家としての馬琴

馬琴の理論家・教育家としての面が最も発揮されたのは、「物の直段のたゞよふ事」の項であろう。「独考」の巻の下にあるこの項には、明和九年辰年の江戸の大火のことが出てくる。真葛が十歳の時であった。前章でも紹介したが、火事が収まったあと、物の値段がすでに倍になったことを、真葛は知って驚いた。

「この時はじめて直段《ねだん》ということをも聞しりて……」（その時、はじめて物の値段ということを聞き知って……）

と書いている。

物の値段を知らなかったわけではないだろう。はじめて物の値段ということに、心を止めて考えたのだろう。そして幼い心の中で「あないとをし。焼たるうへにもののあたひさへ上りては、世人いかにくるしからめ」（ああ、可哀想に。家が焼けた上に、物の値段さえ上がっては、世の人はどんなに苦しいことだろうに）と深く悲しんだ。

そしてこのように物の値段が定まらぬのは、例の武家と町人の金軍《かねいくさ》のせいだと考えるようになってからは、あはれ、一国を治め給ふ君主は、大火事の際などには物の値段を一段下げよと仰せられるべきなのに、物の値段は無慈悲な町人の思いのままになるゆえ、家を焼かれた何の罪もない人が苦しみを負うことになる。無慚なことだと、真葛はこの項で深く悲しんでいる。

これに対して馬琴は、江戸の大火で武家、町家多くの家が焼ければ、復興の資材をどのように調達するか。船にて積み送った資材を馬にて運ばねばならず、次には人の肩で運ばねばならない。数十万の家を一時に造り立てるには、江戸の職人ばかりでなく近国よりも呼び寄せるため、往返の路用、滞留中の諸雑費がかさみ、定まった賃金では人手が集まらない。

さらに家を焼かれた江戸の職人たちも、妻子を田舎へ帰したり、焼けなかった親類縁者に預けたりして、一人残って棟梁の下で働かねばならない。そのようにして、さしもの数十万の家が半年足らずで成就するのであると述べている。

作家らしく具体的に眼に見えるように、大火事後の人の動き、資材の動きを活写して、諄々と真葛に説き、それゆえ商人、職人たちが私利私欲にふけるとばかり思うのは間違っていると、幼い子どもを諭すように細々と書いている。

馬琴の理論家として、あるいは教育者としての面がよくわかる部分だ。

しかし真葛が火事に遭った人々の苦しみを、わが事のように胸を痛めているのに対し、馬琴はここで人々の現実の苦しみをどこか他所事のように書いている。身分も教養も高いが、下々の事情に疎い真葛にこのように教えることに、馬琴自身は、ある快感を覚えていたのかも知れない。

さいごに、

「……家を焼うしなはれしうへに、物の直段の上れるをいたみ思ふは、婦人の仁なり。その直段の上れるは、何の故ぞとよくもしらで、只顧《ひたすら》町人をのみにくめるは、亦是婦人の臆断《おくだん》なり。かゝるすぢは婦人のしるべき事にあらず。又あげつらふべき事にもあらずかし」

(……家を焼き失われた上に、物の値段の上がるのを、痛み思うのは、婦人の思いやりである。その値段の上がるのは、どういう理由かとよく知らないで、ひたすら町人ばかりを憎むのは、また婦人の憶測による判断である。このような事柄は婦人の知るべき事ではない。また論ずる事柄でもないだろう。)

と述べているが、これは蛇足というものであろう。

あるいは馬琴には、真葛のような上流の婦人は、下々の事情に通じない方が相応しいという、ある種の美学があったかもしれない。

■湯島の聖堂は無駄か

馬琴という人の考えをよく知ることが出来るのは、「独考」巻の下の「物のつひえをいとふ」という項を論じた箇所である。

前章でも紹介したが、真葛は、公儀が湯島に聖堂を作り、孔子の像を祭るのは無駄であると書いた。公儀に倣《なら》って、各藩でも同じような御堂を作っている。むしろ此処に学者、物知り人を集めて、日本の国の益を議論し、考え合わせたらいかがであろう。さらに門前に箱を置き、貴賤を撰ばず考えを奉らせれば、国の益となることも多かろうと、この時代としてはたいへん斬新な考えを述べた。

吉宗の時代から、江戸には目安箱という物が設けられているが、真葛の考えには、これよりはるかに高い政治理念がこめられているように思う。

馬琴はこれには真っ向から反対した。真葛の考えは婦人の了簡にすぎないが、「あまりに浅ましうて、とかくをいふべくもあらず」（あまりにも浅ましい、あり得ない考えで、とかくを言うこともできない）と書き、つづけて「貴賤をえらまず考をたてまつらせて、よきをえらみて政の資《たすけ》とせば、国の益にはならで、政を淫《みだ》すのはし立なるべし。この故に孔子ノ曰、「民ニハ可レシ使レム由レヨラ之ヲ。不レ可レラ使レム知レラ之ヲ」……」（貴賤を選ばず考えを建白させて、その中から善いものを選んで、政の助けとすれば、国の益にはならずに、政を乱すきっかけとなるだろう。この故に孔子は言われた「民ニハ之ヲ由ラシム可シ。之ヲ知ラシム可カラズ」……）と言って、『論語』泰伯篇に出てくる、かの有名な言葉を持ち出している。

たしかに真葛の言うように、多くの人に考えを建白させ、それを協議することになれば、衆議一致するには困難が伴い、ついには当時の幕藩政治の批判にまで及びかねない危険が伴う。しかし江戸時代はさまざまな学問が盛んに興り、武家、町民、農民の身分を問わず、すぐれた思想家が輩出した時代である。ここで孔子を持ち出すのはあまりにも時代錯誤に過ぎよう。

あるいは馬琴は真葛の考えの中に、当時の幕藩体制に対する危険な批判の芽を感じとって、芽のうちに摘み取ろうとしたのだろうか。もしくは真葛を女子と見て、抑えつけようとしただけなのだろうか。

前章でも紹介したが、馬琴の筆写による「独考追加」という二つの小文がある。その「女子小人」の項で、真葛は「此くだりは無学む法なる女心より、聖の法を押スいくさ心なり」と書いている。その真葛に対して、あえて『論語』泰伯篇の言葉をそのまま持ち出した馬琴の真意と、真葛の反論を聞きたいところだ。しかし二人の文通はそれ以後絶えたので、真葛の反論を聞くことはできない。

「独考追加」は馬琴が特に「独考」本文の中から自身で筆写しておいた部分なので、彼がとりわけ注意を払った箇所と見られ、一段と興味がわく。「女子小人」の項は前にも紹介したが、短いのでもう一度ここに引いてみよう。

「此くだりは無学む法なる女心より、聖の法を押スいくさ心なり。此本文、聖の御心ばせにたがへりといふ人有べけれど、世にいき〳〵としたる愚人原《ばら》は、遠きむかしのよそ国の聖のことはむづかしと聞つけず、聖人のみかたするほどの男づらは、いけすかぬ、とわかき女どもはにくむべし。よし女にはすかれずとも、いづくまでも聖の御心ざしはさにあらずとおしかゝるともがらも有べし。其勝劣は人々の好々にこそあらめ、聖に愚の勝こと有るまじけれど、聖上の人は大かた力弱く身あわし。下愚の人はなべて力強ければ、一ト勝負してみたきこゝろいきあらんか。」

この文中に、すでに馬琴に対する真葛の反論は出ているように思われる。孔子の言葉をかざして「おしかかる」のは馬琴自身である。

また馬琴はわざわざ真葛の嫌う孔子を引きながら、孔子の言う「民」の範疇に自分を入れて考えてはいないように見える。自分は違う、もっと高い立場にいる人間だと自負している感じがする。そこにも馬琴の本音が透けて見えるようだ。

■馬琴が褒めた部分

このように真葛の「独考」をことごとく批判しているようであるが、馬琴が褒めている箇所もないではない。

「考へにヲロシヤ人アダムにたまはせし煙草《たばこ》の事によりて、いたく嗟嘆《さたん》せられしは、有がたき心操《こころばえ》なりけり……」（「独考」に、ヲロシヤ人アダムの賜った煙草のことについて、ひどく嘆かれたのは、まことに有り難い心ばえである……）と書いている。

前章でも触れたが、大黒屋光太夫を送ってきたロシヤ人アダムに公儀より賜った煙草が、上ばかり上等の葉でその下は粗末な下葉であった。それを見て煙草好きのアダムは笑って捨てていったのを、真葛はわが国の恥だとひどく歎いている。その心を馬琴は褒めているのである。

しかしそのすぐあとに、煙草を納めた町人だけが悪いのではなくて、間にたった役人が廉直ではなかったのだとして、「其本乱《ミダシテ》而末治《スエオサマル》者《モノハ》否矣《アラジ》」（其ノ本乱シテ、末治マル者ハアラジ）と『大学』を引いて、真葛に説いている。

また「独考論」の下巻の「金の往方」では、真葛が、大名たちは自分の官位が進むためには、金を惜しまないが、彼等をそそのかしてその金を奪おうと企む者がおり、奪われた金は世間では下へ下へと流れて、大方は遊興のために消えていくことを説いた箇所を「極めてよし」と珍しく褒めている。「独考」の「金のゆくへ」の項で、真葛が芝にある諸大名の屋敷で、中間や小者たちの大部屋に給金が出るやいなや、その金の大半が手慰みのばくちのために、門前にある河内屋という薬種屋の懐に入ることを、具体的に書いた部分である。

さらに「独考」の「物のつひえをいとふ」の項の最後に、本筋と関連はないが、真葛は「むかしばなし」（六）や「奥州ばなし」にも書いている龍燈のことをつけ加えた。

秋の頃、海際に小さな羽虫がたくさん集まって、白い炎のように見える話である。お堂や神木の枝にかかって光るので恐れられるが、筑紫のしらぬ火などもこの類いであると書いた。

この話を馬琴はひどく褒めて、「いとあたらしくよし。……慭《なまじい》にふさわしからぬ経済のうへをあげつらはんより、かゝるすぢを多くあつめて物にしるしおかば後々まで伝るべし」（たいへん新しくてよろしい。……なまじっか、ふさわしくない経世済民のことを論じようとするよりも、このような種類の話を多く集めて、ものに記しておけば、後々までつたわるであろう）と書いた。

真葛の経済論や儒教批判などより、馬琴にはこの方が興味があったようだ。

「いそづたひ」やその他の章でも書いたが、当時から個人の興味の赴くままに、地方の珍しい風俗、伝説、奇談の類いを聞き書きして記録することがはじまっており、馬琴の属する兎園会もそのような奇談、説話の収集を目的としていた。この流れが、やがて明治になって民俗学へと発展していくことは、前にも書いた。

馬琴は真葛の著作のうち、「独考」は禁忌に触れることが多く、「奥州ばなし」さえも憚るべきことが混じるが、「只磯づたひの一書のみ、その文の特にすぐれて、且めづらかなる説もあり。禁忌にふるゝことのなければ……」（ただ、磯づたひの一書だけは、文章もとくにすぐれ、その上、珍しい話も入っている。差しさわりのあることもないので……）と、いつか真葛のために出版の労をとろうと考えて、約束もしていたのである。

馬琴は、真葛が心血を注いで書いた「独考」より、「いそづたひ」のような珍しい話を、現地へ足を運んで聞き書きした著作の方に、価値を認めているようだ。

■「独考」と「独考論」

「独考」と「独考論」を読み比べてみると、このようなすれ違いが多く目立つのである。真葛は大切な著作を見せるのに、なぜ馬琴を選んだのだろうと、考えざるをえない。

しかしすれ違いながらも、馬琴は決して真葛を見誤ったわけではなかった。

「……我身ひとつのことは歎くことなけれども、世界の万民金争ひの為にくるしみ、苦するさまのいとうたてしさは、旦夕《たんせき》心にはなるゝことなく、歎かしく覚侍るは、仁のいたる所ならんかと、みづからおもひ侍り」

（……我が身一人のことなら歎くことはないのだが、世界中の人々が、金の争いの為に苦しむ様子の情けなさは、朝に夕に心から離れず、嘆かわしく思われるのは、これが仁ということの極みであろうかと、おのずから考えられたことです。「とはずがたり」）

と書いているが、真葛は世の人々の苦しみを我が身に引き受けて苦しむ感性の持ち主であった。

そのことは馬琴の胸を打った。彼は「婦女子にはいとにげなき経済のうへを論ぜしは、紫女、清氏にも立ちまさりて、男だましひあるのみならず……」と、「真葛のおうな」でその志を高く評価している。

前にも述べたが、下層の人々の苦しみや社会問題に目を向け、文章に表現するようになったのは、江戸女流文学の大きな特色である。

真葛の体内からは、亡き祖父母や父母、弟たちの声、そして金のために苦しむ世界万民の声が聞こえてくる。その声は真葛が言葉で表現することを迫ってくる。その内容は真葛が生きている時代の中では、公言するのが憚られるような事柄をも含む。

それはわかっている。しかしこれを書かないではどうして生きてきた甲斐があろうか。真葛は考えを集中し、思いを凝らして自分に言い聞かせるように「独考」を書き上げたのである。

馬琴は内容もさることながら、真葛が浮ついた気持ちで書いたものではないことがわかるだけに、その扱いに困ったであろう。


「……その説どものよきわろきはとまれかくまれ。婦人には多く得がたき見識あり。只おしむべきことは、まことの道をしらざりける。不学不問の心を師としてろうじつけたるものなれば、傍《かたわら》いたきこと多かり。はじめより玉工の手を経て、飽まで磨かれなば、かの連城《れんじょう》の価《あたい》におとらぬまでになりぬべき。その玉をしも玉鉾《たまほこ》のみちのくに埋みぬることよとおもへば、今さらに捨てがたきこゝろあり……」

（……その説く所のよしあしはいまはさておいて言わない。しかし婦人にはめったに得られない、しっかりした考えがあった。ただ、惜しむべき点は、誰にも学ばず、問わない自分の心だけを師として考え論じたものなので、気の毒なほど笑止なことも多かった。最初から玉を磨く工人の手でもって、じゅうぶんに磨かれていたら、あの連城の価のある玉にも劣らぬ、見事な光りを放つまでになっただろう。その見事な玉となる人を、遠いみちのくに埋めてしまったことだなあと思うと、今さらのように、そのままにすておくには忍びない心がわいてくる……。「真葛のおうな」）

さすがに馬琴は、真葛が磨けばすばらしい光を放つ、宝玉の原石であることを、一目で見抜いた。そして基礎教養に欠けることを惜しんでいる。

つづけて、

「そも〳〵この真葛の刀自は、おのこだましひあるものから、をさなきよりの癇性の凝り固まりしにもやあらん。さばれ心ざますなほにて、人わろからぬ性《しょう》ならずは、予がいひつることどもを速に諾《うべな》ひて、とほつおやの事さへしるして見することやはせん」

（もともと、この真葛という婦人は、男子のような魂の持ち主であるところから、幼い時からの激しい性質が凝り固まったものであろうか。しかしながら、気立てが素直で、人柄は悪くない性質でなければ、予が言いやったことを、すぐに承知して、遠い先祖のことまで書きつけて見せることなどはしないだろう。）

前にも記したように、真葛は馬琴に「独考」を送った時、自分の身分を明かさなかった。それを無礼だと馬琴から指摘されると、彼女はすぐに「とはずがたり」を書いて、その中に先祖は加古川辺りの領主だったこと、父母のこと、自分の身の上、さらになぜ「独考」のような風変わりな著述をなしたかを書いて、馬琴に届けたのである。

先祖のことを明かすというのは、現代の我々が考える以上に、江戸時代では重みのあることだったと思われる。馬琴はそれをしっかりと受け止めた。真葛の素直さ、性質の良さはまっすぐ馬琴の胸に伝わった。そして前述したように、「独考」の中にある政道への危険な批判を感じ取って、刊行せずに写本で広めるように親切に助言したり、萩尼栲子をも交えて、和歌の贈答があったり、和やかな交流がつづいた。

しかし「独考」の添削をする段になると、世に知られた作家として、また学者として、容赦はなかった。


「その言、つゆばかりも諂《へつら》ひかざれる筆をもてせず。その是非をあげつらふに、教訓を旨として高慢の鼻をひしぎしにぞ。いとおとなげなきに似たれど、かくいはでかたほめせば、いよ〳〵さとるよしなくて、にぶしといふとも、予が斧をうけたる甲斐はあらざるべし」

〈その言葉は、少しもへつらったり、表面をかざったりはしなかった。「独考」の是非を論ずるのに、教訓を趣旨として、その思い上がった鼻先をとりひしいだ。たいへん大人気ないことのようだが、このように言わず、いい加減に褒めていたら、ますます悟るきっかけがなくて、鈍いといっても、予の斧を受けた甲斐はないも同然だろう。「真葛のおうな」〉


馬琴は二十日間かけて、厳しい批判の書「独考論」を書き上げた。他人に自分の文章を批判してもらうことを、斧正《ふせい》を受けるという。馬琴は真葛を対等の相手としてではなく、教訓を目的として、力一杯の斧を「独考」にふりおろしたのである。

ここで江戸後期のすぐれた男女の文学者が全力でぶつかりあって、火花をちらしたのを見るように思う。しかしこの斧は、真葛にとっては少し痛すぎたようだ。

さらに馬琴は「独考論」を送る際に、真葛にあてて絶交状をそえている。

その中で彼は「……をとこをみなの交わりは、かしらの雪を冬の花と見あやまりつゝ、人もや咎めん。且わがなりはひのいとまなきに……かかれば御交りも是を限りとおぼし召されよ」（……男と女との交際は、頭髪が白髪になっても、晩年の花やぎと見あやまって、人が咎めるかもしれない。その上、我が生業の書き物のために、暇のないことでもあり……こういう事情だから、御交わりも是が最後とお思いください）と書いた。

男女の仲はもう頭が白髪になっても、人の誤解を招くことがある。さらに自分は暮らしのために書きものに忙しい身であり、時間がないというのである。これは彼の本心からの言葉であろう。もともと彼は、弟子は取らぬことを信条としていた。さらに心中には、もし真葛からの反論があれば、自分はますます言い募らねば収まらぬという自覚があり、それは避けたいと考えたように思う。

「独考論」を受け取った真葛は、二十日間も費やして「独考論」を書いた馬琴の労を厚く感謝し、丁寧な礼状を書いた。

「……おんいとまなき冬の日に書肆どものせめ奉る春のまうけのわざすらよそにしてかうなが〳〵しきことを綴りて教へ導きたまはせし御心の程あらはれて限りもなき幸にこそ侍れ。なほ永き世にこのめぐみをかへし奉るべし……」

（……お暇のない冬の日々に、本屋どもが原稿を催促する中を、初春のご用意さえ差し置いて、このように長々しい文を書き綴って、お教え導いてくださった、ご厚意のほどはよく文面にあらわれて、この上ない幸せでございます。なおこの先、永い世に生きている間、この御恩をお返し奉らねばならぬと存じます。）（中山栄子著『只野真葛』より）

それに添えて越前産のさくに（尺二カ）の和紙十五帖、同じく越前産の鋏、ほかにみちのく産の埋もれ木の栞《しおり》、筆など何れも入手し難い珍しい品々を贈った。しかし馬琴の「独考論」に対する反論はなかった。馬琴はそれらに対して礼状を送り、真葛からもう一度返礼の便りがあって、一年あまりの二人の交渉は終わったのである。

■なぜ馬琴を選んだか

真葛が馬琴に期待した「独考」出版の夢は、その時点では叶えられなかった。前にも一言触れたが、真葛は著作を見せるのに、何故馬琴を選んだのだろうか。他に人はいなかったのだろうか。

真葛が若いときから、叔父のように親しんだ村田春海はもう亡くなっている。清水浜臣には和歌の指導を乞うているが、「独考」の内容は和歌の道とは全く隔絶したものである。

前にも少し触れたが、春海や浜臣は古典研究、歌人、和文の書き手としてすぐれているが、彼らが「よき文」とする条件は「事のいひざまいやしからず、心よくとほりて、とゝのほりたる」もので、さらに「さと言をはぶき」というものであった。（揖斐高著『江戸詩歌論』）

いま「独考」の文体を見るに、春海や浜臣のいう「よき文」の条件にはほど遠い。さとび言（俗言）さえ積極的にとりいれている。たとえ春海が健在であっても、真葛は春海には見せなかったであろう。また同じ理由で浜臣にも見せなかったと思われる。

さらに仙台藩には父平助と親しかった大槻玄沢がいるが、同じ藩の人では憚られたかも知れない。真葛が馬琴の愛読者であったという説もある。真葛のこれまでの著作のどこにも、馬琴の名は出て来ないし、文体の影響も見られない。しかし作品を読んでいたことはじゅうぶん考えられる。真葛は、馬琴の読本《よみほん》作者としての名声に惹かれたのではないだろうか。

戯作の中でも読本は黄表紙《きびょうし》類と違い、仏教的因果応報、道徳的勧善懲悪を主眼として、内容も複雑で、文章も硬質で美文である。真葛はその点に敬意を払ったのではないか。

その読本作家の中でも、ひときわ名声が高く、多くの読者を持つ馬琴の推薦を得たいと願ったのではないだろうか。つまり真葛は自作を世に出す媒体として、馬琴を頼ったように思われる。

馬琴の「独考論」を読んだ真葛の心中には、馬琴からもっと教えを乞いたい気持ちと、誤解を解くためにもっと詳しく説明したい気持ちとが、こもごもに湧きあがったことであろう。しかし自分の拙さを省み、かつ相手の忙しさを察して沈黙してしまった。

あるいは「天地の間の拍子」を、ついに理解してもらえなかった馬琴に、絶望したのかもしれない。

■学問の基礎である儒学

今、真葛の「独考」と、馬琴の「独考論」を読み比べてみるに、「独考」はあくまでも真葛その人の、素朴で独創的な議論である。馬琴が「不学不問の心を師として」論じたものと言っているように、儒仏の学を学ばず、誰かを師と仰いで問い正すこともせず、自分の心だけを指針として、題名通りに、独力で問題を追及していったものである。その過程は、意識の底から考えを絞り上げるような、苦しい道をたどったことを感じさせる。

不器用に自問自答して渋滞しつつ、力業のように議論を進めていく。そのため甚だ晦渋な部分と、ぴたりと表現し得ない歯がゆさや、真葛自身が自分の考えを整理しきれていないような部分をも含む。しかし既製の概念語に頼らず、時には田舎言葉さえ交えて、行きつ戻りつする思索の流れにふさわしい、とつとつとした文体を作り出した。

これに対して馬琴の「独考論」は儒教的教養を持つ作家の、堂々とした反論である。相手が婦人であるから四書（論語・孟子・大学・中庸）のみから引用したと、はっきり断っている。その長い反論は、「独考」と噛みあわないながらも、激しく徹底したものであり、当時の知識人の常識であった儒教倫理と、既製の言葉で書かれている。文章は明晰で、隅々まで晦渋な部分はない。その点でさすがに見事な文章である。

一読した所では、馬琴は真葛の、稚いかもしれないが体験に基づく思索の、微妙なプロセスと真実を見ないで、一刀両断してしまったように見える。しかし本当にそうだろうか。

馬琴は「真葛のおうな」の中で「まことの道をしらざりける」(真実の道を知らないでいる)と惜しんでいるのである。まことの道とは儒教道徳を指しているが、前後の文脈から読み込むと、それだけではない。馬琴はむしろ、真葛が真の学問的方法を身につけていないことを惜しんでいるのではないだろうか。だからつづけて「はじめより玉工の手を経て、飽まで磨かれなば、かの連城の価におとらぬまでになりぬべき」という文章が出てくるのである。

連城の価とは、連城の璧《へき》といって、秦の昭王が十五の城と交換しようとした宝玉をいう。はじめから正式の師について学び、自分を磨いていたら、その宝玉にも劣らぬほどになっただろうというので、大げさだけれども高い評価である。

馬琴の指摘はかなり深い所を突いている。

「独考」に見られる一人よがりな論理の飛躍、錯綜する文脈、言葉の概念の混乱はいたましいものがある。読む方も行きつ戻りつ考えなければ、理解できない所があり、書き手の苦しい息遣いが感じられる。

もし真葛が儒学を学んでいたら、もっと楽に息がつけたのではないだろうか。

馬琴も「独考論」の最後には「今君が才をもて、まことに暁《さとり》得《え》たらんには、いよゝます〳〵めでたからん」(いま、貴女ほどの才能をもって、真の学問を学び得たら、その結果はいよいよすばらしいものになるだろう)と述べているのである。

当時、すべての学問の基礎に儒学があった。真葛がそれを学べば、もちろん四書五経から始まるのだが、漢詩文という豊饒な文学の世界に触れられる。倫理・論理学を学ぶことができる。「人のゐきとならばや」

という、幼い頃からの望みに応えてくれる書物は限りなくある。
また自然科学の分野でも医学・天文・地理・暦学・算学・舎密《せいみ》（化学）・窮理《きゅうり》（物理）など、あらゆる分野を漢文で学ぶことができ、真葛の知的好奇心に応えてくれる。さらに西洋事情も漢訳洋書で読むことが可能なのである。

当時の知識人は、あらゆる学問の基礎をこうして儒学で学んだ。からごころを激しく排斥した本居宣長さえも、京都で堀景山について儒学を学び、荻生徂徠（景山と親交があった）の古文辞学の方法論をしっかりと身につけて、自らの国学を発展させ、『古事記伝』を完成させたのである。

馬琴は「儒学をいひ破った」といって、宣長を非難しているが、また「宣長は和漢をかね学びし故に力あり」（宣長は和漢の学を二つながら学んでいるので力がある）と、その実力を認めている。和漢の学を兼学することが大切だ、というのが馬琴のもっともな主張であった。

さらに真葛の父工藤平助をとりまく人たちは蘭学者が多いが、蘭学もまた、儒学の実学的部分から派生した大きな枝なのである。蘭学者たちの頭の中では、儒学と蘭学が矛盾することなく共存している。真葛が育ったのはこういう環境だった。

馬琴はそのことを察知して、「独考」の基底にある思想は、国学的・蘭学的環境から来ていることを、早い時点で正確に指摘している。

工藤平助の娘なら、当時のたいていの書物は入手して読むことができ、かなりの学者について学ぶことができただろう。しかし平助は真葛に儒学を学ぶことを禁じ、和学の中に閉じ込めてしまった。真葛が男子であったら考えられないことだ。

真葛ほどの知的能力抜群の女性ならば、それを学ぶことにより、「人のゐきとならばや」という望みをどう実現したらよいか、その方途が見つかったであろうし、自分の思索を整然と、体系的に展開させることも可能であったろう。

環境と教養の系譜と表現形式の不一致が、真葛を苦しめている。「独考」の中に彼女の呻吟の声を聞く思いがする。

真葛と同じく、儒学的、蘭学的環境に育った大垣藩医の娘江馬細香は、儒学による精神形成をし、漢詩文、南宗画にその表現形式を求めた。環境と教養の系譜と表現形式との一貫した、渾然とした世界を創造した幸福な例である。そのためか彼女の精神の形はくっきりとした輪郭を持っている。ただ陰の部分が隠れてしまったことは残念である。

真葛は儒学的、蘭学的さらに国際的環境に育ち、実証的合理的な感性と思考方法を身につけた。これまでに読んだ彼女の著作の随所にそれは現れている。しかし彼女は儒学を正式に学ばず、日本の古典を学び、和文を表現の手段とした。この不一致が、「独考」の世界のわかりにくさの大きな原因をなしていると思われる。

和文で表現することが悪いのではない。当時、一番身近であった外国語（漢文）を学ばなかったために、論理性を身につける機会を逸したことを、惜しいと思うのである。

母国語の他に一つでも別の言語を学ぶ時に、誰でも無意識の内に自分の言語を解体し、吟味し、再構築する。こうして自分の言語を鍛えるのである。

紫式部は深く漢詩文を学んでいる。彼女は懸命に隠しているが、それを学ぶことにより、自分の言語を鍛える時間をたっぷりと持ったはずである。『源氏物語』は鍛え抜かれた文章で成り立っている。

これまで幾つも読んできたように、真葛の和文はさまざまなイメージを豊かに表現し、定着させた。しかし議論の書を書くときに、その弱みを露呈した。真葛のためにかえすがえすも残念に思う。

馬琴が「独考論」を「教訓を旨として」書いたのは、真葛を対等の論争の相手と見てのことではない。当時の知識人の常識であった道、つまり学問の方法（物の考え方の筋道）をまず教えようとしたのである。しかしつづけて「高慢の鼻をひしぎしにぞ」（その高慢な鼻をとりひしいだのだ）とある。

真葛が、宣長や真淵に対して敬意を表さずに、彼らの文章の拍子の早さ遅さを論じたり、儒教道徳について歯に衣きせず率直すぎるほどに論じていることが、いささか癇に触ったのか、馬琴も書きながら次第に感情的になっていった。そして手厳しすぎる反論となった。

こうして真葛が心血を注いで書いた「独考」は、ただ一人の師と頼もうとした馬琴から手厳しく拒絶されたのである。真葛の絶望の深さが思いやられる。

■達成された真葛の志

文政九年（一八二六）の三月に、尾張の狂歌師芦辺田鶴丸《あしべたずまる》がみちのくへの旅に出るというので、馬琴はそれとなく真葛の動静を訊ねてもらった。その返事が四月に入って届いた。手紙によれば、真葛はもう身罷ったのだという。

芦辺田鶴丸は、尾張の呉服町の染物屋で有松絞りを製造していたが、狂歌を好んで家業を娘むこに譲ってしまい、以後狂歌三昧の暮らしとなった。江戸の狂歌師唐衣橘州《からごろもきっしゅう》の弟子となり、橘の一字をもらって橘庵と号していた。江戸、尾張、京都に住み、文政八年、再び江戸にでて、翌年松島への旅に出た。

唐衣橘州は本名小島源之助、田安家家臣。四方赤良《よものあから》、朱楽菅江《あけらかんこう》とともに江戸の狂歌中興の祖といわれている。いずれも馬琴とは文人仲間としてつながりがあった人たちだ。田鶴丸もその縁で馬琴の家に出入りしていた。

彼は仙台に着くと、早速真葛と親しかったという医師を訊ね当てて、真葛の晩年の様子を聞き出し、知らせてくれたのである。「かのおうな癇症《かんしょう》いよ〱はげしくて、文政七年某の月日にみまかりし」（かの老婦人は激しい性格がいよいよ募って、文政七年のある月日に亡くなったということです）と田鶴丸の便りにあったので、馬琴の胸はいたんだ。

まだ果たしていない真葛との約束が思い出され、萩尼の従僕らしい男が来た話も、しばらく家人から聞いていないことにも思いあたった。

「件《くだん》の老女は癇性いよ〱甚しく、終に黄泉《よみ》に赴きしといふ。予はじめて其訃《そのふ》を聞て嘆息にたへず、記憶の為めこゝに記す」（例の老女は、生来の激しい性質がいよいよひどくなり、ついに黄泉の国に赴いたということだ。予はじめてその訃報を知って、悲しみにたえず、忘れぬ為にここに記す）と、彼は四月七日の『著作堂雑記』に書いた。「真葛のおうな」の稿にも追記し、さらに『里見八犬伝』の中の「回外剰筆《かいがいじょうひつ》」にまで書いた。

真葛のことを「癇性の凝り固り」といった馬琴であるが、真葛の正義感は亡くなるまで失われなかったものと知った。やはり稀に見るすぐれた婦人であったとしみじみ惜しまれた。

亡くなったとは知らず、前年の秋、何かにせかされるような気持ちで、二十枚ほどの「真葛のおうな」を書いて、兎園会の集まりに届けたのだが、虫の知らせというものであったかと、彼は思いあたった。

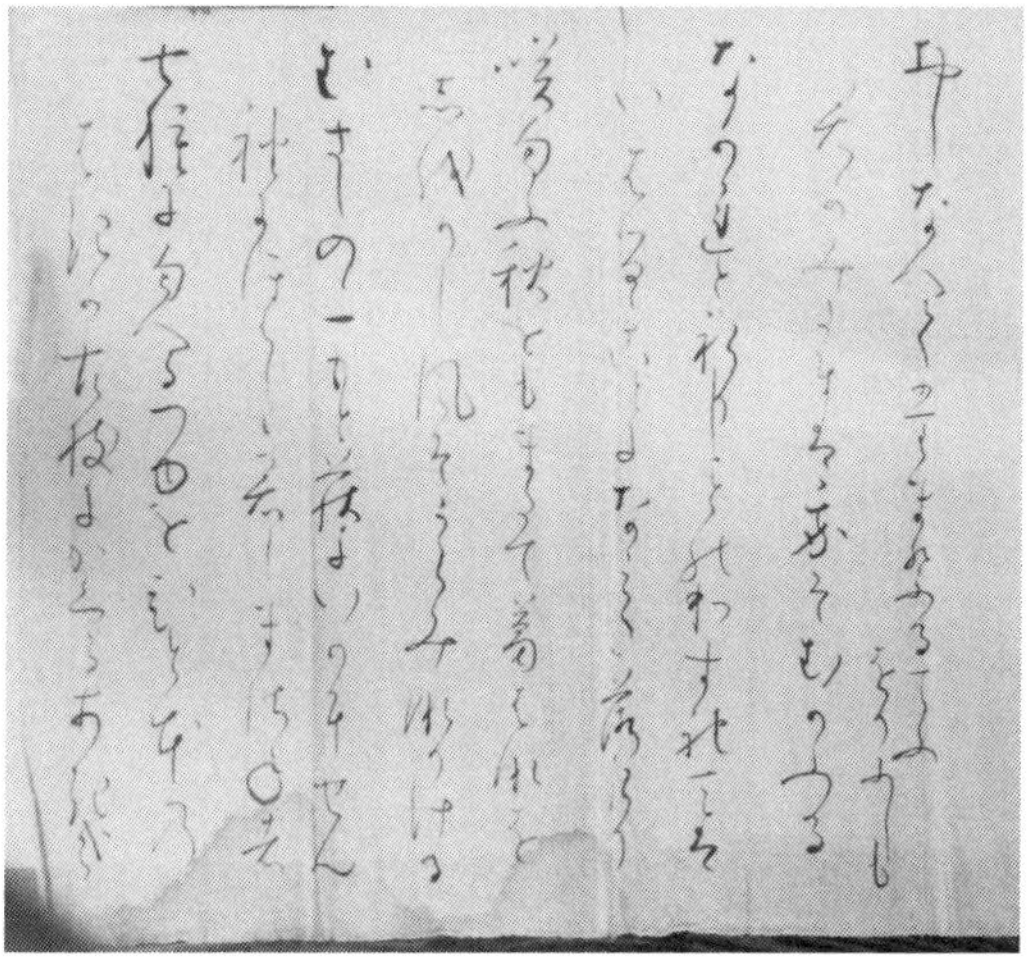

萩尼の弔歌

真葛に対する馬琴の気持ちは、はじめて「独考」を読んだ時から数年の間に、次第に変っていったように見える。

はじめはその尊大さばかりが鼻についた。しかし一年ほどの文通と、送られてきた「とはずがたり」「昔ばなし」や「奥州ばなし」「いそづたひ」など読むにつれ、そのすぐれた才能や筆跡の美しさ、人柄のよさが馬琴の心を捉えた。

「独考論」を書くときは、さすがに厳しい気持ちで書いたが、「独考」のあちこちにひらめく、真葛の素晴らしさを再び感じた。

交わりを絶ってから、次第に真葛の存在は馬琴の中で輝きを増してきて、それまで誰にも話さなかったことを、つつみ隠さず兎園会の人々に打ち明ける気持ちになった。そしていよいよ真葛のことが気に懸かって、松島へ赴く芦辺田鶴丸に、その様子を訊ねるように頼んだのである。

真葛は誰をも師とせず、儒仏の学を学ばず、全くの一人学びで「独考」を書き上げた。だからこそ、その独創的な初々しい思索の芽が、教養の力によって摘み取られずに残された、とも考えられる。「……聖の教のあらましは、人の心にしまりがあれば、とりあつかひ仕よき故、〆縄をかけて道引く仕方なれども……」と、真葛は書いている。

真葛の心は儒学によって〆縄をかけられていない。だからこそ、あのような天衣無縫の自在な考えができたのかも知れない。儒学によって身を修めた人にはできないことであろう。真葛はそのことさえもしっかり認識していた。

「……真葛、唐文よむことをとゞめられて不自由なる事、いくばくといふ事なければ、父の心むけにさへ、うらめしく思ひし事も有き。今おもへば、唐心に落いらで有し故、かゝる事も考《かんがえつたえ》伝られし。さて、父のたふとさもおもひ知られき」

（……真葛は漢文を読むことを止められて、不自由したことが、どれだけあったかもしれないので、父の考えを恨めしくさえ思ったこともあった。しかし、今思えば、唐心におちいることなかった故に、心を縛られずこんなことも考えることができた。そこで、父の考えの尊さも、身に沁みて思い知ったのだ。「独考」巻の上）

馬琴に拒絶されて真葛は絶望したかも知れないが、彼女が心血を注いだ著作「独考」は、不完全な形であるが現在我々の前にある。そして他の多くの個性溢れる著作も、我々は読むことができる。

「……身を八ツにさくとても、工藤平助といふ一家の名ばかりは残さんものを……」（……身を八つに裂くほどつらくとも、工藤平助と言う一家の名前ばかりは、残さねばならないものを……）と真葛は「むかしばなし（一）」の終りの方で書いている。

真葛が天地に祈ったように、彼女の父母の面影、父の実家の祖先たち、夫伊賀のこと、二人の弟、妹たちの面影は、真葛の筆によっていきいきと現在に蘇る。これをもって、真葛の志は見事に達成されたと言うべきである。

おわりに――馬琴宅跡の「硯の井戸」を訪ねて

二〇〇〇年十二月の中旬の朝、前日から用事で上京していた私は文京区小日向の深光寺にあるという、馬琴の墓を訪ねようとしていた。地下鉄丸の内線で茗荷谷まで行った。

拓殖大学東門の向かい側の小高い場所にそのお寺はあった。本堂の前庭に幾つもの墓がある。一番目につく場所に馬琴夫妻の大きな墓があった。墓域は狭いが、赤い花をつけた丈の低い山茶花《さざんか》に囲まれている。

文京区教育委員会の建てた文京区指定史跡の標識には、「滝沢馬琴墓（江戸後期の戯作者）」とあり、墓石の表には夫妻の戒名が刻まれている。

向かって右に、「著作堂隠誉《いんよ》蓑笠《さりゅう》居士　嘉永元戊申年冬十一月六日」、左には「黙誉静舟到岸大姉　天保十二年丑年春二月七日」と刻まれていた。妻のお百の方が五年ほど早く亡くなっていることがわかる。

馬琴の戒名は彼が生前から別号として使っていた著作堂主人、蓑笠漁隠からそのまま取ったものである。妻の戒名はおそらく馬琴がつけたと思われた。

馬琴は入り婿として未亡人であったお百と結婚したのであるが、彼女は口やかましく癇症で、日頃から馬琴を悩ませてきたと伝えられる。せめて黙して静かな舟で彼岸に到れよという、夫馬琴の切なる願いがこめられているようで、微笑を誘う。生前決して仲の良い夫婦でなかったといわれる二人は、今は赤い山茶花に囲まれて穏やかに眠っているだろうか。

寺の庫裏を訪ねたが留守であった。のちに電話でお訊ねすると、遺品のようなものは何もない、ということであった。

次に私が行きたかったのは九段下である。地図で調べるとあまり遠くないのだが、東京の地理に疎い私は、どの交通機関を利用したらよいかわからない。

結局広い通りに出てタクシーに乗った。東京ドームのぶよぶよした卵のような屋根を左に見て、目白通りを真っ直ぐ九段下に向かう。そこに萩尼栲子《たえこ》が、姉真葛の「独考」三巻を携えて訪問した、馬琴の旧居跡があるはずだった。おびただしい車の行き交う靖国通りに出る一つ手前の十字路を、左に曲がった。

「九段北1―5というと、この辺りですが……」と、運転手さんが言った。

窓から見てもビルばかりで、それらしい史跡は見あたらないが、私はためらうことなくタクシーから降りた。まわりには小さな飲食店などが多いが、日曜日の朝なので、閉められた扉にやわらかな日差しがさし、静かな気配である。

道路の右側に、濃い小豆色の塗装のマンションがあった。その入り口を見ると、千代田区が建てた白い案内の標識が見えた。

「滝沢馬琴硯の井戸跡」と筆太に書いてある。「ここは、滝沢馬琴が寛政五年から文政七年の三十一年間住まい、名高い里見八犬伝などの書を著述したところで、この奥に当時の井戸があった」と記してある。

滝沢馬琴の「硯の井戸」跡
（右がもとの井戸）

やっぱりあった。その昔、萩尼栲子が馬琴を訪ねてきた場所に、今、私が立っていると思った。

マンションのポーチ部分の奥が二、三坪の前庭になっている。細かい石を敷きつめ、石灯籠、敷石が布置され、青木を植えた鉢が幾つか置いてある。手前の小さな鉢植えの沈丁花が白い蕾をつけていた。

黒い横長の石碑があり、「都指定旧跡　滝沢馬琴宅跡の井戸」と白く彫られていた。その奥に褐色の石で組んだ井戸枠があり、竹の簀子で覆ってある。私は幾枚か写真をとった。

井戸の周りは小笹が生えている。石灯籠はかなり古い物らしい。狭い庭に柔らかな冬の日がさしこんで、もの静かなたたずまいである。栲子が立って、案内を乞うたのはもっと道路よりの場所だろうか。

マンションのロビーに入って、管理人さんに話を聞いた。すると「本当の井戸はあれではありませんよ」という。私はびっくりした。

彼は庭まで出てきて井戸枠から二メートルほど離れた、隣のビルの陰を指差してくれた。マンションの庭を造るとき形を整えるため、井戸枠の石組みだけを動かしたという。隣のビルのすぐ脇の石組みの傍に、三十センチ四方ほどの鉄の格子をはめこんだ穴があり、なかば小石に埋ずもれている。鉄格子の隙間から覗くと、割と浅く、きれいな土の上に澄んだ水が溜まっている。水はゆっくりとどこかへ流れていくようにも見える。「水が活きている」と感じた。

コンクリートでびっしり覆われたような東京の中心地に、二百年以上も前の井戸水が、今もまだ涸れずに湧きつづけているのであった。

これが馬琴の硯の海を潤し、大作『南総里見八犬伝』その他を生みだし、「独考論」や「真葛のおうな」を書き、馬琴一家の朝夕の炊《かし》ぎに使われた水かと思うと、近づきがたい狷介な老人と思われた馬琴に少し親しみを感じた。

そして、なにくわぬ顔で居留守をつかう馬琴に、たじろがずに対峙する勝気そうな萩尼栲子の姿もありありと感じられた。

私は管理人さんに丁寧に礼を述べて、「神田の本屋街へ行きたいのですが」と言った。彼は親切にも私を大通りまで案内してくれて、交差点の所で、「あの道を真っ直ぐ行かれるとすぐですよ」と指差してくれた。

昼近くなって、空気が暖かくなってきた。私はカメラやノートや一杯入ったリュックをゆすり上げながら、なにか満ちたりて、知らない道を歩いていった。

只野真葛を訪ねる私の長い旅の終りに、もう一度、馬琴の硯の井戸を見にこようと思った。

あとがき

十年ほど前のこと、名古屋の三人の女性作家が主宰する「話華会《ほわほわ》」という懇話会があった。毎月一回、誰かレポーターを招いて自由に話しあう、楽しい会だった。何回目かに、只野真葛について話す機会が私にまわってきた。ちょうど女性史の機関誌『江戸期おんな考』第七号に、真葛について書こうと決めていた時だったので、「独考」を読み込み、先行の研究論文なども参考にして一時間ほどしゃべった。男女あわせて十五人ほどの出席だったが、真葛についてはそれぞれ知識をもった方々で、私にとって啓発されるところが多かった。ただ滝沢馬琴と真葛との関係について、「大作家とみちのくの無名の一女性」と発言した方があって、それが印象に残った。現代の眼から見れば、たしかに真葛はみちのくの、無名の一女性にすぎないだろうが、真葛の生きていた時代ではどうだったろう。その時代の中に真葛を置いて考えなければ、と思った。

その後、『江戸期おんな考』第七号や拙著『江戸女流文学の発見』第一章で、真葛の生涯や作品を紹介し、『独考』についても書いた。真葛の章に感銘を受けたという読者からの声が多かった。

真葛の作品には、日記や紀行文などの、比較的わかりやすいものと、「独考」「キリシタン考」などの手ごわいものがある。書き終わってからも、書き尽くせなかったという思いが残った。書き洩らしたことの中に、大きな、豊饒な世界が隠されていると感じた。

本書の序章に書いたが、偶然の機会による、仙台市の澁谷和邦氏との出会いが、私を真葛が暮した仙台市と、只野家のある中新田町や木幡家のある宮崎町（いずれも現在の加美町）へと導いてくれた。そこではじめて真葛の諸作品が、どのような土壌を母胎として生れたかを実感することができた。澁谷氏との出会いがなければ、私が真葛の作品世界の内部に深く入り込むことは、不可能だった。

さて、この拙い著作を為すにあたって、伝記小説風、評伝風、作品論風、探訪記風などなど、部分部分で異なったスタイルを採ったことについて、一言説明しなければならない。

只野真葛は江戸女流文学者の中では、際立って大きな存在であるが、一般的な知名度は低い。ほとんど知られていないと言ってよい。樋口一葉や与謝野晶子、岡本かの子らのように、その生涯と作品が広く知られ、人物のイメージがほぼ定着している文学者を書く場合と、真葛について書く場合では当然手法を変えなければならないと思った。

この一冊で、只野真葛という一人の文学者の生きた時代と環境、彼女の内面世界、そして彼女の作品群、周囲からの評価、後世の受け止め方などを、丸ごと読者に差しだすにはどうしたらよいだろう。欲ばった考えから、迷いながら、このような混然とした形式になってしまった。さらには筆者自身が真葛の人物像に接近してゆくプロセスまでも含めて、すべてを明らかにした。真葛という難解な、厚い霧に覆われた女流文学者、思索者の人物像が、この中のどの一章からでも感じ取っていただけるようにと願っている。

真葛の生きた時代は、江戸時代中期から後期にかかる。近世の文化が成熟し、まだ爛熟には至らぬ若々しい時代である。本文中にも挙げた多彩なすぐれた人物が輩出した。その中の一人、仙台藩医で、日露交渉史の重要人物でもあった父工藤平助、近年ようやく研究が始まった江戸派国学者の村田春海、清水浜臣らの薫陶を受け、真葛はその時代の明るくのびのびした雰囲気を存分に吸収して育った。そして中年以後、仙台に下って、数々の文学作品を生み出し、最後に思索の書「独考」を著すにいたる。江戸後期の読本作者曲亭馬琴が、批評を頼まれた真葛の「独考」を手ひどく非難したことは、真葛擁護の立場から見れば残念であるが、彼の「独考論」は是なりに読むに価する論考である。

こう見てくると、真葛の生涯は、他の江戸女流文学者と同様に、その時代の選りぬきの知識人たちに取り囲まれた、恵まれたものであった。この拙い著作の一端からでも、真葛の生きた時代、環境を感じ取っていただき、真葛の作品が読まれ、研究され、ひいては江戸女流文学への関心が高まることを心から願っている。

煩をいとわず真葛の世界へと道案内して下さった、澁谷氏とのご縁に心から感謝しています。さらに、真葛の資料を惜しみなく、心ゆくまで見せてくださった只野ハマ様、木幡哲彦先生、中新田の歴史、風土について、詳しくご教示くださった澁谷傳先生ご夫妻に厚く御礼申し上げます。この方たちのご協力がなければ、真葛の世界を実感することはできませんでした。他所者の私を寛容に暖かく受け入れて下さったことを、幾重にもお礼申し上げます。

原稿の段階で眼を通してくださった、古くからの友人矢野貫一先生、浅野美和子さん、宮崎ふみ子さん、福島理子さん、ありがとうございました。さらに細々した事柄を、喜んで調べてくださった故松崎潤子さん、校正を手伝ってくださった女性史のお仲間たち、そして最後まで、あきずに伴走してくださった大府の何人かのお友だち、本当にありがとうございました。

さまざまな資料の写真の掲載をお許し下さった諸機関に、この場をお借りして御礼申し上げます。

原稿がおくれて、藤原書店にご迷惑をおかけしました。完成度の低い、未熟な著作を出版して下さった、社長の藤原良雄様に厚く御礼申し上げます。また夫の入退院と介護その他の事情で、最終的に担当編集者山崎優子さんに大きなご負担をおかけしました。お詫びと御礼を申し上げます。

なお私の著作は未熟なものです。間違いを発見された方は、ご指摘下さいますようにお願い申し上げます。

平成十八年（二〇〇六）一月　　門　玲子

参考文献

只野家御所蔵の資料類

木幡家御所蔵の「只野真葛筆蹟綴」「木幡氏家系図」

叢書江戸文庫30『只野真葛集』鈴木よね子校訂、国書刊行会、一九九四年

只野真葛『むかしばなし』中山栄子校注、平凡社東洋文庫、一九八四年

中山栄子『只野真葛』丸善株式会社仙台支店、一九三六年

中山栄子「東藩史稿と女性表彰」『宮城の女性』金港堂出版、一九七二年

中山栄子「紫清二女にまさる才女」『続宮城の女性』金港堂出版、一九八八年

中山栄子「女流先覚者只野真葛」『古今五千載の一人』少林舎、一九六一年

「工藤真葛」『奥羽婦人伝』巻之二、香雪精舎

『仙臺先哲偉人録 全』仙台市役所内、仙台教育会、一九三八年

真山青果『随筆 滝沢馬琴』岩波文庫、二〇〇〇年

滝沢馬琴「真葛のおうな」（文政八年『兎園小説』第十集）『日本随筆大成』第二期の一

滝沢馬琴「著作堂雑記」（文政九年二月『曲亭遺稿』）国書刊行会、一九八九年

滝沢馬琴『南総里見八犬伝』第九輯、巻之五十三下、回外剰筆、岩波書店、一九八五年

揖斐高「和文体の模索」『江戸詩歌論』汲古書院、一九九八年

工藤平助「赤蝦夷風説考」『北門叢書』第一冊、大友喜作編、国書刊行会、一九七二年復刻

工藤平助『救瘟袖暦』（文化十三年三月、東都書林）宮城県立図書館マイクロフィルム

佐藤昌介「洋学の思想的特質と封建批判論・海防論」、日本思想大系64『洋学 上』解説、岩波書店、一九七六年

新村出「天明時代の海外智識」『新村出選集』第二巻、一九四三年

真山青果「林子平の父――岡村源吾兵衛」『真山青果随筆選集』第一巻、講談社、一九五二年

『東藩史稿』（三）列伝（伊達家編纂）

大槻如電「磐水事略」『磐水存響 下』一九一二年

林子平『新編 林子平全集』一～四巻、山岸徳平・佐野正巳編、第一書房、一九七八年

松田清「林子平『海国兵談』自筆稿本をめぐる一、二の仮説 上・中・下」『京古本屋往来』京都古書研究会機関誌、一九九七年二・四・八月号

図録『林子平――その生涯と思想』仙台市博物館、一九九二年

「藤塚知直と藤塚知明」『塩竈学問史上の人々』塩竈市史Ⅲ別編Ⅰ、塩竈市役所、一九五九年

「林と高山」『高山彦九郎日記』千々和實・萩原進編、西北出版社、一九七八年

高橋正巳「社人と法蓮寺」「仏舎利事件」『塩竈神社旧社家の歴史』塩竈神社旧社家献膳講、一九八一年

安川實「吉見幸和の神学」、愛知郷土史談『無閑之』愛知郷土資料刊行会、一九七七年復刻

「吉見幸和」『名古屋市史・人物編（二）』愛知郷土資料刊行会、一九八〇年

「吉見幸和略伝」愛知県神社庁名古屋支部連合、生誕三〇〇年

祭、一九七三年
図録『ふるきいしぶみ――多賀城碑と日本古代の碑』東北歴史博物館、二〇〇一年
アラン・コルバン『風景と人間』小倉孝誠訳、藤原書店、二〇〇二年
橘南谿「東遊記」後編巻之四、『東西遊記』平凡社東洋文庫、一六八二年
古川古松軒『東遊雑記』巻之十一、平凡社東洋文庫、一九九四年
芭蕉『おくのほそ道』萩原恭男校注、岩波文庫、二〇〇二年
太宰治『惜別』新潮文庫、一九八八年
田上菊舎「手折菊」『田上菊舎尼全集』上野さち子編著、和泉書院、二〇〇〇年
諸九尼「秋風の記」『湖白庵諸九尼全集』大内初夫他編、和泉書院、一九八六年増訂版
柳田国男『遠野物語・山の人生』及びその解説「遠野物語から」(桑原武夫)岩波文庫、一九八六年
芥川龍之介「椒図志異」『芥川龍之介全集』二三巻、岩波書店、一九九八年
芥川龍之介「二つの手紙」同二巻、一九九五年
芥川龍之介「二つの手紙草稿」同二一巻、一九九七年
シャミッソー『影をなくした男』池内紀訳、岩波文庫、一九九一年
只野淳『みちのく切支丹』富士クリエイティブハウス、一九七八年
只野淳『みちのくきりしたん物語』春秋社、一九九〇年
浦川和三郎『東北キリシタン史』厳南堂書店、一九五七年
新井白石『西洋紀聞』岩波文庫、一九七六年
菅原伸郎「キリシタンの時代――宗教論争を読む」一～二一回、朝日新聞連載、一九九九年八月～二〇〇〇年三月まで
『「環海異聞」本文と研究』、杉本つとむ他解説、八坂書房、一九八六年
山片蟠桃『夢ノ代』及びその解説「山片蟠桃と『夢ノ代』」(有阪隆道)、日本思想大系43、岩波書店、一九七三年
海保青陵『稽古談』及びその解説「海保青陵」(蔵並省自)、日本思想大系44、岩波書店、一九七〇年
J・F・モリス「只野家の知行地と財政――仙台藩特殊拝領形態の一事例研究」『中新田町史研究』第四号、中新田町史編さん委員会、一九九一年
服部仁『曲亭馬琴の文学域』近世文学叢書6、若草書房、一九九七年
柴桂子『江戸時代の女たち――封建社会を生きた女性の精神生活』評論新社、一九六九年
関民子『江戸後期の女性たち』亜紀書房、一九八〇年
本田和子『江戸の娘がたり』朝日新聞社、一九九二年
永井路子『葛の葉抄』PHP研究所、一九九五年
「芦辺田鶴丸」『尾張崎人伝』名古屋市史・資料初編上、大正年間に筆写されたもの、名古屋市立図書館蔵
『仙台市史』仙台市史編纂委員会、一九五一年
『中新田町史』中新田町長、一九六四年
『中新田の歴史』中新田町史編さん委員会、一九九五年
『宮城県の歴史』山川出版社、一九九九年
『仙台人名大辞典』菊田定郷、仙台郷土史刊行会、一九三三年
『宮崎町史』宮崎町史編纂委員会、一九七三年

〈只野真葛関係　略系図〉

●長井家

- 長井大庵（紀州藩医）
  - 四郎左衛門（紀州藩士）
  - 善助（清水家家臣）
  - **平助**（球卿。仙台藩医工藤丈庵養子となる）

●工藤家

- 工藤丈庵（仙台藩医）
  - 養子 **平助**（球卿・周庵）＝**遊**（桑原隆朝長女）
    - 長子（早世）
    - **あや**（真葛。仙台藩士只野家へ嫁ぐ）
    - 元保（長庵）
    - しず（津軽藩士雨森家へ嫁ぐ）
    - つね（大田家へ嫁ぐ）
    - 元輔（源四郎）
      - 養子 管治（周庵）
    - 栲子《たえこ》（瑞祥院・萩尼。越前松平家の奥に勤めた）
    - 照子（仙台の医家中目家に嫁ぐ）＝中目某
      - 藤平

●桑原家

- 桑原隆朝如章（仙台藩医）
  - **遊**（工藤平助に嫁ぐ）
  - 二代 隆朝純（仙台藩医）
    - 三代 隆朝如則《ゆきのり》（仙台藩医）
      - 四代 隆朝如弘《ゆきひろ》（仙台藩医）
      - 管治（周庵・静卿。工藤元輔の養子となる）
  - 女子（早世）

●只野家

- 七代 只野作左衛門（仙台藩士着座二番座）
  - 八代 **伊賀源行義《つらよし》**（孫右衛門）＝平章澄長女
    - 九代 **図書由章**（由治・義由）＝芝多対馬の娘
      - 十代 図書由豫《よしやす》……十三代 隆＝ハマ
    - **杢左衛門**（由豫）（真山家の養子となるが、後、由章の後をつぐ）
    - **由作**（早世）
  - 八代 **伊賀源行義**＝**工藤平助長女あや**（真葛）
  - 女子うん（山本家に嫁ぐ）
  - 四郎右衛門（木幡家の養子となる）
  - 八弥（橋本家の養子となる）
  - 覚左衛門（沢口家の養子となる）
  - 左仲（武藤家の養子となる）

年譜

年号	父・工藤平助	真葛、および弟妹	仙台藩	社会、文化
宝暦十三年（一七六三）癸未 **1歳**	父・仙台藩医工藤球卿平助（三十歳）、母・桑原隆朝娘遊（?歳）	**江戸日本橋数寄屋町に生れる（名・あや、文、あや子）**	藩主伊達重村、漂流して帰った荒浜の船頭八人に会う。	本居宣長、松坂に来た賀茂真淵に入門する。平賀源内「物類品隲」刊行。
明和元年（一七六四）甲申 **2歳**				
明和二年（一七六五）乙酉 **3歳**	……	この年、長弟元保生れる。	一月、藩主重村、狩猟をして猪鹿二一頭を獲る。	幕府、江戸に医学館を建てさせる。柄井川柳「誹風柳多留」初篇刊。
明和三年（一七六六）丙戌 **4歳**	……	……	……	上田秋成「諸道聴耳世間猿」刊。
明和四年（一七六七）丁亥 **5歳**	……	……	幕府より関東諸川の修理を命ぜられ、大坂の米取引業升屋から巨額の借金。	この年、上杉鷹山の米沢藩政改革始まる。江戸でかくれ念仏が摘発される。
明和五年（一七六八）戊子 **6歳**	……	……	領内に銭貨不足のため、砂鉄鋳銭を幕府に願い出て許される。	上田秋成「雨月物語」成る。
明和六年（一七六九）己丑 **7歳**	この頃築地に邸宅を建てる。一年に二〇両の豆腐を買うほど来客多く、繁盛。	……	四月、躑躅岡で騎射演銃を催す。	田沼意次老中格となる。賀茂真淵没。
明和七年 **8歳**	この頃、仙台の町人より鋳	……	藩財政逼迫、節倹令に基き、	

(一七七〇)庚寅	銭のことを頼まれ願い出て許可された。		藩士の家禄を半高とする。領内大旱。大坂の升屋へ巨額の借金の利下げを要求。	
明和八年 9歳 (一七七一)辛卯	この頃から長崎の吉雄幸作よりオランダの文物が到来。諸大名、文人、蘭医が多く工藤家を訪ねる。	**真葛「世の中の女の本とならばや」と心に定める。この頃母から毎日和歌を詠まされる。荷田蒼生子に「古今集」を習いにいったのもこの頃か。**	旱魃のため大不作であったことを、幕府へ届ける。	前野良沢、杉田玄白らが江戸小塚原で刑死者の解剖を見る。伊勢おかげ参り流行する。女流俳人諸九尼松島への旅に出る。荒木田麗女「池藻屑」成る。
安永元年 10歳 (一七七二)壬辰	……	……	銭相場下落のため、幕府より鋳銭廃止を命ぜられる。一月、仙台城下大火事。仙台藩財政に功ある大坂の商人たちを賞す。	南鐐二朱銀発行。田沼意次老中となる。江戸(目黒行人坂)大火、諸国凶作。
安永二年 11歳 (一七七三)癸巳	この年十月初、藩命にて仙台に下る。	**江戸城西の丸に、お狂言拝見に上る。**	……	この年諸国に疫病流行。
安永三年 12歳 (一七七四)甲午	……	この年次弟源四郎生れる。	旱魃につき雨乞いさせる。	杉田玄白ら「解体新書」刊。京都・大坂に大風雨。
安永四年 13歳 (一七七五)乙未	母方祖父桑原隆朝没。	**この頃母方の祖母がさとりを開いたと聞いて、自分もさとりを開きたいと願った。**	仙台藩の普請役を諸士困窮を理由に免ぜられる。天候不順につき不作を幕府に告げる。	加賀千代女没。恋川春町「金々先生栄花夢」刊。黄表紙はじまる。
安永五年 14歳 (一七七六)丙申	平助仙台より帰り、まもなく還俗仰せ付けられる。この頃向築地の住居に東屋を	……	この春仙台城下火事しばしばおこる、秋には洪水。	池大雅没。上田秋成「雨月物語」刊行。平賀源内エレキテル完成。ツェンベリー「日本

	増築する。			植物誌」できる。
安永六年（一七七七）丁酉 **15歳**	……	**この頃から縁談があるが、両親ともにのり気ではなかった。**	藩校養賢堂に孔子聖像を祀る。藩主重村、演銃を試みる。	この年三原山大噴火。
安永七年（一七七八）戊戌 **16歳**	……	**初めて和文を書いて村田春海に見せ、ほめられる。仙台藩奥御殿へつとめる。**	重村、柔術を学ぶ。領内寺院に雨乞いをさせる。気候不順不作を幕府へ告げる。一関医員大槻玄沢、江戸に出て杉田玄白、前野良沢の門人となる。	ロシア船、蝦夷地厚岸に来航、松前藩に通商を求める。
安永八年（一七七九）己亥 **17歳**	築地の工藤家へ藩主を迎える。三〇両程の出費。三河刈谷城へ往診に行き、ついでに京、大坂を見物。この頃前野良沢の家で大槻玄沢にあう。	……	藩主重村、築地の工藤家へお成り。領内洪水のため凶作を幕府へ告げる。大坂の商人たちに協力を命ずる。	松前藩、ロシア船の通商要求を拒絶。桜島大噴火。洒落本、黄表紙大流行。幕府、小判、小粒金を蓄え、南鐐二朱銀のみ用いる傾向を戒める。
安永九年（一七八〇）庚子 **18歳**	平助の尽力により玄沢の修学期間が二年延長された。	……	領内洪水のため凶作を幕府へ告げる。	この年「都名所図会」刊。
天明元年（一七八一）辛丑 **19歳**	この頃田沼の用人に蝦夷開拓をすすめ、一書を書くこととなる。蝦夷奉行となる可能性生じる。	**父平助は真葛に「いま少し続けて御奉公するように」と言った。**	洪水による凶作を幕府へ告げる。	
天明二年（一七八二）壬寅 **20歳**	……	……	……	幕府、印旛沼の干拓に着手。長門の田上菊金尼「奥の細道」を辿って松島を訪ねる

				旅に出発。年貢の減免を要求して強訴打ちこわし各地に起こる。
天明三年（一七八三）癸卯 **21歳**	「赤蝦夷風説考」を書き上げ、田沼に献上。	**真葛、姫君詮子の縁組に従って、井伊家へ移る。**	うち続く不作のため大坂の升屋より一万五〇〇〇両を借り入れる。気候不順による凶作・米価騰貴を幕府へ告げる。	伊勢の船頭大黒屋幸太夫ら漂流。浅間山大噴火、熱泥流、降灰のため凶作。大槻玄沢「蘭学階梯」完成。藤塚式部「坪碑帖考證」刊。
天明四年（一七八四）甲辰 **22歳**	この年の大火で、築地の邸宅類焼か？　袋小路のあばら家に移る。	…………	仙台通宝の鋳造を、幕府より許可される。藩主重村、病のため帰国中止、江戸藩邸焼失。	田沼意知、江戸城内で刺される。幕府、米穀売り惜み、徒党、打ちこわしを禁ずる。
天明五年（一七八五）乙巳 **23歳**	火事見舞として各藩の家老、用人より多額の見舞い金。	…………	秋、大坂升屋の山片蟠桃は江戸に下り半月滞在。藩の財政再建の工夫をする。幕府より五万五千両を借りる。五年間に米で返済する。	幕府、蝦夷地調査隊を派遣。林子平「三国通覧図説」刊。前野良沢「和蘭訳筌」成る。
天明六年（一七八六）丙午 **24歳**	林子平著「海国兵談」の序を書く。一関藩医大槻玄沢を本藩の医員に推挙。玄沢は藩の許可を得、工藤家と親戚の誼を結ぶ。平助兄長井四郎左ェ門没。	火事後入居したあばら屋で弟長庵元保没。二二歳。一家は浜町の公儀医師の居宅を借りて移る。	大槻玄沢、仙台藩の並医師となる。東北大洪水。凶作を幕府へ告げる。飢餓の者に金・米を配る。	老中田沼意次失脚し、印旛沼干拓工事中止。第二回蝦夷地調査中止。関東、東北大洪水。林子平「海国兵談」完成。最上徳内ら千島を探検し、ウルップ島にいたる。
天明七年（一七八七）丁未 **25歳**	向築地に家を新築しはじめるが、見舞にもらった大金	浜町の居宅で祖母亡くなる。**真葛は三日通って看病**	宝暦十年より天明七年までに新田四七九石余を開発し	幕府、三ヶ年の倹約命ず。寛政の改革始まる。松平定信、

年	事項	事項	藩	一般
	を預けた人に使いこまれ、新築中の家を売りはらう。	**する。**七月、井伊玄蕃（詮子の夫）没。詮子薙髪して守真院となる。妹おしづ津軽藩士雨森家へ嫁す。	た。重村の嗣子祝村（十四歳）斉村と名のる。	老中となる。
天明八年（一七八八）戊申 **26歳**	母遊は、子供たちがみな身辺にそろい、遊びに行く所も近く、いちばん幸せな時であった。	**三月に奥づとめを辞し浜町の居宅に戻る。**末の妹照子三歳。	幕府巡見使、領内を見分する。二月、京都藩邸焼失。	老中松平定信、将軍補佐となる。南鐐二朱銀停止、丁銀を鋳る。
寛政元年（一七八九）己酉 **27歳**	数寄屋町のかり宅へ移る。………	**この冬、酒井家中の武家に嫁いだが、相手は老人なので、泣いてばかりいて、戻された。**	藩財政窮乏につき、参観の行列を三分の二に減ずる。	クナシリ、メナシのアイヌ人決起、松前藩これを鎮圧。飛騨屋久兵衛の請負場所をすべて没収。幕府、諸藩留守居役の会合を禁ず。棄損令を発する。
寛政二年（一七九〇）庚戌 **28歳**	………	妹おつね大田家に嫁す。妹おしづ一子を生み、病気にて実家へ戻って死去。	藩主重村致仕し、斉村（十七歳）陸奥守となり、八代藩主となる。斉村、庶務を簡素にし、用度を節するよう命ずる。	湯島の聖堂で、朱子学以外の異学の講座を禁ずる。オランダ商館長の参府を五年ごとにとす。好色本などの出版取締り。
寛政三年（一七九一）辛亥 **29歳**	………	………	この頃塩竈神社の神職と社僧の争いが起り、仏舎利事件へ発展。十月、仙台大雨。	林子平「海国兵談」刊行。最上徳内エトロフに至る。外国船日本近海に出没。
寛政四年（一七九二）壬子 **30歳**	………	………	伊達斉村、五月に初めて国入り。領内の米、二年続きの豊作で藩は五〇万両の利潤	ロシア使節ラクスマン、大黒屋幸太夫らを送って根室に来る。幕府、林子平「海国

寛政五年 31歳 (一七九三)癸丑	母遊病没。	末妹照子七歳。	を得、財政再建。この頃塩竈神社の藤塚式部、藩へ提訴。石巻から江戸へ米を送る船が漂流し、水夫頭津太夫らがアリューシャン列島の島に漂着。	兵談」を絶版とし、子平に蟄居を命ずる。幕府目付、ラクスマンと会い、漂民護送を謝し、長崎に廻航させる。松平定信老中職を辞す。将軍家斉、大黒屋幸太夫らを引見。この年大豊作にて米価下落。林子平没。
寛政六年 32歳 (一七九四)甲寅	この頃大槻玄沢とともに仙台領内産の薬物三〇種を吟味、その真否、精粗を定める。	……	江戸の芝蘭堂で、大槻玄沢が蘭学者たちとおらんだ正月（閏十一月十一日）を祝う。江戸藩邸焼失。	幕府、十ヶ年の倹約を命ずる。
寛政七年 33歳 (一七九五)乙卯	……	……	藩主斉村、三月、躑躅岡で旗本、足軽の騎射、演銃を見る。大坂の大文字屋三郎左ェ門、升屋平右ェ門に拝観させる。又、両名を四日後に城内を案内させ接待。	幕府、江戸、京、大坂、長崎の諸藩留守居役の会合を禁ずる。朝鮮の漂流船の保護を命ずる。
寛政八年 34歳 (一七九六)丙辰	……	只野伊賀は政千代のもり役の命をうけていたが、斉村没したため役をとかれ、後、江戸番頭となる。	三月二日、斉村の嗣子政千代生れる。四月、斉村夫人没、二二歳。同月、前藩主重村没、五五歳。七月、帰国した斉村は病み、二七日没、二二歳。政千代幼少のため、堀田正敦藩政を補佐する。	イギリス人ブロートン、室蘭に来航、翌年まで日本近海を測量する。稲村三伯「波留麻和解」完成。清国、アヘン輸入を禁止。

寛政九年（一七九七）丁巳 35歳	この年「救瘟袖暦」を著し、大槻玄沢に示す。六四歳。	**父の願いをかなえるため、只野伊賀の後妻となって仙台へ下る。九月十日江戸を発、二二日仙台着。次弟源四郎元輔が同行。江戸に残る夫との手紙の往来。父平助からも手紙、和歌。**	陸奥、江刺郡の農民強訴、栗原、登米郡へ波及。八月に鎮撫。藩主政千代幼少のため、この年より文化九年まで参勤交代とだえる。幕府より目付二人派遣。	オランダの傭船（アメリカ船）長崎に入港。南部、津軽両藩、松前、函館を守備。ロシア人エトロフ島に上陸。この冬、升屋の山片蟠桃はじめて仙台に下り、石巻港、松島、他を見てまわる。
寛政十年（一七九八）戊午 36歳	……	二月、夫伊賀帰国する。	三月、仏舎利事件訴訟のため藤塚式部と男子知周に揚屋入りが命ぜられ、六月、桃生郡に流罪となる。十月、幕府目付江戸へ帰る。	各地打ちこわし、越訴。近藤重蔵エトロフに大日本の標柱を建てる。本居宣長「古事記伝」完成。本多利明「西域物語」完成。松平忠明蝦夷地取締御用掛となる。
寛政十一年（一七九九）己未 37歳	……	二月六日、夫伊賀、嫡男義由を伴って江戸へ出府。次男由豫、真山家へ養子に行く。**この年「みちのく日記」成るか？ 秋十月、塩竈神社に詣で、藤塚式部の留守を見舞う。「塩竈まうで」成るか？**	……	幕府、東蝦夷地を七ヶ年直轄地とする。高田屋嘉兵衛、エトロフ航路を開く。司馬江漢「西洋画談」刊。
寛政十二年（一八〇〇）庚申 38歳	十二月十日、平助没。	**中秋に帰国した伊賀にすすめられ、病床の父へ、見舞いの作りものと和歌を贈る。**	七月三日、藤塚式部没。	伊能忠敬、蝦夷地測量に向う。南鐐二朱銀の鋳造を再開する。昌平校竣工し、諸士の入学を許す。
享和元年 39歳	……	……父に代り、妹栲子より返歌。	出羽国村山郡の農民、米価	志筑忠雄、ケンペルの日本

(一八〇一)辛酉			騰貴。米買占めに苦しみ打ちこわし。仙台よりも鎮撫の兵を出す。大坂の升屋は仙台藩の蔵元御用を一手に引きうける。	見聞記を抄訳「鎖国論」と題す。本居宣長没。小野蘭山、命により関東、東海で薬草採取。伊能忠敬、伊豆より陸奥の沿岸測量。幕府の奉行ら蝦夷地巡視。
享和二年 **40歳** (一八〇二)壬戌	……	**九月五日、松島見物に出る。一泊二日。その後「松島のみちの記」成る？**	一月、節倹令を布く。四月、漂流した津太夫らはペテルブルグに送られ、国王に謁見する。	幕府、蝦夷奉行を置く。伊能忠敬、陸奥、出羽、越後の沿岸測量。冬、近藤重蔵らエトロフ視察。江戸、諸国洪水。十返舎一九「東海道中膝栗毛」刊。
享和三年 **41歳** (一八〇三)癸亥	……	……	六月、津太夫らはロシア船にのり出航、ヨーロッパ、アフリカ、赤道直下をへてブラジルに至る。ロシア使節はレザノフ。	麻疹流行。前野良沢没。米船長崎に来航、貿易を要求、幕府拒絶。伊能忠敬、東海、北陸、佐渡の沿岸を測量。
文化元年 **42歳** (一八〇四)甲子	……	……	津太夫らブラジルを発し西に進み、赤道直下から北上、ハワイをへてカムチャッカ着。九月、津太夫らは日本沿岸を南下、長崎に至る。日本人初の世界一周である。六月、仙台城二ノ丸、中奥焼失。	ロシア使節レザノフは通商を求めた。津軽、南部藩、永久蝦夷警護となる。出羽大地震、象潟湖陸地となる。

文化二年（一八〇五）乙丑 **43歳**	……	**この頃「身をなげくうた并に言葉」を詠ず。**	江戸藩邸から漂民受取りの役人が長崎に出向し、芝の藩邸で大槻玄沢と志村弘強が津太夫らから事情をくわしく聞き書きした。伊達重村夫人観心院没。	幕府は漂民津太夫らをうけとり、レザノフの通商要求は拒絶した。滝沢馬琴「椿説弓張月」前編刊、この頃より読本流行。華岡青州、麻酔剤を用いて乳癌を手術。
文化三年（一八〇六）丙寅 **44歳**	……	三月、丙寅の大火で弟源四郎の建てた家類焼。**真葛「まがつ火をなげくうた」を詠む。**	一月、伊達政千代（十一歳）「小学」を学ぶ。江戸愛宕下屋敷類焼。	江戸、芝の大火（丙寅の大火）。ロシア船、カラフトに来て、松前藩会所を襲撃。荒木田麗女没。
文化四年（一八〇七）丁卯 **45歳**	……	江戸に風邪流行、弟源四郎、多くの患家を抱え診療にまわったが、自らも風邪に罹り、暮の六日に没、三四歳。残る三人の姉妹は和歌を交して慰め合う。**真葛は七人の兄弟姉妹を、それぞれ秋の七草にたとえる。**源四郎没後、桑原隆朝の次男が工藤家を継いだ。	初夏、大槻玄沢、志村弘強が津太夫らから聞き書きした「環海異聞」完成し、藩へ献上。藩兵五〇〇名をエトロフへ派遣する命令が下る。また藩兵六百名をエトロフ、函館へ派遣する命令下る。	ロシア船利尻島に浸入、幕府は奥羽諸藩に蝦夷地出兵を命ず。近藤重蔵ら利尻、クナシリを視察。十二月、幕府、ロシア船打払いを命ずる。式亭三馬「雷太郎悪物語」刊、これより合巻流行する。
文化五年（一八〇八）戊辰 **46歳**	……	……	一月、蝦夷地警護のため兵一二二〇人、二月、函館へ兵八〇〇人進発す。秋頃に多くの兵が還る。	蝦夷地守備を、仙台、会津に命ずる。伊能忠敬、畿内、四国沿岸測量。イギリス、フェートン号長崎港に侵入。長崎の通辞六人にオラ

年	事項	仙台	一般
			ンダ商館長ズーフからフランス語を学ばせる。上田秋成「春雨物語」成る。間宮林蔵、樺太に赴き、樺太が島であることを発見。
文化六年（一八〇九）己巳 **47歳**	弟源四郎の三年忌に堅田侯堀田正敦、村田春海から追悼の和歌が贈られる。	仙台城二の丸落成。この頃から升屋は仙台の米を米札（米手形）で扱う。	樺太を北蝦夷地と改称。伊能忠敬、九州沿岸の測量。長崎の通辞にロシア語、英語を学ばせる。式亭三馬「浮世床」前編刊。
文化七年（一八一〇）庚午 **48歳**	この頃末妹照子、仙台の医家中目家へ嫁す。**夫伊賀にすすめられ「むかしばなし」を書きはじめる。**	八月、藩主政千代、周宗と名を改める、十五歳。	会津、白河両藩に相模、浦賀、上総、安房海岸の防備を命ずる。松前奉行所に目安箱を置く。
文化八年（一八一一）辛未 **49歳**	四月、妹照子、男子出生。この年の秋の末、伊賀急ぎ江戸へ出府する。	藩主周宗病気。升屋の山片蟠桃仙台へ下る。	ロシア艦長ゴロウニンらをクナシリで捕らえる。伊能忠敬屋久島、種子島、九州北部を測量。江戸市ヶ谷大火。式亭三馬「浮世風呂」刊。天文方に蛮書和解御用掛を設け、馬場貞由、大槻玄沢ら「厚生新編」の翻訳を開始。村田春海没。
文化九年（一八一二）壬申 **50歳**	**四月二一日、夫伊賀江戸で没。四月二七日夕方、急の知**	二月、伊達周宗病重く、庶弟宗純に藩主の座をゆずる。	松平定信致仕。高田屋嘉兵衛、クナシリ海上でロシア

		らせが来る。これにより「むかしばなし」を一時中断するが、伊賀の供養のために書きつづける。	宗純名を斉宗と改める。四月二四日、周宗没、十七歳。八月、斉宗帰国。藩主の帰国は十六年ぶり。	船に捕えられる。「寛政重修諸家譜」できる。
文化十年 **51歳** （一八一三）癸酉	……	この年、妹照子没か。江戸の妹栲子この頃尼となる。	四月、斉宗参府。この年不作。	長崎の通辞馬場佐十郎ら松前に赴きゴロウニンからロシア語を学ぶ。ロシア艦長リコルド、高田屋嘉兵衛を伴いクナシリに来航。ゴロウニン釈放を交渉。九月、ゴロウニンをロシア側に引き渡す。海保青陵「稽古談」成る。
文化十一年 **52歳** （一八一四）甲戌	……	**この頃「七種のたとへ」書くか。**	二月、伊達斉宗、妻をめとる。四月、斉宗帰国。春大坂の升屋へ借金利息の三ヶ年据置を依頼。五月、日光山本房の修復を命ぜられ、更に五万両の借財を依頼する。	滝沢馬琴「南総里見八犬伝」第一輯刊。伊能忠敬、「沿海実測全図」完成。越後地方の農民新検地に反対して打ちこわし。唐薬、和薬ともに問屋以外の直取引を禁ずる。
文化十二年 **53歳** （一八一五）乙亥	……	**秋の夜明けに、一首の和歌を得る。「絶えぬかづら」を書く。**	二月、斉宗参府、財政逼迫のため行列を半減する。仙台百騎町に医学校設立。	南部領内の農民、強訴。杉田玄白「蘭学事始」成る。柳亭種彦「修紫田舎源氏」初編刊。
文化十三年 **54歳** （一八一六）丙子	三月、平助の著書「救瘟袖暦」刊行される。	**「あやしの筆の跡」を書く。これまでに書きためた二六**	三月、斉宗帰国。	武家屋敷内での博奕勝負禁止。イギリス船琉球に来航

	篇の文章を「真葛がはら」天、地二巻にまとめる。五月二八日、不動尊の祭りの夜、無意識のうちに一首の和歌を得る。前年の秋の和歌と合わせ、この二首の和歌を力に「独考」を書くことを思い立つ。		し、貿易を求める。掛川、浜松各藩や幕領で年貢減免の強訴。落語、昔物語、忠孝を説く条件で許可、頼春水、山東京伝没。
文化十四年 **55歳** （一八一七）丁丑	**十二月一日、「独考」を書き上げる。**	斉宗参府。大坂の升屋へ借財の三〇ヶ年年賦返済を依頼。この年藩の借財二七万両。	イギリス船浦賀に来航。広瀬淡窓、家塾を咸宜園とする。杉田玄白没、海保青陵没。オランダ商館長ズーフ、日本を去る。諸国大旱。
文政元年 **56歳** （一八一八）戊寅	**八月初め頃、七ヶ浜を巡る旅に出る。同月、「いそづたひ」書く。十二月、「独考」の序を書く。曲亭馬琴の筆削をうけるため江戸にいる妹栲子に送る。**	斉宗帰国する。三月、大火あり。	伊能忠敬、司馬江漢没。
文政二年 **57歳** （一八一九）己卯	**二月下旬、栲子、飯田町の馬琴宅を訪問し、「独考」三巻を預ける。馬琴と真葛との間に手紙の往来。真葛「むかしばなし」「とはずがたり」を書いて送る。さらに「奥州**	四月、斉宗病となり、五月、没、二四歳。一門の田村石見顕嘉を嗣子に迎え、伊達斉義となのる。大坂の升屋他の金主へ五万二千両の調達を依頼。	徳川治保（水戸）「大日本史紀伝」四五冊を幕府に献上。小林一茶「おらが春」成る。塙保己一「群書類従」正編刊。幕府浦賀奉行を二人とする。

		ばなし」「いそづたひ」も送る。十一月二四日、馬琴「独考論」を書き、絶交状もそえて送りかえす。		
文政三年（一八二〇）庚辰　**58歳**	……	**馬琴に礼状と数々の礼の品を贈る。**	斉義帰国する。諸子へ稲種を分与し、飢荒に備えさせる。斉義、町奉行の裁判を見る。	幕府、三ヶ年の倹約を命ずる。浦賀奉行に相模沿岸警備を命ず。山片蟠桃「夢ノ代」成る。浦上玉堂、本多利明没。
文政四年（一八二一）辛巳　**59歳**	「救瘟袖暦」再版か？	……	斉義参府。領内旱魃につき諸寺院に雨乞いを命ず。	江戸町会所、風邪流行につき窮民に施銭。長崎唐人屋敷で、奉行の処置に不満、奉行所に乱入。幕府、東西蝦夷地を松前藩に還付。伊能忠敬の「大日本沿海実測地図」完成、幕府に献上。山片蟠桃、塙保己一没。
文政五年（一八二二）壬午　**60歳**	……	……	二月、東六番丁より出火、五〇〇戸焼失。斉義帰国。	イギリス船浦賀に来航。薪水を求める。江戸町奉行唐人踊りを禁止。流行の投扇遊びを禁止。上杉鷹山、式亭三馬没。
文政六年（一八二三）癸未　**61歳**	……	……	関東諸河川の修理を命ぜられる。養賢堂聖廟落成。斉義拝礼。斉義参府、この年疫病	松平定永を陸奥白河より伊勢桑名に移封。大田南畝没。桑名、三重郡などで庄屋宅

文政七年（一八二四）甲申　62歳	……	……	流行。この年郡政取締りを行う。斉義帰国。十二月、江戸藩邸焼失。	など打ちこわし。シーボルト、出島に着任する。南鐐二朱判を改鋳。イギリス捕鯨船員、薪水を求め、常陸に上陸し、水戸藩に捕えられる。又薩摩に上陸して略奪。関東、東北大洪水。清水浜臣没。足立左内「露西亜学筌」翻訳。シーボルト、鳴滝塾を開く。
文政八年（一八二五）乙酉　63歳	……	**六月二六日、没**。九月末、馬琴「真葛のおうな」を書いて兎園会に寄せる。	斉義参府。江戸藩邸落成。斉義倹約令を発し、諸士の窮乏を大坂の商人よりの借財で救うことにする。	異国船打払い令。イギリス船陸奥九戸沖に来航。信州、美作、農民の打こわし続く。オランダ船に日本通商と書いた幟を交付。
文政九年（一八二六）丙戌	……	馬琴、尾張の狂歌師芦辺田鶴丸が松島へ行くと聞き、真葛の消息をたずねさせ、その死を知って「真葛のおうな」に追記する。四月七日の「著作堂雑記」にも書き、さらに「里見八犬伝」の「回外剰筆」にも書いた。	斉義婚礼。斉義帰国。養賢堂で生徒の授業を検し、又医学校にも臨行す。	シーボルト、オランダ商館長の江戸参府に随行。飛騨大野郡大地震、岩垣松苗「国史略」、須田正芳「老農夜話」、間宮士信他「新編武蔵風土記稿」できる。

著者紹介

門　玲子（かど・れいこ）

1931年、石川県加賀市生まれ。作家、女性史研究家。総合女性史研究会・知る史の会・日本ペンクラブ会員。

著書に『江馬細香——化政期の女流詩人』（卯辰山文庫、1979年、新装版・BOC 出版部、1984年）、『江馬細香詩集「湘夢遺稿」上下訳注』（汲古書院、1992年）、『江戸女流文学の発見——光ある身こそくるしき思ひなれ』（毎日出版文化賞、藤原書店、1998年）。

論文に「江戸女流文学史の試み」『女と男の時空——日本女性史再考Ⅳ　爛熟する女と男　近世』（藤原書店、1995年、所収）他。

わが真葛物語《まくずものがたり》——江戸《えど》の女流《じょりゅう》思索者《しさくしゃ》探訪《たんぼう》

2006年3月30日　初版第1刷発行©

著　者　門　玲子
発行者　藤原良雄
発行所　株式会社　藤原書店

〒162-0041　東京都新宿区早稲田鶴巻町523
TEL　03（5272）0301
FAX　03（5272）0450
振替　00160-4-17013

印刷・製本　中央精版印刷

Printed in Japan
ISBN4-89434-505-6

日本文学史の空白を埋める

〈新版〉江戸女流文学の発見
（光ある身こそくるしき思ひなれ）

門 玲子

紫式部と樋口一葉の間に女流文学者は存在しなかったのか？ 江戸期、物語・紀行・日記・評論・漢詩・和歌・俳諧とあらゆるジャンルで活躍していた五十余人の女流文学者を発見し、網羅的に紹介する初の試み。

第52回毎日出版文化賞受賞

四六上製 三八四頁 **三八〇〇円**

（一九九八年三月刊／新版二〇〇六年三月刊）

◇4-89434-508-0

「初の女教祖」—その生涯と思想

女教祖の誕生
（「如来教」の祖・媹姾《りゅうぜん》如来《にょらい》喜《き》之《の》）

浅野美和子

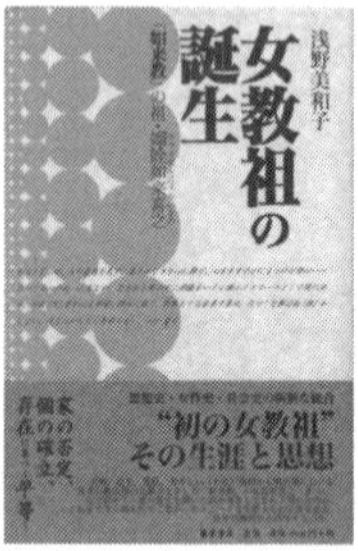

天理、金光、大本といった江戸後期から明治期の民衆宗教高揚の先駆けをなした「如来教」の祖・喜之。女で初めて一派の教えを開いた女性のユニークな生涯と思想を初めて描ききった評伝。思想史・女性史・社会史を総合！

四六上製 四三二頁 **三九〇〇円**

（二〇〇一年二月刊）

◇4-89434-222-7

一九世紀パリ文化界群像

新しい女
（一九世紀パリ文化界の女王 マリー・ダグー伯爵夫人）

D・デザンティ 持田明子訳

リストの愛人でありヴァーグナーの義母、パリ社交界の輝ける星、ダニエル・ステルン＝マリー・ダグーの目を通して、百花繚乱咲き誇るパリの文化界を鮮やかに浮彫る。約五〇〇人（ユゴー、バルザック、ミシュレ、ハイネ、プルードン他多数）の群像を活写する。

四六上製 四一六頁 **三六八九円**

（一九九一年七月刊）

◇4-938661-31-4

DANIEL Dominique DESANTI

絶対平和を貫いた女の一生

絶対平和の生涯
（アメリカ最初の女性国会議員 ジャネット・ランキン）

櫛田ふき監修

H・ジョセフソン著 小林勇訳

二度の世界大戦にわたり議会の参戦決議に唯一人反対票を投じ、ベトナム戦争では八八歳にして大デモ行進の先頭に。激動の二〇世紀アメリカで平和の理想を貫いた「米史上最も恐れを知らぬ女性」（ケネディ）の九三年。

四六上製 三五二頁 **三二〇〇円**

（一九九七年二月刊）

◇4-89434-062-3

JEANNETTE RANKIN Hannah JOSEPHSON